庆祝西藏自治区
成立60周年文学精品集

沿着喜马拉雅的脊背旅行

西藏作家协会——编

次仁罗布——总主编

普布昌居
聂 枫——主编

作家出版社

目　录

沿着喜马拉雅的脊背旅行

◎ 李文珊

不久前，我沿着喜马拉雅的"脊背"，在西藏南部边缘地区做了一次走马观花式的旅行。说起西藏高原，人们会立刻联想起"风雪"二字，其实，百万大山的"世界屋脊"并不都是银装素裹，比如我所访问的喜马拉雅山区，虽被人称作"雪的家乡"，但它的南麓却是一片绿色海洋。来自孟加拉湾的暖流，飘飘忽忽地游荡到这里，被高耸的喜马拉雅排峰挡住去路，欲进不能，后退不得，只有在山腰间盘桓，在山脚下"流窜"，这就形成了最适宜植物生长的阴雨而温和的气候。特殊的自然条件，创造了瑰丽的自然景色：山脚下鸟语花香，飞流瀑布；山腰间青松翠竹，一片葱茏；山顶上冰峰挺立，银光闪烁。

这里是祖国的西南边地，与六个国家和地区毗邻。往往是隔一条河，一座山，或者隔一块草地，一个丘陵，就是异国他乡；对面的村落、人畜抬头可见，鸡犬之声相闻。祖祖辈辈生长在这里的边民，为保卫祖国疆土，开拓和发展边境地区的经济事业，做出了很大的贡献，不愧为祖国的好儿女。

我旅行的第一站，是位于中尼（尼泊尔）边界最前沿的樟木口岸。这是目前西藏境内唯一的通商口岸。真是"十里不同天"！到达樟木的前一个多小时，我们还在冰封雪冻的银色世界里行进，眼前扑面而来的竟是翠绿的群山，玉米、小麦生长旺盛的台地，山花烂漫的原野。

十年前，樟木还是一片荒僻的山谷，只有少数从事农牧业生产的边民居住，今日已是一座漂亮的边城。十里长的"N"字形街道弯来绕去，居民已有一千多人。入夜远眺，幽静的深谷中层层灯火，灿如繁星。

在樟木口岸稍事休息，我又急匆匆地赶赴属于这个口岸管辖、夏尔巴人聚居的立新公社。过去，夏尔巴人主要从事畜牧业，兼营商业和农副业生产。在他们住地的周围，多是海拔三四千米的高山，既适合牦牛生长，也宜于黄牛繁殖。在黑暗的封建农奴制度统治下，比之腹心地区的农奴，他们的地位更低下，生活更困苦，被统治者叫作"光屁股的野人""会说话的猴子"，他们以竹木搭成的窝棚栖身，以野菜和叫作"贡斋"的玉米面粥糊口，终年食不果腹，衣不蔽体。尤其是文化落后，走遍村村寨寨，也找不到一个识字的人。

顺着原始森林中的一条蹊径，我爬上爬下艰难地向前走着。亚热带的气候，两小时的奔波，使我大汗淋漓，很想找个处所歇歇脚，不料山回路转，丛林中突然出现一块开阔地带，几十幢白得刺人眼睛的二层吊脚楼，错落有致地摆布在山脚下和道路旁，一种特别新鲜的感受，早将旅途的疲劳驱散。再往前走，便看到了三三两两在田间、牧场劳作的青年男女。男人们着西服上装和窄腿裤，妇女们穿艳丽的衬衫和多褶花裙；为防雨雾，不论男女又都在外面罩一件白羊毛短毡衣，看上去，显得精神而洒脱。

一幢吊脚楼前的草坪上，说说笑笑，非常热闹，原来是这家要办喜事，人们正在搭彩棚和酿制玉米酒。既然碰上了，哪有不登门祝贺的道理？我步上楼梯，穿堂入室，嘿！屋内花团锦簇，喜气洋洋。新郎叫顿珠，共青团日喀则地委的干部，新娘叫索拉姆，樟木口岸友谊宾馆的服务员，此刻都不在场，不知干什么去了，忙上忙下招待宾朋的，是位一身夏尔巴装束，修长、俊俏的姑娘。她落落大方地自我介绍，自己是新郎的姐姐嘎美玛，在民族学院学习八年，刚毕业回来。

过去听人说，夏尔巴人有"抢婚"的习惯，几个青年冷不防从森林里奔出，抓住过路的姑娘，蒙住她的头背起就跑，只要不被人追回，就理所当然地成为某个青年的妻子。此刻我便不揣冒昧地问道：

他们这次办喜事是不是也要"抢"？围坐在一起的人们都笑了，七嘴八舌地说，这种习俗早已改变；现在即便有人"抢婚"也只是个形式，并不是真正的抢，因为男女双方早已恋爱成熟。一位爱说笑话的长者更风趣，说：你别看被"抢"的新娘又叫又闹，好像很不乐意，那不过是做个样子给人看罢了，她心里恨不得早点让人"抢"呢！

笑过一阵之后，我又祝贺嘎美玛大学毕业，她站起来文静地说，她并非夏尔巴的第一个大学生，在她之前，已有四个夏尔巴青年读完大学了。

告别了美丽的夏尔巴村寨，我折回来，翻上喜马拉雅的"脊背"，来到聂拉木县的充堆。"充堆"系藏语，意为物资集散地，多年来，这里总是中、尼两国边民进行小额贸易的一个场所。这里五光十色的商品摆满一地，几种语言交错地使用着，边民们平等友好地用羊子交换大米、干辣椒，用藏毯、干奶渣交换尼龙纱和廓尔喀刀，一些悠闲的外国游人、香客也夹杂其间，东游西逛。

边民贸易市场的西面，正在建设一个规模宏大的新村，藏、汉合璧式的新楼房整齐地排列两旁，宛如城市里的一条街。我信步走进木匠阿旺的新居时，差不多迷茫了，楼房建筑之漂亮，室内陈设之讲究，若非亲眼所见，我决然不敢置信。

但眼前是活生生的现实，用进口铁皮做屋顶的楼房，盖起来不到半年，墙壁尚未干透；用白色尼龙纱绷的顶棚也还是崭新。木匠夫妇睡的是描花的双人钢丝床，床上的被褥干净、厚实、好看。落地玻璃窗，擦拭得如同明镜，房间里充满阳光，暖烘烘、明晃晃。窗前摆着一排整洁、柔软的厚垫和一对沙发，那是接待客人和全家人喝茶的地方，沙发对面的藏式立柜上放着收录两用机。靠墙安着一个两千瓦的大电炉，上面正煮着茶，热气腾腾，香气扑鼻……

再看看阿旺本人，也远非我想象中的木匠师傅。他上穿件深蓝色的尼龙太空服，下穿一条西式料子裤，精精干干，文文雅雅，要不是两只粗糙的大手还带着体力劳动的痕迹，人们也许会把他当作一位工程师哩。当地的同志告诉我，过去，这一带边民异常贫困，年年冬天都要出国当背夫。走时，背一筐子破烂，归来，破烂一筐，成群结伙，蹒跚于风雪荒野。可是，就在这贫瘠的喜马拉雅的"脊背"上，今天却出现了奇迹般的变化。

变化从何而来？厚道的阿旺这样回答：一靠辛勤劳动，二靠国家帮助，归根到底靠共产党的好政策。

我又访问了从国外归来不久的赤列家。那天，承包甜茶馆的赤列出门办货，我们没有见上，看到的是他的妻子拉琼，那个从楼上供奉着释迦牟尼铜像的小经堂里走出来的弱小的女主人。他们这幢楼不比阿旺家的小，使用面积也在100平方米以上，仓库里的粮食、衣被和风干的牛、羊肉很充足，只是室内的陈设尚待筹办。其原因是众所周知的。游子回归，"母亲"更加关怀备至，他们除享受了同阿旺家一样多的盖新房补助，国家还救济了盖新楼、做家具所需的全部木材，并另外救济他们四百元现金。乡亲们也给了他们更多的温暖，盖楼时大家主动帮忙出工，新楼落成，全村干部、群众又连着三天前来祝贺，大家捧着青稞酒、酥油茶，带着洁白的哈达，深情地祝贺他们的乔迁之喜，"扎西德勒"（吉祥如意），还在很结实的地板上一遍又一遍地跳起欢快的踢踏舞。高兴之余，头发已经花白的女主人慨然愧悔地说："怨我们糊涂，听信了坏人的胡言乱语……要是这二十多年一直在家乡，那该有多好！"

怀有这种心情的，何止是赤列夫妇俩人？旅行途中我听到，1979年以来，这一带边境上先后回归的154户、300多位边民无不如此。

几天以后，我离开中尼公路，经由后藏首府日喀则，又沿着拉（萨）亚（东）公路继续旅行，再度翻越喜马拉雅，到达地处中不（不丹）和中锡（锡金）边境的下司马镇。

坐落在卓姆河谷的这个边疆重镇，就是亚东县党政领导机关的所在地，它被人们誉为西南边防线上的一颗明珠。镇上平行的两条大街上商店林立，国产商品琳琅满目。白天，工厂里机器轰鸣，高音喇叭传送着祖国心脏北京的声音；入夜，照彻城市上空的灯火，又总是染红半边苍穹。

农奴出身的女副镇长茨仁央金做了巧妙安排，首先领我去拜访全镇的"尖子困难户"边巴一家。说来，这户边民也真是不幸，父母早亡，留下的四个儿女全是哑巴或半哑巴，有的连干活都不会。可是，他们日子过得并不比别人差。此地盖房，用石头砌墙壁算作讲究，他们的墙壁不仅用石头，还用水泥勾了缝。木柱和地板所用的木材既是全新的，又是上好的，门窗板壁、楼梯扶栏都用油漆漆过，油光锃亮，楼廊的扶栏上还精心地雕刻着菱形图案。我默默地看着，数着，楼上楼下有房十间，四个兄妹分住着，房间里窗明几净，炉火熊熊，桌椅床铺、锅盆碗勺也是应有尽有。要不是事先知道，谁能想到他们是什么困难户，更不要说是什么"尖子"了。见着远道来访的客人，兄妹们异常高兴，咿咿呀呀、比手画脚地对我"说话"，可能是表示欢迎吧！说着说着，又都伸出两个大拇指，冲着墙上挂的毛主席像，不住地摇晃……

神歌（节选）

◎ 秦文玉

第一章　黑格尔老人说中国没有史诗

一个中国艺人的歌声使波罗的海沉醉

A. 人类在童年时代，与大自然艰苦搏斗，而又匍匐在太阳神、山神和海神的脚下。原始氏族部落相互争战，凶猛厮杀，在古老的苍天与大地之间，演出了一出出野蛮雄壮、苍凉奇异的话剧，充分显示了人类的原始精神和永久的魅力。

有没有这样一种记载人类最初生存状况的书呢？

有的。这是一种流传在童年人类的口头上，代代传唱，兼有神话、历史、传奇及充满人类智慧、结构宏伟、风格庄严的叙事长歌。

这便是史诗。

这便是存活在人类口头上的最初的书。

人类一代又一代地繁衍，史诗被用各种符号刻在石片上，画在树皮和羊皮上，千百年后又被发明了纸张的人类印成了真正的书。黑格尔老人，德意志民族的智者说过："每一个伟大的民族都有这样绝对原始的书，来表现全民族的原始精神。"

是的，每一个伟大的民族都有自己的史诗。

希腊民族的《伊利亚特》，那部诞生于三千多年前的不朽史诗，诵唱了古希腊人如何为了夺回被特洛伊人拐骗去的绝代美女海伦，而进行了历时十年的人神大战。它那奇丽的想象和真实的古代生活图景，被卡尔·马克思称为"一切时代最宏伟的英雄史诗"。

印度民族的史诗《罗摩衍那》，吟唱了天女悉多下凡，与王子罗摩衍那结为夫妇，历尽苦难而得善果。泰戈尔认为："如果说有某一部作品把喜马拉雅山那么高洁的普遍理想和大海一样深邃的思想同时进行了概括的话，那就只有《罗摩衍那》。"印度学者骄傲地宣称："在印度这片芬芳的土地上，任何地方都可以嗅到它的存在。"

是的，每一个伟大的民族都有自己的史诗。

俄罗斯民族有自己的《伊戈尔远征记》，英格兰民族有自己的《失乐园》，法兰西民族有自己的《罗兰之歌》，日耳曼民族有自己的《尼伯龙根之歌》……

可是，博学的黑格尔老人，奥林匹斯山上的宙斯，却无情地断言——"中国没有史诗！"

B. 无数双黄皮肤的沉重的手指，翻阅浩如烟海的汉文典籍。翻过《诗经》，翻过《楚辞》，直至挑开长沙马王堆的帛书，摇响秦始皇的竹简，最后捧出那些从殷商墓墟出土的龟甲板，艰难地辨认那些蝌蚪一般古怪的文字，令人气馁而无奈的是，在汉文记载的典籍里确实找不到史诗的踪迹……

人类最宏富瑰伟的文学宝库之一——东方汉文学库藏中，有鸿篇巨制如《西游记》《水浒传》《三国演义》《红楼梦》，这些进入世界文学名著前列而当之无愧的巨著，难道不能称之为史诗吗？

世界史诗学者会告诉我们：这些诞生于中国封建社会后期，在艺术生产已经作为生产出现后所产生的小说作品，只能说它们具备史诗气魄或史诗规模，但再也不能算是本源意义上的史诗了。

公元 1983 年，在湖北神农架曾经发现过古代长歌《黑暗传》，但专家们研究以后认为，无论是从内容还是从篇幅看，称之为古歌更为恰当。

浩瀚辉煌的汉文献典籍中迄今没有发现史诗，也许是使用这种文字的卓伟的民族过早地进入了先进的农业社会而失却了产生史诗的原始土壤，也许是历史长河的幽暗波涛中隐藏着一个古奥神秘的民族生命之谜……

但是，拥有五十六个兄弟民族的伟大的中华民族，具有四千年以上的文字记载的历史，创造了六十万年灿烂文明，生息繁衍在人类发祥地之一黄河流域的龙的种族，难道真的没有创造过显示自己的真理、散发自己的芬芳，闪烁自己智慧光芒的伟大史诗吗？

C.芬兰。蔚蓝色的波罗的海北岸。秀丽湿润的城市图尔库。

安徒生童话里的美人鱼——海岸边的美人鱼铜像，就矗立在同一条海岸线的另一个滨海国家丹麦。这是1985年2月22日。在这座美丽的海滨城市将要召开"《卡勒瓦拉》和世界史诗学术讨论会"。东道主盛情接待各国的史诗专家，其中包括来自世界东方的中国学者。

美丽的千湖之国沉浸在节日的气氛里。1985年2月22日是芬兰民族史诗《卡勒瓦拉》出版一百五十周年，科伊维斯托总统在新年献辞中宣布：1985年是"《卡勒瓦拉》年"。将举国庆诵本民族的这一光辉史诗。芬兰政府同各界代表成立了"《卡勒瓦拉》年纪念活动全国委员会"，拨专款在国内外举办三百多项活动，"《卡勒瓦拉》和世界史诗学术讨论会"就是其中的一项重要的纪念活动。

会议在芬兰学院一座现代化的礼堂隆重开幕，操着各种语言的专家们首先讨论了芬兰民族史诗《卡勒瓦拉》。这部史诗诵唱了芬兰人民的故乡卡勒瓦拉（英雄国）的勇士们，为了夺回能磨出粮食、金钱和盐的神奇的宝磨坊，而向北方的女霸王英勇争战。史诗还吟诵了世界创造和钢铁在地上出现的故事。各国的专家们一致盛赞芬兰史诗的美妙诗意和对古代生活的真实再现。赞扬它在世界各民族史诗中的光荣地位。

会议讨论了其他各国的民族史诗。

2月25日，中国学者在会上发言。具有现代化设备的芬兰学院礼堂播放着电视。电视荧光屏上出现了1984年在拉萨举行的中国七省、区演唱英雄史诗《格萨尔》大会的人山人海的画面——

巍峨的雪山。幽蓝的湖泊。奔腾的江河。

闪闪发光的布达拉宫金顶耸向蓝天。中国高原古城拉萨的"罗布林卡"——宝贝林园，芳草如毡，绿树成荫。几株挺拔的白杨树之间，搭着一顶巨大的、绣有吉祥如意图案的藏式帐篷。帐篷前人如潮涌。身穿各种民族服饰的观众全部怀着爱慕和崇敬的心情，神色专注地望着坐在帐篷中央的一位老人。

老人满头白发，如同银鬃闪烁的雪山狮子，风度庄重而威严。他颧骨突出，鼻梁坚毅挺直，嘴唇敦厚，黝黑的脸上泛着红光，额上刻着七道风蚀花岗岩一样的皱纹，记录着老人一生的雨雪风霜。那双有点浑浊的眼睛，深邃而凝重，不时地闪烁着聪慧睿智的光彩。

他就是中国西藏高原的藏族说唱艺人扎巴。此刻他正在演唱英雄史诗《格萨尔》。只见荧屏上的老人时而盘腿坐在藏式卡垫上，捋着佛珠，用浑厚的声音叙述；时而站起身来，打着手势，滔滔不绝的诗句如雅鲁藏布江水一泻千里。

老人正在吟唱《赛马称王》，荧屏上下的观众全都屏息静听。

如果不认识这个地方，
是黄河谷不可多见的去处，
狮、龙、虎堡多么的威严，
巍峨的神的城堡声名远著。

美丽可爱、龙盘虎踞、平坦广阔的玛隆草原，杜鹃鸟歌声悦耳，阿兰鸟婉转歌唱，在达塘查茂会场上，举行着盛大的赛马大会。

最快的骏马彩注有七种：
一是镇压三界黄金座；
二是森姜珠牡女；
三是祖传七种珍珠宝；

四为大般若波罗蜜多经；

五为龙王大神幕；

六为森稠达宗城；

七为十二万户岭宗人。

荧屏上的中国观众一个个喜笑颜开；荧屏下的各国专家交换着惊奇的眼神。

后面好汉胯下"朱红烈火马"，

犹如长空闪紫电。

后面紧跟骏马"雪山腾"，

也像大雁不离群。

后面紧跟骏马"风幻轮"，

好似大风卷乌云。

那仲居大厦的八骏马，

雄狮子抖散绿毛鬃。

一匹叫"驯服野牛"黑色马，

一匹叫"烟熏白额"马，

一匹叫"独角彪"马，

一匹叫"铁青捉风珍宝"马，

一匹叫……

荧屏上的中国听众仿佛全都骑上了奔跑的骏马，胸脯紧张起伏，身子随着扎巴老人的唱词而上下颠簸。

荧屏下的各国专家不再点头，嘴巴张得溜圆，视线全被扎巴老人抓在手心里一般。他一举手一投足，牵动着满堂观众各种颜色的视线齐刷刷地移动。

后面来的那英雄，

是无敌的贾察霞尕尔，

东方汉地中的小外甥，

七十万大军中无敌手，

是岭地英雄中的大英雄，

七勇将中的第一人。

最后面的那青年，

是葛姆的儿子叫觉如，

骑着白嘴千里驹，

不是在走像在坐，

不是在坐像在睡，

像坐在哪儿等胜利，

看不到觉如究竟在哪里，

猜不到宝驹跑向何方去。

……

荧屏上，中国各民族的观众站立起来，他们为幼年格萨尔掉在众骑手的后面而焦急不安。

荧屏下，各国的史诗专家埋下身子，深深陶醉在中国史诗迷人的音乐旋律和演唱气氛中。

当白梵天王的幼子转世的觉如催动宝驹的快速幻轮，反败为胜时，观众们仿佛亲眼看见他的宝驹越过一名又一名骑手，"如雷击电掣，到达金库之前"。于是，"这个夺取赛马彩注事迹的声誉旗幡，飘扬在岭尕的上空"……

荧屏上的中国观众欢呼雀跃，简直要把史诗《格萨尔》说唱艺人扎巴老人抬起来了！

荧屏下的各国史诗专家久久沉醉。末了，他们团团围住中国代表，用各种语言、各种手势表示热烈的赞扬和祝贺。

一位法国女教授说："我现在真正了解到《格萨尔》是仍然活在中国人民之中的一部伟大史诗！"

西德著名的史诗专家、波恩大学中央亚细亚研究所前所长海希西教授说："像扎巴老人那样杰出的史诗演唱家，是你们无价的国宝！"

中国史诗。国宝。中国！——中国！

滚烫的赞扬、祝贺、称誉、惊叹，像瀑布一样向中国代表团倾泻而来，又像波罗的海的潮水一般在会场内外久久地起伏不息。

中国史诗《格萨尔》，虽然过去国外已有所闻，但各国史诗专家现在亲眼看到它怎样活在中国人的口头上，又亲手抚摸到了中国代表团向大会赠送的根据扎巴老人的演唱记录整理的《天界占卜九藏》《松岭之战》和《门岭之战》等装帧精美的书籍。

各国学者难以理解的是，一个一字不识的中国老艺人，为什么竟能演唱史诗四十二部，长达八百万字？他们已经感受到了史诗《格萨尔》使人如醉如痴的艺术魅力；单单就其宏伟规模与世界著名的五大史诗相比较，中国老人一人所演唱的史诗《格萨尔》，就相当于五十部荷马史诗《伊利亚特》，六十六部《奥德修纪》，相当于十六部印度史诗《罗摩衍那》。号称为"世界最长的史诗"的另一部印度史诗《摩诃婆罗多》，有十万颂二十万零七十诗行，但也只有中国老人所诵唱的史诗《格萨尔》的四分之一。至于世界最古老的巴比伦史诗《吉尔伽美什》，只有中国史诗的一百六十五分之一。

扎巴老人诵唱的还不是史诗《格萨尔》的全部。

昨天的太阳，永恒的太阳（节选）

◎ 马丽华

　　——大自然的寻常日子：阿里启示——三重的功德圆满——有关西藏五大自然板块和文化板块的划分与描述，概括阿里时空—— 一项努力：我写阿里的初衷——人类学家：人类文化的保护者，世界和平进步的布道者——在这儿思考人类未来的根本问题是合适的——阿里的太阳　属于昨天属于明天，是永恒的太阳——

　　在曾经充满万物之灵的天空下，在经历过象雄、经历过古格的古老的大地上，那些一度激烈过的、灿烂过的、燃烧过的，轰轰烈烈之后，只遗落了一些废墟，一片焦土，一切归向平和宁寂。年复一年的阳光雨露渗入其间，点点滴滴地，催生复活着疏落荒草，在漠天漠地间临风摇曳。历史，以一种半流动的物质形态，久久地迤逦于荒野尽头，在时间蔚成的扶摇蜃气中若隐若现……渐远渐渺……

　　时代漫不经心地行进到20世纪80年代的这个夏季。神山下，圣湖边，一阵小小的骚动喧闹声荡漾开来，拍打着亘古盘绕着这片荒野牧场的静谧。远道而来的拉萨市歌舞团演出队正忙于整装上妆，为此地唯一的牧户演出。随车同行的年轻的摄影家车钢信步走向草野，无所用心地张望，安静地体验着大自然的寻常日子。阳光灼灼，他不由得眯起眼睛。眼前仍是一片白亮，而放眼处则一派苍茫，渐渐地，白亮苍茫中显现出一浑圆的白色之物。是一顶白帐篷吗？

　　不是白帐篷，是一具白马的遗体。

白马新死不过几天，尸身完好，因气体充盈使马肚最大限度地鼓胀。在辨清马尸的同时，车钢就望见了白马侧旁蹲坐着的一只黑色大狗。是那种西藏特有的名为"藏獒"的优良的牧羊犬。这种狗体格硕大，性格凶猛，一向令狼闻风丧胆。守护羊群，是牧人的好帮手。但此刻车钢所见的黑色大犬，却尽失英武威严的神采风度，枯瘦肮脏，毛发蓬乱，形容委顿，憔悴已极。那双眼睛居然富有人类的表情，黯然闪动着悲怆、绝望的光。狗也会流泪吗？它的眼角顺着鼻翼两侧，两条明显的干涸泪槽上覆着新鲜的泪痕。它就这样神思恍惚地苦守在白马身旁，石雕泥塑一般，对车钢的到来置若罔闻。直到——

一群数百只乌鸦嘈杂着铺天盖地俯冲而来。黑色牧羊犬像听到了战斗号令，陡然亢奋起来，腾跃扑咬，狂吠疾呼。乌鸦们难以落地，呼啦啦仓皇撤离。牧羊犬余怒未息，追踪仰吠许久，直到乌云般的鸦群踪影全无，狂吠也变成呜咽，方才蹒跚着踱回原处，怆然不动。

少顷，惊异未止的车钢又看到乌鸦们改变了战术，在地面散成大圈跳跃着包抄过来。牧羊犬见状，立即抖擞精神。环绕着白马，向四面出击。那情形如离弦之箭，向着每一个敢于接近白马的强盗疾射。已不时听见乌鸦的惨叫声。这场战役持续了很久，鸦群丢下满地羽毛几具鸟尸再次溃退。牧羊犬重新归位颓然而坐。

这情景可以发生在……人之外吗？这是否一个特别的故事？

虚无中来到世间，生息于此，长啸奔驰其间，并生儿育女，走过一生，死便死吧。狼来过，鹰来过，乌鸦来过，白森森一副骨骸，也渐就风化疏松，再归向虚无——草野中的生命，大抵如此。可是，这只忠贞的义犬，它究竟想要守住些什么，拼命要拉住些什么，是拒绝认可异类友伴的死亡，幻想它哪一刻会一觉醒来吗？

还是执迷于一个简单信念：只要我在，就不能让乌鸦们得逞！随着一声凄厉的长啸，一匹小小的灰色马驹疾奔而来，径直扑向那匹再也不会响应它的白马，拿脑袋、拿嘴巴急切地撞着、拱着马腹下干瘪的乳头。黑色牧羊犬怜悯地望着小马，它不会劝说它，也无从安慰它。终于，小马抬起头来，令人揪心地呜咽着，在妈妈的头上身上无望地蹭来蹭去。刚才，小马驹听见远处的人声马嘶，懵懂地怀了一个希望跑了去，但那里既不见妈妈，更没有妈妈的奶。无助的小马只得返回，与牧羊犬一道，厮守在妈妈身边。

已死的，尚存的，一组渗透了悲切欲绝之美的雕像，矗立在天地间，荒原上。

——它们似乎打算以身相殉。

难道还有比人更具高贵人性的动物！

身心受到震撼和感动的车钢，走向最近的一顶牛毛帐篷，帐篷里住的，正是白马黑狗的主人。主人难过地告诉客人，白马已经死了三天啦，黑狗已经守候三天啦，乌鸦已经进攻三天啦。千呼万唤不回来，黑狗、小马三天来滴水未进：它们什么都不肯吃。没办法，由它们去吧。

车钢搭一便车先回了狮泉河，拉萨市歌舞团继续在那片草原巡回演出。行前，车钢把这壮烈的一幕讲给了大家。后来，歌舞团的人们特意打听到了结果：又过了三天，黑色牧羊犬和灰色小马驹双双倒毙在白马身边。

我只是拿一般的采访语气，请车钢谈谈他几次阿里之行最深刻的印象和感受——其时我刚刚如释重负地完成了本书初稿——没想到他就只讲了这个，大自然的寻常日子里发生的这件事情。惊心骇魂之余，突然觉得车钢可恨的自私：他把由此事引发的某种挥之不去的情绪转移到别人心里从而获得了解脱，我却因此沉重起来，如同背负十字架。而且仅就这一情景，也足以使我对于阿里上下数千年、纵横上万里的游踪和感悟化为乌有，记忆中的阿里就仅止于一匹恬然安息着的白马，一只忠贞的守护神般的黑犬，一匹哀哀欲绝的灰色小驹了。

这就是阿里所展示的自然精神吗？无论谁面对这一情景，思维的运行都变得艰难：人们习惯于现成定义，而不再观察和思考，也无从观察和思考。

例如，究竟何为生命运动的本质，何为自然界法则。在大自然弱肉强食的食物链之外，是否还有一些相互依存、共生共荣的别的什么链，良性循环，友爱温馨。

在这个节奏加快、用过就扔、一切速朽如过眼云烟的当代文明世界面前，它是否隐约显示着大自然千古不易之规，天理人道，一种名叫"永恒"的东西。

这幅一犬二马的情景境界，是否我一向苦索的理想中的阿里—西藏—中国—东方精神的象征之物呢？

接下来的，似乎应当是从阿里返回全藏：且让我以自己的方式讲说西藏的自然和文化。由于走遍了西藏从而拥有了这一发言资格——

直到1990年夏季的此前十几年间，120万平方公里范围内的西藏自治区所辖七个行政地市（山南、林芝、昌都、那曲、日喀则、阿里、拉萨）总算被我普遍地走过。固然还有一些县份和地段想去但暂时无缘一去，例如，前往南方秘境墨脱的艰险备至的多雄拉山就未及徒步翻越。即便如此，西藏地理概念已然立体地显现于脑际，少有不明确之处。因此，当我需要介绍西藏概况的时候，完全不必照本宣科：临时翻阅有关西藏的自然、地理文化等书籍资料；当需要重点介绍某一地区的某些方面时，自然就具备了西藏这一大背景并具备了至少全藏范围内的比较眼光。确切而优越地说，我所能谈及的西藏已被自己的目光注视过，已被自己的双脚触及过，已被自己的心灵感知过了。

青藏高原因其海拔高、面积大、年代新而被称为"世界第一高原"。它实际包括四川、甘肃、青海、云南等省份隆起的边缘，那里也生活着吃青稞糌粑、役使牦牛的藏族。但它的主体部位是西藏自治区。概括西藏大地的特点很难以一概全，因为它内部差异很大。就自然地理而论，最简单的区域划分为高原本体和边缘地带两大部分，这是生态学家的方式，为了研究的方便。他们的所谓本体，即指高原之所以为高原的地势高兀却还平缓的高原夷平面；边缘则指因河流切割而破碎不堪的藏东藏南一线。拿植物、生态等自然科学家的眼光看取这一带，这破碎残伤的高原边缘沟壑褶皱简直就是黄金地带：因其山高谷深、地势复杂，历经地质史上重大变故而成为众多生物的避难所，并成为多种植物的分化中心，珍藏着罕见的植物王国的稀世珍宝；又因喜马拉雅诸峰垂直高度可观，一面山坡足可囊括北半球七个气候带的所有植被景观，又是理想的垂直带谱。生态学家们称这一线为"活跃的边缘地带"。拿同样的眼光看取硕大的高原本体，后者的确是过于不活跃了。

对高原的两分法未免笼统，我更倾向于现今流行的划分方法，即依西藏各地不同的自然环境及生产方式所作经济地理划分：藏北高寒牧场、藏南宜农谷地、藏东高山峡谷、西部干旱高原、喜马拉雅山地等五大自然经济板块。这种实属客观的划分恰好与千百年来自然形成的社会人文地理状况相吻合：

藏北羌塘（含青海部分藏区）为牧区；山南、拉萨、日喀则等一江两河（雅鲁藏布江、拉萨河、年楚河）中部流域，古称卫藏地区，是支撑藏族文化基础的农业地区；东部多康（含川西、昌都及甘南等地）半农半牧；西部阿里，亦农亦牧；另有一个差不多入另册的贡布地区（今林芝专区），是多山林的喜马拉雅地区。按其方位，自然与人文相吻合的地理分布差不多均匀地占据着青藏高原的东西南北中。由智性的眼光看取的西藏，正是这五大自然与文化板块的有机拼合。

这种自然与文化的吻合是一种必然，正充分显示出生存环境对于生存风格的决定性影响。文化作为一种生活方式，是人与自然间的调适物。在这方面，我坚守着地理决定论，老调重弹。

顺理成章地，文化也就构成了地理环境发展的最后环境。各大自然文化板块的三维空间展现开来——

纵贯青藏高原的巨大山脉在东部边缘处一个大回环，一系列南北走向的山脉横断藏东，崔嵬大山之间是深邃的三江峡谷。在昌都一带，著名的三大江与著名的三大山相间并列蔚为奇观。从西至东依次为舒伯拉岭、怒江,他念他翁山、澜沧江、芒康山、金沙江。犷放剧烈的地貌造就了豪放剽悍的康巴性格——川西、昌都、云南一带称康巴,康地——康巴脉管中涌流着大江大河般桀骜不驯的血。这个善经商的人群足迹遍及国内外。人们在享受着康巴人带来的利益的同时,不免又向他们投以警觉的目光,因为康巴汉子们容易惹是生非,由其性格生发,金沙江畔林立的狭长布条的经幡风马构成的巨幅软雕塑气势宏大;丁青县境内数以亿万计的石块垒成的矩形玛尼堆作为大地艺术震撼人心。

海拔高达 5000 米,面积广为 60 万平方公里的藏北高原,荒漠、半荒漠的砾石戈壁奢侈地占据着此地,草场贫瘠,严寒凛冽,宽而有力的西风带一年有半地统辖藏北,旱、虫、雹、雪等自然灾害频繁。藏北牧民勉力于生存之争,沉默厚道,在殷切的神山崇拜和格萨尔英雄传唱中获取精神的慰安与平衡。

卫藏一江两河中部流域气候宜人,富庶殷实,城镇乡村比较密集,寺院僧众也很集中。自吐蕃时代以来的数千年间便成为西藏政治、宗教、经济、文化中心,幕启幕落,历史在此上演了多少王朝更迭、繁盛衰灭的活剧。此地语言中敬语颇多,习俗严整规范,尊卑贵贱有序。套用由一位德国哲学家最初提出,由一位美国人类学家引申的术语,卫藏地区的文化模式体现的是那种"日神精神"。

而东南方久被视为异端、编入另册的贡布地区,是藏族、门巴族、珞巴族、僜人聚居区。生存于喜马拉雅山脉丛林中的各个民族,其文化传统各成体系,形成了迥然不同的文化群落。正统的西藏人一向把这一地区看作佛法不到的蛮荒之地。珞巴人苯教信仰不改,自称为苯教的继承者。林芝现存苯教始祖辛绕手植的巨柏及讲经台遗址;其境内耸立着全西藏最大的苯教神山"苯日"山——我曾遥远地瞩望过它,其山腰几株巨大松树是树葬之处;活跃的巫师们操刀杀鸡,拿鸡肝纹路辨吉凶。相传当年汤东杰布去贡布一带传播佛教居然被驱逐:他规劝当地人不要吃老鼠,当地人偏要在他面前把老鼠吃得吱吱叫；不让吃青枫子，就越发大把大把地咬得喀嘣响。于是摇头叹气，认为朽木不可雕也，历来就作为了流放之地。其实此地受惠于印度洋温暖湿润的季风，年年岁岁山清水秀，气候可人；春夏之际杜鹃怒放，山桃花红；秋季则果实累累，金黄灿烂。有座名为巴松的湖（又名措高湖），镶嵌于青山绿林间，风光不让莱蒙湖（又名日内瓦湖），贡布地区成为西藏最美的风景区。

至于上部阿里，则是本书探讨的重点。

西藏人有一句概括各地特点的老话说，安多的马，康巴的人，卫藏的宗教。至于上方的阿里有些什么，没有说。从这里也可看出阿里之于西藏腹地，时空及文化距离的遥远。再接下来的，应该是在整个西藏、在中部亚洲背景下，重新反观阿里——且让我尝试着概括阿里几千年间的时空。

空间阿里以其坚实博大秉具了广阔深厚的特质。在自然地理方面，它名副其实地成为山之巅、水之源。著名的昆仑山、喀喇昆仑山、冈底斯山、喜马拉雅山等巨大山脉在此发端，纠集成结，再逸向东北东南，组成西部高原骨架；源于冈底斯和喜马拉雅的四条大河狮泉河、象泉河、马泉河、孔雀河分别向西北、西南和东南方向流入印度、尼泊尔，成为印度河、萨特累季河、布拉马普特拉河、恒河支流哥格拉河的上游，最终汇入印度洋和阿拉伯海。大河与文明的关系并非来自历史哲学家们的发现，它其实不证自明，不言自明：它来自人类灵魂的感应。早在最古老的文献中，有人甚至提到早在公元前2000年时，冈底斯的神圣地位即已确定：它被作为了世界的、宇宙的中心。直到后来的印度教也一直把整个喜马拉雅尊为神性化身，位于阿里的神山圣湖则是其神性的终极象征。至于西藏人对于冈底斯（冈仁波齐）和玛旁雍错的如醉如痴的沉迷，前文已经谈到。总之，溯河而上的印度、尼泊尔人若干世纪以来流连此间，沿着山路长途跋涉而来的西藏人环绕神山不已，是对其神性的膜拜，亦是对生命之源的顶礼。

时间阿里作纵向延伸已难穷究其源了。由于时光的易逝，我们把时间设想成流体物质；由于空间倚恃物的坚实，空间又被设想成固体形态。由时间之流经由的空间便成为时空结合的阶段性，即不同的时代。让我们面向那个可能的源头，看它怎样向着现代迎面走来。

迎面走来的是玛旁雍错湖畔使用过旧石器的先民。他们的面目被时光风蚀得斑驳，他们的语言也含混不清。迎面走来了苯教祖师敦巴辛绕——辛绕米沃且。他身披阔大长袍，手执金属法器。他的身前身后，是承接天界的阿里高原的萨满宇宙，其间万物之灵攒动壅塞。象雄十八王，率领着中亚游牧狩猎文化的一支，指引着藏民族文化的先期到达。轰轰烈烈，浩浩荡荡，以其流动行进的生命自藏东北逸向藏西南，一路播栽文化、宗教的种苗，留下根基故土的九寨沟的羊同，川西北的嘉绒，留下遗民珞巴的群体，留下藏北边缘一线牧区的象雄语，留下沿途自双湖、文部直至日土的刻有游牧、狩猎图案的岩画群，留下一路石片、石核，留下洞穴，留下铸有动物纹饰的金属器物，走进西部高原的原始土著，走进西来宗教，火与太阳的崇拜之中，此时此地，古埃及文明、古希腊罗马文明、古印度文明、古中国文明、波斯文明……或早或迟、或远或近、或直接或曲折地照临，丝路花雨流散，麝香之气犹浓。远足西行的中原艺术大师被接纳于乌疆的洞穴中歇息，蒙眬入睡时，忽觉灵感跃动，洞顶依稀浮现曼陀罗图案。中原艺术大师挥动神来之笔，将日前所见此地男女歌舞绘形绘神地细摹于洞壁……

时间之流倏忽间携走了那位落难王孙的背影。我们看见他胯下所骑者，是向巴措尼玛多吉所献之骡；腰背所披者，是觉绕帕夏拉勒所献之狼皮。紧随其后，视死如归的益西沃昂然而过；智慧殊胜的阿底峡之后是佛教后弘期黄金时代的沸扬；译著等身的仁钦桑布虹化入虚空；甘丹才旺盔甲闪烁，铁马金戈……

电光石火！流光溢彩！

阿里的诱惑是久存的和永远的诱惑。我写阿里的初衷，旨在传达我们一代人对于这一此前尚属陌生的地区的发现和认识，写我个人的经历和感受；把有关阿里过去、现状的介绍，作为思想与感情上的一种努力，以使读者感同身受，使本书成为共同感觉的东西。

此刻，我不仅要继续坚持这项努力，我还格外感到了我所描述的该地的自然、历史、民族、宗教所具有的引申意义。作为当代世界的一个参照，可能提供一个思索的契机作为有关未来的终极思考的观照，也许不无意义，文化人类学家们认为，人们研究世界各地人类生活方式，最后所获得的就是有关多样性——多样性的范围，多样性的本质，多样性的根源——的智慧。他们认为，这种智慧若能善加利用，就可以成为人类的一项重要资源；因为从对人类差异的认识中，我们会对人类社会的新可能性产生灵感。他们说，除此我们别无其他源泉可汲取更高的智慧。

古往今来的阿里在脑海中交织成缤纷意象。究竟想要描摹什么，表现什么，标举什么，张扬什么，至少在动笔的时候，我还没能想清楚，基于对文字的信赖，我指望它们自然会列队而来，引领我走向一个必然。

我所信赖的文字并非无所不能，但舍此我何以凭借。我分明感到自己所负有的使命，想要超越自己的实际能力，在这份有关阿里的叙述中，勉力再现彼时彼地我之所见、之所闻、之所感，并借助他山之石——同路的学者的认知、先后去过阿里的我的文学艺术家朋友们的感受，以及少量资料的引证，来攻阿里之玉。在这无奈的二维空间里，我以一向的表达方式，呈现足之所至的我的阿里三围：扎达、普兰和日土，尽可能描绘作为山之巅、水之源的雄山丽水、干旱荒莽之原上的光天化日，以及那些弥漫于已废弃的王宫寺宇古商道原始洞穴之上的文化谜团；已述及被我称为"社会生活活跃的边缘地带"，一个名为科加的边境小村村民的生存外貌及精神风貌留予我的深刻印象；已述及名扬中南亚为众多国度和宗教信奉的神山圣湖：冈仁波齐（冈底斯）山和玛旁雍错，来自古老经书的描述和民间传说，以及它们所给予的不可言说的感染启示以及由此所获得的加持；已述及专区所在地狮泉河镇的风情种种；还已述及在日土，由于面向过往时空的张望从而引发的想象力的飞翔……我想尽我的教养所能提供的思考力去设想象雄—古格—阿里的数千年兴衰史，看能否从中发掘出一条历史—精神史的线索，甚至去寻求它何以置身于伊斯兰教的半包围中而不为所动的奥秘所在……

凡此所述，尽是一己新鲜经验。由一己推而广之，我想以此达到上述预期目的：把对于阿里的总体叙述作为思想与情感上的一种努力，使读者感同身受，使本书成为共同感觉的东西，同时向世界提供一个参照。

虽然我知道，再现阿里岂能用纸笔，太该使用质地粗粝坚实的木、石、黏土和牛皮之类，以石锛和金属钝器去凿去刻去打，用阴刻、高浮雕和立体雕塑去制作自然界与精神界的大型环境艺术品。一份大地艺术。

歌的高度

◎ 王宗仁

今天是我重返青藏高原后的第一天，昆仑山下荒漠上的那片无遮无挡的陵园，我必去无疑。这座陵园，让我恍惚，让我心悸。有悲伤，有醒悔。仿佛沉没，又仿佛忘记。我今天来这里，往昔的一盏灯在幽暗的回忆里静静地亮着，那仍然是生命旺盛的你—— 一座坟茔掩埋了的一个没有留下姓名的女兵，像成百上千的把生命献给雪域疆土的军人一样，那儿也是你最后的归宿地。

我们都等着你回家。月光早已漏泄，夜幕降临。回家吧——你。难道注定你要用一生的路，归家。是的，不管多迷茫，我们都等着你。

我是赶着步子上高原的，可是现在就要见到你了，我却把脚步收得很慢很慢，不是怕见到你，是担心站在你面前后我不知该说些什么。我多么希望时间也随我心愿，躲在远处城市的一角荡着悠悠的秋千，慢些，慢些，再慢些，暂时不要让我走近你。

我还是心急腿慢地来到了昆仑墓地。这显然是我朝思暮想的事情，但我心里却空空的，你在哪里，我怎么看不到？带着寒意的夏风在我身边喧闹着，一切的飘飞都回到眼前这堆土丘。难道这就是你的归家吗？我站在早被无情岁月几乎荡平只留下一个墓碑的坟地前时，才发现在当年你生命消失的荒原上，至今也没有长出一枝一叶。也许我们应该说生活并没有荒芜五十年，你的心却寂寞了半个世纪。我仍然要说，你的生命之水常绿，想起你的歌声，我的胸膛就汹涌澎湃！

这就是你的墓碑吗？一块显示着岁月皱纹的木板，上面的字迹已经成熟得肢体不全了。没有洋洋洒洒的颂词，人们却能触摸到你不平凡的一生。你生前大概很少听到人们对你的赞扬，你一死灵魂却变得完美起来。

我亲爱的同志，你这位没有留下姓名的女文工团员，你对生你养你的土地的爱和人们对你的爱，都已经在历史上生根。这爱太过于沉重，我才不断寻求了几十年，一直寻求到这遥远的地方。我今天是专门来看你的。没有给你带鲜花，也没有给你带醇酒。生活的甘美你早已无法品尝，人间的冷暖你却时时感受得到。今天阳光已经翻开盛大的旗帜，你仍然在铺满冻霜的山路上追风赶雪。天空碧蓝，白云透亮，秋水清澈了每一个角落，你的日子为什么永远不冷不热！同志，你不该再受凉了，我受托将这件崭新的红色大衣盖在你的墓碑上。昆仑山四季都在飘雪，你离去那年穿的那些大兵们的军大衣早就不保暖了。

我亲爱的朋友，你还记得吗？当时跪倒在你面前的一伙士兵向你赎罪，那种虔诚跪卧的姿势今天仍干干净净地浮现在我的眼前。可是，你还是走了。

每每回忆起你生命里最后那颤颤巍巍时断时续的歌声，就让我心碎如针刺。不要问丧钟为谁而鸣，你的永远离去，都是我们在场这些年轻的兵的一部分生命在消失……

那年的初春，我没记错的话是 50 年代中期。青藏公路刚通车不久，我们这些跑车的汽车兵用人间最纯朴的感情给西藏运送着温暖，满脸的油腻都在欢笑。那天应该说是我们心情最轻松最欢畅的日子，来自首都的中央慰问团要为青藏公路沿线的军民演出，这是第一次，也是至今为止最隆重档次最高的一次慰问演出。慰问团的团长就是我们敬重的陈毅元帅！说是军和民，其实每到一地就是为两家人演出——一家是兵站，另一家是道班。那个年月，吃、住、行一切从简，两家人住的都是那种圆木结构的帐房，远看很像窑洞。从草滩上挖来一块块粘冻着草根的黑色土块垒成一圈院墙，中间隔一道篱笆墙，左邻右舍住着一军一民两家人。慰问团每到一地，总是把演出场地选在两家门前中间的空地上，天作幕地当台，多有气派！十几个演员，十来个观众，一对一的比例。人少吗？不。慰问团是代表六亿人民来演出的，看演出的观众是代表高原数万军民来接受慰问的。

江河源头兵站那场演出最难忘啊。之所以难忘，是因为那歌声是演员肉体或灵魂的一部分，听歌人自觉地却不是自愿地惩罚了唱歌人。这需要慢慢地讲下去。

应该肯定地说那次演出是相当成功的。陈毅元帅在演出前有个简短而精彩的讲话，他说，江河源兵站，江是长江，河是黄河，我还要加一个，湖是青海湖。我们站在这样一个中国的源头，站在大江大河的交界处，怎能不骄傲！你们两家合起来就这么二十来个人，可是我们不能小看你们，你们顶着世界屋脊上半边天哪！怎能不演好这场戏。讲毕，元帅就坐在前排的一个小马扎上看演出。身为慰问团团长的陈毅元帅，从兰州出发以来看自己团员的演出，据说还是头一回。也许是有了这么一个特殊的观众和这位特殊的观众讲的这番很不寻常的开场白，那晚的演出很精彩。演员们的胸腔里收藏了多少风声、雷声，就释放出了多少激情、感情。我们的元帅感动了，演出结束后，他不由自主地站起来又讲了几句话。他说，我要接着刚才我的话讲，我们的这些演员也是很了不起的，听说他们来到青藏线后不少人都不同程度地有高山反应，可是你看他们刚才演的节目多么精彩。所以我今天来个王婆卖瓜，自卖自夸，我们的演员也是英雄，他们顶着世界屋脊上的另一半天。这样，咱们看到的就是一个完整的天了。我们今天在这蓝蓝的天底下很幸福地生活着。

诗人就是诗人，善讲，能讲。瞧那浓浓的文学色彩溢满言辞。

元帅的讲话和已往发生或正在发生的故事都凝固在了江河源头。如果后来变成冰凉的回忆，与元帅无关。只怪那些兵。

慰问团继续西行，他们的最终目的地是拉萨、日喀则，却不得不把一个女文工团员留在了江河源兵站。她的高山反应十分严重，无法再到海拔更高的地方去演出了，必须留在原地休息，治疗。休息，也许可以做到。可治疗呢？那个年代医疗条件的简陋是今天的人无论如何都想象不出来的。刚刚通车的青藏公路沿线的兵站和道班，绝对不会有专职的医务人员治疗女文工团员的病。如果有个老兵的衣袋里能有几片可以包治百病的止痛片分给她就很不错了。当然更没有条件用专车把她送到西宁或兰州去治疗。唯一的办法是让她在江河源兵站等待下山的顺路便车捎她下山。如果没有顺路车，那就只有等慰问团返回时再带上她回内地了。这是不知什么时间可以看到希望的漫长等待！

生活常常就是这样无奈。即使你是一个心比天高的人，面对这样的无奈也会变得束手无策。女文工团员就这样孤独无助地留在了江河源兵站。这原本是一件不幸的事情，可是在特殊的环境里它竟然变成了从天而降的好消息。我说的是那些原本应该惩罚却让谁也不忍心责怨他们一句的汽车兵。他们得知兵站来了女文工团员时，乐得屁眼里都颠出了花。千万别把士兵们这些美好的意愿涂鸦成邪念，他们一年四季都在荒凉的青藏公路上跑车，车轮把静悄悄的黎明碾成寂寞的黄昏，又把黄昏还原成黎明。除了单调就是清冷，雪山、冰河、戈壁是甩不掉的伴君。难得见到个女人。可是这个世界离开了女人那是不完整的呀！现在猛然间得知江河源兵站来了个女文工团员，而且是从他们日思夜想的神圣首都来的女文工团员！心花怒放，确实是心花怒放！更何况他们开始并不知道女文工团员是因病留下来的。那些不安分守己的分子便找出种种借口赶到江河源兵站来投宿。他们当中有些人本来这晚是投宿别的兵站的。为了要看女文工团员一眼，看看北京来的女军人那身合体整洁的演出军装，心里也会舒畅好些日子。

患病的女文工团员哪，也许你还没有意识到，在高原兵们的眼里你绝对是一位下凡的仙女！

所有的好心人都没有料到的问题，发生在女文工团员留在兵站的第二天晚上。亲爱的同志，亲爱的朋友，你可明白你可悔恨，在这个空洞无比的季节，除了兵们对你旷日持久的热爱，你什么也没留下就匆匆地离开了大家。是的，所有为难你的兵都是对你有着最纯粹的热爱！

那晚，站上住进了五个汽车连队，包括接待室、食堂在内的所有虽不是客房但只要可以住人的屋子，都做了临时宿舍。这种情况过去从来没有过，新兵招待员无可奈何地说，真是邪了门啦，挣死挣活地挤在这里有银子抢吗？新兵就是新兵，更深层的事情看不大懂。那晚青藏高原上的月亮只有一种颜色。从古到今人们总是对着月亮抒发自己非喜即悲的感情。再不要这样了，江河源兵站的这个夜晚不管月亮躲在云层还是裸露蓝天，它都是明媚无比的。真的，打开所有的窗子朝天上望，那晚的月亮只一种颜色：纯白，干净。

晚饭后，兵们不约而同地、轻手轻脚地把女文工团员住的那顶帐篷围了个里三层外三层。他们不忍心打扰她，又不愿意远离她，就这样若即若离，远远地看着，只要能瞅见那灯光就满足了。是的，他们只是想看看她，因为这时不少兵已经知道她是个病人，并没有打算要她唱歌——尽管他们今晚赶到江河源兵站最初的本意是要听她唱歌的。当然，这绝对不是一般意义上的看"风景"，那样是不尊重女文工团员的人格的。当时，女文工团员的形象像神一样耸立在兵们的心里，他们热爱她、崇敬她，想看看她穿的那身与一般军人不同的他们从来没见过的演出服，还有那顶缀着金丝带的军帽。自然，谁也不排除他们要看看她因为那身独特的着装格外显得威武而漂亮的身段和脸庞。

女文工团员终于发现了帐篷外面有"情况"，她走出来，一看这阵势就什么也明白了。她笑盈盈地对大家说，外面太冷，里面有火炉，请大家到帐篷里坐。

她满面春风，声音柔雅，很难看出有病在身。但是没有人进她的帐篷。这阵子天空飘起了雪花，帐外的雪地上留着战士们洁净的脚印。女文工团员再次恳切邀请大家进帐篷里暖和身子。小小帐篷当然容纳不了众多的兵，于是有一个胆大的战士竟然违背了大家原先只想看她一眼的初衷，提出了一个要求：我们想听你唱支歌！

没想，这个本该视为节外生枝的要求一提出来，众兵们竟然一时心血来潮地附和起来：对，我们想听你唱支歌！

女文工团员显然有些犹豫，张口想说什么却未出声。能看出她不是推辞，但有难处。可不是吗？其一，她正在患高山反应，浑身无力，还发着高烧，唱歌的原动力确实太少。其二，她是个舞蹈演员，唱歌绝非她的所长，担心让大家失望。然而，此时这些常理在这个特殊环境里显而易见已经无法说服真诚的听众了。这些兵大都是十七八到二十岁的大孩子，像她的弟弟一样可亲可爱，自打来到高原，他们很可能谁也没听过、看过北京来的女文工团员唱歌。今天她面对这么多弟兄们热切渴望的眼怎么忍心让他们失望地离去？于是，她什么也顾不得多想了，对兵弟弟们说："好吧！我答应给大家唱歌。不过，我有个要求，既然唱就唱你们爱听的歌。由你们点歌，我来唱。"

她的话音刚落，一群战士就送来了大声呼号："冲呀——点歌开始！"战士们纷纷点歌。你还别说，这些平日里只知道埋头干活的兵们，没想到每个人脑子里装了那么多的歌名，各人欣赏的歌儿各有不同，一箩筐一箩筐的歌名全端了出来。女文工团员这时完全消失了病态的神情，像一个等待出征的兵。

点的歌儿太多了，她只好说，我会唱的就满足大家，我不会唱的就过。大家拍手。她唱了《康定情歌》，唱了《敖包相会》，又唱了《十送红军》……她已经有点力不从心了，歌声时断时续，好比鸟儿已经飞上了天空，但飞得有些沉重。她坚持着让歌声飞。可以想象得出，一定是剧烈的头痛再加上高山缺氧使她痛苦万分。然而，那些热情却很粗心的兵只是专心致志地听歌，竟然没有留意到唱歌人情绪的变化，他们继续一个接一个地点歌。粗心的兵娃娃们，你们才是真正的忘情的歌迷！

奇怪的是，后来女文工团员的高山反应奇迹般地消失了，她越唱越来情绪，越唱声音越洪亮。她仿佛从来都没有感到自己还有如此超拔的唱歌天赋。

唱一支歌，开一朵花，落一次雨；掌声四起，再唱一支歌，心为歌源，血是真的。

唱者不累，听者不厌。歌的高度可以摘取星辰。

毕竟她是个严重高山反应染身的病人，毕竟是在海拔近五千米的缺氧地区耗尽体力地唱歌。她不敢保证能在自己灵魂饥渴的时候不停止演艺，但她期待，如果那个时刻真的到来，观众的灵魂饥渴比她的生理状态更需要歌声时，她将唱歌唱到最后一刻。

真的，她做到了。鲜艳的歌声永生永世都不会凋败。她累倒了，病倒了！

她躺倒在江河源兵站临时为她腾出的帐篷后就再也没起来。

在她的生命之泉干涸之前，夜的江源上空破例地飞过一只连当地牧民也没见过的夜鸟，掉下了一片光滑多彩的羽毛。那羽毛出其不意地偏离了向下飘落的方向，却一个劲地向上游去。自然，最后还是落到了草地上。有个兵有幸捡起了这片羽毛，它就是源头的一页沉重的历史。这个捡羽毛的兵就是当时的一个汽车兵，后来成为作家的我——王宗仁。

直到那歌声带着情感和思想陷入了沉默，一个鲜美的生命宣告结束时，那些只顾贪婪听歌的兵似乎才清醒过来，责怪自己惹下了天大的祸事。他们轮流抱着女文工团员还透着微热的尸体号哭不止。江河源暴起一片哭叫声，山巅千年不化的冰峰也淌起了眼泪。兵们爱得死去活来的地方，现在他们恨自己恨得死去活来。

这一夜，一向宁静得使人近乎窒息的江河源兵站彻夜在忙忙乱乱的躁动中度过。兵们为他们并不熟悉却深深热爱着的女文工团员挖墓、做棺材、装殓尸体……在大家一板一眼地干这些谁也不愿干的事情时，每个人都带着刻骨的愧疚和自责。他们这时都毫不掩饰地把女文工团员称作自己的姐姐，说，姐姐呀你只是出一趟远门。可是他们都知道这一出去就再也不会回来了！

有十多个汽车兵纷纷脱下皮大衣，把姐姐的尸体包了一层又一层，轮流抱到山中一个避风处安葬了。他们说，姐姐，你唱歌时穿的是演出服，太单薄，到那个世界去一定会挨冻的。我们给你穿上皮大衣，这样你就是十年、百年、千年也不再受冻！

黎明，一堆土丘静卧山野。它用一根细细的弧线牵住一方蓝天。兵们说：姐姐，你不必苦苦忧忧地守望，你还是回到你的弟弟们中间来吧！

何处寻觅呢？

兵们在坟前长跪不起，太阳把他们泪迹斑斑的脸照得那么灿烂。

她无名无姓，在遥远的江河源头孤孤单单地躺着。这一躺就是五十多年……

我又一次把盖在墓碑上的红色绒大衣拿起，默诵了一遍上面的字："女文工团员之墓"。然后，我用手绢擦拭着七个字的每一笔每一画。我是要擦掉死神吗？擦掉寂寞吗？擦掉悲凄吗？不，我要擦亮青藏高原的蓝天，把她叫醒，让她看看蓝天下的雪山，看看雪山映衬下的草原。她已经半个世纪没有呼吸一口新鲜空气了！

我又将红色绒大衣盖在墓碑上，对她说：

"我今天是专门来看望你的，马上就要入秋了，我来给你送换季的衣服。那一年，那些兵盖在你身上的那十多件皮大衣，你穿的时间太久了，恐怕早就不保暖了。前不久，我在首都一所中学给同学们讲了你的故事，同学们都流泪了。孩子们吼天吼地地哭着，他们说你是世界上最好的大姐姐（我纠正了他们的话，说应该叫你阿姨）。没承想，同学们都固执地说，不，她走的那年也就是二十来岁吧，她是永远的二十岁了，她就永远是我们的大姐姐。还有的同学说你不是从北京去的高原吗，说不定你就是北京人，让我设法打听到你家的住址，他们要去看望你的亲人。同志，我真的无法满足孩子们的要求！你无名无姓地告别了我们，当年我们都是不大懂事的娃儿，竟然没有打听你的名字和籍贯，现在回想起来悔恨自己八辈子！最后我只能收下同学们凑份子为你买下的这件红色绒大衣。几个女孩悄悄告诉我，今年时装流行这种颜色，让姐姐穿着赶赶新潮。再说，红色也图个吉利！"

天上没有太阳，云压得很低。我擦了擦眼泪，接着说：

"朋友，我亲爱的同志，你以后再也不会寂寞了，首都有这么多的孩子惦着你。还有，以后我也会常来看你的。江河源头是你永久的家，也是我们魂牵梦绕的家。咱们是一家人，用一根情链锁着我们一生！"

我停了诉说，远处有牧羊女的歌声传来。眼中的你耳朵醒着，听见歌声了吧！几只蜜蜂也醒着，它们飞来正用蜜勾兑着咸涩的生活，我噙着泪水，和你一起享受生活！

热田赋

◎ 杨星火

　　我爱西藏察隅金色的稻田，也爱拉萨河谷翠绿的麦地；我爱喜马拉雅银亮的云海，也爱藏北草原蓝宝石般的湖泊。然而，最令我惊叹和神往的地方，要数那云蒸霞蔚的羊八井热田了！

　　你瞧那盆地远方的念青唐古拉山，头戴雪盔，身披冰甲，像守卫热田的天兵；那雾里的藏布曲河，冰凌闪闪，像天兵怀中的宝镜。在这天兵驻守、宝镜映照的热田上，云雾缭绕，热气腾腾。我穿云破雾，来到热田井口。但见那高温蒸汽，像一条白色飞龙，自井口呼啸而出，腾起团团白云，洒下纷纷雾雨。阳光射来，云雾中甩出七彩长虹，横跨蓝天；朝霞辉映，云雾里又绽开鲜花朵朵，含露带雨；无风时，白云朵朵飘过蓝天，像羊群滚滚倒映湖中；大风骤起，云雾翻腾，又像骑兵跃马挥刀，乘风飞去。啊！热田！多么神奇，又多么壮丽呀！我这是在人间，还是腾云驾雾，飞入了仙境？

　　我满怀诗情，沿着热田广阔的道路，向地热电站走去。路上，一位工程师告诉我："地热是西藏的一件无价之宝。用地热发电，投资只要水力发电的八分之一，而且，水电站到冬天要受河水结冰的影响；地热发电呢，即使冰天雪地，数九寒天，井口喷出来的蒸汽，仍高达一百多度，照常发电不误。"咱们西藏有这样的宝贝，我能不高兴？我加快步伐，关切地问："这无价之宝，西藏有多少？"工程师伸开手臂，指着辽阔的热田，自豪地说："这块羊八井热田，形如黄鸭，方圆有二十平方公里！"哟！这是一只多么大，多么宝贵的黄鸭呀！工程师还告诉我："西藏的地热，不仅羊八井有，而且念青唐古拉山和冈底斯山中间的断裂层地带都有。从羊八井向北延伸到那曲，向南翻山到尼木的热水河，再往西南直到日喀则、谢通门等地都有分布。此外，西藏还有许多地方发现了温泉，这是地热的'露头'。要把西藏的地热资源全部准确地勘测出来、开发出来，这是一番既艰苦又光荣又壮丽的事业哩！"听了工程师的话，我又惊又喜。来西藏已二十多年了，过去我单知道，西藏很冷；现在才知道，这高原表面很冷，心里却很热。你看，这辽阔的地热热田，蕴藏着多么巨大的热能啊！

我们边走边谈，转眼之间，来到了地热电站。这是一幢新修的两层楼房。楼上楼下，安装着汽轮发电机和各种电气仪表。年轻的运行工人中，有汉族，也有藏族，有爽朗快活的小伙子，也有健壮美丽的姑娘。此刻，他们穿着洁净的工作服，严肃认真地站在岗位上，按动着红红绿绿的电钮，记录着各种数据。呵！这就是高原第一代地热工人！是他们，把地热蒸汽的热能，变作电能，送出暖流，发出金光。热田附近，寒冷立刻暖如春天，黑夜立刻亮如白昼。如果把热田比作人间仙境，那么，热田工地的全体职工，就是那神通广大、闪光发亮的神仙了！

离开金色的电站，我来到了地热钻井队驻地。在一排"干打垒"土屋前，我看见了名闻全国的高原英雄钻井队队长索加。我紧握住他那有力的大手，望着他那久经高原日晒风吹的紫红色脸膛，望着他那被高温蒸汽熏燎过的、穿云破雾的亮眼睛。啊！这就是二十年前的小奴隶，今朝的高原钻井工吗？这就是高原英雄钻井队队长吗？是他。正是这个年轻朴实的共产党员，带领高原英雄钻井队，打出了地热蒸汽井，发出了强大的电流，烧红了千家炉火，点亮了万盏金灯。

在热田工地上，我还听到这么一个传说：索加队长的腰杆，是钢铁铸的，蒸汽烫不烂，雪山压不弯。乍听有点玄乎，仔细了解，还真有这么回事。八年前，索加正在拆卸井架，突然一根钻杆撞来，打碎了他的腰骨，立刻进了医院。不久，他从医院回来了，腰上镶了一块钢板。他挺起钢腰，紧握刹把，带领全队打出了一口又一口蒸汽井。

当出现井喷的时候，他曾多次跳进沥青泥池，用腰身和手臂搅拌泥浆。尽管皮肉烫伤，他却挺起腰杆，坚持战斗，直到把井喷压下去。一位医生劝他保重身体，过度劳累可能影响腰骨，发生瘫痪。索加队长挥手一笑说："中国人死都不怕，还怕瘫痪吗？有一口气，就要钻井！宁可少活二十年，拼命拿下地热田！"这，就是高原热田上的藏族铁人。

热田的确是令人惊叹和神往的。然而，最令人着迷的，是那光灿灿的热田开发规划和远景。在热田工地指挥部，朵朵白云，从玻璃窗前飘过。党委书记展开一张地热开发蓝图，目光炯炯地告诉我：如果按照蓝图，把羊八井的地热开发出来，不到公元 2000 年，拉萨就能实现电气化。那时候，拉萨以二十万人口计算，每人平均可用 1000 度电。这就赶上了地热发电工业发达的新西兰首都惠灵顿。那时候，拉萨的工厂企业，不仅可以日夜供电，而且保证一年四季供电充足。还可以利用地热发出的电、热水，兴办化工厂、毛纺厂，修建大型温室、热水游泳池等。至于安装暖气、电炉、电冰箱、电车等，那就更不在话下了。

多美丽的社会主义现代化拉萨的蓝图啊！

至于那曲、日喀则等地，不用从羊八井热田架高压线输电过去，只要在当地打个地热深井，安上个万来千瓦的机组，就足够他们用的了。

如果世界屋脊实现了电气化，它将产生多大的魅力呢？那些断言"西藏缺煤少电，拉萨只能是一片黑暗"的外国专家，又将作何感想？

啊，高原热田！多么神奇、多么壮丽的热田哪！

望着热田，我看到了地热工人火热的心田！这是世界上质量最高的热田。是他们，把蕴藏在心田里的极大的社会主义热情，像火山般爆发出来，化作电、火、光！他们心中的热田，温度之高，含量之富，是任何尖端科学仪器也无法测量的！

望着热田，我深深感谢我们的地球母亲。是她，分外偏爱她的雪山儿女，给了我们如此丰富的地热财富。是她，把心中积压了千万年的热能，无私地喷涌出来，为建设社会主义现代化新西藏贡献力量。

望着热田，我看到了热田尽处的雪山草原，看到了云山后面的祖国大地！望呵，向远处望，我突然发现，那热气腾腾的960万平方公里祖国大地，就是一块喷热闪光的大热田！我们勤劳智慧的9亿人民，就像一支浩浩荡荡的地热大军！那社会主义现代化的时代风云，正风起云涌，喷热发光，让神州春暖花开，让中国大放光明！

入夜，我回到热田工地的一间女宿舍，室内安装着暖气，外加两个电炉。我和一位藏族青年女工，提着水桶，走出门来，穿过云朵，踏着月色，来到一个日夜长流的热水管前。我接了一桶热水，掬回满桶月光。我把双手伸进水中，竟是那么暖和，那么滑润，令人从身上到心里都感到暖烘烘的，美滋滋的。我昂起头来，望着云雾中的雪山、冰河，突然想起了唐代诗人李贺的诗句："御沟泉合如环素，火井温泉在何处？"是啊，在那河沟的水结冰如玉环素练的寒冬，诗人想起传说中的"火井温泉"，怎能不心向神往呢？在20世纪70年代末的今天，古老的传说变成了美丽的现实。李贺如能来西藏羊八井热田一游，他将写出怎样神奇、美妙的诗句呢？

藏北驮盐（节选）

◎ 加央西热

驮盐是藏北男人每年必须完成的劳作之一，依照传统的说法，一个男人一生能参加九次驮盐，就算报答了父母的养育之恩。从这个意义上来说，驮盐对一个男人而言远远超出了对物质利益的索取。因此，男人们从不会为这种旅行而苦恼。

一、关于我的驮盐情结

艰难的求学道路——爸爸说，祖业要有人传承，家中要有人放牧牛羊。这是爸爸的决定，谁也无法改变。但是我始终没有放弃要求上学的努力，这感动了公社领导，也改变了父亲。我便走上了求学与放牧的双重道路。我去驮盐的那个年代是一个全新的社会环境。后来，文学界的朋友们，诱发了我的文学创作欲望，进而让我误入歧途，将我的故事用诗歌的形式传达出来。

我的家乡在广袤藏北的班戈县青龙乡。我的家是一个祖祖辈辈放牧为生的家庭。我爱这个家也爱这片草原。家，记录了我童年时代许许多多的快乐和许许多多的不快乐，草原则记录了更多牧人的悲欢离合，也记录了一个游牧民族的荣辱兴衰。具体到日常来说，它的丰美与否和我们牧人的生活息息相关。我们这个民族无论对外界的理解如何，都源于诸如一片草原的范围。当然这些道理我是后来才知道的。

在我刚懂事的时候，我的大哥已经是一位国家干部。所谓国家干部就是领薪水的国家公务人员。后来，二哥也到外面去上学了，在北京还受到毛主席的接见，回来以后也当上了国家干部。每当他们骑着快马，斜挎钢枪出现在我的面前时，我总是羡慕地看着他们，心底升起一种自卑感。因为我上不了学。而不能上学也就自然当不成干部了。

我曾不止一次地向父亲表达过上学的愿望，但没有得到允许。理由是不能让孩子们像稚鹰一样养一个飞一个，必须得有一个在家里继承祖业。父亲自有他的打算。祖业要有人传承，家中要有人放牧牛羊，所以我不可能去上学。这是至高无上的爸爸的决定，谁也无法改变。爸爸是家里绝对的权威，而权力是严肃的，孩子们从来不敢在爸爸面前撒娇。爸爸也是一个家庭的象征，没有爸爸的家不是一个完整的家。尽管爸爸对我们如同一种压迫，但我们还是喜欢爸爸待在家里，因为我们知道他是爱我们的。渐渐长大了，爸爸开始给我传授生产和经营的技艺。诚然，父亲是想把我培养成一个和他自己一样的优秀牧人。

70年代初期，藏北地区掀起了成立人民公社、走集体化道路的高潮。这种新型的集体经济体制的建立，摧毁了几千年来形成的牧业自营形式，打破了牧民固有的安然甚至有点惰性的生活形态。但也正由于牧业经营体制的变化和劳动力的统一调度，使一些缺乏劳力的牧民孩子有了上学的机会。从某种角度来说，我就是这类为数不多的人民公社的受益者之一。假如说，我现在的职业及生活状况优于牧民的话——其实就人的生存意义来讲，我并不认为城市与乡村、牧人与诗人有什么区别，人这一世不过是完成生命旅程的其中一种过程而已。也许这正是牧人或者说整个藏民的悲哀之处，因为我们不为获取更多的物质利益而苦苦地挣扎，却把更多的时间和精力用在了来世的修炼上。如果用一句官方用语批评我们自己的话，就是不思进取，安于现状。

但我上学的愿望始终没有动摇。终于改变发生了。这是一个平平常常的日子，晚牧之后全家人围着三角灶开始吃饭，刚从乡里开会回来的爸爸向全家传达了令我高兴的那个消息——"上面有通知，咱们公社要送二十名小孩儿上学，公社决定让加央去，我也同意了。"他好像是在说给妈妈听，但口气绝不是商量。妈妈只是说："那就让他去吧，只不过家里又少了一个挣工分的劳力。"当时我真不知道有多高兴。我高兴得只想笑，但又不敢笑出来，我不知道自己为什么不敢笑，脑子里一片空白。只听得我弟弟说："你们看，加央高兴得嘴巴都合不拢了。"其实啊，我高兴是因为很快就会得到一杆枪，还有一匹马，对于一个牧民男人来说一匹好的走马和一支钢枪是不可缺少的。我特别自信只要让我上学，我就会获得一匹走马和一支钢枪，这就是我要求上学的全部动机。正是那个平平常常的晚上改变了我这一生的命运，无论它是喜也罢悲也罢，从此我走出了草原。

那时，我们上学得爬雪山，过草地，还得从生产队借驮牛带上食物和给学校食堂用来当燃料的牛粪，要经过四五天的艰苦跋涉，才能到达班戈县东方红小学。送我们去上学的大人们每天忙得不亦乐乎，备牛鞍，装驮子，直到目送我们远去。而我的同学们以孩子自居，只顾玩耍，根本不帮大人的忙。其实我们已经不再是孩子了，都是十六七岁的大小伙子，完全具备了自理能力。我看到同伴们光顾玩耍很有一种愧疚感，于是学着大人们的样子，拴牛备鞍，搭帐篷。想不到这被生产队长看在眼里了，为此我与驮盐结下了不解之缘。

1972年初春的一天，父亲从生产队部开会回来，给我带来了一个令人头痛的消息，生产队决定让我去驮盐。爸爸还特意说明这是队长的建议，话虽这么说，其实正中爸爸的下怀，因为他只是想让我在小学里学点实用文书，然后回来为队里服务为家里挣工分，可这对我来说却是个巨大的不幸和灾难，这将意味着放弃上学的机会，意味着国家干部当不成了。但是，我不能自作主张，只能接受生产队的命令去驮盐。

很快，我们就按公社安排的统一时间出发了。一共八顶牦牛帐篷四十八个驮盐汉子，一千六百多头驮牛，浩浩荡荡地向着神圣的盐湖而去，自然，每个人都有一种自豪感和使命感，因为我们能不能驮回优质的盐巴，关系到全队乃至全公社父老乡亲全年的口粮。当然，占据我心目中更多位置的是长大成为男人的骄傲，这甚至取代了不能继续上学的沮丧。驮盐对于一个牧家小伙子来说意味着从此步入了男人的行列，在姑娘们的心目中再也不是乳臭未干的毛孩子了。更何况对于一位藏北男人来说，每一次驮盐都意味着报答父母的养育之恩。

　　我们家住在一条驮盐大道旁。我从小就看着一拨一拨的驮盐人，沿着规则而不平行的被无数盐人踏出的小路形成的驮盐大道，穿梭于家乡与盐湖之间，完成一个牧人所必须完成的义务。每到春夏之季，当雄和宁忠的驮队铺天盖地涌来，沿途牧民的生活也热闹起来。当雄和宁忠的人天生擅长做生意，驮队一旦翻过念青唐古拉山脉，就开始与当地牧人做买卖。每到这个季节，我特别希望爸爸从当雄人手里买些干桃子、干元根、糖果等小食品，甚至买些跟我毫不相干的诸如陶壶、牛鞍、帐篷杆子等等。在我长到十多岁时，我就自己蹿到驮队帐内，开始跟人家做买卖。当然我不可能支配家里的财产，只能拿一些属于自己的东西来换取我喜欢的物品。一天，一个盐人看上我那双精美的靴带，于是就跟我纠缠着要换靴带，另加一支钢笔，这一下子吸引了我。谁叫那位卡尔托活佛给我起的名字叫加央西热——智慧的文殊呢，这让我从小就喜欢文具，喜好书籍。尤其钢笔对我特别具有诱惑力。那人也看出了我对钢笔的浓厚兴趣，不时在一张砖茶的包装纸上写字，就教我如何吸水如何装笔帽。他的这些广告性的示范更加诱发了我的兴趣。我决定立即交换。尽管两条靴带的工艺和质地和他的东西真是不能比较。我的那条靴带上编织得有矫健的黄羊，奔驰的飞鹿，栩栩如生的小鱼。回家以后，我遭到妈妈的严厉批评，大嫂也郑重声明——再也不给我织靴带了。尽管后来她还是给我织了一条，只是告诫我不许再拿去换掉。

我还跟二哥联手做成了一桩令人难以忘怀的生意。那是在夏季牧场放牛的时候，一天，来了一位当雄的老人跟我们一起放牧，交谈中得知他是为一位盐商放牛，自己有一匹小青马。老人说如果价钱谈得成就可以卖。当时正好爸爸当上了小组组长，每周都要到乡里开会，极需要一匹公马做坐骑。在这之前跟好几个盐商周旋过买马的事宜，可不是马不理想就是价钱谈不下来，一直未能如愿。老人的这匹小青马则四肢修长，皮松毛短，擅长平跑，真的是匹理想的坐骑啊，而老人只要几头冬季破"肚皮"的老牛即可。于是我们赶紧向父亲禀报，引起父亲极大兴趣，大人们你来我往地磋商几番，很快达成了协议。

　　站在驮盐大道旁看着认识的或不认识的驮盐者擦身而过的那些年月，我默默地祝愿自己也能成为一名出色的盐人。现在我终于也要像他们一样去驮盐了，这无疑是令人兴奋的。

　　出发之前要做很多的准备工作，不过不像私营时期，准备鞍具、缝补盐袋、整理拴牛绳等等都是在生产队部由爸爸替我完成的。盐人自己还要准备足够两三个月吃的食品。其中最繁重的活要数磨青稞面了。在西藏牧区这种活多半都是由家中妇女完成，所以磨青稞面的任务自然落在妈妈的身上了，但一有空闲，我也帮妈妈磨自己享用的糌粑。每当这个时候，妈妈总要说："孩子，别磨糌粑了。你小小年纪，能驮得动盐包吗？这生产队也真是的，干吗让小学的孩子去驮盐？"这么一来，我唯一为自己去驮盐所做的事情是缝制了一双选料考究、做工谈不上精细的长筒藏靴。虽然缝制完后，在做工方面还有很多遗憾之处，但无论如何，穿着自己动手裁缝的靴子，心里别提有多得意。临出发时，爸爸又赶紧给我传授了很多驮盐的技术，包括驮子如何打包，如何装卸牛背上的货物，在湖中采盐背盐的技巧以至怎么安排每天的伙食等等。

　　我们的驮队由六个人组成，共用一顶帐篷。虽说都是清一色的牧人，但仔细说来，每个人都有讲不完、理不清的一段故事。

我的搭档是我们家的老邻居叫单增班典。单增班典跟我以伙伴相称，其实他跟我爸爸是同一辈分的人。他原是拉萨著名的色拉寺杰扎仓的僧人。在过去，杰扎仓每隔三年要派三至五名僧人到我们部落从事民间佛事。1959年，西藏实行民主改革，正在我们部落做佛事的单增班典就地获得解放，跟当地一女子结成夫妇，结束了清高轻松受人尊敬的僧侣生涯，变成了一个地地道道的牧民。作为一个世俗家庭的主人就要承担起一家人的吃喝拉撒，自然也就要加入驮盐的队伍啦。还有一位老者叫加日。人们当面称他为加日叔叔，可在背地里却给他起了一个绰号叫豁嘴加日。其实加日并不豁嘴，起这个绰号有两个原因：其一，他长了一张能说会道的大嘴；其二，他是"文革"中造反派的积极参与者，为此曾蹲了三年的牢房。这里面，唯独我是他的知心人，对他来说我只是一个喜欢听故事的孩子。

为保持驮牛的体能，驮队需要一边赶路，一边放牧。放牛是以帐篷为单位，两人一天轮番去放牧。加日轮到跟我放牛，他评说人民公社的话至今让我记忆犹新。他说："公社公社不都是以公为家的吗？一家人还有经常闹矛盾的时候，这么多人在一口锅里吃饭，不天天熬粥就算大幸了。"据说他年轻时候还是一位小有名气的辩论家，相当于现在的律师。他曾跟一位部落头人，前往那仓（今那曲尼玛县）打赢过一场官司。他的口才之好，在他有兴致的时候，可以用连串的成语和典故来表达他要表达的全部观点，真可谓妙语连珠。但眼下他只希望跟着驮队了此一生。他说："只要让我摸着牛尾巴跟着驮队就是人生一大乐事，别无他求。"这也许是藏北牧人普遍的人生观或对生活不多的一点点要求吧。

当我们驮着全村人一年的希望，疲惫而又骄傲地返回家乡时，我得知同学们返校已有二十多天了，我的心情一下沉重起来，一种无法弥补的失落感油然而生，不过，不久希望又奇迹般地出现了。学校捎来一封信——先是对我在学校的表现和学习成绩做了充分的肯定，然后建议家长和生产队尽快把我送回学校。这一次爸爸充分发扬了民主，征求了我和妈妈的意见。妈妈当然是我最忠诚的同盟者和最可靠的后盾。我又获得了重返学校的机会，这对我来说是一次重大的人生转折。

很多年之后，我成为一名国家干部，认识了文学界的老师和朋友。由于他们的影响和从小受到《格萨尔王传》《尸语的故事》等民间文学的诱导，让我这双从小拿牧鞭的手笨拙地握笔开始抒写我的"草原"、我的"童年"和"驮盐"，一发不可收。

驮盐是我的写作"专利"，可是曾在藏北工作多年的文人吴雨初首先"侵犯"了我的"专利"，他写了一首《驮运路》的短诗。我读着他的《驮运路》时心情十分激动，那是条多么浪漫多么艰难的旅途啊。是我和我的民族历史的缩影，是属于我的题材。于是，1983年，在我二十七岁的时候，我把我去驮盐的经历和感受写进了组诗——《盐湖》：

　　　那也叫湖吗，白色的生命禁区
　　　没有星夜里泛着微光的波纹
　　　没有狂风下咆哮着挣扎的浪潮
　　　没有群鸟的吟唱或凄凉啼鸣
　　　没有跳鱼美丽的弧线和动的昆虫
　　　白色的湖盆闪烁着晶亮的珍珠

　　　多少世纪的季风在这里刮过
　　　盐湖的脸上总是挂着孤寂的泪水
　　　无言地仰望重叠的山峰间盘旋的鹰
　　　石缝里流淌的溪水凝固成无声的瀑布
　　　在阳光下闪耀像献给山神的哈达

　　　当风雪的夹缝中生长出雪莲的时节

盐湖的泪眼等待着孩子们豪放的歌声

漫长的冬季过后盐湖脸上的水洼里

显现出创世之杰用血泪撰写的历史长卷

——来了，一支强悍的队伍

在风的嬉戏中赤裸臂膀

在严寒的挑衅中露出笑容

挺起被生活压弯的脊梁

摇曳着匍匐着扑进母亲的怀中

在泥水中飞溅出生命的火花

从而，盐湖憔悴的脸上绽开太阳

灿烂地沐浴八方男人干裂的肌肤

幸福从此诞生，欢乐从此诞生

　　这首诗，是我对盐湖的一种描述和一种认识。尽管我在现在也没弄明白，盐湖对于盐人来说是母亲，还是情人？

　　今天，西藏热还在升温。罩在西藏面容上的神秘面纱处于半敞开半封闭的状态，尤其诱发了文艺界、影视界对它的兴趣。一时间，西藏成为纪录片和纪实文学的风水宝地。中央电视台驻成都军区记者站的导演谭湘江就是西藏的发烧友之一。他对藏北的驮盐曾有过一些道听途说。这时，他面对一位曾是牧人去过驮盐，而今勉强挤进文学圈的我对驮盐的一番真实描述，无法按捺激动的心情，立即决定对驮盐进行跟踪拍摄。于是我再度踏上了回乡与驮盐之路。

二、摄制组去五村的路上

　　西藏热不断地升温，谭湘江决定跟拍驮队，通过我的朋友们得知，班戈县保吉乡五村组织了十多人、二百头驮牛的庞大驮队。初次踏上藏北大地的谭湘江想把一路景致全部收入镜头。关于宋和全的小故事。年轻妈妈——桑卓和她生病的婴儿。二十多年没有驮过盐的格桑出任首领，自有他的理由。

当今世界已进入电与光的世界。西藏这片现代文明姗姗来迟的高地也勉强尾随其后，传统的生产和生活方式正在受到现代文明的侵扰，快捷高效的汽车运输正在替代牦牛运输，号称"高原之舟"的牦牛眼看着就要失业了，但也只能望车兴叹。

我在向谭湘江介绍驮盐时特别强调了这层意思。我的用意很简单，一是驮盐这种方式确实面临着即将消失的危险；二是我不想成天待在机关开会办公。可是我们要到哪儿才能找到一拨既不失传统又形成规模的驮队呢，这对我来说心中并没有底。于是，我们草拟了一份长达数页的电文发给班戈、申扎、巴青、安多的几位朋友。

数日之后，收到了朋友们的回电，其中一份是班戈县人大常委会彭扎主任发来的，电文称："保吉乡五村的驮盐队将于 3 月 15 日出发，约有 6 至 8 人，共 200 头左右驮牛，去向赞宗盐湖……"

紧张的几天过后，准备工作基本就绪，设备和各路人马陆续到位。于是，1994 年 3 月 10 日，制片人、导演兼摄影师的谭湘江，临时充当录音师的中央台驻成都记者站摄影师宋和全，翻译、民俗专家兼任向导的我，还有一位司机小余，我们一行四人乘坐一辆米黄色的丰田越野车驶向青藏公路。可没想到我们离开拉萨才跑了 180 公里，就发现车的左后轮在撒气。大家这才注意到，原来这台车的四个轮子破旧得几乎没有了花纹。我坚决否定靠这个左后轮来完成驮队的跟踪拍摄，建议谭导演立即通知后勤组带一备用轮胎。

待胎补好，我们离开青藏公路穿过当雄县城向北驶去。这是一条驮队古道，在很长一段岁月里，每年都有成千上万的驮牛组成上百个方阵前往盐湖，仿佛格萨尔大王争夺盐湖的大军不停地重现。然而，如今已经萧条的古道上再也不可能听到盐人撼人心扉的吆喝声和呼啸声了，取而代之的是一条崎岖的简易公路把我们带往念青唐古拉的娜根拉山口。

3月的拉萨已是春暖花开，树枝吐芽，可是翻过娜根拉山口情形却大不一样。银色的念青唐古拉山脉把藏南和藏北分隔成了两个季节。封冻的纳木错并不十分娇艳，不过那封冻的湖面上那些纵横交错的裂缝就是季节用刻刀划下的"春"字。前方，蓝天下枯黄色的草原和清一色光秃秃的草山就是我的家乡，那里有我无限眷恋的童年。

到了山口，我们下车，习惯性地绕经幡一周，捡几块石头放到玛尼堆上，以示磕拜。谭湘江的情绪一下高涨起来，说："等我挣到一百万元，我要乘热气球横跨纳木错，完成一次人类历史上的壮举。你呢，加央？如果你有很多钱，你会做什么？"

"如果我有很多钱我会去旅游，我要到我想去的所有好地方。"我说。

"对，多好，可是有很多人兜里有了几个臭钱，成天在城里泡舞厅，泡女人，多没意思，简直在糟蹋人民币。"

闲谈中我们已到了去扎西岛的岔路。我说："这是去扎西岛的小路。"他们对我的介绍提出异议："怎么叫扎西呢，扎西不是你们作协主席吗？"我耐着性子说："那岛也叫扎西。是纳木错十八个岛中唯一靠南岸的半岛，那里有很多仙人的足迹、修行的山洞和正在修炼的圣者，是羊年大转湖时信徒们必拜之地。"在后来的往返途中，另一个加入者沙青意外地发现，扎西岛像一头正要下海的大乌龟，于是大家改称它为乌龟岛。"扎西岛"被译成汉语是"吉祥岛"，这么吉祥的圣地怎么能和近似贬义的乌龟联系起来，不仅对于信徒们的感情而言不能接受，就连我也觉得别扭。

翻过娜根拉山口，眺望保吉，纳木错就像肆无忌惮地躺在丈夫的怀里睡大觉的女人，假如我们此时能拥有一种水陆两用的交通工具，就可以缩短一半的路程。藏北西部的几个县境内从严格意义上说并没有公路，但跑的汽车多了就形成了纵横交错的公路网络。显然这些公路都不是设计师们画好图纸之后再由筑路大军一镐一铲修筑出来的，而是藏北的土师傅们凭借他们熟悉地理地貌的优势，耐着性子精心编织出来的藏北交通图。在我们跟前就有三条通往保吉的路线可供选择。其中紧靠纳木错北岸的南线，是最捷径的，也是最能满足文人墨客们的雅兴的——湛蓝的湖水倒映着一排东西走向的念青唐古拉山脉，主峰唐拉亚秀便是群峰中高高矗立的巅峰。它是藏北最大的山神，拥有广大的藏北地区，受到众山神的一致拥戴。而湖面上畅游的黄鸭和斑头雁，则为神湖增添了几分安详与生命的灵气。假如你是一个有造化的人，神湖对你另眼相看的话，在湖岸的水草丛中你还能相遇高贵的黑颈鹤。

沿湖岸而行，一处怪石林立、经幡习习的山嘴便是纳木错最著名的沐浴门——江傍沐浴门。转湖的信徒们走在这里都会卸下包袱进行一番隆重的洗漱，以示洗掉前世和今生的所有罪孽。北岸的阳坡上长满了簇簇爬松，这是神湖馈赠香客的神圣礼品。朝圣的善男信女们多半都要带上一些松枝回家，牧家主妇每天早晨为供神煨的桑大都采自纳木错湖畔的这些松叶。如果时间许可，停车去拜访一位修行的老者或附近的寺庙也是一个不错的主意。留意观察每个修行洞，还会发现苯教的咒语和一些古朴的原始岩画。据西藏考古专家称，这些岩画的年代各有不同，仅就其中一处岩画而言就有上千年的历史，当然也有现代人仿古的拙劣品。不过，我们终究还是放弃了南线而选择了北线。因为南线的路况远不如北线，而我们又要尽可能快地赶到目的地，再说藏北的春天总是姗姗来迟，除了周遭绵延的雪峰，纳木错并不十分秀美。

但对于初次踏上藏北的谭导演来说，则是处处都觉得新鲜，一路上见什么就拍什么，我们还没有跑一半的路程就把太阳送到西山的背后去了。

在藏北带路我自称第一号导游，可夜间赶路我还是有些忐忑不安。毕竟白天可以凭远处的山山水水作参照，怎么也不会走错一步，但要赶夜路恐怕谁也不敢担保不会出现差错。原因很简单，举目眺望，除了起伏不定的地平线和满天的星斗，你再也不会找到更多的参照物。而那些横七竖八的岔路上却不会有一个路标。可能是受我的情绪的影响吧，一车人都收拾起各自的话匣子，集中精力凝视着前方，似乎生怕稍不留神草原上的小路会像路边的小野兔，一晃眼就不翼而飞。不过我倒也不很担忧，凭借多年的经验我知道，每当我黔驴技穷时，希望总会奇迹般地出现在我的面前。这种感觉从来没有让我失望过，这不，今天也是如此，当我们翻过一座小山口，奇迹便出现了——前面不远处，有两辆东风牌卡车正朝保吉的方向驶去。不管他们去什么地方，不会不知道去保吉的岔路。于是，我们全速前进追赶他们，尽管没有经过养护的土路颠得每个人腰酸背痛。

经过大车师傅的指点，我们明白该怎么走了，于是还算顺利地到达了保吉乡。说到保吉乡除了它的政府行政级别和辖区地域外，就其乡镇建设的规模来讲，实在无法与内地乡镇比较。所谓乡政府就是一排铁皮屋顶的平房兼容了各位书记、乡长的住所及办公室。再加上周围的信用社、粮店、供销社、卫生所、学校电影队等几个服务性单位，便组成了以乡政府为主的藏北小镇。

你可千万不要小瞧了这个唯有一栋平房的乡政府，这意味着一个国家对这一地区的管理和统治。

我们把车直接开到小学院内，一群穿羊皮袍子的学生一下围了过来想看个究竟。我刚开口问他们江琼住在哪里，话音才落，一间没有亮灯的房里传来江琼的声音，"加央，我在这里！"江琼是我小学同学，是乡里小学的老师，我们最后一次见面大概是1985年，已有十年之久了，但他还那么清楚地记得我的声音，实在令我激动不已。一阵热烈的倾诉之后，我们一股脑儿全部挤进了他的小屋。幸好他还是独身一人，我们的活动不会有任何不便之处。江琼得知我们的来意，惊奇地问："这么多年没见你的行踪，你是怎么知道我们这儿有牦牛驮队的呢？不过你确实没有找错对象。保吉五村的人特别能干，他们到赞宗盐湖驮盐不到一个月就可以折回来，你就是跑遍全县也不会找到比这支驮队更精干的了。再说现在哪儿还有用牦牛驮盐的嘛。"

保吉乡也是个无电乡，到了晚上每家每户开始忙着点汽灯。汽灯是这里备受青睐的照明工具。江琼对汽灯做了一个小小的改进。他把自行车轮胎的气门装在汽灯上，这样为汽灯充气时就不那么费劲了。点上汽灯，屋子里一下明亮起来。江琼边招呼我们坐下，边往炉内添加牛粪，然后浇上汽油用以引火。由于气压低的原因，汽油的爆发力不强，只发出"噗"的一声。牛粪火点燃之后，炉膛内灌上满满的羊粪蛋，羊粪的燃烧性能比牛粪强得多，不一会儿工夫铁皮炉烧得通红，室内的气温急剧上升，我们脱掉外衣只穿件毛衣都觉得很热。

我还有一位叫本西的同学也在这儿任教。他也闻讯而来。聊天当中，他提出了一个令我一直担心的问题——这些汉族同志随驮队去北部驮盐，他们的身体能吃得消吗？是啊，这是一个非常严峻的问题，我陷入沉默之中。后来，半夜里，我听见小宋出去了两次。

第二天，本西对我说："你的那位朋友把我的羊粪堆搞脏了，我看那小子到不了盐湖。"江琼也附和："那个白白胖胖的高个儿是条汉子（他说的是谭湘江），裂嘴唇的那个够呛（这说的是小宋）。"原来小宋闹肚子，夜里出去找厕所，厕所没有找到，只好在羊粪堆里埋地雷。污染燃料是藏族人最为忌讳的事情，但我不能怪无知的小宋，只好对本西说："老同学，原谅我吧，是我没有对他们说清楚，叫几个学生处理一下吧。"江琼拿酥油茶、牛肉和奶渣糕来招待我们，但这些美味佳肴主要还是被我享用了。本西是个生意经，大生意做不来，小生意倒是细水长流，源源不断。这次他把火眼金睛投入摄制组汉族同胞的腰包。他诡秘地向我探听说："你的这些汉族朋友会不会跟我们做买卖？他们喜欢什么？他们是不是很有钱？"

这倒把我问住了，我也不知道他们喜欢什么，就说他们也许喜欢牧民的装饰品吧。他们也许很有钱也许一分钱也没有。

我和谭导演去乡里协调拍摄事宜期间，小宋已经上了老牧民的当。他买下了一个并不精致的打火链，得意地叫住我说："你看，怎么样？我买的。"我不想让他扫兴，只好说："不错，不错，只可惜不是银的。"他说："那当然，我只给了八十元。"是啊，正因为不是银做的，正因为他给了八十元，他才上了一个小小的当。

在乡里接待我们的是次仁旦巴乡长。次仁旦巴是 70 年代的乡干部，虽说在乡政府工作近二十年，但还是一个十足的牧民。对上面来人既不点头哈腰也不冷若冰霜，只有一个简单的问候和一碗酥油茶。他这人不热衷于官场，也不拒绝担任乡长；既没有开拓创新，也不玩忽职守，一切都是逆来顺受顺其自然。

当天中午，我们离开保吉乡前往目的地——保吉乡五村。我没去过保吉五村，只能凭着次仁旦巴乡长口述的路线驱车而去。

保吉乡是因保吉山而得名。保吉山匍匐于纳木错北岸约 30 公里处，与念青唐古拉山遥遥相望。在民间的传说中，保吉山是无法站立的山。据说曾经威严峻拔的保吉山常与念青唐古拉的爱妻——纳木错窃窃私语，缠缠绵绵，被念青唐古拉发现，正欲拔腿北逃，狂怒不已的念青唐古拉挥刀砍断了他的双腿。

在藏北，如果没有向导的话，要找到一条通往某个小村庄的路并不是一件容易的事情。我们足足跑了 20 公里，才碰到一位骑白马的老者。老者用手遥指了指去五村的方向，看来我们还得跑上个 30 公里才能抵达五村。

通常来说，两个骑马的人，在一望无际的草原上相遇，会不约而同地坐下来吸一撮鼻烟聊一会儿天。这种习性在我身上至今保留，似乎无法改变。老人问我去五村有何贵干，我如实回答："我们想跟五村的驮队一起去驮盐。"而他的表情告诉我，他对我的回答存有异议或不可理解。但我没有对他撒谎也无须解释。

我们离开了那曲直达申扎县至阿里北线的公路——那是当地驾驶

员开辟的新路。沿着一条浅浅的车辙，终于来到了保吉五村。保吉五村和西藏牧区许多地方一样，并不是传统意义上的村庄，而是一种行政区域的划分。这个行政村包括了四个自然村庄。

当我们走进坐南朝北的那个山谷，一条宽大的冰河占据谷底大半草场，坐落在山坳的几间平顶土屋与冒着枯草焦味的牛粪火烟扑面而来。这种景象对我而言真是再熟悉不过了。每当我重返故里途经某个村落目睹类似景致时，我总要激动一番。可是平素挺爱激动的谭导演，这时反倒不激动了。难道说这些房屋、这些人、这些牛羊都和他想象中的牧区丝毫没有异样？既然如此，为再度享受宁静和谐的生存形态而产生的激情就让我一个人感受吧。

村民们对一辆丰田车的到来并不感到稀奇。他们以为是工作组。因此，我们一下车，村委会副主任仓诺布就拖着病躯前来迎接。

在我们说明来意后，副主任不免觉得奇怪，但他还是热情地把我们接到他的家中。他家只有一间房子，旁边搭了一顶黑色的牛毛帐篷。以后我们就同他家人吃住在一起，这在牧区倒是司空见惯了的，从而为我们了解和拍摄他们的活动提供了许多便利，但也给彼此的生活和工作带来了一些不便。

副主任的二女儿桑卓刚坐月子不到一周。西藏牧区妇女坐月子与其他民族相比较只是一个象征，真正因生孩子而休息的日子不过一二周，在这么短的时间内也不得不经常出门去做一点类似晾晒尿布的活。桑卓的情况还算不错，晒尿布这类事都由她妈妈替她做了。至于在吃的方面，尽管当今牧民的生活有了很大变化，几乎家家都住进了房屋，食品结构也有一些变化，但是产妇的给养似乎没有什么改善，也许不必改善——主要是用酥油煮糌粑和牛肉汤，实际上这已经相当有营养。产妇食用的酥油是有讲究的，必须是上年夏季绵羊奶酥油。这种酥油的营养价值极高，对产妇补血、恢复体质极有好处。

一个男婴的诞生意味着什么呢？他会是一个牧人？一个盐人？不

论是什么，他都是一个牧人的后代，一个盐人的后代。这于是也就促使我们的导演对他倍加关注，认为这男婴具有一种象征性。所以我们尽可能地利用时间和机会去拍摄被羊皮裹得严严实实的婴儿。可是他们家里的人并不欢迎我们这样做。桑卓的妈妈很友善地说："这个婴儿感冒了，他病了，希望你们不要拍他。"桑卓的大弟弟顿加干脆挡住镜头，并指使他的小弟弟也这样做。因此这个婴儿成了我们所有人关注的焦点。在我的观察中，他是一个不哭也不闹只是喘气很急、有时还有点轻微咳嗽的小家伙。

桑卓本是一个开朗的女孩子，尽管她现在已经做了妈妈，在大人们的眼里还是一个淘气的女孩儿。她在镜头前面常常做着各种怪相而且毫不拘束地吃着她的营养。然而不久，我发现桑卓开始偷偷地掉眼泪。原来这个小生命还没有来得及起名字，就被无情也无形的病魔纠缠不休。不过我们始终没有看见孩子父亲的出现，由于这个小生命情况不妙，我也不便向他家打听有关孩子父亲的事情。

驮队出发的日期已临近，我们拍摄的对象转向了驮盐的男人们。按照惯例驮队出发前要召开一次驮盐人的会议，会议的主要内容是：确定或推选驮队首领，搭配搭档，搭配家庭成员，推举家庭的老爸老妈和法官，分配每个成员所要携带的炊具、帐篷或其他公用物品。可惜的是，由于我们去得晚，没能赶上盐人会议。后来通过仓诺布副主任才得知了会议的基本情况——包括此次驮队的首领原村主任格桑。

格桑是一个精明的牧人。他是一个大户家的持家能手，不仅牧活样样在行，还因生意做得精到而享誉当地。自实行生产责任制以后，格桑辞掉了一直担任的村长职务，经过几年的苦心经营他家成了当地的头号富户。他全家有十三口人，一千多只绵羊，二百多只山羊，百来头牦牛，十一匹马，加上近年来的生意收入不错，添置了一辆东风大卡车，乡信用社还有三万元的存款，手头也有一笔数目可观的流动资金。

但格桑并不满足于现状，这也许是他最大的与众不同。他总爱说："我这点家当值不了几个钱。"

　　格桑已有二十多年没去驮过盐，他已年过五旬，这回却重上驮盐大道，其中自有他的理由。

聆听西藏

◎ 扎西达娃

太　阳

冬天的上午，西藏高原万里无云，蔚蓝色的天空阳光炽烈。一群群的人在屋外坐着晒太阳，无论你形容他们呆若木鸡也罢，昏昏沉沉也罢，憨头憨脑也罢，他们并不理会外人的评价。重要的是，你别站在他们面前挡住了阳光。

沐浴在阳光下，人们的脾气个个都很好，心平气和地交谈，闲聊，默默地朗诵着六字真言，整个上午处在一种和平宁静的状态中。这个时候似乎不太可能发生暴力凶杀交通事故婚变什么的要紧事，那一切都是黄昏和深夜留下的故事。现在只是晒太阳，个个脸上都那么地安详，平和，闲暇和宁静，仿佛昨夜的痛苦和罪恶变成了一缕神话，遥远得像悠久的历史，而面对一轮初升的太阳，整个民族在同一时刻集体进入了冥想。

西藏人，这个离太阳最近所以被阳光宠坏了的民族，在创造出众多的诸神中，却没有创造出一个辉煌的太阳神，这使他们的后代迷惑不解。

坐在太阳下静止的冥想，没有动感，没有故事情节，然而却包含着灵魂巨大的力量和在冥想中达到的境界。也许他们并没有去思索命运，但命运却思索他们的存在。梅特林克在《卑微者的财富》一文中阐述了在宁静状态下呈现出的悲剧性远比激情中的冒险和戏剧冲突要深刻得多。然而西藏人对于悲剧的意义远不是从日常生活而是从神秘莫测的大自然中感悟出来的。在严酷无情的大自然以恶魔的形式摧残着弱小的人类的同时，大自然宝贵的彩色投在海拔很高空气透明的高原上又奇妙地烘托出一种美和欢乐之善；这种大自然的光明与黑暗，善与恶的强烈对比，是形成西藏佛教的重要因素之一。西藏人在冥想中听见了宇宙的呼吸声，他们早已接受人类并不伟大这一事实，人类的实现并不是最终目的，不过是在通往涅槃的道路上注定要成为一个不算高级的生灵。

我相信这个非人类的伟大思想是我们的祖先在晒太阳时面对神秘的宇宙聆听到的神的启示。

也许是神秘主义倾向作孽，晒太阳这种静止的状态使西藏作家对这一题材颇感兴趣。青年女作家央珍和白玛娜珍写了《晒太阳》和《阳光下的对话》，我也曾写过一个短篇叫《阳光下》(瞧瞧，连题目都那么不约而同)，但这些小说更多的都是些情趣的东西，还没能够从中发掘出更深层的意义。不过这一领域显然已被作家们注意到，相信有一天他们能真正走进去并发现一个奇妙的天地。

在路上

这是一个没有什么特色的题目，却有一部以此为题目的小说成了经典名著，那是美国作家克晋亚克写的一本60年代嬉皮士们的故事。一切故事都在路上发生。

由于历史的变迁，西藏人从一个在马背上勇猛好战的游牧民族变成了整天坐着念经坐着干手工活坐着冥想并且一有机会就坐下来的好静的民族。这一动一静的气质在今天的西藏人身上奇妙地混合在一起。一个草原牧人经过数月艰辛跋涉来到拉萨后，却能一连几个星期寄宿在亲戚家一动不动。我的祖先是西藏东部人，被人称为康巴人，他们剽悍好斗，爱憎分明，只有幽默，没有含蓄，天性喜爱流浪，是西藏的"吉卜赛人"。直到今天，在西藏各地还能看见他们流浪的身影。我觉得他们是最自由也是最痛苦的一群人；也许由于千百年沿袭下来的集体无意识使得他们在流浪的路上永远不停地寻找什么，却永远也找不到。他们在路上发生的故事令我着迷，令我震撼，令我迷惘。我也写过康巴人在路上的故事，《朝佛》《去拉萨的路上》《系在皮绳扣上的魂》等等，我还将继续写下去，有朝一日我会以《康巴人》这个平凡而又响亮的名字来命名我的一部小说集。

在我的血液中，也流淌着这种动与静的气质。闲来无事，除了偶尔写点东西，我会非常自觉非常惬意地作茧自缚把自己封闭在家中，有时一个月也不迈出大门，时间却飞速地流逝。我习惯于深夜写作，写得出写不出也要坐上一个通宵，轻松地迎接黎明的到来。这个臭毛病是在剧团养成的，那时从事舞台美术工作，常常深夜在剧院装台，熬夜便成了家常便饭，在十八岁以前就过早地修炼出来了。现在，坐在深夜的灯光下，面对万籁俱寂的黑夜，有一种唯我独醒的超然。常年与黑夜为伴，渐渐进入了一个鲜为人知的时空，黑夜有它独特的声音和气浪，它像一具有生命的躯体在悄悄蠕动；它给我灵感和启示，我总是能聆听到一个神秘的圣歌在天际的一隅喃喃低语。当我进入写作状态时，这个声音像魔法一般笼罩我的整个身心，使我在脑海中涌现出刻在岩石上的咒语，在静谧的微风中拂动的五色经幡旗，黄昏下金色的寺庙缓缓走过一队步态庄重的绛红色的喇嘛，一个在现代城市和古老的村庄中间迷失方位的年轻人等等，一切发生了怪诞的变形。什么是真？什么是假？时间是怎样发生的？空间是怎样呈现的？我进入了一个扑朔迷离的世界。

黑夜是我灵感的源泉。

有时也破门而出到外面的世界走上一遭，没有动机没有功利没有目的地走向村庄，走向草原，走向戈壁，走向森林和海滨，回来后不写任何游记散文。仿佛梦游一般地回来了。一路上所见所闻，感受到的激情和想象出的情节通通抛在脑后。我相信一个人的眼睛和其他器官接收到的任何信息都被储在容量无限的大脑中了，忘记是不存在的，它无非是潜藏在记忆库的深处，如果需要它随时会蹦出来，如果蹦不出来就表明你其实并不真的需要它，尽管你有时自以为很需要而干着急，但这不过暗示着这种需要并不是灵魂中所真实的需要。

像深藏在地窖里的酒一样，将外部世界的感受储藏在大脑中，时间一长就会发生质的变化。有时灵感赋予出的一个个栩栩如生的细节和奇妙的人物甚至不可思议的情节，我已无法辨认出究竟是出自生活的原型还是想象虚构的产物。总之，真实和幻想被混合被浓缩而变形了。

小说源于生活，但并不高于生活，它只是另一种意义上的生活。

有时，一走就走得很远，去了德国，去了美国。在那个陌生的国度却有一种似曾相识的熟悉，一个神秘的声音在暗示我：我曾在这里存在过。我没有修习过密宗，我不知道我的灵魂是否曾经来到这个国家一游过。走在摩天大楼林立的曼哈顿街头，融进各种肤色的人流中，心中坦然，我就是纽约人中的一员。熟悉并不意味着漠然，只有在熟悉中才会发现更多的新奇，所以我忘记了旅馆卫生间里那些奇特的装置，麦迪逊广场耸立着什么内容的广告牌，联合航空公司的班机上供应什么样的午餐和饮料，但我却无法忘记林肯纪念堂的看门老人跟我闲聊起有关三、六、九这些数字的意义，芝加哥的艾维宾丝夫人戴着一只西藏的铜手镯开着她那辆红色的丰田汽车，说起她年轻时想当一位好莱坞明星的梦想，伊利诺伊州一个小城的麦瑞给她的两个三四岁的孩子和我，在汽车快餐店里每人买了一份冰激凌后大家一起发出莫名其妙的欢乐的吼叫。他们并不是我在美国小说中读到的人物，也不是我有一天来到他们身边，在我心中他们很早就存在，我们在另外一个世界里早就认识，这一切不过是老朋友的再次相见。所以，我没有伤感没有惆怅和失落，而是平静地转眼间又回到了西藏。有一天，我梦见了自己来到南美洲的一个印第安人小镇，梦中提醒我这是真的，绝不是马尔克斯等人小说中的小镇。我对梦说，你别多嘴，我当然知道这是真的。我至今还能看见一个棕色皮肤的老太婆坐在一棵树下嚼着槟榔，手搭凉棚似乎在等待她的儿子，我甚至还能闻到从那幢白色房子里散发出的令人窒息的腐烂的玫瑰花和来苏水的气味。

南美洲有没有这么一座小镇并不重要。对我来说，重要的是我体验到了一种完全的真实。

时间是一个永恒的圆圈。

夏日辉煌

我发现冬天是个写作的好季节。寒冷的天气使人头脑清醒，思维活跃。在过去的一年即将结束和准备迎接新的一年来临的冬季，会使人产生许多新的想法。

冬夜里，一阵阵狂风呼啸而过。到半夜，又变得很静谧。风疲倦了，人们也进入了梦乡，我开始缅怀夏日，向往夏日，那是一个躁动的季节，一个辉煌的季节，在那个季节发生的故事最让人难忘，随着时间的流逝，这些故事渐渐凸现出来，显示出它的意义。《夏天酸溜溜的日子》《夏天蓝色的棒球帽》《谜样的黄昏》《泛音》《巴桑和她的弟妹们》这一系列夏天的故事，都是在漫长的冬天里写成的。

西藏的冬天，最令人振奋的是一年一度的祈愿大法会，万人空巷，场面壮观，弥漫着浓烈的宗教气氛。这个被西方人称为"西藏的狂欢节"的盛大节日，是为了迎接未来佛的早日降临。根据西藏的经书记载：只有当一千零八尊佛（又称千佛）全部降临后，人类才能得到最后的解脱，到那时世界将是一片和平的净土，再也不会有六道轮回，不再有转生无趣（畜生道，饿鬼，地狱）之事。佛经释迦牟尼不过是千佛中的第四位，在他之后的五亿七千万年时，第五尊佛慈尊弥勒佛（即这个时代所呼唤的未来佛）降临人间。那么到第六尊，第七尊，第一千零八尊最后的名叫人类导师遍照佛（又称燃灯佛）的全部降临，还需要多长时间呢？这是一个无限庞大的天文数字，是一个无限漫长令人绝望的过程。然而西藏人是乐观的，他们对人类的未来充满了信心而从来没有丧失信仰，满怀虔诚地在每年的祈愿大法会上一遍遍呼唤着未来佛的早日诞生。当法会结束，人们离开圣城拉萨上路返回远远近近的家乡的时候，你可以听见人们充满信心地不断重复这样的口头禅："拉萨的祈愿法会结束了，慈爱之王（未来佛）也请来了。"

我的笔能够写出一个民族的历程和光荣的梦想吗？

我感到迷惘。

寻找阿古顿巴

◎ 平措扎西

阿古顿巴是个传奇人物，常常出没在西藏民间故事中，他以智慧和幽默赢得人心。

在西藏，提起阿古顿巴，几乎无人不晓。说起他那些脍炙人口的幽默故事，无不让人笑逐颜开。甚至，忍不住你一段我一句地接下去。拼成精短情景喜剧，好不热闹。

在西藏的很多地方，都有阿古顿巴式的故事，其中的人物名字因地方不同而不同，但他们留下的故事如出一辙。只不过各地为突出本地特色，改变了故事的地点而已。

在西藏的大部分地区，这位机智人物称为阿古顿巴。而在山南一带，叫尼曲桑布，岗巴拉以西有些地方，称为阿顿，江孜一带，又称为囊巴依啦，日喀则城区人，管他叫江啦。

阿古顿巴是真有其人，还是民间创造？如真有其人，他的故乡又在哪里呢？相信大多数人从未细想过这个问题，也可能有心细者，从他的故事知悉他的故乡。好几个流传广泛的故事，都提到了他的故乡。在此，我想告诉读者，他的故乡在日喀则西部，在现今拉孜县的若措乡。

早在五十多年前，有关阿古顿巴故乡的探究，曾引起过北京民俗学家的兴趣。

1960 年 5 月，北京大学教授段宝林一行，骑着马来到了阿古顿巴的故乡。那时候，若措乡还被称为若措溪卡（若措庄园）。寻找阿古顿巴故乡的路上，段教授骑着一匹刚生下马驹不久的母马，不愿离开小马驹的母马，在不平坦的土路上使性子，段教授两次被摔下马。他们一路颠簸，骑了整整一天的马，身子骨都快散架了，才终于到达若措。傍晚，他们又克服身体劳累，召集刚从地里回来的农民，请他们讲阿古顿巴的故事。在油灯下，大家你一言，我一语，笑声阵阵，讲得热闹非凡，不知不觉讲到了深夜。

当地农民告诉段教授，他们住的那栋四层楼房，就是当年阿古顿巴的主人若措德瓦的房子，楼下有间石头房是阿古顿巴的住房。

阿古顿巴后来四处流浪，屋子没人住就倒塌了。人们用那些石块，在屋旁的小路上建了一座塔，以此纪念他。人们相信他一定会回来，把他平时用过的物品，存放在若措德瓦楼下的一间小屋里。这个消息让段教授一行非常兴奋，他们很想看看阿古顿巴的房子。当时的农委会，对北京来的客人非常敬重，答应第二天破例开门，让他们看看。

第二天，太阳刚刚升起，农委会的委员们把段教授一行带到小屋前。小屋低矮，门被土坯堵得严实。农委会的人搬走土坯打开锁，只见屋内光线很暗。农友们从里面取出尘封已久的东西，有木碗、破铜锅、破壶、盛青稞的坛子、破锹、破斧、破氆氇衣被等等。段教授对物品一一拍照后，农友们又把这些物品当作圣物放回原处，随即用土坯封了门。

五十多年后，我也到阿古顿巴的故乡寻觅。那天上午，我先去了平措林寺，接着又去觉囊沟。大约在沟里徒步走了一个半小时，一路无家门可投靠，午饭只好用干方便面充饥。当天下午赶往若措，一路上肚子饿得咕咕叫。可一想到当年段宝林教授一行骑马考察的窘境，我还可以坐着车子，又何谈困难？

来到若措乡，第一件事，就是寻找段教授所说的那座楼房。那个楼，已成为我想象认识若措的一个坐标。

穿行在乡村巷道，满目所及，都是一座座崭新的藏式民房，看不到一座有年代感的旧楼。

我来来回回走串小巷，见门就敲，逢人就问。开门的人，听到我问阿古顿巴的情况，绝大多数用迷茫的眼睛注视我，好像我在问一个与他们根本不搭调的话题。走着走着，突然来到一个很大的玛尼经筒房，一群老人在那里念经。我高兴极了，心想肯定有戏，一下子扎到老人堆。无奈老人们只顾念经，不太理睬我的问话。只好又往前走。正当我在巷子里东张西望时，一个小伙子走过来好奇地打量着我。我说了说自己的来历，小伙子思忖片刻，说有一位退了休的老师住在不远处，他见多识广，可能知道一些情况。我高兴地跟着小伙子，来到了一栋两层楼的大门口。小伙子朝里喊了两声旺堆老师，不久，大门上的小窗口里探出一个老人的脑袋，小伙子介绍了我的来意，老人欣然把我们请进屋内。

　　旺堆老师毕竟是有文化的人，不需我多费口舌，就知道我需要什么。在他家宽敞的阳台，我们漫无边际地聊着阿古顿巴，聊着远年的若措。

　　西藏实行民主改革那年，他才九岁。那时候，若措德瓦的府邸是村里最高的房子。还有几栋富户的楼房较显眼，其余都是穷人家低矮的房子。整个村庄由一堵高而厚的夯墙围着，围墙有三个门。他记事的时候，只剩下一个有门板，其他两个只是门洞。

　　旺堆老师小时候，经常和同伴出没若措德瓦的府邸，在那里能看到一些稀罕的东西，最受孩子们喜欢的是一台留声机，放出一些美妙的音乐，非常好玩。我把当年段教授一行来此所见说给他时，他若有所思，把我带到他的邻居家。

　　这户也是一栋二层楼房，他指着一角绛红色的房子说，那是若措德瓦府目前仅留的一间房。原来，这是一间供地祇的房间，每遇吉日，乡民都会来供香祈福。主楼早已分给乡民住，有的把房子拆了，拿着木料盖自家房去了。

　　那阿古顿巴当年的生活用品又在哪里呢？我们本已回到旺堆老师家门口，听到我的问题，他又折回去，把我带到旁边一户人家。男主人也非常朴实，了解我的来意后，从屋里拿出一个硕大的木碗，说这是阿古顿巴所用过的木碗。我接过木碗端详，只见木碗碗口薄，直径大，有一处裂口用铁丝绑着，一边的缺口用一块铅片补着。

一间已另作他用的小房子，一个缺口的木碗，是我在若措见到的有关阿古顿巴的全部。不如预期想象。可细想，经过了五十多年后，还能见到有关阿古顿巴的蛛丝马迹，也不容易。

原本要离开若措的我，经不起旺堆老师的盛情，在他家宽敞的阳台上又逗留了半天。我给他讲起小时候对阿古顿巴故事的情结。

那时候，电影是我们最奢华的娱乐生活，讲故事却是我们娱乐生活的主体。能讲故事的大人是我们崇拜的对象，尽管有些故事一讲再讲，也丝毫不减孩子们的兴趣。某个孩子一旦听到了一则故事，他就可以当一回孩子王。故事中，最能逗人乐的，就是阿古顿巴的故事。

记得有一次，我从奶奶处听到了一则阿古顿巴整治德瓦的故事：有一天，德瓦老爷带阿古顿巴去沐浴。沐浴完后，主仆俩在树荫乘凉，老爷把耳坠挂在树上，把外衣堆在一旁，让坐骑在一边悠闲地啃草。

太阳西斜时，德瓦让阿古顿巴收拾东西，准备回去。阿古顿巴对老爷说："德瓦，别忘了树上的坠坠。"德瓦以为阿古顿巴在开玩笑，生气地说："什么树上的坠坠，快收拾，天不早了。"

回到家中，德瓦突然感觉耳朵很轻，用手一摸，才发现玉石耳坠忘在了沐浴的地方。他怒骂阿古顿巴不提醒他。阿古顿巴说："我不是提醒您，别忘了树上的坠坠吗？"德瓦等不及听他说完，马上命令道："你赶紧骑着马，跑他个马死鞍坏，找他个粗粗细细。"

很快，阿古顿巴气喘吁吁地跑回来，还带着两个小布包说："德瓦，我跑得太快，马也死了，鞍也坏了，按您的吩咐，把耳坠弄成了粗的一包，细的一包。"德瓦一看，心爱的耳坠变成了两包粗细不一的碎石，自己的坐骑和马鞍也不见了，不知该哭还是该笑，只怪自己的嘴没有说得清楚。

我这么一讲，激起了旺堆老师的兴趣。他指着东面的山头说，这还发生过一个故事：一户富人家有一头彪悍的公牛，阿古顿巴想把公牛骗来给穷人。有一天，富人家的户主恰好来问阿古顿巴，哪里的算卦师算得最准？阿古顿巴说："东面山头的山洞里，有一个隐士算卦特别准，什么事都能预见。"

富户很感兴趣，又问阿古顿巴，怎么走到那座山头？阿古顿巴说："那座山坡有一面是草坪，一面是沙土，千万要从沙坡上去草坡下来。"

第二天，阿古顿巴从草坡轻松地爬到山顶，早到的他，在山洞蒙头念经。富人爬沙坡上来，累得上气不接下气。他向洞内求卦时，阿古顿巴问："你有一头彪悍的公牛是吗？"富人对"隐士"的预见非常惊讶，忙说，"有的有的。""那头牛一定要送给阿古顿巴，因为他一直在念叨公牛，所以你才这么不顺。"

富人算完卦后，慢慢地从草坡下去。而阿古顿巴顺着沙坡一滑，马上就到了山下。他佯装在路边干活，等到那富人走到路口，赶紧上前问算卦算得怎么样。富人没好气地说："什么怎么样，还不快到我家里牵走公牛。"

讲故事的奇妙之处，在于听他人讲故事，能想起与其相似的更多故事。我给旺堆老师讲了一个故事，也是阿古顿巴骗吃德瓦牛犊的故事。

有一日，阿古顿巴抱着德瓦家的牛犊回家。不巧的是，半路上遇见德瓦骑马回家。阿古顿巴急中生智，一边解下背上的包，一边嘴里嘀咕道："德瓦回来了，你在这里坐着啊，我给德瓦行个礼。"他有意用力放下背包，牛犊"嗯"叫了一声。德瓦莞尔一笑，点头让阿古顿巴回去。

德瓦家知道少了牛犊后，有人说肯定是阿古顿巴偷走的，他刚才背着个包回去了。德瓦说，肯定不是他偷的，我明明看见他背着个小孩儿，还解下背孩子的襁褓给我行了礼，我清楚地听见小孩儿"嗯"

了一声。

有人不信，跑到阿古顿巴家门口，问看见德瓦家的牛犊没有？恰好阿古顿巴家的几个孩子在喊："爸爸，牛犊煮熟了，牛犊煮熟了。"阿古顿巴想出了救场法，他拍着孩子们的脑袋说："牛犊你也别熟了，马犊你也别熟了，驴犊你也别熟了。"德瓦家的人以为牛犊、马犊、驴犊是孩子的小名，就到别处找去了。

旺堆老师听到这里，又想起了一个有关马的故事，讲给我听。有一天，德瓦巡视属区，来到了阿古顿巴的田地上。田边地头，小马驹正在吃母马的奶。阿古顿巴看见德瓦过来，大声喊小孩，别让小马吃母马的奶，到年底，我们就交不上德瓦的酥油差了。德瓦听了一愣，急忙走到阿古顿巴跟前问道，你给我交的酥油里有马奶打的酥油吗？阿古顿巴假装羞愧地回答："大家上交酥油差很困难，牛奶打的酥油不够时，只好用马奶打的酥油凑数。"德瓦听闻，差点呕吐："见鬼，你马上到我的仓库，把里面的马奶酥油都给我扔了。"阿古顿巴急匆匆跑到德瓦家仓库，嘴里喊着，"马奶酥油黄，牛奶酥油白"，边说边把最好的黄酥油拿去分给了穷人们。

说到这里，我又想起了另外一则有关牛的故事：有一天，阿古顿巴请大家分吃了德瓦家的牛。大家吃得高兴，又担心德瓦知道了责罚下来怎么办。阿古顿巴请大家放心，说我有办法。

他让大家吃了牛肉，一定要留下牛头和牛尾。大伙不知他的用意，但还是老老实实地留下了牛头和牛尾。然后，阿古顿巴带着大伙来到一处泥沼地，把牛头牛尾插在泥潭，让大家做出用力拔牛的样子，并领着大家喊道："德瓦家的牛陷入地狱了，快来帮忙。"几声之后，德瓦的家人也听到了，赶紧前来一探究竟。这时，大家按照阿古顿巴的安排，几个人拉着牛头倒在这边，几个人拉着牛尾倒在那边。"我们怎么使劲都不行，这头牛的罪孽太重，已经陷入地狱了。"德瓦家的人半信半疑，看着牛头牛尾不知说什么好。

讲故事最大的乐趣是讲时听者有呼应，每讲一句，应有一声

"嗯"或"后来呢"来作回应，就像相声的捧哏一样，能激发主逗的热情。那天，在旺堆老师家的阳台上，我们之间捧逗配合得好，仿佛进入了阿古顿巴故事大会。

阿古顿巴一生聪明超人，斗智无不取胜。但在孜东地方，据说一群孩子让他哑口无言，给他机智的形象蒙了尘。说的是，阿古顿巴来到孜东地方，看到一群放牛的小孩儿。阿古顿巴问他们在干什么。孩子们说："你猜我们在干什么。""你们在放牛。牛真大啊！"孩子反呛道，"牛肯定大，四条腿架起来的。"阿古顿巴一听不对劲，改口道："那也不算大。""怎么会大？二十七个肋骨压着呢！"孩子想都没想就这样说。阿古顿巴很生气地骂道："你们这些孩子的嘴怎么这么贫？""当然会贫，嘴里有巧舌。""那也不算很灵巧。""也不可能太巧，四周有骨头压着呢！"

阿古顿巴无奈又生气，施咒降下一场冰雹。孩子们立即脱下衣服埋进沙中，一个个脑顶木筐，跳到水中。阿古顿巴摇摇头自言自语道："孜东智慧摇篮地，无须我阿古顿巴。"

孩提时代，总是沉浸在讲故事的乐趣中。那时候，我们恳求着，哭闹着，甚至献尽殷勤，把大人们的故事掏出来。当然，大人们也在讲故事中得到乐趣。今天，我陪着旺堆老师，忘记头上的白发，带着一颗童心，在阿古顿巴的家乡，狠狠地过了一把讲故事的瘾。时间很短暂，却也回到了儿时的乐园中。

我们从若措出来，天空已挂满星星。回县城的路清寂又开阔，路两边的树影如故事中的景物，滚滚往后移去，我脑海中缠绕着一个问题：不知此地在昔日发生了多少故事？

叶巴的灯光

◎ 吉米平阶

"叶巴",在当地的藏话里有鲜花怒放的意思。叶巴村是西藏东部怒江中游的一个江边小山村,我们初到的时候,公路尚未通到村子里,从五六公里远的坡上望去,叶巴环绕在郁郁葱葱的绿色之中,静静地安卧在蜿蜒的怒江边上,就像一朵盛开的鲜花。

村里没电,许多人家用的是"曲洛"。"曲洛"者,"曲"是水的意思,"洛"是电的意思,"曲洛"直译就是水电。这是一种微型的水力发电设备,一个小发电机由水流冲击转动发电,村里有一半人家有这样的"曲洛",所以,如果你来到叶巴,千万别因为这里本来没电却有蛛网般交错的电线惊奇,它们都是村民们为接"曲洛"而拉的。如果选的地方水流够大,如果安装也还稳妥,如果机器运转正常,如果电线也足够好,那么,一台"曲洛"能发 1000 瓦到 3000 瓦的电,可以供一个家庭简单的照明和看电视什么的,不过这个"曲洛"有个特点,就是转动起来就不能关灯,所以你也千万不要以为这里的电多得用不完,家家都通宵不关灯。

工作队进村不久,就停了汽油发电机,接受村民的建议安装"曲洛",想这也不是技术含量很高的事情。

首先是购买设备,计有小型发电机一台,功率 3000 瓦的约两千四百元,塑料软管一根,20 米左右,装汽油的大桶一个,用来蓄水,一百元,电线若干。这个若干要看安装"曲洛"的地方离所驻地的远近,我们是后来户,加之村民热心要为我们选择一个好地方,经过数次勘察,最后选定"果果隆巴"(就是贯穿叶巴村由党然而下的山谷)

上游的谷口，是村里最前头的水电，距离我们所驻的村委会足足有5公里。与主动提出给我们安装"曲洛"的单巴商定完毕，到山坡给乡里打电话，委托他们帮忙采购以上物品，并特别交代，电线要买好一点的，过了一周，东西大致采购完成，却没有车拉下来，而嘱咐我们买好一点的电线的单巴也踪影全无，工作队有天碰见他，问什么时候帮我们安装，他脸红红地说这几天特别忙，要到县里办事云云，总之感觉有点推托，当时没觉着什么，后来才知道村里有风言风语，说他挣了工作队一万多块钱，吓得他不敢动了。

事情就这样拖了下来，直到冬去春来，修公路的工程队复工以后，我们托他们把放在乡政府的发电机电线等什物拉下来，准备寻机安装，工程队里有个貌似内行的扎西说，你们的电线买得太好了，这么粗的电线，小发电机的那点电还没到村委会就消耗完了。想想也对呀，就拜托他在县里帮助买合适的电线，买来了5000米据说是部队工兵用的电话线，想必是好的。于是给乡里打电话，请他们把买来的电线再帮忙退了，正经6000多块钱呢，比发电机还贵出一倍多。乡里书记随后来电话了，说当时把全县的商店都跑完了，才搜罗到这么些个好电线，现在要退都找不到哪家了。瞧这事闹的！友邻的两个工作队一个直接从村民那里接手一套正常运转的"曲洛"，一个在村民的帮助下也已安装完成，早就享受长明灯的待遇了。不过他们的电线差点儿，有的地方还用铁丝代替，铁丝盘树木而过，电就被盘剥去不少，觊觎我们的电线已久，此时听说不能退货，便瓜而分之。

再说我们的"曲洛"，终于在老五及其四个哥哥的帮助下，分别出动五次，可谓历尽千辛万苦，终于全线贯通，要通电了。从计划安装到现在，时间已过去大半年，这个"曲洛"已成为我们工作队的中心议题，如今就要通电了，大家都有一种隆重神圣的感觉，一致同意要全体上山接通，搞一个象征性的仪式。于是，当天一大早来，洗漱收拾，带上烧茶的水壶、罐头、干粮、登山手杖，种种行头，就差焚香沐浴了。上到谷口，安装完毕，这才想起没有留人在村委会看通电与否，通不通电关系山上的"曲洛"要不要运转的问题，如果不通电"曲洛"空转的话，很容易烧毁，没辙，派腿快体力好的去村委会侦察，另一个到谷口有信号的地方等着电话，其余的人在细雨蒙蒙中生火烧茶，自不必说。

等到电话的前来通报：通了。正要欢呼，又说，但只是把电灯丝烧红的那么一点点亮。个个灰头土脸，怎么办？下山吧，几个人凑在一块愁眉苦脸研究半天，也搞不出个所以然，最后还是老五自告奋勇，说改天顺着电线一截一截地查，总能找到原因。

顺着电线查找，那也不是闹着玩的，电线蜿蜒在坡上崖下，就是老五他们从小在山里长大的孩子，也用了整整两天时间，临了告诉我们，电线不行，不是接"曲洛"的。

头如斗大。

怎么办呢？只得盘算：被瓜分的好电线还有些剩余，加上一些铁丝，再去县里买一些中等的吧，就这么算下来，这个"曲洛"快花去别人三倍的价钱了，且不说我们付出的心血和劳动哦。咬咬牙，就这么定了。

过了几天去县城时又买回若干电线，老五他们又分别出去接线安装，如是三番，终于通电了，已经没有了最初的激动，不过每个屋子都有了电灯照明，还是觉得喜悦。晚上就又多了一件事情，各自看书的时候，要把厨房等屋子的灯一一关掉，这样亮度才好一些，临睡时，再把厨房等屋子的灯打开，关灯睡觉，来回跑好几回。不过我们的"曲洛"工作得也毫不稳定，忽明忽灭，一惊一乍，关键是它一灭就得上山把水停掉，是个头痛的事，后来有了党然村老村长洛桑女儿朗加卓玛帮忙，在需要停水的时候帮我们把水停掉，才轻松一点。

又顺着线路查过几次，有上回从县里买回的电线的原因，包皮里面的线一截一截全是断的，这是什么情况，唯有瞠目结舌。还有那些所谓的工兵电线，也不靠谱，不容易接稳当，再有就是被喝水的岩羊碰断的，甚或被某种神秘之物弄断的（老五语），如此等等，总之不消停，"曲洛"呀"曲洛"，让人欢喜让人忧，到现在，那时有时无的"曲洛"，已经成了我们的笑话了。我们的"曲洛"算是村里设备最先进、施工最完备的，尚且如此，其余村民家的"曲洛"，可想而知。所以，我们一进村，听到最多的就是电的问题。"村村通"工程给家家户户都分发了电视接收设备，国家每年都有许多家电下乡的优惠，"可是没有电嘛"，村民们摊着手对我们说。刚进村的时候，我们也了解到，前几年，水利部门曾经设计在附近的尼巴村修建一座小型水电站解决周边几个村的用电问题，但由于限制小型水电政策而下马，彻底解决这几个村的用电问题，要等到县三级水电站落成之后，这恐怕是三年以后的事了。怎样早日让叶巴结束没有电的日子，成了工作队沉重的心事。

一天，有村民到村委会给我们说，县里让带口信，明天有几辆卡车来村里安装太阳能。是给村委会还是工作队？此前我们并没有接到什么通知呀？第二天，当村干部来村委会叫我们时，大小四辆卡车已经到村口了，我们去的时候，村民们正在热火朝天地卸东西，一个负责人找到我们。此时才知道，是县里有关部门根据上级的指示，给未通电的村每户安装太阳能控制逆变一体机，并派专业安装队伍安装，能初步解决每户村民看电视、照明及小型电机的使用，使全部村民彻底告别无电的历史。

好运来得有点突然。此时再认真看每户村民分到的东西，有太阳能板，有蓄电池，有逆变机，甚至还有节能灯、安装工具。安装的负责人说，我们这个近百户的村子，顶多三天，全部完工。此时已将近傍晚，我们都将信将疑，分成几路跟着工程队安装，眼看着一户户的电灯亮了，电视亮了，小型农具也转动起来了。到了第三天中午，全部安装完毕。我们驻地的每个房间都有了电灯，有了充电电源，再也不用蜡烛了。看着神奇的安装队和同样神奇的太阳能，我们都有点不敢相信自己的眼睛。

从让人欢喜让人忧的"曲洛"，到神奇的太阳能，家家通电的梦想，在一夜之间就完成了。随着国家的日益富强，随着科学技术的日新月异，过去不可想象的事情就在眼前发生。入夜，我们专门上到村子旁边的山坡上，看着家家户户窗户里洒落出来的点点灯火，映衬得"叶巴"这朵鲜花更加娇艳。

啊，拉萨雨

◎ 白玛娜珍

天气预报拉萨明天阴转小雨，我心里忽然难过得不行。仿佛看到傲然的山群纹丝不动，把我的家乡笼罩在凄寒之中。

其实，拉萨的雨通常下得很直率。

七八月份时，正是拉萨的雨季。晚上，噼里啪啦的雨像跳舞一样，在我家院子里蹦个不停。当然，久久不能入睡的午夜，外面的雨听着也像一条老狗没完没了地舔着稀泥。

最好是黄昏时分，天还蔚蓝蔚蓝的时候，透过窗纱飘进来的纤纤雨丝，带着淡淡的青草味，轻轻撩你的脸，让人感到豁然，感到宁静。

在烈日当头的下午，拉萨也会突然有雨顽皮地冲下。刚把炎炎的路面弄得湿淋淋，一转眼又不见了。而太阳重新笑眯眯时，雨又会在太阳的微笑里飘来飘去。那种太阳里的毛毛雨最赖皮了，半天不落下来，温热温热的。

在拉萨，雨总是很任性，有些时候你朝前一步是万里晴空，朝后半步就要挨暴雨乌黑的小拳头。那景象奇怪极了，好像倾盆的暴雨在向宁静的另一半天大喊大叫。而那一半则十分明朗，像个健壮的男子，对妻的无理取闹置之不理，并逍遥自若。

尖利的闪电猛然间把西边的山刺成一溜蓝颜色时，我的心总要紧缩一下，不敢朝西边看。那里似乎潜伏着一连串恶毒、阴森的眼睛。接着，往往有轰天的闷雷。半夜雨终于漏下了，雷声更是炸得房子都在震动，并把人脸一会儿撕成青的，一会儿撕成白的。真的像山神妖怪就要出来拿人质问了！那样的黑夜，真吓人呢。然而清晨，却好像什么也没发生过。到处散发着湿润的泥味，阳光清爽地洒在林子里。

拉萨的雨大多在夜里说话。所以一般感受不到雨天的压抑。但是在藏北草原上，无论白天还是夜晚，淋漓的雨遮天盖地，如同积满怨仇的女人。一眼望去，有走不完的荒原、旷野。大自然在雨中离人那么远，那么漠然。那些天上的雨呀，舞动蓬乱的长发，从早晨开始费力地下呀下，像要把裸露的岩石淋透，把群山荒原弄得奄奄一息。那种时候到草原上去，很可能遇到山洪，溢出来把你搅死在她的悲恸中。

唉，明天小雨就会在拉萨飘起来。可是家乡更深更远的地方，雪还要张开霜白的脸，坚定不移地吞并荒无人烟的天地，那种沉默的气氛，白皑皑一片，把所有汹涌的生命不留声息地掩埋了。一些隐隐约约挣扎过的痕迹，也慢慢消失在冰的光里。

不过春天迟早会到世界屋脊落脚的。阴雨天里，会发现墙脚下一片微微泛绿的草。远处山上，在蒙蒙的雨中，也会青一块，黄一片，连续起来，重叠成春的惊喜。

春，一定来得很慢吧。春寒把刚嫩起来的郊野又蒙上一层白霜。但是中午的太阳光是笔直笔直的，无论冬季还是春天她无声的欢笑总是闪烁在每一片树叶上，闪烁在每个缝隙间。所以拉萨、西藏的天总是空空的，黄的、白的、绿色的经幡，带着各自浓郁的韵味，在天空中翩然……

重庆的朋友说简直想象不出西藏高原的蓝天白云，而我也难以描述重庆的阴雨天气。偶尔晴了，只见天边悬着个焦红的日头，像灼伤的目光，毒辣辣地放射着刺鼻的硝味。第一次见了，真不敢相信那就是西藏白灿灿的太阳。西藏的太阳好像透明的薄纱，那般明亮，那般耀眼。

是呀，不论什么时候什么季节，太阳永远亲切地爱抚着西藏高原。那里有黝黑的儿童，硬朗的老人；有金黄的庙宇，红色的墙；还有坦荡的草原，碧蓝的湖泊……所以，我也想，这几天的雨就在拉萨多洒一阵子吧。

　　当然日光城会黯然一些，而夏季，群山则会伸展绿茸茸的臂膀，蔓延出去。羊群撒在山上时，就更像一粒粒闪动的珍珠了。清晨的风里，喃喃的祷告声也会悄悄飘起异样的兴奋……

　　呵，我多么思念拉萨的雨，雨中的拉萨。

我认识的北京籍西藏女兵

◎ 冉启培

20 世纪 60 年代,一群正值花季的京城姑娘身着戎装,毅然奔赴世界屋脊的军营,实现自己的报国宏志。

在军艺求学期间,一次偶然的机会我认识了她们。

孟宪维:西藏始终是我生命的一部分

从西藏军区总医院转业回京一晃二十几个年头过去了,然而,如今早已在北京朝阳区某医院工作的孟宪维的生活里一刻也没离开过西藏。与当年一同入伍到西藏的姐妹们不同的是,孟宪维的丈夫如今仍工作在西藏部队,是个作家。而姐妹们的安乐窝早已经固定在北京了。只有她,每年夏天,总要带着儿子回高原,一住就是一个月。

7 月中旬,在朝阳区她的家里见到他们母子时,母子俩正在准备行李,第二天飞拉萨。说起西藏,孟宪维总是一脸的兴奋和喜悦,那流露在脸庞的甜蜜恐怕是外人无法轻易读懂的。她说,虽然那个时代当兵很热门,但父母听说只有十七岁的女儿要去西藏当兵时,他们都惊呆了,三亲六戚轮番做工作,连哄带骗不见效,干脆来硬的,说,你要真去了,我们都不理你。其实,我知道他们是吓唬我。那时候,人们对西藏有恐惧感,听说高山反应轻易就要人性命,家里人是怕我吃不了西藏的苦。

问她为什么后来成行啦。

孟宪维说,说来可笑,我当时真有种男儿气概的样子,偷偷跑去报名，等到家里人知道时，崭新的军装已经穿在身上了。

问她是否还记得当时的情形。

她说，就只有兴奋。在学校时就曾想，要是能当兵该有多好！军装刚穿在身上的那一刻，真不敢相信这是真的。

看得出，孟宪维对当时的情形还记忆犹新，她清脆的笑声就像西藏高原湛蓝如洗的天空。这是一个老西藏对自己青春岁月最好的赞美和回忆。

因为丈夫还在西藏，曾经认识的部分首长、战友还在西藏，每年进藏，都是大包小包的，"红星二锅头""果脯"是少不了的。前几年，儿子总提意见，说背都背不动了，还装。现在，已上高中一年级的儿子却总说，妈，多买些，你背不动，我背。

孟宪维说，在西藏的时候，什么苦都吃过，所以现在每进一次藏，虽然也有高山反应，但心理上并没有不适应的感觉。那天，当我们问她，望着一同入伍去的姐妹们如今都合家欢乐过着舒适的城市生活时，有没有动员过丈夫早些回北京？她笑，说，说实话，还真没亲口给他说过，你早些回来吧，但心里想过，说不出口，我自己就在西藏十多年，知道西藏军人对那片高原的感情。她还说，也有过苦恼。北京没有开通直飞拉萨的航班时，每次都得先到成都再买票，夏天是进藏的高峰期，机票最难买。1996年夏天在成都等机票等了20天，眼看假期剩下不多，带着儿子又匆匆飞回北京去了。

孟宪维的丈夫早已是正团职干部，丈夫最引以为豪的就是有一位理解他、支持他的好妻子。每每说起她，丈夫的同事们就羡慕不已。丈夫的同事们说，身在京城的她，仍坚持每年夏天来一次西藏，工作忙时，她甚至不要当月工资也要进藏，为的就是看丈夫。后来，丈夫的同事们开玩笑说，这样的妻子这个世上已经不多了。

王法荣：平淡的日子怎么过都一回事

曾任西藏军区总医院儿科主任的王法荣，也许是因为在西藏时经受了太多的艰辛吧，如今看上去比实际年龄要大一些。说起话来正宗京腔京韵的她，快人快语，还保持着西藏军人固有的质朴和真诚。每天，在北京的碾儿胡同和老街坊们唠嗑时，街坊们就说，还是讲你的西藏吧，反正你总也讲不完，我们也听不够。街坊们知道，五十八岁的她有三十三年是在西藏度过的。

王法荣的话语里很少离开过西藏。她说，可能是我老了显得啰唆吧，不知怎的，每次只要一坐下来，不把西藏挂在嘴边，我就找不到话说。

她说，自己1968年从北京医学院毕业时，班里分来两个进藏名额。当时，我是校学生会副主席，又是分配小组成员，没有经过什么考虑，就带头先报了名。

在这之前她了解西藏并不多，压根儿就没想过毕业后要去西藏。一念之差就决定了，她说自己当时完全是凭着一种情绪。回想起来啊，也不知那是不是勇气，那个年代的人思想很单纯，很真。报名的时候，学院领导和老师们想不到我会去，我自己却丝毫犹豫都没有。

她静静地讲述着一路进藏和在藏的日子。

我们是坐着卡车进藏的。一路的颠簸，寒冷，最要命的是高山反应，那滋味生不如死。现在想来，我还常常一个人一阵心悸，又忍俊不禁，真不知当初是如何挺过来的。车上只有我们几个女孩子，因此，可以轮流到驾驶室去暖和暖和，那些男孩子就"可怜"了，再冷也得硬撑着。还依稀记得，车行到一个兵站时，我们看见，地上光秃秃的，连一根草都没有，猛然一阵心酸，眼泪就流下来了。再一看，墙上写着一行字：此处用水从一百五十公里外运来，请节约。同伴禁不住叫一声：妈呀！这么苦啊？接我们的人是老西藏，生怕我们不相信，就说，这里用水很紧张，战士们一天能喝上一杯水就不错了。他们总是自己舍不得喝，留给过往的汽车兵们。再往前走十公里，翻过一座山，白茫茫一片，真美！我们都奇怪，夏天还下雪。到了晚上，刚躺下，高山反应发作了，头像锤子在敲，快要爆炸似的，整夜都没睡着。这时候才知道，西藏的苦在北京时是想象不到的。

和从全国各地来的大学生一起，先到一个农场锻炼。那地方海拔四千多米，我们每天打土坯、盖房子，真够累人的，腰酸背痛，连饭都吃不下。到了冬天，去野外捡牛粪，全是冻着的，一锤一锤地敲，风一吹，牛粪渣子就往嘴里、眼睛里钻。一同来的男生们更苦，他们每天上山打石头钻炮眼，干的全是体力活。

后来我被分到总医院，在拉萨北郊山下一处荒凉的河滩上。当然，现在早变样了。此后我就一直在儿科工作，算起来，救治的藏、汉族儿童连我自己也记不清有多少个。但其中一个叫加措的藏族儿童印象很深。那孩子是溶血性贫血，那天，送来时已经处于垂危状态。全科的医生、护士守了四天五夜，才把他救治过来。病好后，那孩子特别喜欢说话，我们都喜欢逗他，前几年还见过，长成大人了。

在那段艰苦的日子里，王法荣找到了自己的伴侣。那个人一直关爱着她，是一起进藏的同班同学，与她一起在西藏风雨同舟走过了漫长的年月。丈夫转业回到陕西后，女儿却一直在北京，一家两地。

说到女儿时，王法荣一脸的辛酸。她说，那时候只有三个月的产假，孩子还没满一百天就不得不返藏。再见时孩子两岁多了，她五岁那年我回去，女儿就是不叫爸爸妈妈，习惯性地你们你们的。有一阵子，别人说我们真傻，可是我们自己明白，平淡的日子怎么过都一回事，越是这样，我们才觉得越充实。

麻晓军：我的婚礼在拉萨举行

现任装甲兵某研究所副政委的麻晓军显得很干练，说起西藏，她总是眉开眼笑，就像是说起她的故乡。她说，西藏那地方，苦是苦一些，但磨炼人，太让我难以忘怀了。

1964年深秋，西藏军区去北京征兵，她毫不犹豫地就去报了名。那个年代，女孩子要到西藏去当兵，也算得上是不大不小的新闻了。才十六岁的她当然也是个热血青年，内心里渴望着到最艰苦的地方去锻炼自己，去实现自己的人生价值。父母知道后很着急，不断地给她说，西藏缺氧，女儿你能不能改变主意？要当兵我们不反对，等明年选一个好的地方。谁知一向倔强的她认准的事决不回头，父母只好默许。

麻晓军说，到了西藏我才知道，想象和现实往往是有差距的。那天我傻眼了，光秃秃的山使我们这些从北京来的女孩子一下子情绪很低落，还得忍受缺氧的折磨。头上像有密密麻麻的钢针在扎一般，疼痛难忍，整个身子骨软绵绵的，一点力气都没有。年轻人争强好胜，战友们都在暗暗地较劲比赛，每天早上坚持出早操、跑步；每天按时参加连队的军事训练和种菜，没听到有一个人叫苦叫累。那阵子，给家里写信总是报喜不报忧，不敢向父母诉苦，生怕他们说我没出息，当初是你自己要求去的，现在却想打退堂鼓。经过部队几个月的锻炼，也比原来懂事多了，不向家里诉苦，更多的是不愿父母为自己担心。我记得是三个月后才适应过来，那时已经是冬天了。虽然风吹在脸上很刺人，夜里也没火烤，但比起刚来时的高山反应好受多了。后来随着阅历的增长，重要的是经过军事训练的磨炼，才发现西藏其实是个好地方，越待越觉得有意思。不是有人说嘛，西藏，一旦你去了，就会无保留地爱上它。我看这话一点都不假。再后来，我没想到自己在西藏提了干，连婚礼也是在拉萨举行的。这辈子也算是与西藏有缘吧。

结婚那年，我已是西藏军区通信总站某连指导员了，丈夫是兰州军区空军某部战士，他叫秦友友。因此，我们的婚礼引起了不小的轰动。那天，我和秦友友去布达拉宫广场照了张相，是黑白的，算是结婚照。婚礼很热闹，总站除值班人员外，所有能来的都来了，战友们有种好奇心，要看看我的"兵丈夫"到底长的啥模样。连队的会议室本来就不大，一时间挤得满满的，喜糖发了三十多斤，战友们也很高兴，一直闹到晚上快零点才散去。我们的洞房是临时借用连队的一间储藏室，战士们提前一个星期就偷偷地帮我们打扫干净了。虽然只有一张床，两床军被，一个木凳子，显得很简陋，但战士们把新房布置得喜气洋洋，他们在军被上一针一线地缝制了两个大红囍字。夜里，捧起充满着喜气的军被，我们陶醉了。

过了些年，因工作需要，我被调回了内地。至今，每当我和丈夫回忆起我们在拉萨举行的婚礼时，总是激动不已。今生今世，我们忘不了西藏，更忘不了西藏的战友们。

王萍君：怕苦别当西藏兵

现任国务院机关事务管理局财务司副司长的王萍君，虽然人早不在西藏，却仍时时惦念着这片高原。西藏电视台、《西藏日报》，凡是能获取有关西藏信息的渠道，她就格外关注。她说，几十年过去了，虽然各方面条件都有了很大改善，但我是知道的，物质条件可以改善，高原气候是无法改变的，再怎么着在西藏当兵还是苦。如果谁怕苦，最好别去西藏当兵。

1962 年，王萍君报名到西藏当兵时，父母知道劝也没用，不可能使她放弃自己的决定，就千叮万嘱地让她多带些衣服和吃的，说西藏苦，千万别吃不饱，冻坏了。父母的话把她逗乐了，她笑着对父母说，爸，妈，我这是去部队，你们居然担心我吃不饱。她这么一说，父母也笑，可是到了火车站，拉着她的手，母亲还是一个劲地抹眼泪。

王萍君说，那时候她最欣赏的一句话就是"好男儿志在四方"，之所以报名参军，而且是西藏兵，这句话对她起到了很大作用。因为走之前有过那么多的人说过西藏如何如何地苦，心里也就提前有了一定的思想准备。但没想到进藏一个月就经历了有生以来第一次险情。

那天，她们一大群女兵在离拉萨 20 公里外的地方帮藏胞播种青稞，太阳很大，感觉脸上一阵阵火辣辣的痛，突然，一个战友晕倒了，跑过去一看，是严重高山反应，急需马上送医院抢救，否则，就会出现高原肺水肿很快死亡。连长带着她们五个女兵背起战友就往山下跑，一路上，她们轮换着背战友，两个多小时后来到拉萨河旁，只见哗啦啦的河水震耳欲聋，咆哮着的河水让她们心惊肉跳。想到救人要紧，就什么也顾不得了，向附近的藏胞借了一张牛皮筏，跳上去就往对岸划。山上的天黑得快，还没划到五十米天就黑了，偏偏那晚没有月光，在失去了方向感的情况下，连长只是凭感觉向前划动着。西藏早晚温差大，一年四季夜里都特别冷。木筏溅起的水花打在脸上，感觉一阵阵透心的凉。大家都不说话，也不知前方等待的将是什么，只能听天由命了。突然间，不知是谁喊了声：看，前面有个小岛！果然，顺着前方那点点白光望去，真的像是小岛，六个人又说又笑好不兴奋。谁知划近一看，小岛竟是几具水葬的尸体，每个人都毛骨悚然。气温越来越低，除了连长，我们冻成一团，全身结满了冰柱子，叮叮当当地响，还好，正在维护线路的外线兵听见响声走了过来，一看是她们，几个男兵跳入水中，费了好大劲才把她们拉上岸去，大家都瘫倒在地。

不过，战友得救了，我们心里很满足。回忆起这件往事，王萍君抑制不住内心的激动。她说，通过这一幕惊心动魄后，我觉得自己的胆量大多了，不亚于那些男兵。

王萍君颇为自豪地说，吃过了西藏的苦，回到内地后，再苦也不觉得。西藏的苦使自己的意志和能力有了很大提高，回北京这么多年，正是以在西藏时的"特别能吃苦，特别能忍耐，特别能战斗，特别能团结，特别能创业"的老西藏精神去面对工作和生活，越是困难的时候，就越是提醒自己，西藏的苦都挺过来了，这点苦算什么。

现在，令王萍君最开心的莫过于她们这些曾经从北京入伍的西藏兵的聚会。每每聚在一起，总是不离西藏，而只要一说起西藏，说起在西藏的那些日子，大家就会不由自主地泪流满面。因为她们把人生最美好的青春年华奉献在了那片高原，那里的一草一木都与她们的生命有着难以割舍的情愫。

秦志华：西藏是我的第二故乡

西藏在秦志华的心灵深处，始终有着一种刻骨铭心的故乡般的眷恋。任北京市无线微波通信局办公室原主任的她，现已退休在家，提起西藏，她就说，那是我的第二故乡。

1965 年，刚满十六岁的秦志华响应党中央支援边疆的号召，应征入伍来到西藏。刚到西藏时，她遇到的最大问题是饮食不习惯。当时条件有限，部队还没有配备高压锅，平锅煮出来的饭是半生不熟的夹生饭，蒸出来的馒头无非是硬邦邦的面疙瘩，咬不动。水只能烧到半开，喝了常拉肚子。可是就是在那样的日子里，每个人精神却出奇地好，训练，劳动，帮藏族同胞抢收青稞，他们劲头十足，那种轰轰烈烈、热火朝天的场面总是使人意气风发，信心百倍。

秦志华说，西藏那片土地给予我的太多太多。不错，那里条件是艰苦，但人与人之间有着纯朴而又真挚的情感。这些年，最让我怀念的还是与藏族同胞的深深情谊。每年我们都要帮助驻地附近的藏胞春播秋收，藏胞们对我们非常信任，称我们是"金珠玛米"（解放军）。记得一个秋季的一天，我们正在训练，一个年轻藏族妇女搀扶着一个中年藏族妇女匆匆忙忙走向我们，当时我想，可能是中年妇女患了什么病。待她们走近，那个中年妇女连比带画，很着急的样子。由于听不懂她的话，我们摇头，她急得团团转。情急之中，年轻的那个藏族妇女用左手捂着肚子，撅着屁股，嘴里发出"咕咕""吧吧"的声响，我们一下就明白了：那个中年妇女果然是病了，已经拉了两天的肚子。我赶紧去把卫生员找来，让她服下黄连素，并给她包好一包黄连素，比画着告诉她用量。没想到，第二天上午，那个中年藏族妇女就提着两个水壶，端着几个小碗来到营区，大老远地就冲我们喊"金珠玛米呀咕嘟！"（解放军非常好！）那时候，藏族同胞还没有喝开水的习惯，他们喝开水就是喝酥油茶，平时多喝冷水，身体倒也适应。中年妇女叫卓嘎，她知道我们爱干净，就先用带来的一块布巾把小碗擦得亮亮的，又用水冲了一遍，然后把小碗摆成一排，依次倒上酥油茶，再一碗一碗地捧到我们跟前。那是我第一次喝酥油茶，真香！这以后，那个中年妇女经常把酥油茶送到营区和训练场。

由于身体原因，秦志华1978年转业回到了北京。但藏族同胞的纯朴、真诚，他们对解放军的热爱，深深地烙在了她的记忆里。

乡村俱乐部里的小歌星

◎ 白玛玉珍

常跟爱人开玩笑说，我们家是他们村里的驻拉萨办事处。自从嫁给他，我就走马上任这一处长之职，一当就当了十六个年头了。其间，东家的货车被扣找交警，西家哪个看病住院找医院等等都是我们的日常事务。最费心头疼的就是帮谁谁找工作或给城里当保姆的小姑娘介绍对象这类事情，因为很有可能弄得费力不讨好。老公休假回老家，回来以后又给我领回一个新的任务，那就是他表姐的儿子高考落榜，希望在拉萨帮忙找个工作，而且这个工作是一个非常挑人的工作——歌唱表演。老公说那孩子长得很帅气，歌唱得也很不错，据说还是学校的校园歌手什么的。我半信半疑，答应先帮他找一个团体培训一下，再视情形而定。

我下班回家，一眼看到他们所说的"歌星"，一个十八岁的大男孩儿，身形很瘦弱，留着当下很"潮"的"日韩"发型，但那是一种很不搭调的感觉，过长的头发完全没有艺术的气质，反而很邋遢，用时下的网络语说真的有点"雷人"。在那堆长乱的头发下，我终于找到了一张精致的小脸，那张脸太小太精致了，以至于那段时间我看谁的脸都觉得很大很粗糙。一个十八岁的男孩子太瘦小，加上农村孩子的怯懦之情，他总是弓腰屈背，静悄悄地来回走动着，或者驼着背，低着头默默坐着。他既没有高大阳光的外形，更没有抬头挺胸的艺术气质，所以我确定他不太可能进入演艺圈。

相对于他的秀气，我十七岁的小保姆和十一岁的女儿，显得那样的壮实和大大咧咧，我忍不住警告女儿，再不温柔秀气点儿，当心同学喊她"桑哥",她却笑得前仰后合,又一次把碗筷打翻在桌子下面,我当场被气结。

十八岁的乡村小歌手安排在我们家住下了,他的名字很拗口,叫塔杰曲旺,我们全家人干脆叫他"歌星"。我想在托人帮他找工作之前,先听听他的歌。老公怕他害羞难堪,叫我不要让他唱,可他要找的是歌手这个职业,不敢唱怎么可能,再说托人之前自己心里也要有谱嘛!我把家里人都支开,让他当我一个人的面大声唱,爱怎么表演就怎么表演。"小歌星"唯唯诺诺半天,终于带着颤声唱了一首,这首歌唱得我彻底泄气了。一般讲唱歌有三种情形:有的人先天嗓音条件不好,但很有自信,表演和情感运用很到位;有一种是音色条件具备,但表演有所欠缺,这种具有可塑性;另一种就是两方面都好。显然,眼前的小歌星三种都不是。我怕他失望难过,想做最后的努力。

经过几天的联系,终于有一家"民间文艺团体"愿意让他试一试,条件是三个月跟班儿学习培训,包吃不包住,没有任何酬劳。几天来,我天天让他抬头挺胸,想要练他的形体气质,但效果甚微。就这样"歌星"每天跟着团里的正式演员们一起练"唱、念、做、打"——学习起了藏戏演唱表演。而他本人更热衷于流行歌曲的演唱。团里的老师要他剪去了长发,给他穿上了舞蹈演员的演出服,使他看起来干净顺眼多了。彼此熟悉以后,他也没有刚开始那样拘谨,开始有些活泼开朗,我们全家人的真诚换来了他的信任和自信。每天一大早,我让他早起在阳台上练声,所以每到那一时刻,我们家充满着唱歌声、读书声、搅拌机的声音、鹦鹉的欢叫声,真是好不热闹,不过也担心着左邻右舍的感觉。

时间很快过去了,一个多月后的一天,我听到一个不好的消息,团里老师捎来话说"歌星"的个头太小,而且经过业内人士查看筋骨,认为已经定型,没有再发育长高的可能,不必再在团里浪费时间,叫我们另寻出路。原来作为要好的朋友,团长不好断然拒绝我们,所以用了个"缓兵之计",其实这也是我意料之中的事。想到

"歌星"因此会失望和沮丧，我心里很不是滋味，不用专业老师评判，我也知道他没有这方面的潜质。我无法开口告诉他这个事实，只好求团长告诉他，好让他彻底死心。晚饭时，女儿和保姆像往常一样有说有笑，只有"歌星"在一旁默不作声，我问他是不是老师告诉他实情了，他轻轻点了点头，然后是大颗大颗的泪珠滴到碗里。我安慰他以后帮他找别的工作，可我心里根本没底，在拉萨找工作谈何容易啊！

两天后，"歌星"踏上了返回老家的长途汽车，可他的"星梦"却留在了我善感的记忆中，毕竟那是一个十八岁农村孩子的理想之梦。我对付出的努力和热情没有什么可遗憾的，但我时时会想起他精致腼腆的笑靥，纯真而灿烂，我遗憾的是，我对他的挫败无能为力，对因冲动而轻许的诺言感到惴惴不安。

忙碌中，我慢慢淡忘了此事，偶尔想起，也只是稍纵即逝。时间，真是一剂良药，让我把对一个农村孩子的无比同情和遗憾变成了一声轻叹，毕竟热情和真挚还不足以让我变成——上帝。我逐渐消化掉了那些大颗的泪水，只有最强大的心才能承载如此童稚的心之泪。其实，当时我心都快碎了，如果他是我的孩子我该怎么办？我未敢再往下去想，因为我答应自己，要让自己变得强大和坚韧，不再用柔软的心去亲近任何的残酷和坚硬。如果泪水是一种脆弱和宣泄，可是倒流回心里不见得是坚强和理智，每一颗泪都让我的心千疮百孔，当每一束阳光穿过，都会变成几万束血色的光芒，让高高筑起的心灵城墙顷刻间土崩瓦解……又是一次万箭穿心，可已经骄傲到不屑于疼痛和非议，像母亲为我起名祈愿一样，在世俗的唇舌中如雪莲般绽放，似度母般包容。

心平如镜不是说说就能修炼的……

几个月过去了，藏历年又到了。收回流放的心，我踏上通往婆婆家的路途，这是最佳的疗伤方式，好再次承受新一轮的"炮轰"。

新买的越野车第一次派上了用场。去得多了，对沿途的景色已经没有从前的新奇，倒是盼着早到婆婆家。托柏油马路的福，中午不到我们白色的越野车已开进了熟悉的村子。

临来时，在心里打了几遍腹稿，把领略这里的乡村朗玛厅作为此行的重要目的。婆婆家里的新房还是那样的温馨和充满人气，像往常一样挤满了大大小小一屋子的人。

天刚一黑，我迫不及待地想去朗玛厅看看，被婆婆善意地劝住了。

寒冷是这村子冬天唯一的特色，尤其是晚上，让怕冷的我用尽各种方式与之抗衡着。离开家里的火炉，第二天晚上我不得不穿羽绒服外加军大衣出发了。漆黑的夜里，各家窗子里透出的灯光成为这里微弱的"路灯"，我的方向感向来很差，加上天黑，我已经彻底分不清东南西北了。老公的弟弟和弟媳与我们同行，平日里婆婆不让他们去朗玛厅，认为一旦上瘾，会误了农活儿。弟媳悄悄地让我给他们求情，婆婆终于网开一面了。

快到村中央时，一串扎眼的红色霓虹灯让我确定了朗玛厅的方位，很多词汇在我的脑海中浮现：另类、流行、文化、娱乐，我不知道在这里哪个更贴切，它让这里的村民真正意义上过起了夜生活。我们也走近了它。

这间朗玛厅面积大概只有三四十平方米，只能摆得下五六张长桌，小小的舞台音响设备就占了一大半儿，屋顶的两盏激光灯和几串彩灯是这里的全部灯光设备，拿老公的话说，还真有那么点儿意思。不过来这里消费可不简单，座位要提前预订，否则别想凑这个热闹。我们是来看热闹、体验乡村夜生活的，对那些冷到牙痛的啤酒饮料毫无兴趣，可这是万万行不通的，门口几个壮小伙是老板的亲戚，帮助维持秩序的"打手"，不消费会被立刻请出去。我们只好买了几瓶啤酒和饮料，我每喝一口啤酒都会忍不住打个冷战。

邻桌都早就坐满了人，大都是在城里工作或学习，回家过年的干部和学生。附近一个镇上的干部都来了不少，可见这个小朗玛厅的人气。八点到了，老板拉上了舞台幕布，表示演出就要开始了。随着震撼的音乐声，老板亲自登台主持了，他的藏语主持还是挺流利的。此时，幕布慢慢拉开，两边还放出了烟雾，我们忍不住笑了，虽然开张不久，条件也很简陋，但那架势挺逗的。

老板的主持也学着拉萨抑扬顿挫，时高时低，时快时慢，浓重的方言让我们忍俊不禁。

超强的音响分贝已让双耳处于麻木状态。此时第一个歌手登台亮相了，让我们大吃一惊，原来是几个月前怀揣"星梦"的歌星塔杰曲旺。牛仔裤加藏式的"布热"衬衣，在这里是很"潮"的明星派头。他的歌声已没有丝毫胆怯，各种表演动作有板有眼、大方得体。台下掌声欢呼声响成一片，在这个小小的舞台上他找到了本该属于他的自信和自如。他一出场，女儿和保姆异口同声喊："歌星、歌星。"在热烈的掌声邀请下，"歌星"连着唱了三首歌。唱完歌，他径直走到我们的桌边，向我们握手问好，还特意给女儿和保姆要了几瓶饮料。他说他们每晚在这里献唱，报酬是喝多少饮料都不用付钱。他说自己能够唱歌就很开心。廉价的报酬，让他的"星梦"在一方小小的舞台上得到了实现，开心——就是最大的收获，不在乎天长地久，只在乎曾经拥有。现在他是这个村里小有名气的歌星了，无论谁，适合自己的就是最佳的生存状态。我们聊了很多，直到我的双脚冻麻木为止。其间，人们轮番在小小的舞台上随着乐曲跳舞，没有什么施展的空间，只能说随音乐走走路而已。

目前来讲，在没有什么竞争的情况下，乡村朗玛厅的生意异常火爆，据说很多人会玩到通宵达旦，早上从朗玛厅出来直奔餐馆，不知道家人作何感想，而当事者显然已在这一新生的事物中沉迷了。我的小保姆也在头天玩到了凌晨五点，被我知道后耐心教育了一番，原本让她探望生病的父亲，不想却在朗玛厅玩到凌晨，实在是太不懂事了。何况在城里被严格看管，没有什么不良嗜好，如果在农村学坏了，实在说不过去吧！

老公不停地和村里人打招呼，方寸之地，人们没有不互相认识的。早婚早育，老公的同龄人都已经是爷爷奶奶辈的人了，看上去都有几分苍老。我被热情的村民们不停敬酒，实在招架不住了，以身体不舒服为由离开了。歌星一直把我们送到门外，他显得开心而知足，我却又莫名其妙感到失落，他要的生活真的如此吗？还是那句话，开心最好！

拉萨，我在这里路过爱

◎ 格央

拉萨真的是一个阳光明媚的城市，天是蓝蓝的，薄丝一样的几片云在远远的天边，而我坐在店门外的大椅子上，头上戴着宽大的草帽，什么也没想，只是看着来来往往的人们。

从尼泊尔到拉萨已经快半年了，大哥采购完货物也就离开了，剩下我一个人每天守着这个小店，虽说生意还不错，但有时候确实很无聊，也没有什么认识的人，只有两个远房的亲戚，平时是不大走动的。

我出生在尼泊尔，也是在那里长大的，父亲是地道的康巴汉子，母亲有尼瓦尔人的血统，尽管如此，因为父亲的专横和母亲的谦让，我们一直遵从藏族人的生活习惯，这也是我们所有兄弟姐妹都能很流利地用藏语来交谈的原因。我的父亲一直很想回到西藏，可是在他能够将这个愿望付诸行动之前，就得了脑溢血，不能行走，生活全靠母亲的照顾，在此之后，父亲再也不提回故乡的事了，可是我知道，这是他一生中最大的愿望。

他的这个愿望终于在他的儿子——也就是我的大哥身上变成了现实，大哥在拉萨的八角街里租下了一个小店铺，专门卖尼泊尔和印度的产品，而我们在加德满都的店铺里却大部分卖的是中国的产品，生意很好，大哥两头跑，主要负责采购进货，因为孩子还小，大嫂就在加都照顾家和店铺，而我打理拉萨的小店。

刚来的时候，我并不觉得拉萨是个好地方，至少不像父亲曾经描述的那样是个伟大而辉煌的城市，可是它也不让我讨厌，只是偶尔我会感到无聊，每当这时候，我就听音乐，相比之下，我更喜欢尼泊尔的音乐，它会带着我回到遥远的家里，那里有我生病的父亲、温顺的母亲和一大群兄弟姐妹。我很不争气，想家的时候，时常会眼泪汪汪。

这天，店里没什么生意，我坐在店门边，听着熟悉的音乐，想念遥远的家人，眼睛里不知不觉就浸满了泪水。就在这时候，一个手拿小蓝旗的导游带着几个外国人进了我的小店，他边往里走，边用英语说："现在这些尼泊尔的小店，卖的也并不完全是尼泊尔的东西，很多实际上是在西藏和内地生产的，你们看上了什么东西，可以多砍些价。"我狠狠地瞪了他两眼。

游客进了店，却对我身上穿的尼式宽松外套产生了兴趣，他们要求他问问，没等他开口，我就用英语回答了游客的问题，并说明我的店虽小，但全都是尼泊尔和印度的货物，没有西藏和内地产的。最终，游客每人都买了一件外套，一个漂亮的年轻姑娘还买了整套的首饰，正在我很得意的时候，我却突然发现那个导游很认真地看着我，此刻他终于明白了我瞪他两眼的意思。

从那天开始，那个导游就总是出现在我的小店里，客人看货的时候，他就和我聊天，有一次，还扔给我一个太阳帽，说是客人送的，看我的大帽子实在太难看，就好心转送给了我。虽然他说的话不够好听，但我以一个女人的直觉，感到他看我的眼神似乎有很多的内容。而我也突然发现自己渴望他的到来。虽然平日里我总是眼睛盯着顾客，但耳朵却在倾听身后他的每一点细微的声音，譬如轻笑，叹息，甚至他轻微的呼吸声都会传入我的心中，并在心中有轻轻颤颤的回音。

那个夏天就这样过去了，冬天在不知不觉中来了。

因为气候的原因，冬天旅游团队一下少了很多，他就开始找别的借口到我的小店里来，虽然有些借口连我都感到好笑，但在他尴尬的表情中我感到了幸福，即使这幸福好像有点暧昧，不够明朗，但我依然沉溺其中。

那时候，我以为我们会永远这样相处，可是，那个夜晚还是突然来了。那天下午，我接到了他的电话，说晚上有几个朋友要聚会，想让我也参加。"可是，你的那些朋友我并不认识，大家在一起会很尴尬的。"

"认识不认识并不重要，我们主要是去蹦迪，你还没有去过吧！就算我带你去见世面，你别说我没给你机会啊！况且他们总是习惯说普通话的，你又听不懂，想插嘴也插不上的。"

"听不懂才好，我可不想和不认识的人说话，就算我给你一个面子，我答应去了。几点？什么地方？"

"地方的名字我说了你也不知道，只要关了店门别出去就行了，我来接你，在拉萨你就像个瞎子。"

"至少我现在在这里，而你还没有去过加德满都吧！"

"不和你废话了，我还有好多事。再见！"

还没有等我回答，他就挂断了电话。

黄昏的时候，他敲开了小店的门。"你不换件衣服啊？头发也乱七八糟的。"一见我，他就对我吼了起来。

"为什么要换，我自己穿着挺舒服的。"

"行，随你的便。我给你十分钟，过点就不候了啊！"

"好不容易请我一回，一点诚意都没有，我一分钟也不需要，现在就走吧！"我挎上包，抬腿就走。

"你不关门了？"他在我身后喊。

"你没有手吗？"话音还没有落，我就听到重重的关店门的声音，随之传来的，还有他骂我"小懒猪"的声音。

一路上，我们一句话也没有说，似乎在赌气，又似乎没有说话的必要。

终于，我们到了吃饭的地方，穿过大厅，我们到了一个包间的门口，一直走在我前面的他突然停了下来，等了一下，随后很自然地牵起了我的手，推开了门，屋里已经坐了七八个人，他们在那一刻突然安静了下来，似乎连呼吸声也没有了，而他还是紧紧地拽住我的手，大声地说："现在我隆重介绍一下，这位是我的女朋友。"

虽然他说的是普通话，但经过拉萨几个月的生活，我还是知道"女朋友"的意思，他的话让我非常地突然，我的脸一下红了，烫烫的。他还不满意，转过身用英语对我说："汉语女朋友的意思就是说，我喜欢你，想要和你在一起，不是短短的一段时间，而是一辈子。"

他朋友中显然也有懂英语的，大家全都鼓起掌来，其中一个还很严肃地对我说："他解释得还不是很正确，不是喜欢，是爱，他爱你。"

我就这样成了他的女朋友。

从那以后，他的手机就彻夜为我开着，说我一个人住，他不放心；带团队去山南、日喀则和林芝，不论回来多晚，他都要先回到我的小店，说几天不见，真想坏了；如果有时间，他总是从西郊买两份冒菜，放在锅里热以前，很细心地把菜里的香菜挑出来，因为我不喜欢；我们还总是在黄昏的时候，坐在八角街广场的花台上，一直坐到天黑，路上几乎没有人了，他就渴望地把我揽进怀里，吻我，我总是喘不过气。

我从来没有想过他会变得这么温柔和细心，爱情这么奇妙，让我在讲述的时候都感觉到两情相悦的美好。

我每天的生活就是等他，连生意似乎也变得不重要了。可是那一天，我等来的却是他的母亲。在做完自我介绍以后，他的母亲直接就对我说："我、他的父亲和他的姐姐都认为你们在一起是不合适的。看上去你的年纪很小，最多二十岁吧！而我们儿子也只有二十二岁，参加工作也不过两年时间，根本就不成熟，你们家有尼泊尔族血统，是商人，大家的生活习惯也不相同，所以说你们两个在一起是不会有好结果的。我们正在给儿子找机会，再去上上学，你们就不要再见面了。"

"可是——"我很想辩驳，可是我什么也说不出来，站在我面前的是他的母亲，是他最亲的亲人，是那个我曾经想要好好服侍的老人。和他的母亲相比，我算什么？

那天晚上，我想了很多，如果我去争取，也许他会和我站在一边，但是那毕竟是养育他的母亲，是他的家人，得不到他们的祝福，我们不会有幸福可言，总有一天，他会后悔，会埋怨我。而我承受不起那样的后果，我不敢去试一下，去争一下，所以，我只有自己走开。

我以前真的想要好好爱他一辈子，照顾他，为他生孩子，我以为这些都是水到渠成的事情，可是，此刻我才发现原来爱情并不只是两个人之间的事情，它牵扯到太多的人，要让所有的人都满意不是一件简单容易的事情。

在相爱六个月之后，我明白自己的爱情要夭折了！

他显然也得到了母亲的通牒，整整两天连一个电话也没有，我也克制住自己，不让自己去想他，可是，尽管我没有打电话找他，但我还是哭得双眼红肿，没有办法开门做生意。

第三天的黄昏，他的电话终于来了，我听到了他急促的声音："我知道发生的事情，我会想办法的，现在我只是要你知道，我不会离开你，我会一辈子像现在这样爱着你。"

一辈子是多久？听着电话那头传来的"嘀嘀"声，我才发现自己竟然连一句话也没有说。是说不出来，无法开口，还是根本就不用说。我知道他一定有很多的苦衷，可是，我仍然疑惑，有谁能回答，一辈子是多久？

从相识到相知，从最初到最后，从过去到现在，从喜欢到爱，从爱到一辈子，这是一段多么长的时间？而我和他还会有这么长的时间吗？

已经一个星期没有见到他了，我也重新开门做生意，看不出有什么变化，但是我自己知道，很多时候我的坚强，都是伪装的。无论在别人面前笑得如何灿烂，关上门，眼泪就会不知不觉地流下来，从眼角溢出，流入我的鬓边，然后湿了心房。

从那以后，我再也没有吃过西郊的冒菜了，晚上睡觉前，我总是把电话的插头拔掉，不想给自己任何幻想和期盼，有两次我也从八角街的花台边走过，虽然还有很多来往的人，但仍然有缠绵的恋人激情相拥。我从那里走过时，心想，如果有一天，我们可以重新在那个花台边相遇，彼此也都会想起那些曾经吧。

可是，那些只是曾经，现在我已经有两个月没有他的消息了。每当想起这些，一种无可抵挡的悲凉，就会直透心底，让我觉得肝肠寸断。

他的消失已经证明了他的态度，可是，我依然无法释怀，尽管我总是提醒自己，这不过是一个梦而已，梦就是这样的，醒了总比梦着要痛。

爱既然已经如此艰难，不如遗忘，不如就此放手，不如各奔东西不要回头。我已经无法在拉萨——这个令我伤心的城市待下去了。于是，我给家里去了电话，说自己很想家，大哥很快就赶了过来，一起来的还有大嫂，我把小店交给了她，并承诺会很好地照顾小侄子。

离开拉萨的那个黄昏，我又去了八角街的花台，看着来来往往的行人，我突然有了一种领悟，我和他只是这个城市的两个路人，偶尔擦肩而过，彼此颔首致意，这并不代表一辈子。一辈子的事情上天都已经安排好了。

回到加德满都以后，嫂子给我来过电话，说一个小伙子来找过我，要家里的电话号码，问我要不要给他。在听到这个消息的时候，我虽然按捺不住心中的颤抖，但我还是撑了下去，我相信我可以撑到不再忧伤的那一天。

一年以后，大哥因为有事无法去拉萨送货，于是我又踏上了拉萨的土地，又一次站在了拥挤的八角街上。似乎命中注定，我又看到了他，正拿着小蓝旗，招呼客人进大昭寺。他还是原来的样子，一点都没有变，变的是我们的心情，看着他匆忙的背影，我突然发现，在这个世界上，每一天都会有很多人相遇和分离，成为别人心中匆匆的过客。

那么，我只是他生命中的过客吗？

如果是，我宁愿，不相遇。

你知西藏的天有多蓝

◎ 凌仕江

西藏的天，天天都是蓝的。

天天，天蓝，白天黑夜地"蓝"着地球之巅的人们。有一回，一朵巨大的乌云忽然飞过来，久久凝固在布达拉宫的上空，大鹰的翅膀撞击乌云的一瞬，布达拉宫呈现红白分明。

神速的光从天洞里漏下来。

天底下的世界有的地方亮。

有的地方黑。

有的地方不亮不黑。

面对这极致的自然景观，少有人说话。只有一个年迈的喇嘛抬起头，喃喃自语：蓝了这么长时间，你终于肯发言了。

我笑了，知道他对蓝天有了特别的感情。

我头顶的蓝天，一直处于静止状态，它当然是无声的，仿佛伸手便可以裁剪。蓝，是一双守望的眼睛，在窗外，它博大如一只没有痕迹的鼓，窄小得像圣湖里的一滴水，一只鸟便可以划破它的宁静。天，把心情蓝得很高，很畅，像立在天边的经杆，随着风的节奏而摇曳。

终于，有人不耐烦地盖上相机镜头，说：我不相信天能蓝到这种地步。

看来，天天，天蓝，不仅改变着天，同时，更能感染人。再昂贵的相机，到了西藏，也掩饰不住它对天之蓝的误会，再高超的摄影师也无法让自己的心眼大于天，胜过蓝，而蓝，只能在他的画面上堆积呆滞。一旦离开了那片天，摄影师就开始怀疑照片上的蓝：蓝得实在是远离现实了。但他找不到答案。严格地说，这就是环境与感情的作用，它很容易左右一个人的审美视野。每种情感的生发都与另一种感情存在，似乎不需要过程，那完全是依靠自己的感觉去把握。只是，每个人对"感觉"的理解掌握不同。技术高超的，可以感觉天蓝得说话，于是与天的蓝对对话，技巧稍差的，比如我在西藏看了八年天，则无语问苍天，只求与蓝共度，以免亵渎了天天天蓝的纯洁和真诚。

有人一下飞机，抬头就问："西藏的天干吗这么地蓝哪？"

我说："当然是因了你的远道而来，你一定会爱上它，对吗？"

"但是你必须回答我，它干吗如此地蓝？"

我习惯地将两手放入衣袋，望着蓝得发呆的天，长叹了一口气，一时感觉满眼全是正确答案。面对无限的蓝，瞬间，想好的答案又全部消失了，根本无法确定唯一的对或错，答案只是在眼前若隐若现地飘忽。原以为正确的答案，被她这一问彻底推倒了。

是呀，天之蓝总得有个答案吧。

我停止了思虑。低下头，让脑海去筛选一个最精确的答案，少顷，一切又恢复了静止。抬头望天，天还是那么蓝，丝毫没有微乎其微的变化。于是我说，这就是西藏，它让你看着天的蓝就没有遗憾。

多数时候，我们会刻意去找寻一个完美的答案，以便对自己和对方的疑问作个解释。可实在是困难。初来西藏的人时常会为诸如天为什么那么地蓝等问题冥思苦想而导致大脑缺氧，于是失去了轻松享受天然风光的美丽，或者变得没了主张，对一切神秘的东西一见钟情，随之又耿耿于怀。所以我必须补充一句：也许……大致如此吧……你不必过分去深究太多的问题，在你抵达之前，西藏的天就这么地蓝，在你离开之后，它还将依然地蓝，彻底地蓝，完完整整地蓝，永永远远地蓝……

她笑了，笑得那么勉强，用手狠狠指着我，说："天哪，那么神奇，那么玄奥。"

我也笑了："哈哈！谁让你出的题这么地难，到处全都是正确答案。"

后来，我发现自己的答案很不标准，而且还有些谬误。其实，真正的答案只有天才知道，面对这样的问题，说得越多，越是有愧苍天。反过来，我倒想问你：天蓝点有什么不好呢？天天天蓝，多么美好的生活呵，难道你还当心它这样蓝下去不是件好事？难道你真不知这里原本就是蓝色星球？我不否认天空的色彩会带给人不一样的情绪。

如果你是看惯了灰色的天空，突然来到西藏就可能产生要把蓝和天分离的愚蠢想法，因为你初来乍到的惊喜和不适应，你看见它蓝得像一块透明的镜子——但你并不相信它。你听歌中唱的应该是：蓝蓝的天上，白云朵朵，拉萨河水泛清波，阿妈她说牛羊满山坡，因为那是菩萨保佑的……暗淡的天，走过去，前面就是明亮——

你看见了吗？西藏的天和蓝是融为一体的。蓝与天之间的界限是白云，可白云早已跟随牛羊下山追风去了。

风过无痕，天天天蓝。

鹰不飞，天感觉干净。

狗不吠，天蓝得发空。

天天天蓝，与谁都无关，天天天蓝，与谁都有关。人与天永远隔开着，像愈合不了的伤口。人在天下看天，天在天上看人，看人在天底下的一场烟火表演。天，把人看得很矮——同在一片蓝天下，人比人高不了多少。但天和蓝又习惯包容万千纷纭愁和欢。

我常常爬上大地的阶梯，看见闪电划过天边，雷声惊走天的睡眠，一丝忧蓝裸露心底，我想上去看看天——

天天，天还蓝吗？

请不要问我。

藏家人

◎ 陈跃军

2000 年我从林芝西藏农牧学院毕业后，被分配到西藏错那县觉拉乡任林业技术员。当时，正在搞第五次全国人口普查，因为怕大雪封山，西藏部分县的普查工作提前到八九月开始。我和乡会计尼玛被抽调为普查员，负责他老家德吉村四个自然村的人口普查工作。为了不增加村里的负担，除了到太远的地方，我和尼玛都吃、住在他家里。为了让我住得舒服，尼玛家专门腾出了一个小房间让我住，而且还让妹妹德央从很远的商店里给我买了一床新被子和几包蜡烛。在扎洞河边的那个小村子里，我度过了难忘的半个月。

尼玛喜欢喝酒，怕喝醉了影响工作，我俩约定好早上工作，下午休息。那时候，我的藏语仅会一些简单的日常用语，而且是拉萨藏语（相当于藏语中的普通话），当地群众的藏语方言我刚开始一句也听不懂，尼玛是那个村子里我唯一可以交流的人，我与他家人和群众的交流只能是简单的藏语加使劲的比画，有时候说了半天，他们不知道我在说什么，我也一脸茫然。好多群众见了我打招呼就笑着说"三精司乐平"（当时电视上正放的广告），我也乐呵呵地对他们说"三精司乐平"。

德央比我小两岁，是一个非常活泼可爱的藏族姑娘，脸上的高原红让人看了就有一种温暖的感觉。尼玛不在或喝醉的时候，她是我最亲密的伙伴。她非常勤快，听说以前经常和阿爸一起到很远的地方去放牧，每天早上六点天不亮她就起床，到两里外的小溪去背水，回来忙着烧开水、打酥油茶，为我们准备早餐，我觉得太阳就是被她的脚步叫醒的。有一天,德央带着我去背水,在村头,我们与年龄相仿的几个姑娘碰头,在她们的歌声中,我们来到一条河边。那时候正是雨季,前一天刚下过雨,河水特别大,站在岸边都能听到石头在河里碰撞的声音。本来说好我们一起拉着手过河的,后来德央怕我出事,说什么也不让我下水,硬是把我背了过去,让我见了她的同伴,甚至到今天,每当想起来就觉得脸红。在小溪边,她们有的洗脸,有的洗头,还有的边唱歌边洗衣服,我帮她们往水桶里灌水,满天的星星在不停地眨着眼睛。回来的时候,我死活都要自己下水走,德央没有办法,只能背着水、拉着我一步一步地往河对岸移。八九月的天气,水依然是寒冷刺骨,而德央的手是热的,她紧紧地攥着我的手,生怕我出什么意外,有几次我被水冲得失去了平衡,都是她把我拉回来的。回到家,阿妈知道德央带我去背水,狠狠地骂了她一顿,说万一出事了怎么办。我说是我坚持要去的,不怪她,阿妈才不再说了,但是从此再也不让我跟着她去背水了。

一天下午,天淅淅沥沥地下起了雨。我们结束了江木村的普查工作,骑马回到德吉村的时候已经是晚上八点了。吃晚饭的时候,除了糌粑,阿妈还端来了一盘鸡蛋和一盆鸡肉,祝我节日快乐,我一时丈二和尚摸不着头脑。后来,我才知道那天是中秋节,阿妈是怎么知道的,我不得而知。阿妈一直给我夹菜,还让尼玛跟我说,让我不要想家,这里也是我的家,她就是我的阿妈,有什么需要尽管给她说。晚饭后,阿妈又把我带到她二女儿家。那里有个小发电机,村里的群众每天在那里看录像,放的大多是藏语版的《西游记》《水浒传》《封神榜》,看一晚上收一元钱。我们到的时候正在放《西游记》"三打白骨精"那段,因为藏语水平有限,我只能跟着故事情节和大家一起傻笑。晚上十一点多,因为第二天还要忙着秋收,群众准备回家休息,阿妈再三请求她女婿才答应给我放一部汉语录像,放的是周星驰主演的《唐伯虎点秋香》,这下轮到一屋子里的人跟着我傻笑。看完电影,雨依然没有停,阿妈一只手打着手电筒,一只手紧紧地拉着我,慢慢地走，嘴里还不停地跟我说："孩子，慢点！慢点！"我一直在想，一个快八十岁的老人，腿脚该是多么不方便，路那么泥泞，而她却一直在想着我，怕我不熟悉路、摔倒。手电光在路与黑色的夜空中晃动，阿妈微驼的背影就定格在雨拉开的大幕上，眼泪流在我的脸上，也流在我的心里。一路上，我都能感受到阿妈手心的温暖，她也一定能感受到我对她深深的依恋和幸福的依靠。

2002 年我回到乡里任副乡长的时候，尼玛已经调到拉萨去工作了，我买了一大堆东西去看阿妈，在那一切如故的院子里再也见不到阿妈熟悉的身影，德央说阿妈去天堂了，走的时候依然笑着，还有几次念叨起我呢。我呆呆地站着，想象阿妈是沿着一条怎样开满鲜花的路幸福地离开。

初识阿里

◎ 高宝军

对于一个初来乍到者，走进阿里，就好像走进了一个景美物特的秘境，又好像走进了一个亦真亦幻的梦中。怀着一种猎奇心理，我初识了这个世界屋脊之屋脊的天上阿里。

牛驮着夕阳走远

茫茫的戈壁上，风像一把无形的抹子，无遮无拦地从西北抹过来。山被抹得低低矮矮，草被抹得稀稀拉拉，就连山坡草地上的石头也都被抹得斜斜歪歪。灰漠漠的荒滩上，几头野牦牛排成"一"字形走过，一直向西边的雪山脚下走去。西斜的太阳像一只褪了色的脸盆反扣在天上，在冉冉升腾的紫气中下沉，最后落在了野牦牛的背上。

野牦牛没有抗议，驮起太阳就走。太阳就像一个淘气的牧童，牢牢地粘在牛背上，向左边斜一下，向右边晃一下，眼看着就要从牛身上掉下来了，但就是没有掉下来。大概是被太阳压着了，野牦牛步子迈得很慢，腰身弯得很深，一蹄子踩下去，就好像深陷在泥土里拔不出来的样子。随着"扑踏、扑踏"的牛蹄子一步一步往西移，太阳一拃一拃往下沉，颜色一层一层往重增。在野牦牛驮着太阳上坡的时候，太阳已变成比野牦牛体型大出好几倍的红色火球，像是要把野牦牛烧干压垮似的。我看到野牦牛歇了好几次，汗珠子吧嗒吧嗒直往地上滴。很显然，太阳是不想被野牦牛驮过山的。

但不管太阳多么不情愿，自己多么超负荷，野牦牛必须在天黑之前把它驮过山。这是它的职责。它拼了老命，用尽浑身力气，身子被扯成一条长线，影子直伸向远处的戈壁荒滩。在爬上山头的时候，野牦牛展了展腰，喘了喘气，大概看时间不多了，就紧走了几步，把太阳硬是驮到了山畔。

不知是因为完成使命而兴奋，还是被太阳压得不堪而抗争，就在野牦牛驮着太阳临下山的那一刻，昂起头朝着天空叫了几声。在它沉闷的叫声中，周围的一切都发生了变化。满天的白云变成了通红的彩霞，一滩的荆棘火烧般红成一片，远处的雪山戴上了金黄的桂冠，近处的长河敷一层柔软的金粉，散落的村庄、暮归的牛羊、田里的庄稼，都披上了一层橙黄橘红的外衣，显得既沧桑厚重，又神秘莫测。

一群乌鸦从山崖上惊起，"哇哇哇"地叫几声，半空中掠过千点黑影。一只找不到食物的野狐狸在荒野上哀嚎，一边回头张望一边摇摆着走向远方，声音凄厉而沙哑，把一地的孤寂留给荒漠。那些投林的归鸟聒噪着，声音大而影子小，刚听到鸣叫声从头顶上传来，一抬头只留下一条条斜斜的虚线。

天地交接处，一只鹰在盘旋，颜色越来越淡，最后在人的视线中一个猛子消失。这时候，远山模糊成一抹虚影，近沟漆黑成一团暮霭，茫茫的高原把白天交给了黑夜。

一只狗咬残了月

当一弯细月爬上土墙时，我正从阿里郊外的一块荒野往城里走。

踏着柔柔的月光，沿着一条白线似的捷径路，我走进了一个废弃了的旧村落。村子里不见一个人，地上，破墙下，尽是些长尾巴老鼠。一见我走来，它们就像被一块磁铁吸着一样，哧溜哧溜地钻进了各自的洞里，把黑黝黝的洞口戳在我面前。

我站在一棵丛生的班公柳下，一颗星星透过树的枝叶，在我的脑门心照了一下，然后一转身钻进了我的眼里。我的眼睛里有了一颗星星，顿觉看什么都亮堂了。我看到山顶上的积雪白得干净，河床上的碧波清得透明，那些耸立在山巅上的古庙、林立在街道上的楼房、纵横在草地上的马路、密布在城边的树木，一样样被我看得清清晰晰。

月亮慢慢地往西斜，影子缓缓地往长拉。一堵残墙下，一只长毛子大黑狗半蹲着身子，舔一气爪子，然后头昂得老高老高看月亮。西斜的月光把它的身体分成两半，一半明亮明亮地黑，一半幽深幽深地黑。大概是在月亮里看出了什么名堂，它突然不紧不慢地叫了起来。这声音不高不低，不缓不疾，柔和中带绵软，婉转中显悠长，不仅不含怒意，而且带着唱调。粗粗听，似静夜僧人在诵经，如幽谷老道吹古笙；细细品，像远村盲人弹三弦，若空房怨妇哼酸曲。听得我心神皆陶醉，眼前发迷昏。

狗的嘴就像一枚掌控月亮的遥控器，朝天叫一声，黑影子就往前挪一寸。在狗叫声把月亮一声声送到西天时，一个背湾子处的河水因失去了亮光，走着走着就打了个绊子，一头撞到草根上，"咕噜"呻吟了一声，一个失惊站直了继续朝前走。几颗星星因河水的突然撞击声受了惊吓，拉着长线掉进了河里，我反反复复找了几遍，最终一颗也没有找见。深邃的天空中，风吹着几块闲云跑，地上的黑影子就忽忽悠悠地跟着飘。狗见一疙瘩黑影子向自己卷来，猛地站了起来，吠叫的节奏快了，撕咬的声音高了。本来就细细的月牙，被它凶狠的几声叫过后，体型越来越瘦，光泽越来越淡，最后变成一个括号状的半圆白圈。

鸡大概是嫌狗叫得烦。先是尽量忍着，看着狗越来越上劲了，就朝着天空叫了一嗓子，算是给狗的一个警告吧。鸡叫声压住了狗叫声。它尖锐的叫声从鸡窝里传出来，直端端地冲向了天空，把天戳了个窟窿，一束光就从东边漏了出来，把山川大地照得蒙蒙亮。天一亮，山就醒了，河也醒了，野外的草树、田里的庄稼、村庄的牲口、街上的人都醒了。

见一切都醒了，看着月亮也成了这个样子，狗再没有继续往下叫。

野驴带着云奔跑

湛蓝湛蓝的天空上，风吹着一些闲云忽悠悠地飘。这些白白嫩嫩的云，虚虚软软的云，一圪塄推着一圪塄跑，一疙瘩连着一疙瘩翻，永远飘不完的样子。这些云不能给大地带来一丝丝雨水，却能给天空增添无限的美丽，它们被人们称作闲云。

闲云下的草地上，是一些比这些云更闲的藏野驴。它们不紧不慢地吃着草，不远不近地看着人，不慌不忙地散着步。清风轻拂着它们的面颊，白云遮挡着火热的骄阳，原野上的鸟雀一齐为它们尽情地歌唱。连过路人看了，也为它们的幸福和自由，投来一双双羡慕的目光。

吃饱了，睡够了，这些藏野驴就撵着公路上的车子赛跑。超过车子了，它们就放慢脚步等一等，不想把距离拉得太远。落后车子了，它们就加快速度往上追，不超过车子不歇息，这是它们的驴脾气。跑着跑着，它们内部也免不了出现相互比赛的情形。这种情形一出现，它们就往往跑得收不住蹄腿。

平展展的戈壁上，几百头藏野驴高昂着头，四只蹄子撂开来向远方奔跑。野驴跑过处，一股黄尘由细到粗地往开来扩散，最终挡住了我看野驴的视线。野驴越跑越远，越跑越小，在天地的交接处，和天上的云合在了一起。我看到，野驴跑到了天空的云头上，把靠近它们的云拉着跑。

前边的白云一起跑，后边的白云也跟着跑了起来。这时候，只见云山逶迤，云河纵横，满天上的云块云团都向着野驴奔跑的方向集中。这些云跑着跑着，就和前边跑的野驴融成了一体，变成了满天的野驴。百十头成群的野驴，三五头结伴的野驴，一头单独奔跑的野驴，一齐向着天边跑去。它们可能是急着在什么地方集会，或是有什么急事要它们赶快处理，只见它们一纵身跨一个山头，一抬腿越一个湖泊，形成一个万驴奔腾之势。

等到下午的时候，满天的白云被遍地的野驴带着跑得不见了踪影。这时候，天边又飘过来一块孤云，刚随着北风向前飘了几步，又被南风刮回了原地。它大概是一块失了群的孤云，因为没赶上大群的云，也没有野驴带着它跑，所以就迷了路，不知道该向哪里走。我想着，如果草地上再有一头野驴，就能把它带到天边。可我等了半天，草地上再没有见到一头野驴。

村庄被北风刮斜

在我看来，这场风是被司机洛桑抖布衫上的尘土扇起的。

雪山围绕的峡谷中，云出奇地低，天分外地暖，空气里没有一点点声音，天地间好像窒息了似的宁静。也就是这个时候，司机洛桑拿起自己沾了尘土的衫子抖了一下。我看到，屋顶上的经幡动了一下，树上的梢头动了一下，我的衣角也动了一下。我感觉，要刮风啦。这风，是洛桑引起的。

果不然，携着雪粒和石子的北风，已经从远处的戈壁上无遮无拦地刮来了。它像一只无形的大手，顺着山梁往前捋。只捋得远山弓着腰身，近岗缩着脖颈，大树小树刚伏下又爬起，才爬起又伏下。田间的青稞睡倒在地里，野外的荒草顺着风起伏，沟渠里的塑料袋，碱畔上的烂柴草，墙脚下的纸片子，藏在拐角旮旯里的陈年落叶，一齐卷起来旋上了半空。

听到这"唔儿——唔儿"的风声，村庄里的牛马躲进了棚，鸡猪逃进了圈，屋里的人们都顶了门窗听，隔着门缝看。门环当当地响，门扇咣咣地掼，窗子上的玻璃"嘎巴——嘎巴"地响得好像就要往开裂。村外的荒地里，一只旱獭刚露出脑袋在洞口探看，就被风吹得退回了洞里。一条狗发现风势猛，在村头上正准备逆风往回赶，刚跑两步就被风吹得调转方向，顺着风满村道不由自主地奔跑。挂在白房子顶上的风马旗扯成无数根直线，有一根终于经不住风的张力，忽的一下飞出老远，在村头上旋了几圈，卷进风里再没有看见。

一个藏族姑娘背着背篓在村边拾牛粪，没来得及发现风已经到了跟前。风把她吹成一张弓，头上的方围巾吹开了一角，扯成了一条长尾巴在空中一掀一掀。一个放羊老汉赶着一群羊刚爬上地畔，一股扫地风就擦着地皮迎了上去。羊被风斜刺里刮着跑下沟渠，人被风刮着倒退着下了地畔。老汉张开嗓子喊了一声，大概想叫家里人帮忙，但喊声刚从他的嘴里传出来，就被风刮到了对面山上。

风越刮越大，整个村子都被风刮得歪歪斜斜。迷迷昏昏中，我看到整个村子被风连根拔起，裹在风里向前跑。风之所以最后没有把村子刮走，是被一头牦牛及时救起。当风刮着村子刚要离开时，一头牦牛从村头走来，一头把风顶翻在村里。风"轰隆"栽了一个跟头，抽身子逃出村里。村子尽管被风刮得有些歪斜，但毕竟还没有离开原地。

太阳快落山的时候，风才算停了，但眼前的景象完全陌生。远山灰蒙蒙地暗，近沟黄漠漠地灰，树木只剩下骨架，小草就好似游魂，冲风处被风刮得光秃秃地干净，避风处尽是些带着土腥味的柴草和土尘。村里人顾不得这些，一个个走出家门，乱了的朝整齐放，坏了的给好里修，斜了的往端正扶，脏了的向干净扫，还有那些被风刮倒的，给风吹丢的，他们也一样样往起拾、往回找。他们不会因为一场风影响了生产和生活。这样的风，他们见得多了。

羊把我驮回童年

太阳都一竿子高了，我还熟睡在宿舍的床上梦周公。雪鸡的"呱呱"声我听不到，麻雀的"喳喳"声我没留意，公路上奔跑的汽车、拖拉机、摩托车都把我叫不醒。城外村庄的一群小羊羔从土圪塄攀上去，向平冈上走去，临翻过我隔着窗子还能看得到的山包时，"咩咩咩"地叫了几声。我半睁着惺忪的睡眼，跟着它们翻过了山包。

山包下是一个祥和的村庄，它是我的老家。太阳柔柔的薄光照在山坡上，一缕淡淡的炊烟弥漫着村庄，茂密的槐树把村庄严实地遮蔽，一人高的玉米在坡底下的梯田里拔节吐芯。我看见母亲捏一把带露的红豆，父亲背一背湿漉漉的驴草，爷爷提筐子往驴圈里垫土，奶奶坐在灶膛里生火做饭。锅里头饭的香味我闻到了，有心爬起来准备吃饭，但总觉得这瞌睡比饭还香。几只麻雀在窗户外扑棱着翅膀，猪和狗为争食发生了争吵，狸猫偷在柜盖吃我头天夜里的半碗剩饭。我想起来赶走这讨厌的麻雀，分开争食的猪狗，撵走偷吃的狸猫，可就是眼皮子重得抬不起来。

等到我再次睁开睡眼时，看到村里的伙伴在碱畔外叫我扇纸宝，在冰滩上约我滑冰车，在水塘里与我打水仗，在月光下前后村道上跑着和我捉迷藏。我心想，他们不是都长成大人了，几年前不是还见过他们中的几个，一个个都老鼻子老脸的，怎么突然间又成了孩童？转念又想，眼见为实呀，前几年见到的，肯定是梦！要不然怎么突然会长成大人？我和他们同年等岁，我还是一个小孩子睡在炕上，他们怎么会长成大人呢？

正在我胡思乱想时，我看到这些伙伴们钻进了我们家的小瓜地，爬上了我们家的苹果树。这是奶奶留给我的？为了让我吃到这些好吃的，奶奶成天守在地里和树下，不让其他家人吃去一颗，不让鸦雀牲口近前一步。这时候，我才明白了这些小家伙找我玩的用意，我得赶快让奶奶去收拾他们！正在我要告诉奶奶的时候，我猛然想起了奶奶不是早已过世了吗？奶奶是过世了，我连她的坟墓都记得清清楚楚。奶奶管不了他们，我得亲自去阻止。我喊叫着让他们不要偷吃我的东西，可连喊几声都喊不出声音。在我用尽力气喊出一嗓子后，一位援友推门进来，问我睡梦中喊叫什么。

我知道这是梦魇了，连忙穿衣起床。隔着门窗望去，只见农田里青稞翠绿、油菜金黄，满街道车流穿梭、行人如织，院子里蝶儿纷飞、鸟儿清唱。一群雪白的小羊羔在山坡上吃草，低头吃几口青草，抬头看几眼我的窗户，"咩咩咩"地叫几声，和梦里听到的叫声一模一样。这时候，我知道自己是想家了！

寂寞古道铃声远去

◎ 尼玛潘多

藏东重镇昌都，在我的认知中长时间处于盲点，只知道那里盛产桀骜不驯的康巴汉子。一趟藏东之行后，那个盲点被拨弄得七零八落，像水浸的墨渍，越来越大。即使所有的风景都幻化成模糊的记忆，关于她的思索，仍时常萦绕脑海。

对藏东的向往绝大部分源于对被现代人称为"茶马古道"的好奇。我的父亲，是个驯马的好手，年轻时，孤身赶马走过许多寂寞岁月，虽从未走过藏东险峻的山道，但我相信他所体验到的寂寞与古道上的赶马人别无二致，因此对古道也多了一份亲切。

从拉萨一路东行，车过林芝，进入昌都属地，便与山路相逢。上上下下，左弯右拐，写出无数的之字形，从一道山口到另一道山口，等待路人的是无底深渊或绝崖峭壁，面对这样的险峻，关于生命、生存和生活的感念也会一路如影相随。

走在路上总免不了沉闷，即使有一路绝美的风光，也终有审美疲劳的时候，但藏东的山路，一点都不沉闷，除了风景，路本身也给予我们许多的思考。据有关资料，有着上千年历史的茶马古道分为两条线路，一是从云南出发，经过德钦、芒康、左贡、昌都、洛隆、拉萨，再经由江孜、帕里、亚东分别到尼泊尔、印度等地，一条从四川的雅安、泸定、康定、巴塘、昌都到拉萨，再到尼泊尔、印度。两条线路都绕不开昌都，所以，在昌都赶路，不是被告知正行进在茶马古道，就是被指着远处山梁上一道细若游丝的"线"，告诉我们，那就是古道。马帮、骡帮时代的古道，必定伴着"嘶吟嘶吟"的脆铃声，也许还有忧伤、高亢或者不成调的小曲伴着赶马人，很难想象，没有情绪发泄的渠道，漫长的山路将怎样忍受，是不是只能将黑夜压境般沉沉的寂寞，变成一声声的叹息，而叹息声遍地的山路，永远走不出自己的心灵，所以，我断然相信，古道上一定有着歌声。那个年代，寂寞属于赶马人，而如今，古道铃声远去，没了赶马人的古道，反而落寞了。

车出类乌齐县城，在一处草木荫荫小溪潺潺之地野餐，隔着七八米远，有一位游僧搭着帐篷怡然自得地享受着大自然。难得有车子停了下来，他也乐意为我们送上一小壶清茶。康巴话很难听懂，连说带比画，话题还是说到古道，记不清他说了什么，最难忘的是他挥手一指的瞬间，我看见对面山崖上一截垒石砌成的"古道"。看到古道瞬间，"束之高阁"一词突然蹿进脑海。是的，多么像一件已经无法使用的古旧东西，简单包装一番就放在高处。那就是马铃阵阵的商道？那是华丽的缎子、精致的瓷器或膻味极重的羊毛经过的山道？望着山崖那一小截古道，莫名地激动起来。

之所以激动，不过是山道触及了我的记忆。年少时，一个年长者总是将她的经历不厌其烦地告诉我：那时的帕里小镇，十分热闹。所有到大吉岭、噶伦堡的马帮都要在这里做短暂休整。当年的她，就是一位为马帮洗衣的女工，用粗糙的手换取一点口粮。就在那里，她遇上了她的丈夫，一个十分精明的人，整日周旋在马帮之间，陪他们喝喝酒，帮他们做做事，偶尔也揽些小生意，日子过得不算富足也够温馨。走累了的赶马人常常以赌博为乐，她的丈夫也深陷其中，运气好时，隔三岔五就会带些好东西，遇上倒霉时，有时连火炉上烧着水的壶都要拿去抵债。因为生计，她只能牵着儿女，到一些骡马队无法通过的狭窄路段当背夫。在这一点上，我始终怀疑她的记性，我无法相信一个女人牵着孩子在万仞绝壁之山崖上谋生，这样的情景令人于心何忍？

事实上，女人为背夫在茶马古道上并不鲜见。在为藏东之行做

"功课"时，偶然间读到马丽华老师的一篇文章《磨西的老背夫》，文中写道："背夫的行列中也有妇女儿童，最小的'背童'年仅10岁，可背三十多斤两条茶；'背妇'们背十多条，有些带孩子的妇女只好把婴儿捆绑在茶包顶端。"帕里与泸定磨西相距千万里，但女人坚韧的生存方式却如此相似，让人不由得感叹，女人从未缺席过茶马古道的辉煌。

说起女人的坚韧，不能不提途中一事。2010年9月10日，我们从昌都前往察雅。由于昌都解放纪念日在即，所有大庆工程都在抢工期，昌都几乎没有路不在限行，为了赶在修路工人上班前通过昌邦公路，一行人早上五点半就起床出发了，因为领教过藏东山路的险峻，我一路都在祈祷不要下雨。偏偏雨淅淅沥沥地下起来了，没完没了。在蜿蜒起伏的盘山公路上行驶了一个多小时后，我们来到去往吉塘镇与察雅县政府的岔口，那时天还未亮，朦朦胧胧看见一个人伸手要求搭车。司机热忱善良，将车子缓缓停在他跟前。搭车人掀开防雨的雨布，露出一双属于女人的眼睛。在荒郊野岭等着搭车的女人，该是一个怎样大胆的女人？职业特性，让我们对这个女人十分好奇，很愿意搭她一程，可车上坐满了人。她说，能不能坐在后面的行李厢。师傅就同意了。人一坐定，大家的问题一个接着一个，原来她是来自河南的菜农，在昌都承包菜地，小日子有了起色，就想干点大事，她这次是到吉塘看看，看能不能到那里租地种西瓜。听了她的经历，我想没有人不敬佩她的坚韧，但所有的感慨在一个朴实无华的女人面前，显得十分矫情，一车子人沉默无语。车到察雅，县委宣传部的人在宾馆准备了早餐，热腾腾的酥油茶让清凉的早晨格外温暖，而她，又顶着细雨出发了，我双眼湿润，为了一个陌生的女人。

即使在现代交通条件之下，昌都的山路也是最险峻的，从昌都到洛隆、边坝一段，更是让人骨寒。不难想象，古时，茶马古道上的马帮在这条路会发出怎样无奈的叹息。好在走这段山路之前，还有一个美丽无边的邦达草原，也许是上天对马帮踏上艰险之路前的盛宴。

也是为了不堵在昌邦公路上，我们从昌都出发时，又起了大早，凌晨五时半准时出发。车过年拉山时，天渐渐亮了，我们也进入了邦达草原。古时马帮称这里是五百里邦达草原。难得在山高谷深的昌都见到如此宽阔的草坝子，要是离昌都城里近些，可能又是耍坝子的首选，远离城市，是邦达草原的福分。美丽的邦达草原让连日来的疲劳瞬间消失，绿色的缓坡漫岭，早起的女人让黑色的帐篷升腾起炊烟，为清晨的草原平添了一份温馨，想想帐篷内飘香的酥油茶，想想被牛粪火烤红了的孩子的脸，很久不愿从思绪中走出来。邦达草原草不深地平缓，隔不远就有一群群壮实的牦牛。我想，这就是果扎牧场吧。听说果扎牧场是昌都地区九龙牦牛繁育的基地，所以，我从牦牛的体格认定这里就是果扎牧场，有些可笑，但的确比我在那曲、在当雄看到的牦牛体格大好多。

走出邦达草原就是一段泥泞的红泥土路，车外又飘起了雨。车内的温度也骤然下降，加之未吃早饭，有些招架不住寒意袭来。没过多久，车到布宿乡，前来接我们的帕通公路项目办张副主任已到了，他的话不多，寒暄两句就把我们带到公路边的一家饭馆，炉火把房间烧得很温暖，早起的女店主端来早已做好的清汤火锅。一个寒冷的清晨，一锅滚烫的饭菜，雪中送炭也就如此吧。

从布宿乡到马利镇，要翻过大名鼎鼎的易达啦、察达啦两座大山。两座山的险峻早有耳闻，又赶上雨季路滑，据说外地的司机走到这里无不心惊胆战。通过昌都地区交通局有关领导协调，为大庆采访记者网开一面，允许我们从正在修建的帕通公路上走。免掉两座大山，节省时间不说，也保证了安全。说起安全，心有余悸。这条路上两次遇上塌方，更要命的是眼看着前方塌下了一大片，新鲜的泥土连着树根石头挡住去路。同行的男士们十分绅士，嘱咐我们待在车内，免得山石滚下来砸到我们。可坐在车内也不踏实，一边是滔滔马曲河，一边是被雨水浇透了的山，一旦滑坡了，连车带人……这么一想，里外都不安全，心情倒坦然了，跟着男士们搬石头去了。

走帕通公路比翻越两座大山少走了12公里，实该庆幸。可转念一想，一旦帕通公路正式通车，翻越两座大山将成为历史，许多惊险的路段将如山崖上的古道成为一段记忆，我们有机会成为最后的行人，而我们却放弃了。这是个两难的选择，也是个简单的人生选择，就像古道马帮的消失，带走了一种文化现象，却迎来了更快捷的交通方式。

在马利镇探寻茶马古道的遗迹，县委宣传部的次旦卓玛部长就带我们去看茶马古道上的一座老桥——加玉桥遗迹。据传，莲花生大师路过此地见怒江汹涌，决定在此地修一座桥。可在哪里修合适呢？他脱下右脚的鞋子扔进江中，鞋子冲到一处后停了下来，于是就在那里修了一座桥，称为夏玉桥（夏玉是藏语中右脚的敬语）。可怎么从夏玉桥变成加玉桥的呢？是否翻译转写有误，还是……谁也说不清楚，只有变成心中的一个谜团。

站在怒江边眺望，加玉古桥的遗址便收眼底，石头装在柳编的框里制作的桥基，呈现着古老的造桥技术。桥上的木料已被当地村民拿去当柴烧了。桥边守桥人的房子和一座"拉康"，经不过风雨折腾，只剩下残垣断壁。加玉村一位八十岁的老人告诉我，他年轻时住在加玉桥对面的托岭山上，当时的守桥人都是从洛宗（现在的硕督镇）派过来的，三年一换，人畜从桥上过，要交过桥费，有马帮经过时，这里便会热闹一阵。

老人在介绍加玉桥时，仍不忘调侃一番。他说，旧时，从拉萨过来的噶厦政府官员经过此桥赴昌都任职。当时正值冬季枯水期，怒江水不深浪不急，拉萨过来的人从未见过夏季的怒江有多么水深浪急，就说，康巴人太笨，这么点水修了这么大一座桥。不同地域相互调侃，在西藏各地并不鲜见，没想到豪放的康巴人也不免俗。

在加玉桥边，热情的次旦卓玛大姐给我讲了一则故事，非常有趣，至今未忘。老加玉桥对面的托岭山上有个很大的坝子，很早以前，那里有人家耕田过日子。但挨着坝子的山上有野人生存。当地人白天在地里拔草，野人见后，晚上学着人的样子把青稞苗拔了。就这样，当地人种，野人拔，日复一日，农民收成惨淡。为了对付野人，当地人摸清野人的习性，白天在村里聚会喝酒，然后假装打架捅刀，然后一个个"死"去。野人见后十分惊奇，天黑时冲到村里，从村民家偷来酒和饭菜，学着人的样子寻欢作乐，互相捅刀，杀得只剩下一位最勇敢的野人。后来，他知道这是村民的诡计，知道村民根本没有喝酒，他们喝的是水，捅刀后也是装死。这个野人醒悟后发毒咒，咒湖水干涸。此后，湖水真的干涸了，当地人没有水浇地，只得搬离了此地。

听了故事，再从江这边看过去，对岸毫无生机，很难相信这里曾经炊烟袅袅，只有古道悬在山崖之上，又得感叹一声，踏上马帮路，赶马人不能选择风景。由此又想到了赶马人的女人，要是这一生没有看过如此险峻的山路也就罢了，只要看了，她们的心就会跟男人们上路，思念与担心的牵扯，会让她们钻心地痛。这时，我又为那些和丈夫一起在山道上当背夫的女人庆幸，虽有万般艰难，却还在一起。

看完加玉桥，镇长建议我们到加玉村采访，对此谁都没有异议。直到我们的车在狭窄的路上艰难地拐弯，车身近乎悬在山崖时，我对此次采访第一次产生了抵触，我坚决要求下车走上去。这时，我的电话铃声响起来，是一位尊敬的长者打来的，可我的心还悬在车上，真怕听到哐当一声，所以电话的另一头在说些什么，我一无所知，直到车子成功拐过弯，我才听清了对方说什么。原本以为，这是旅行途中最难忘的经历，谁知接下来的路证明那只是一个开始。好在进入加玉沟后，有一路美景犒劳我们。前几年到张家界旅游，原本以为张家界的美是无可比拟的，谁知在自己的家乡，有着比张家界更险峻、更神奇的风景，从谷底看蓝天、白云、险峰，就像游走在画中。谷中空气清新、湿润，感到神清气爽，对着任何方向都想狂拍一番，轻松愉悦。谁知，还没从加玉沟的美景中缓过来，车子又得上山。上山也罢，偏偏在山道最窄处与大货车相遇。一方退让是必然，可在悬崖上，倒车十分惊悚，心情又猛然收紧。

在洛隆县很希望能采访一位当年的赶马人，遗憾的是时间太紧没能成行，只有六十八岁的硕督镇老人嘎松曲觉给我们讲了一些马帮轶事。马帮时代，嘎松曲觉还是个孩子，从他的讲述中，我没有听出马帮的辉煌与光环，更多的是艰难与寂寞，深深地感到那些年拉萨街头的繁荣背后，藏着无尽的心酸，对无数不知名的赶马人和背夫也有了真心的敬意。

从前年的藏东之行到现在整整两年了，想写的古道感悟一直没能付诸文字，没想到两年之后，那些景象又流淌在心间，于是便记录下来，以此向所有古道赶马人、背夫表达一个晚辈的敬意。

甜甜的忧伤

——来自一个西藏人的纪念

◎ 央珍

5月的北京，你若嗅觉敏感，能随处闻到槐花的香甜气味。空气里甜甜的，一种隐约的香甜。5月，这是汪曾祺先生离开的月份。1997年5月，整个白天狂风大作，我从来没在那个季节见过那么大的风，正感到惊奇时，接到汪朝电话，她的父亲汪曾祺先生突然病逝。那些日子，热爱汪曾祺先生作品的人，敬重他的朋友们，都处在忧伤之中。有人称汪先生为中国"最后一位士大夫"。我们知道，他是中国当代最好的散文家之一。

北京的5月，我带上了四束金灿灿的非洲菊，要和汪先生的长子汪朗，还有他的学生龙冬和苏北，去西郊福田公墓看望先生和师母。我不喜欢菊花和百合。前者暮气衰败，后者粉气僵硬。我只喜欢非洲菊，热烈浪漫。我要把浪漫热烈的非洲菊，献给两位可敬的老人。

福田公墓，据说是因为附近有福田寺，故而得到这个名字。1980年，汪先生以他的《受戒》开始了自己的文学新生，也开创了新时期文体自觉的先声。小说叙述了小寺庙里出家僧人明海的生活。小说落款处留下一句话，"写四十三年前的一个梦"。十七年后，写梦人又回到一座寺庙附近，不知是想坚守那个旧梦还是要继续去做新梦？公墓坐落在西山风景区，院内植物郁郁葱葱，遍地鲜花，墓碑掩映其中，绿色、红色、白色、粉色、紫色，色彩缤纷，仿佛一处清幽、宁静、肃穆的私家园林。汪先生在这里整整十八年，陪伴他的，除了性格开朗的师母，还有一些社会名流：末代皇帝溥仪的先父爱新觉罗·载沣，近代著名国学大师王国维，五四新文化运动的倡导者之一钱玄同，现代著名文学家俞平伯，作家姚雪垠，核物理学家钱三强，很多人。汪先生在这里不会寂寞了，他生前是北京京剧院的编剧，写过京剧《沙家浜》，许多著名京剧表演艺术家和梨园名流，也在他的前后左右。待到夜深人静，墓园里他们会不会纷纷走出，如同生前，闻到这5月的槐花香味？这甜甜的忧伤啊。

"来啦……藏姐……"

1992年春天，我第一次拜访，汪先生是用京戏的腔调把我招呼进他的家门。那之前，虽然很早就熟悉先生的名字，也有朋友说用汉文写作一定要看汪曾祺的作品，但那时我一直在拉萨，一篇他的作品都没有读过，心里不免有些紧张，见面后和汪先生谈些什么呢？

不一会儿，从里面传来应声和趿趿拉拉的脚步声。门开了，铁栅栏门的后面是一位极其普通的老人，他没有马上打开栅栏门，而是显得严肃地先把我上下打量了一番，然后推开铁门："来啦……藏姐……"声音清脆，带着一点戏曲舞台上发自咽喉的调子。"哈哈哈！"我们都大笑起来，这时有一个更响亮的笑声从先生的背后爆发出来，那是开朗热情的汪师母。我的紧张和矜持顿时就烟消云散了。

那天，我们聊了一晚上有关西藏的逸闻趣事，因为先生在20世纪70年代曾到过西藏。他是去体验生活，搜集素材。当时由西藏军区接待他。他还记得有一位年轻的军人常陪伴在他的身边帮助他，协助他的工作。汪先生回到北京，后来听说那个军人去世了，非常难过，专门写文章纪念那个军人。先生告诉我那个军人的名字——罗念一。

"他活着，没有去世。"我告诉先生。

"是吗？真的！"先生惊讶极了，一双明亮的眼睛睁得大大的，仿佛要蹦出来。再次得到我的确认后，先生眨眨眼睛，"那，那怎么，别人怎么会告诉我他去世啦？"说完，来回看着我们每个人，开心地笑起来，像个得到大玩具的顽皮的小孩儿。喜欢笑的汪师母也咯咯地笑起来，高兴坏了。她站起身来，开心果、漂亮的糖果，好些我们没有见过的零食端上来，她不停地给我们端茶递食物，好像要开庆祝宴会。后来我才知道，那些零食果品是海外作家特意带给他们的。从那以后，每次去先生家，临别时师母都要给我塞一些稀罕的糖果。

第二次是去汪先生家赴宴。师母和他们的女儿汪朝与我们聊天。菜上来了，把我们惊讶坏了，满满摆了一大桌。几乎全是红乎乎黑亮亮的牛肉。另外两个冒着热气的大砂锅，里面也全是肉：一锅炖牛肉，一锅是羊肉，菜量多得起码需要七八个壮汉才能消化。"吃吧，吃吧，多吃肉。"先生一家极其热情地轮番给我夹肉，还特意推荐我吃先生家乡高邮的煮干丝，还有师母福建老家的香菇。先生的菜好吃是好吃，可是因为量多，一大桌，看着就有饱的感觉。只要我一停筷子，先生和师母就问："西藏人不是爱吃肉吗？多吃一点。"我这才恍然大悟，原来上一次他们问我西藏人是不是特别爱吃肉，我说爱吃。又问我本人是不是也爱吃，我爱人在一旁开玩笑道："爱吃，她能吃着呢！"这些，先生和师母记住了，难怪他们做了那么多的肉。那天，我硬撑着吃了很多的肉。我想，如若先生写一篇有关西藏人饮食的文章，他一定奇怪我们食肉的本领，不会明白那只是玩笑和误导。如今，我只要在餐桌上看见煮干丝，遇到好吃的香菇，就会想起两位老人，会情不自禁地思念他们。

为了不麻烦两位老人，后来我们去他们家，就不再事先打电话，而是做不速之客。他们家做饭都是先生的事。他做菜从来都是一手掌勺一手抄兜，不慌不忙，游刃有余。他是一位作家，也是美食家。汪先生的儿子汪朗大哥现在也成了美食家，在新闻工作之余，撰写了几本有关美食的散文随笔，并且从饮食中窥见民族的文化历史。汪先生的女儿汪明、汪朝，我觉得更多继承了先生的细腻感悟，写得一手好文章。我常常梦想，汪师母要是把她的英文留给我多好，我真羡慕她，真心希望能继承她的外语。师母施松卿小的时候，先在老家福建，后来在南洋马来西亚。在那里，她的生活衣食无忧。她父亲热心于当地的社会公益事业，后来成了著名侨领。师母后来又到新加坡和香港读初中、高中。她的学习成绩很好。再后来，她来到昆明考入西南联大，和汪先生是同一年级。在西南联大她先是读物理系，和科学家杨振宁同过学。不久因功课繁重，加之又得了肺结核，一年之后只好休学，到香港养病。没想到，病没有养好，香港被日军占领，师母只好返回大后方昆明，她于是转到了联大的西语系。她生前是新华社对外部高级记者。我知道，要是真有"遗传"英语的可能，师母是不会吝惜的，她会传给我的，就像她让工作繁忙的汪朝大姐给我织毛衣，让汪先生给我们写字、画画。

那时，我们总是摁响汪先生城南蒲黄榆家的门铃。但我们从来不主动伸手索要先生的字画，当时想求得先生字画的人很多，都以得到汪先生的字画为荣幸和骄傲。"曾祺，你给他们画幅画吧。"常常是当我们要离开他们家时，师母把我们拦住，特意让汪先生画画。师母说，她后悔当年没有留下沈从文先生的墨宝，所以要让汪老给我们留些字画。"烟台樱桃大甜多汁，藏姐一定要尝尝"这类画作，就是那样留下的，是师母指挥，汪先生遵命的杰作。那时候，每次去汪先生家，只要师母在，他家就充满笑声，话题风趣幽默。师母身上既有大家闺秀的大气、优雅，又有知识女性的书卷气和见多识广，还有历经生活磨难的淡定和豁达。跟两位老人聊天，最多的话题还是西南联大和沈从文，还有许许多多我过去不知道的事情。

一天，我正和师母聊天，说到热闹处，先生突然在一边大声说："我不服气！"师母和我愣住了，赶紧问他不服什么。他答道："一个西藏人汉话说得那么好！"还有一次，先生问起我的写作情况，我告诉他手头的长篇刚好写完，他沉静了一会儿，一字一板地说道："人家说，我的序写得不错。"静静地坐在他身边的汪朝大姐笑话起来："爸，你是不是要说给人家央珍写序呀！"汪先生笑了。

可是我没有勇气和胆量请他作序，我说不出口。我知道自己几斤几两，知道自己的作品写得并不好，不应该让先生宝贵的时间浪费在看我长长的作品上。这件事虽然遗憾，但我不后悔。

记得每次从先生家告辞，走在灯火阑珊的街上，我的心情都好极了，仿佛从一处圣洁的文学庙堂朝拜归来，精神和心灵得到净化，心胸因此感觉到博大和充实。这样的日子，却在十八年前的5月结束了，从此觉得北京猛然发生了什么变故，感觉北京的天空缺了一块。

现在，我是汪先生作品忠实的读者。很多人往往以作品认识一位作家，而我相反，从认识一位作家和他的为人，认识了他的著作。这是一件多么幸运的事情。

"今天我请客，替父母请你们。"那天走出福田公墓，汪朗大哥对我们说。我们三人都没有推辞，我们要重新体验当年与两位老人一起吃饭的情景，要缅怀逝去的岁月。汪朗大哥选择在虎坊桥他父母最后的家附近的晋阳饭庄请我们，他说那是当年在礼拜天他们全家聚餐的地方。"我用老头儿的稿费请你们。"他又加了一句。我抿着服务员送来的饮料，喉咙堵塞住了。

饭后，我们顺便参观了一圈隔壁的纪晓岚故居，然后走街串巷去汪先生家坐坐。迈过院门，进入楼房，电梯上行，穿过走廊我们又一次到来。房间里面陈设一如往昔，墙壁上粉红的水墨荷花，餐厅长沙发皮面的一处破损，桌面的笔墨纸砚，书柜里的藏书，茶几上那只银质烟灰碟子，还有师母从娘家带来的藤椅。这些都是我熟悉的。我在那把藤椅上不知坐过多少次，因为喜欢椅把手的光滑温润。主人真的走了吗？他们只是出门散步，买买菜就回来吧。厨房煤气灶台上凌乱地摆放着生铁炒锅、调料，瓶瓶罐罐，落着灰尘。主人大概出远门了，到南方海边去旅行，走了一些日子了。餐厅通往厨房的门框上方，一只电子挂钟在我们沉默的时候发出嗒嗒声响。它的秒针一直在原地执意抖动，艰难地喘息，如何都不能行走下去。机械故障，还是电量耗尽？

我文学写作的障碍，我想今天就得到回答。可是在这静谧的房间里，除了昏暗中忧伤混杂着刚刚打开窗户渗透进来的槐花甜味，没有喝到一口我熟悉的碧绿喷香的龙井茶，更没有我渴望的亲切的娓娓道来。再没有了。不会有了。

　　只有甜甜的忧伤。

西藏的蓝天之下

◎ 次仁罗布

西藏的蓝天之下，雪山连绵环绕，大地镶嵌翠绿湖泊，神山与仙湖的隐秘爱情，被风盗走到辽远的天际边，将消息散播向四方。绿茵无际的草原上，珍珠般的牛羊散漫地踱步，脖颈的铃铛敲碎静谧的时光，几声狗的狂吠让牧民拽紧了抛石器，将一只手搭在额际，望着茫茫的绿野。一匹火红的马像闪电一样疾驶过来，这滚动的火焰映入牧人眼里，熊熊的烈火便燃烧在他的眼中。碧蓝的苍穹，胸口点缀一颗太阳，望着河谷里的庄稼抽穗、灌浆，再把一抹高原红涂抹在辛勤劳作的农民颧骨上，让他们在满心的期待中把每一天过旧。

西藏的蓝天之下，还有苍茫的原野，稀疏的荒草，落寞的荆棘，它们在凄风苦雨中瑟瑟地颤抖。几只孤独的地鼠，在这干旱贫瘠的土地上留下爪印，以便证明它们投胎的生命，曾在这里辉耀过。孤独的岩山为万年不长一棵绿草而哭泣，烘干泪水后竟然选择了沉默，这沉默漫长地保持了几千年。一个旅人挨坐在岩山脚下，燃起一堆火，热情的烟雾无论如何袅袅飘摇，都无法唤醒岩山决绝的缄默。一只迷失的鸟儿，眼睛里充盈绝望与慌张，为看不到天的尽头，落下一滴肝肠寸断的泪水。风裹着细粒的沙石在奔跑，呜呜的声响如同哭泣的怨妇……

如果你想寻找仙境，这里有进入它的大门；如果你要寻找炼狱般的地方，同样这里也有入口处。

西藏的文化也因其地理环境和宗教文化的浸润，呈现出柔缓与低回的特质，极像一声轻轻的哀叹。

你听乐师弹奏的扎年琴，在舒缓中行进，也在舒缓中戛然而止。

一旁的歌手演唱时没有幅度太大的动作，歌词里弥漫一种淡淡的忧伤，听过之后凄婉荡漾在你的心头，让你无法释怀。西藏的传统音乐总要保持在一种平缓音律当中，用这平缓挫掉你急迫的性子和焦躁的情绪，让你学会慢下来，静下来。

假如有一天，你徒步走在藏地无际的草原上，猛然听到一首旋律悠悠的歌声飘传过来，你一定会抬起头，两只眼睛循着声音飘来的方向望去。苍茫的天地间你无法找到那个声音源，倒是看到了湛蓝的天空和洁白的云朵，脚底的绿色一头扎到了天的尽头。这歌声清丽而略带伤感，像是倾诉衷肠，抑或满腔的无望。站在这天阔地远中，你会感到一种茫然。接着，这萦绕的歌声会掠住你的心，使你不禁想到在自然界面前人是何等的渺小和无助，曾经心里耿耿的那些烦事，这一刻被你从脑海里涤荡干净。天地这么广阔，人心为何不能宽阔一些，再宽阔一些呢！

前几年，我跑到吉隆和岗巴等边境县，几间土坯搭建的灰蒙蒙的民房就伫立在道路边或山脚下，从车窗里望去让人感到有些落寞和孤单。这种感觉在吉隆县城里进一步得到了印证，当地朋友演唱的每首歌，都是一种低声的倾诉，是在回旋中一段续着一段。无论是颂扬的、怀念的，还是传情的，总在那种熟悉的缓慢中行进，仿佛要把时间凝固在每个音符里。

行驶途中一个放羊的蹲坐在路边，望着牛羊轻轻拨动他的琴弦。此刻，虽然原野上没有多少青绿，但牧人弹唱的乐音如同甘露，不仅滋养了他的心，也让牛羊在贫瘠的土地上得到了最沉潜的安宁。传统的西藏音乐永远是不急不缓的，是向内映照心灵的，并不像如今的《青藏高原》《坐着火车去拉萨》那样嘹亮和亢奋，是一种隽永，是一种心灵上的涟漪。

藏族的绘画我不是很懂，可是你从寺庙墙上的壁画和卷轴唐卡布画的颜料，便也能略知一二。它的颜料是矿物质碾磨而成，色彩保持在中庸的程度。不刺人眼睛，但又给人以严肃与端庄。能进入绘画内容的除了诸佛，也有藏戏的故事，大都线条简洁，色彩素朴。而世俗的生活中的画主要以祈福的《六长寿》和《蒙古人驭虎》最多，其他可以作画的地方就是桌子和柜子的门板。绘制内容有八仙过海、内地古人装束的、各种鸟禽花卉等。这些画有的直接是在底色上用金粉绘上，不要其他任何颜色。过了几十年再看时，显出其雍容与华贵。还有寺院护法神殿的壁画，那可是另外一种风格，黑色的墙壁上只有金粉和红色钩织的线条，极其肃穆和威严。仅此，我们可以窥见藏民族性格中的不张扬、不狂妄和内敛。曾有一位朋友这样说过："吐蕃时期藏族是好斗和桀骜不驯的，是个英雄辈出，崇尚武力的时代。后来，随着佛教的传入，藏族人逐渐摒弃了这种性格，成了尊重学者，尊重知识，审视内心的一个民族。"

藏族的文学也秉承了这些文化的基因，这里选两篇文学作品为例，诗韵体《莲池歌舞》的梗概是这样的：一只金色的蜂和碧玉的蜂，幸福地生活在一座莲池花园里。一位仙人路经此地，看到两只蜜蜂只顾着享受生活，而看不到世间的无常时，仙人劝导它俩要尽早修行，感知世间的一切都在刹那间发生变化和消失。沉湎于无忧无虑中的两只蜜蜂，根本听不进仙人的规劝，在花海草绿中享受着生活，逍遥自在。终于，有一天碧玉蜂停落到莲花上吸食花蜜时，天气骤变，乌云密布，狂风四起。莲花见到天气变化，赶忙将花瓣收紧闭拢，碧玉蜂被严实地囚笼在花心里。莲花继而缩进池水里，把可怜的碧玉蜂给淹死掉。金蜂见此情景，不顾狂风暴雨，赶忙去求助大鹏和青蛙，但他们爱莫能助。金蜂只能眼睁睁地看着自己的所爱就这样溺死在池塘里。经过这件事情，金蜂幡然醒悟到世间的幸福不长久，一切都是幻象，唯有解脱才是真正的出路。于是，金蜂离开既让它幸福，也让它悲痛欲绝的莲池花园，去寻找得道的法。

《青颈鸟的故事》主要讲：有一天，一个叫却吉尕娃的王子带着随从到郊外散心，他看到森林边的路上有一只死去的杜鹃鸟。他的心怦然而动，想把自己的灵魂从肉体里迁出，进入杜鹃鸟的身体里。王子通过夺舍法，将自己的灵魂迁入到杜鹃鸟的尸体里。杜鹃鸟儿复活了，它兴奋地振翅飞翔，钻进了密实的森林里，享受起死回生的喜悦和大自然的美景。王子的躯体轰然倒地，随从们慌乱不堪。有个叫拉嘎阿拉的侍臣，他也学过夺舍法，看到这场景，心生毒计，趁王子躯体的空虚，将自己的灵魂夺舍到王子的肉体里。王子的肉体复活了过来，拉嘎阿拉的身体却倒卧在地上。复活的王子命令随从处理掉拉嘎阿拉的尸体，率领众人回王宫去。在森林里尽情飞翔的杜鹃鸟，看到时候已经不早，就从森林里飞出来。令杜鹃鸟慌乱的是，路边见不着他的一个随从，此生的肉体也不见踪影。杜鹃鸟辗转寻找，怎么也寻不到灵魂安放的肉体，他只能待在森林里。王妃赛桑玛看见王子回来后性情变得粗鲁且乖戾，觉得事情有些蹊跷。她偷偷潜出王宫，到郊外寻找真实的答案。可是，王妃在森林里见到的王子已经变成了一只杜鹃鸟，他再也无法跟她一起生活了。赛桑玛悲痛欲绝，离开杜鹃鸟和森林遁入了空门。可怜的王子只能以杜鹃鸟的身子为森林里的众禽兽传法……

看完这两个文学作品的故事梗概，我们不难看出作品所倡导的主题——世间的无常。这种主题就一直主导着藏族文学，它们让人审视内心的道德，时刻观想分离与死亡。这样的文学作品，潜移默化中锻造着藏民族的性格。虽然藏民族创造过英雄史诗《格萨尔》，它的字里行间流淌的是奔放热烈和豪气冲天，是刀光剑影和杀戮征伐，是雄浑浩大和柔情真意。但这样的绝世之作后来反而被边缘化，被轻视掉。藏族文学的气质反倒变成了对世间的一声喟叹和丝丝缕缕的忧伤。这些不难从《朗萨雯蚌》《苏吉尼玛》《顿月顿珠》等八大藏戏和《米拉日巴传》《噶伦传》《六青年传》中窥见一斑。

由于在这样一种氛围里长大，我自然接受了这种文化的熏陶，难免被它给桎梏住。后来，我发现这种忧伤是文学作品中必不可少的一种色彩，这种色彩能把人心给箍住。日本作家森鸥外、夏目漱石、川端康成等人的作品里，漫溢的不正是这种淡淡的忧伤吗？读他们的作品，心里升起的亲切感和颤动是不言而喻的。恍惚与愁绪、幽怨与哀叹，在不同语言文字中呈现的是如此真切和感人肺腑。在西藏的蓝天之下，我爱上了文学，并接纳了这种文学的特质，我要把这种不完美尽情地展现出来，不为厌世离俗，只为了珍惜美好；不为了放弃转身，只为了爱得更加炽烈；不为了生命的无常哀叹，只为了活得有尊严；不为了离经叛道，只为了固守内心那份信仰。

在西藏的蓝天之下，我常常望着飘浮的白云、落日的余晖、洁白的山峰、荒漠的原野、孤独的庄园，眼窝一阵一阵地发热，有时泪水会夺眶而出。我问我的内心为什么会落泪，它却永远保持着沉默，从不给我一个答案。一座破败的白塔，让我构建了一个虚妄的《界》，农奴、奴隶主、僧人、庄园鲜活了起来。从未跟我谋面的他们，在情欲、亲情、责任、义务、阶级身份中纠结着，演绎出令人心碎的人生故事；放下复仇的刀子，只因看到他的苍老和忏悔，几十年的奔波寻找就在这一刻画上了句号。回眸消失的青春，回眸一路留下的深深浅浅的脚印，杀手的心里何尝不是五味杂陈。《杀手》跟我的缘起，也是在一个飞沙走石的夜晚，是在日喀则最边缘的萨嘎县城；我走在拉萨幽深的小巷里，脑海里突然蹿出一个驼背的年轻女人，曾经的她后来命运如何呢？我绞尽脑汁，伏在电脑上，终于写出了一篇既真实又虚构的《绿度母》；时间在飞逝，我所熟悉的八廓街正在发生变化，那些老人有的去世，健在的都已很苍老了。不久，他们的故事也像一片枯叶，在岁月秋末的冷风中凋谢，不再有人忆起。他们的往昔不再闪耀，他们的笑声会暗哑，他们的情感如烟如雾般吹散。在西藏的蓝天之下，能够让人记住他们，让他们永远不朽，唯一的途径就是让他们化为《祭语风中》的文字，留存于字里行间。

西藏的蓝天之下，我眯着眼看那炽烈的阳光，想必我的脸上又显出了两朵红晕吧！

哭泣的石头

◎ 亚依

　　我的橱柜上摆放着一只千年龟的化石，背上有刀刻似的花纹，头部微微缩在龟壳里，全身发出暗暗的绿光，右边也是一块同样的化石，纹线怎么看都像满身写着沧桑古老的象形文字，左边配上一小块火柴盒大的化石上清楚地印着，一位面带忧郁的少女长着一对翅膀，像是即将要飞向蓝天的美丽天使。

　　我喜欢研究这些花纹，也许是祖先传给我的天性吧。这些石头是林芝朗县金东乡的老乡送给我的。它们初到我家时，我小心翼翼地为它们抹上了一道酥油，以表我对它们喜爱的心情，我总觉得它们跟我一样有生命，我希望它们到我家能感受到一种和谐相融的气氛，更希望我的存在没有伤害到它们。因为曾听过一位做玉石生意的老板给我讲过这样一个故事。

　　近几年来自金东乡的玉石能卖好价钱了，于是，老板雇了一位当地的百姓到深山里去挖那些玉石。

　　当他们走进密林深处，在怪石堆里的杂草中，远远地看见一样发光的东西，便走了过去。一看原来是块发光的石头，露出尖尖的头，他们乐坏了，认定一定是块好玉石。于是，拿着铁锹开始挖掘土壤，可那石头越挖越深，当挖到一米多高时他们泄气了，他们知道那石头是搬不动的，两人满头大汗地坐在地上，望着掀开的松土发呆。"看那儿！"那位百姓兴奋地叫道。老板顺着那位百姓的指向望过去，看见露了半身土皮的那暗红色的大石头怀揣着一块椭圆形的小石头，从土壤间发出幽蓝的光芒，他们扒开松土，看到小石头造型酷似巨大的

127

核桃，色泽如同蓝湖泊，紧紧盘卧在大石头的怀中，因大石头搂得太紧他们掰都掰不开，只好用铁钎把大石头的边沿敲碎，才拿出了那块小石头。傍晚两人离开时看见那暗红色的大石头变成了赤裸裸的，胸脯下留下一道深深凹进去的沟，那是取出小石头时留下的痕迹。周围是碎石，石身如一个遍体鳞伤的人，站在山群中显得有些可怜。此刻，他们心中不免有些愧歉，但得了一块奇石又兴奋不已，忙着想赶回城里寻找一个好买主。

过了几天，那位百姓忽然出现在老板的门口，目光恍惚地望着老板说："昨夜我在朋友家中喝酒，回来的路上，看见那块红色的大石头挡着我回家的路，不让我前行一步，并时不时地用手指着自己流着乳汁的乳头，一直在说它的孩子不见了。唉！今早一醒来还是有些不安。"

老板停顿了一会儿又说，后来，他不得不又赎回那个石头。

讲到这里，我清晰地记得他的表情，微微地皱了皱眉头。老板的一个远方好朋友极喜欢那石头，出的价钱也很高，可没过一周，老板的朋友一个劲地给他打电话来，说很奇怪，每到晚上那石头会像婴儿一样哭泣，弄得全家人一晚上都在恐惧中，连左邻右舍都听见了。问老板怎么办。那时老板还真的不太相信朋友说的话，他都搞了那么多年的石头生意，从没有遇见过这等事呢。于是，老板偷偷运回那石头放在他家中。到了半夜，老板幼小的儿子咬着母亲的奶头，啼啼哭哭地闹了半宿，好不容易安静下来，却听到外屋传来奇怪的声音，先是发出咿呀声，而后，听见婴儿的啼哭声。忽然他想起那块小石头，蹑手蹑脚地打开了灯，撩开门帘清楚地听见是那小石头在哭泣。那个夜晚更让他感到蹊跷的是——天快亮的时候，他迷迷糊糊地梦见远方的母亲流着泪衣衫褴褛地站在门口……

后来我再也没有见到过那做玉石生意的老板了。

当我每次看到橱柜上的那些化石，不免会联想到他讲的那个故

128

事，也不免有些揪心，心想，你们又是谁的儿女呢？你们是否也在流着无声的泪？每次聆听夜晚的风声，我都会想到，那些小石头的母亲在撕心裂肺地呼唤着她的儿女。

愿在夜晚的梦里你们能找到回家的路。

西藏片段

◎ 敖超

一、虫草的故事

从小我就怕身边的两种小动物，一个是老鼠，一个是菜青虫。

老鼠现在基本上见不到了，因为在我们创建卫生城市火热的行动中，老鼠在城市的表面上基本已经销声匿迹了。菜青虫也同样见不到了，生长在田园或塑料大棚里的各种各样的青菜，基本上是在农药的浸泡里成熟的。不过现在火爆而昂贵的虫草和它那传说中的包治百病又养肝保胃护肾清肺等的神奇功效下，就像观音菩萨手中那个玉净瓶里的杨柳甘露一样金贵，这让我们这些工薪阶层只能望虫草咂舌。

随着西藏这几年旅游的火爆，西藏的虫草和凡是带着西藏二字的特产的价格更像夏天温度计里的水银一样直线上升。当然，重要的是现在的人都有钱了，有了钱就更懂得对自己身体的爱惜和保养。

2006 年底内地的朋友托我在西藏给他买 5 斤虫草，那时候最好的虫草每斤三万多就能买到。我想等到第二年四五月采挖虫草的季节，价格一定会跌下来的。我好心给朋友打电话告诉我的想法后，他带着感激和信任的口吻对我说，好，我听你的。

第二年 5 月份的一天，我正在日喀则出差，内地的朋友来电话，说我去年说的 5 月是采挖虫草的季节，虫草的价格要跌下来，并要求我帮他买 5 斤上等虫草。

我从日喀则回到拉萨，急忙到医药公司打听虫草的价格，天哪！上等虫草每斤要八万了。我听到这个价后，还以为听错了，医药公司的人告诉我说，今年干旱，虫草歉收所以涨了。听完医药公司业务人员的介绍后，我半天没有回过神来，虫草怎么会涨这么高哇。接着我又给几个倒腾虫草的朋友打电话问虫草的价格，他们都说今年虫草的价格涨得离谱，按照这个架势还有涨的可能。

好几天，虫草高昂的价格就是我的一块心病，想起内地朋友去年那充满信任和感激的口吻，我心里好一阵内疚和自责啊。

虫草全名冬虫夏草，冬虫夏草，顾名思义，就是说它冬天是虫，夏天是草。主要产于海拔4000米以上的西藏、青海等地区。据资料查证，虫草最早见于药典《本草从新》和《本草纲目拾遗》，是蝙蝠蛾科的幼虫被虫草菌属的真菌侵入后形成的，真菌菌丝以幼虫体内组织为食，在幼虫体内生长。幼虫在冬天发现时仍像一条虫子，寒冬过后，到第二年春暖花开之际，虫体内的真菌迅速发育，到五六月份，从幼虫头部长出一根棒状的真菌子座，长2～5厘米，顶端膨大，子囊孢子充满了囊壳。子囊孢子成熟后从子囊壳中散发出来，再去侵入其他幼虫，于是又产生新的虫草。

关于虫草，小时候还有一段好玩的故事呢。

记得十岁那年暑假的一天，住在我家前排的我的同学刘二娃和我在路上不期而遇，刘二娃不怀好意地看了看我，然后从他脏兮兮的蓝色的确良口袋里摸出一条虫子，这是一条很生动的虫子，颜色不是菜青虫那样的碧绿，而是一条金黄色的虫子，这根虫子在刘二娃手中随着他那不怀好意的心跳而颤动着。看见刘二娃拿着虫子向我走来，我"哇"地叫了一声，转身跑了。刘二娃看见我被他手中的虫子吓得失魂落魄逃跑的样子，胜利般地开心地狂笑起来。

笑完了的刘二娃没有善罢甘休，他继续舞动着他手中那根金灿灿明晃晃的虫子向我追来。我的妈呀，这分明是要我的命啊，我一边哀求着一边逃命般地奔逃着。我的同学刘二娃长得比我高，腿比我长，步子迈得比我大。可怜的我哪里跑得过他，不一会儿他就追上了我。他把他手中的那根虫子强行地塞进了我的领子里。顿时，那根虫子像有一千条腿似的在我的脖子上蠕动着，我紧缩着脖子，一下就坐在了地上。看见我因极度惊恐而变得煞白的脸，刘二娃也吓坏了。他连忙拉起我，从我脖子里取出已经断成几截的虫子安慰我说，这不是真正的虫子，我骗你的。看见我号啕不止，刘二娃又从口袋里摸出一根虫子，表情认真地把虫子放进了嘴里咀嚼起来。天哪，刘二娃疯了，竟然敢吃起虫子来了。刘二娃咽下口中的虫子后拍了拍自己的胸膛，然后张大嘴证明自己真的把虫子吞下肚里，我才相信这是一种能吃的虫子。

顺着我歇斯底里嚎叫声赶来看热闹的一个院子长大的洛桑，目睹了刘二娃咀嚼虫子的全过程。他好奇地问刘二娃，这虫子真的能吃？刘二娃为了证明自己的虫子能吃，当着我和洛桑的面又把手中的那根断了的虫子吃了，然后刘二娃又从口袋里摸出一根虫子递给了洛桑说，吃吧，这个真的可以吃。看见刘二娃吃过了虫子，洛桑犹豫片刻后，勇敢地把虫子放进嘴里咀嚼起来。我惊恐地目睹了他们两个吃虫子的真实场景，用衣袖揩干泪，伸出手以示我也有吃虫子的勇气。刘二娃又从他那宽大的脏兮兮的口袋里摸出一根虫子大方地递我，我接过来，眼睛一闭就把虫放进了嘴里嚼起来。

虫子在嘴里洋溢着一股淡淡的草味，草味里略带一些甘苦。这就是让我吓破了胆的虫子的味道啊。

还没等我咽下虫子，刘二娃又从口袋里抓出两把虫子，分别交到我和洛桑的手中，坏笑着说，我们去吓那些在操场跳橡皮筋的女生吧。于是我们三个拿着虫子像日本鬼子似的追得那群本来快乐的女生四处逃散，看见她们失魂落魄的样子，我们就很开心地像勇士一样大口吃着手中的虫子。

我们吃完了手里的虫子后，玩心意犹未尽。刘二娃豪爽地对我和洛桑说，我家还有好多，我们去拿。我和洛桑跟着刘二娃在他家立柜上的笸箩里每人抓了一把虫子，然后又雄赳赳气昂昂地追得那群惊魂未定的女同学四处逃散。这是一个很好玩的游戏，渐渐地加入我们这个团队的男孩子越来越多，我们每个人手里都攥着能吃的虫子。一会儿的时间刘二娃家里立柜上那一笸箕的虫子全被我们一群小伙伴给吃掉了。

吃过晚饭，我还想继续白天吃虫子的游戏，我正想悄悄跑去找刘二娃，就听到刘二娃比白天那些被虫子吓得惨叫的女生们还凄惨的惨叫声。刘二娃的惨叫声中还夹带着他母亲的怒骂声：败家子，一笸箕的虫草就被你这样给祸害了，你知道这有多贵吗？十几块钱一斤的东西，就让你拿去献宝了。刘二娃母亲的声音还未落下，我就听到棍子落在刘二娃身上的声音和刘二娃杀猪般的嚎叫声。

我哪里还敢再去找刘二娃玩吃虫子的游戏，回到家问父亲虫草是什么东西。父亲说，虫草是可以救命的好东西，不过那东西很贵，要十几块钱一斤，一般人家是买不起的。

我知道，十几块钱一斤的虫草相当于父亲一个月三分之一的工资。

现在，我看见膀大腰圆的自己常常会想，这可能跟我狂吃了一下午的虫草有关系吧。

二、母亲进藏

去年腊月，拉萨的好朋友达娃次仁到武汉开会，听说我在重庆休假，就从武汉坐船逆流而上，一路上穿三峡过大坝好一片长江风光尽收眼底。到了重庆我陪他痛痛快快玩了三天，临走的时候，我六十岁的母亲手捧一包她自己做的榨菜，对达娃次仁说，把这包菜带回去吧，拉萨缺菜。听完我母亲的这席话，达娃次仁先是一震，随后接过我母亲的礼物，连声说完谢谢后，看了我一眼又说，拉萨变化很大，现在什么菜都有，敖超没有告诉你们？

在送达娃次仁去车站的路上，我对他说，我父母离开拉萨二十多年了，他们对拉萨的记忆从他们离开的那天起就断了，在他们的印象中拉萨就是80年代初的拉萨。我也告诉过他们拉萨二十多年翻天覆地的变化，但他们没回去过，没有直观印象，所以还认为拉萨就是原来的那个样子呢。上车前达娃次仁握着我的手说，明年接老人家去拉萨看看，一定要坐火车去，看看他们离开二十多年后的拉萨。

今年夏天在我和朋友达娃次仁的再三邀请下，我母亲乘坐重庆至拉萨的火车回到她离开了二十多年的拉萨。我和达娃次仁开着他的豪华本田私家车早早地到了柳吾新区的火车站，抑制不住心中的喜悦等待着母亲乘坐的火车早早进站。

进藏之前母亲来电话问我需要带些什么，我告诉她说，没什么可带的，要带就带些快乐和旅途的愉快进来吧。但固执的母亲还是带了一大包青菜进藏了，我看见母亲从她随身带来的一个大大的行李包里拿出一大包辣椒、蒜薹和菜头时，便心痛地告诉母亲说现在的拉萨什么吃的都有，甚至连热带的水果都有，如果不信，等休息几天我可以带你到菜市场去看看。

其实我们这些"老西藏"都知道，七八十年代凡是从成都进藏不论休假还是出差，总会带一些新鲜的辣椒、蒜薹之类的在拉萨根本就看不见的蔬菜。当他们手提大把大把的蔬菜出现在成都双流机场的时候，都会被机场的工作人员用怜悯的目光送进候机厅，而不知详情的其他地方的乘客还以为西藏人真富，赶个农贸市场还坐飞机呢。每当我们的父亲母亲们为这些诱人的蔬菜托运超重后，往往都会往自己的大衣或腰间里尽可能地塞一些蔬菜，以免托运超重而交不起那笔不菲的托运费。这些经过千山万水带着四川气息的蔬菜进藏后，带菜的人一般是不会独自享用的，他们会分一些给左邻右舍或单位的同事，让共守这片蓝天下的朋友们共同享用这些美味的蔬菜。

我们的父亲母亲这一代人都很艰苦。特别能吃苦、特别能战斗、特别能奉献、特别能团结、特别能忍耐就是对我们的父亲母亲最好的总结。

记得改革开放以前，甚至改革开放以后的很长一段时间，在拉萨的每个家庭都要挖一个冬天用来储存蔬菜的菜窖，除了菜窖分大小和深浅外，里面的内容都是一样的。土豆、白菜、萝卜，这是当时我们拉萨乃至西藏最著名的三大菜。到了夏天就相对要好一些了，家家都有一片自留地，可以在自家的地里种些菠菜、豌豆等一些时令菜，以此来补充身体里需要的维生素。像辣椒、蒜薹之类的稀有蔬菜，只有在休假或出差时从成都或其他地方捎带点到西藏才能解解馋。

我想母亲给我带这两大包青菜进藏无非是给他可怜的儿子解解馋。母爱是无私和伟大的，此时我真正体会到了这句话的含义。

在儿子的家里母亲总是闲不住的。等她稍微适应了高原反应后，她就急着让我陪她到菜市场，当她看见咱们拉萨的菜市场里整齐摆放在货架上琳琅满目的新鲜蔬菜时，她还以为自己在重庆的某个菜市场呢。她像是抢购一般买了一堆蔬菜回来，开始计划给她可怜的儿子改善伙食了。

在回到拉萨一个多月的时间里，母亲大部分时间是在菜市场和我的厨房度过的，当然她也抽空重游了她过去熟悉的地方，比如她工作过的单位，常去购物的百货公司，给老家寄钱的邮局，还有八廓街、布达拉宫、罗布林卡等在二十多年前就止步停留的记忆开始复苏，和现在的变化开始融合和连接并进一步延续，记忆里那些锈迹斑斑的铁皮屋顶反射着太阳光芒的土坯房被一栋栋高楼所替代，那些蜿蜒在寂静空旷荒野中的羊肠小道已经被宽阔的大马路所替代，还有点缀在拉萨城里的街心公园中怒放着的鲜艳花朵和翠绿的草地，这些已经使我的母亲对离开了近三十年的拉萨有了重新的认识。

在拉萨一个多月的时间一晃而过，母亲临回重庆前收拾行李时，我看着她带来的那个巨大的行李箱简直是她回去的负担，就说干脆换个小一点的行李箱吧，要不路上很麻烦。母亲笑着说，不用了，我可以买些牦牛肉干、人参果、酥油茶、糌粑、藏香这些西藏特产装满箱子带回去送人哪。

三、八廓街的一段童年往事

当我一次又一次地在八廓街里闲逛的时候，我丝毫没有想到自己是内地人。

八廓街，我再熟悉不过了。

八廓街是条圆形的街，源源不断的人流在顺时针的引导下虔诚地画着这个规范的圆圈。这条路好长，而那个时候，八廓街的诱惑对于幼小的我来说就是一颗甜蜜的糖呵！

母亲带着我每个月都要悄悄地去趟八廓街。记得有一次，我怯怯地走进那间幽暗的房子，房子很大显得很空旷，两根柱子立在当中，墙上零零落落地挂了些旧衣物，有一面墙立着一个很高很高的货架，货架上单调的商品备显萧条。昏暗的灯下有一位老人正透过一副老花镜拨动着算盘珠子，见人进来便低着头挑起一双皱巴巴的眼皮，眼仁在布满血丝的眼眶里转动几下，见是我们脸上才露出了笑容。母亲与他隔着柜台为几厘钱而讨价还价，我知道那沉甸甸的人造革旅行包里面是母亲辛苦了一个月做的衣物，这也是我们一家这个月的生活费。那时父亲有病，加上年迈的爷爷奶奶外公外婆，仅有的工资是负担不起我们这一大家庭的。

这一次，母亲是带着忧愁提着那个沉重的人造革包走出来的，我知道今天没有糖了，前几次母亲都会满意地给我买几颗五颜六色的糖果。这次我望着柜台里的糖果总有些依依不舍，迈出那高高的门槛时，脚下不免有些沉重。这时我一直都幻想着像安徒生童话那样，里面追出一位娇小可爱的小姑娘，她的手里捧着一把五颜六色的糖，她会笑得像糖一样甜一样好看，她一定不是那位老人的女儿或孙女，她是一位小天使。因为那位老人在与母亲为了那包衣服的价格讨价还价时，使我想起了许多电影里常见的罪大恶极的地主的管家的样子，他们在拨动算盘珠子的时候就会有很多穷苦的人露出绝望的表情。

我的衣服像是被什么拽住了，回头便看见了一张黑黝黝的老脸从皱纹里放射着慈祥的笑容，镜片后面的双眼正浸泡在泪里，他颤抖的犹如鹰爪般的手指抓着一把糖。就是刚才那位拨动算盘珠子的老人，刚才我还想他像那些罪大恶极的地主们的管家。我想甩开他的手，豪迈地走向母亲，以一种轻蔑的目光抵制那把糖的诱惑。但这些五彩缤纷的糖果太诱人了。

老人蹲着把糖塞进我的荷包，站起来朝母亲笑了笑，然后那只抓过糖的手在我的头上轻轻拍了几下，他才转过身走进那间老店，我清楚地看见了他摘下眼镜用手背擦拭着眼泪。

在和母亲回家的路上，我问母亲那位老人是好人还是坏人。母亲说是好人。我又问为什么电影里这样的人都是坏人。母亲笑笑便什么也没说了。

事过境迁，当我写这篇稿子的时候，八廓街里那间很老的寄卖行里的老人的形象又浮现脑海。现在那个寄卖行已经没有了，翻修一新的八廓街已被琳琅满目的商品占据。每次逛八廓街的时候，我还记得那糖好甜！

四、不要被假想的困难吓倒

20 世纪 90 年代中期的一年 5 月初，有朋友乘飞机来西藏，当时每天只有早晨六点和七点左右两班从成都飞抵拉萨的航班，经过近两个小时的飞行，到达拉萨贡嘎机场是早上八点和九点左右。我们的朋友进藏前一天打电话告诉我们，他们一行二人是早晨六点的航班，接到电话的我们就立即准备第二天到机场接从海拔几百米到 3700 米来拉萨的朋友所必需的物品。

那个时候，西藏还没有类似红景天的抗缺氧的口服液或含片，我们能做的除了准备一辆越野车和洁白的哈达外，就是装满了氧气的像枕头那样大小的氧气袋。汽车找单位派，哈达街上买，氧气袋只有借了。我打电话给拉萨的哥们借氧气袋，哥们儿在电话里说，"来拿吧，正好我北京的朋友明天要回北京，今天晚上欢送，一块喝几杯。"

我接完电话按照预定的地点赶了过去，拿到了两个我哥们早已充满了氧气的氧气袋。在我哥们和他北京朋友的盛情邀请下我毫不犹豫地加入了他们在盛满了一杯一杯的拉萨啤酒的干杯声中，又在一句一句"扎西德勒"这样的吉祥话里的拥抱中酩酊大醉。

我依稀记得那天晚上我是抱着两个氧气袋睡的。因为我哥们送我回家时，递给我两个充满氧气的口袋对我说，别忘了明天去机场，更别忘了带上这两个氧气袋。

由于时差的原因，比起成都拉萨的天亮得晚些，等安排好去机场的汽车在门口用急促的喇叭声闹醒我的时候，我才知道我起晚了。急忙中我脸都没洗抱着两个氧气袋就上了早已等得气急败坏的汽车。

那个时候到机场还没有现在的捷径"两桥一洞"，汽车一路狂奔，沿着拉萨河顺流而下到了曲水，过了曲水大桥又沿着雅鲁藏布江顺流而下。那天我们一路用安全的代价狂奔不到一个小时赶到了拉萨的贡嘎机场。如果按照每小时一百码的速度最快也要一个小时，可见我们在雅鲁藏布江边一个接着一个急弯的道路上是怎么狂奔的。

当我们急忙拿着氧气袋准备冲下车的时候，我发现我的两个本来装得胀鼓鼓的氧气袋已经变得像去年以前那些被孩子们喝干了的掺有三聚氰胺的袋装牛奶袋子。好在飞机晚点，这样我就有足够的时间来处理我们两个漏了气的氧气袋。当时机场没有能提供灌氧气的地方，但我们又不能拿着两个干瘪的袋子迎接我们的朋友。没容多想，我和我们单位一个有着三十年驾龄的师傅不谋而合地各拿着一个氧气袋用嘴把它们吹得胀得像哺乳孩子母亲的奶子。

可能等了一个小时，朋友一行二人带着成都火辣川菜的气息下了飞机，我们按照西藏传统礼仪献上洁白的哈达后，开始乘车返回拉萨。

西藏的初夏还有着料峭的风，公路两旁的树刚刚发出嫩芽，在风中微微点头。我的两位可爱的朋友，在西藏白炽灯般的阳光下，再加上和我以及司机的脸上皮肤的对比，他们二位脸上的颜色就接近于惨白状了。带上氧气是朋友在头天电话里吩咐好了的，正好两个氧气袋也在汽车的后排座上鼓鼓囊囊的十分显眼。朋友面露痛苦状说，"头疼，缺氧啊！"我强装镇定不露声色地帮他们把氧气袋的阀门打开，并教他们把氧气袋放在腋下用臂膀夹力的力度来调整氧气释放的大小。

车驶出好一会儿，我心虚地问两位我亲爱的朋友，吸了氧高原反应减轻没有。他们异口同声地说，"没事了，好多了。"我悬起的心刚刚放下，另一个朋友说，"我在氧气里闻到了一股淡淡的酒味。"我不知道该怎么回答他的这个问题的时候，一旁开车的师傅平静地说，"你少活动，少说话，因为你吸氧的时候能感觉到一股淡淡的酒味，证明你的高原反应比较严重了。"

我正在内疚的时候，车转过一个弯，我们已经可以看见高高耸立在湛蓝天空中的布达拉宫了。

朋友回去很多日子了，我才把我往氧气袋里吹气的事告诉了他们，并请求他们的原谅。我的朋友先是一阵狂笑后说，你们怎么想出的这个主意。然后他又说，这说明心理作用很重要，每个人心里都有一个假想的敌人，只要具备良好的心理素质，就不会被假想的敌人吓倒。

五、牛粪的故事

考虑到我在西藏待的时间长，内地的两位朋友强烈要求我陪他们去阿里。当然去阿里是我早已梦寐以求的事，正好有此机会。也赶巧了，我们包括司机一行四人都没有去过阿里，凡是能想到的路上用的东西我们都记在了纸上。我提前好几天开始准备这些需要用的物品，比如睡袋、氧气钢瓶、方便面、饮料、北京二锅头，还有预防感冒、治疗肠胃和抗缺氧的药等等，足足用了两天的时间才把写满了整整一页 A4 纸的东西陆续采购完毕。

阿里海拔平均 4000 米以上，有"世界屋脊的屋脊"的称谓。按照正常的旅游线路，去阿里一般是从南线进北线出，南线就是可以先领略普兰县境内的冈仁波齐、玛旁雍错，札达县境内的土林、古格遗址等绝好的自然风光，然后进入阿里行署所在地狮泉河，在狮泉河利用保养汽车的一天时间里，可以抽空到日土县的班公湖的鸟岛近距离看鸟。最后从北线途经革吉、改则、措勤三县，可以一览高原上特有的藏羚羊、藏野驴等野生动物回到日喀则。

我的两个内地朋友之所以是我的朋友，他们有着和别人不一样的个性，听了我打听到所有到阿里的信息和建议后，他们两个果断地说，我们从北线进，南线回。考虑到他们是远方的客人而且又是这次去阿里的主要出资方，我尊重了他们的意见。

在一个细雨蒙蒙的早上，我们朝着阿里的方向出发了，我的内地的两个朋友是急性子，在车上，他们对司机师傅说，争取两天赶到狮泉河。

司机师傅看了看前方在雨雾里隐约的高山，对我的内地朋友说，就这天气，坐飞机两天也到不了阿里。

人随天愿，这样的天气我们慢慢走吧，安全第一，不在乎一两天。我接过司机师傅的话，对我的两个内地朋友说。

在雨中我们的车果然走得很慢，从日喀则走了一天的时间我们才过了措勤县，到第二天我们往改则走的时候，已经是连续吃了一天半的方便面了，此时我们的肚子里已经承受不了方便面那种具有独特香气和浓浓味精的味道开始咕咕作响。只要一看见那些悠闲在高山上自由自在食草的牦牛或行走在高处的藏羚羊和藏野驴，我们就像看见热气腾腾香气喷喷的肉。

车过改则已经是中午了，我们到了一个小镇停了下来，在高原，所谓的小镇，无非一家补胎铺、两家餐馆和三家商店而已。

我们太想吃肉了，想吃高原上纯正的牦牛肉。当我们决定在这个小镇吃牦牛肉的时候，车已经驶过了小镇。小镇太小，小得就是一脚油门。我们路过一家挂着用汉藏英三种文字书写的一个帐篷餐馆的时候，我的朋友对司机师傅大声叫道，快停车，就在这个帐篷里吃饭。车在我朋友的叫喊声中戛然停下。

我们进了帐篷，帐篷里有两张单人床，床上铺着卡垫，用来供客人休息或用餐时坐。身穿藏式皮袄的帐篷主人热情地给我们倒了酥油茶，然后问我们要几斤牛肉，我们看了看在帐篷门后面用绺（藏语音，义：一种用牦牛毛编织的毯子）盖着的半扇新鲜的牦牛肉，要了五斤。帐篷主人用不太标准的汉语问我们是炖来吃还是炒了吃或生吃。一听生吃，我的朋友就急了，赶紧说炒来吃，一定要炒熟了吃。

接下来我们就坐下来一边聊天，一边看着帐篷主人在我们的视线里娴熟地加工我们早已渴望吃到的牛肉。这一定是一顿饕餮大餐，我想。我急切地这样想着。

帐篷的主人先是往放在炉子上的炒菜锅里倒进了一些菜油。然后一边用一把锃亮的菜刀把肉切成二指宽的肉块，一边哼着不知名的藏族民歌，从他哼着的那首轻快的调子来看，他的生意一定不错。他把肉切到一半的时候，看见炉子里的火不大了，他在藏袍的前襟上掸了掸手，然后端开锅，用手在炉子旁边的纸箱子里捧出几块牛粪饼放在炉子里，炉子顿时就燃起了熊熊大火，他把锅放在炉子上，又在藏袍的前襟上掸掸手，开始继续切那块剩下的肉。

西藏的牧区草原上是没有树的，牦牛可以用来做交通工具，牛奶可以做酥油茶，牛肉可以食用，牛毛可以做帐篷和衣服，就连牛粪也可以作为燃料，牦牛一身都是宝啊。牛粪作为西藏草原上唯一的燃料，一直为西藏的牧民烹煮着热气腾腾的酥油茶和香喷喷的肉。

我和我的朋友们都看见了帐篷主人的切肉和添加牛粪的这一连贯动作。一会儿，其中一位站了起来，对司机师傅说，车上还有方便面吗？司机师傅递过汽车钥匙说，有。没等我的朋友走出帐篷，我的另一个朋友接着说，帮我也拿一个方便面。

我和司机师傅面对一大盘肉，吃得直打饱嗝。

六、风雪火炉吃牛肉

西藏那曲嘉黎县措拉乡是我们单位定点扶贫乡，去年我们单位系统向措拉乡捐赠了几十万元的物资，单位决定在大雪封山之前把物资送到措拉乡。

2008年10月底的一天，两车满满的物资先赶在大雪前奔赴措拉乡。我们一行轻车熟路第二天一早也赶在第一场大雪之前出发。天气预报说，就这两天风雪即将来临。临出发的时候，我特地从衣柜里翻出母亲在很早以前给我织的一条厚厚的毛裤，然后再买了两双厚厚的毛袜，以备今年第一场大雪后的寒冷。

出于安全考虑，西藏各条主干道公路都实行了限速制度。经过八个多小时的限速行驶，我们在下午四点多的时候到达了那曲地区所在地那曲镇，那曲镇海拔4200米，是西藏六地一市行政区里海拔最高的行署所在地，那曲地区主要以畜牧业为主，一首很流行的歌曲里唱着，"那里牛羊满山坡"，到了那曲就可以处处看见这样的场景。那曲镇已经被一片茫茫雪野包围着，街道上刚落下的雪被钢针般刺目的阳光和汽车的尾气融化了，刚刚融了的雪立即变成了冰，很厚很厚，像是一条人工的冰河。

那曲镇看不见一棵树，可能是水质的原因，也有说是土壤的原因，曾传说，地区下重金奖励种树的人，种活一棵奖励一万，许多人满怀希望而来，失败而去，至今在那曲也见不到一棵活着的树。

我们在那曲休整了一夜，第二天前往措拉乡。那曲的雪下得很不均匀，在前往措拉乡的路上，很长一段路都见不到一片雪，在茫茫大草原上，我们的车像脱缰的野马，一路驰骋，害得我端着相机错过了许多很美的风景。

到措拉乡要翻一座海拔6000多米高的阿依拉山，山顶上覆盖着一尺厚的雪，整个山白皑皑一片，山顶上插满祈祷吉祥的五色经幡，在山顶上低垂着，没有风，山在阳光的照耀下格外地静。我们停下车，在经幡前和阿依拉山留了影，阳光真好啊，好得就像我们是太阳的一束光。面对懒洋洋的阳光以及美丽的被皑皑白雪覆盖的雪山，我不由自主地有一个想法，并大声地告诉我一路前行的朋友们，我要让自己的身子融入到这片离阳光最近的地方。说完我脱下衣裤，让我的朋友努木从不同角度给我拍了几张写真照。努木给我拍完后觉得不过瘾，他自己也把衣裤脱了，我们两个一胖一瘦一高一矮的男人，在神山的雪地上狠狠地要了一次野。

高山接纳了我们的行为，我们在拍写真照的那个短短的时间里都一直没有风，暖洋洋的太阳从皑皑雪野的不同角度照在我们身上，还真是一点也不冷，大概半个小时吧，我们穿好衣裤。最要命的是我那双厚厚的毛袜沾了点雪穿进我的旅行鞋，当脚板底的温度把雪化成了水的时候，那种湿透之后的冷啊，从脚板心开始往全身蔓延。那种冷冷的刻骨铭心，直到换了一双袜子后，身体才感觉到了舒适。

下午五点过一点，我们的车辙在厚厚的雪地里一直延伸到乡里的时候，我的朋友努木对我说，少活动，这里海拔4700米。

乡里的干部很实在，我们刚一到，他们就把煮好的牛肉端了上来。本来西藏海拔高、气压低，煮肉应该用高压锅之类的工具。但草原的牧民已经习惯了用平锅煮时的那种飘在帐篷之外的肉香味。

平锅煮的肉熟了但还是很硬，我牙齿不好，虽然饿但嚼起来很困难。一会儿，乡长自己陆续端来三个盘子，每个盘子上都是被另一个盘子盖住的，让我们看不见盘子里是什么内容。我想乡里条件不错嘛，还有三个菜。当乡长慢慢给我们盛上米饭后，接着陆续把三个盛菜的盘子上面的盖子拿开，随着乡长揭开盖子的手我看见，第一个菜是牛肉炒洋葱。我习惯性地点点头，算是对这道菜的赞赏。第二个盘子打开了，是牛肉炒洋葱。我正在纳闷的时候，紧接着第三个盘子打开了，还是牛肉炒洋葱。

看见三个盘子里盛着一样的菜的时候，我完全愕然了。乡长站在一旁歉意地对我们说，乡里没菜了，就找到两个洋葱，炒了这些牛肉。其实我早就应该知道，在西藏很多地方的这个时候，菜都比肉更金贵。

晚上太阳早早地就沉到山坡下面去了，没有太阳的措拉乡顿时像个冰窖冷得要命，就连我母亲给我织的那条厚厚的毛裤都抵御不了这样的寒冷，茫茫草原雪天的夜晚冻得我的腿骨都疼。

这个10月来的雪天，让我领略了真正的西藏牧区的冬天。我们围在炉子旁，依靠炉子里用牛粪饼燃烧的熊熊火焰来温暖我们一直处于寒冷的身体，整个屋子温暖如夏，并且散发着一股清香的草味，我这是在提前到来的寒冷的冬天闻到了一股春天的气息。

乡长在向我们一边介绍着乡里的情况，一边用小刀给我们削着早已煮好了的牛肉。在西藏牧区每一户人家都会像我们城里人在茶几上放水果或零食一样，放一盆煮好的牛肉当零食吃。乡长娴熟地把肉切成小块后递给我们，我们接过肉会蘸着辣椒送到嘴里。

我正好坐在炉子的端口，往炉子里添加燃料自然就成了我的事。我暗自提醒自己，左手拿肉吃，右手拿牛粪饼添炉子。

很长一段时间，我突然发现我的右手拇指和食指上竟然很自然地拿着一块大大的牛肉，而且正翘着右手小指，像城里人那样吃着那块很大很香的肉。

七、童年的枪

我是在拉萨长大的。在我的眼里，拉萨就宛如一朵绽放在以周边群山为绿叶的美丽花蕾，这朵即将开放的花蕾在阳光下慢慢舒展着花瓣，而贯穿着拉萨每个地方的道路则是这朵花蕾上微露着的花丝，使每一条道路都生动地体现在这个含苞欲放的花蕾上，这朵花在我童年的记忆里和我一同长大。

童年的记忆像是浮雕一样清晰地铭刻在我的脑海里，从我记事起，伴着我上学的那条小河，途中的一片小树林，河对岸广袤的田野上泛着清香的青稞，还有迎着晨曦的氤氲上学的小路，迎着斜阳暮霭归家的心情都是我和我留在西藏工作的同学常常回忆的最美好的往事。

我随我父母居住的地方，距离八廓街大概有5公里，那是一个军工单位，在拉萨的北郊。据说是过去噶厦政府的造币厂。院子里二层藏式楼房长长的回廊至今还常常出现在我梦里。藏式楼房呈"回"字形，二楼长长环绕的回廊是连接"回"字外围"口"字形楼房的桥梁，楼下四面各有一个门，朝南面的是正门，可以通过一辆解放牌大卡车，整个建筑是石头垒砌成的，墙面缝隙很大，我们就是通过墙面石头之间宽宽的缝隙从楼底攀爬到楼顶的，就像现在的攀岩运动，有时我们也爬上单位用土夯成的又高又厚的围墙。这是男孩子们的游戏，爬上房顶或围墙，周边的田野和树林就尽收眼底。当然爬上房顶不光是为了观赏风景，最主要的吸引力是房顶上宽宽墙缝里诱人的鸟窝和正准备展翅飞翔的小鸟们，当然有时我们还可以翻进一间废弃的仓库，从堆积的杂物里找出一把寒光闪闪的军刀或一串机枪的弹夹。

一个夏天的中午，当太阳照样用它炙热的温度烧烤在大地的时候，我们在屋顶的平台上头戴用柳树枝编的常在战争电影里看见的那种隐蔽在丛林里和敌人周旋的草帽，用木制的手枪或用一根木棒当作能扫射的机关枪，向假想的敌人发起一轮又一轮的攻击，在两军对垒的游戏中干渴难熬时，我们看见厂办公楼下，就是"回"字里面的那个小"口"字下面有一块绿色葱茏的洋姜，这是一种生命力强，成活率高，长在地下的根部可以生吃的一种植物。我们游戏的两军宣布休战，共同袭击我们眼前的那片葱郁的食物。

由于人多，我们如饥似渴地大面积地挖掘地下的食物，场面一片狼藉，直到有小伙伴惊呼说地下有东西时，我们才停下手中的活，集聚到一个刚刚挖出的深深的土坑旁，看见露在蓝天白云下一个大大的木箱子。我们迅速地刨开泥土，两个巨大的木箱就显露了出来，我们迅速地撬开箱子，此时我们像是阿里巴巴在一句"芝麻开门"后，那个藏满金银财宝的山洞显露在他面前时的狂喜，我们的眼前是两箱用油纸包裹的崭新的各种各样的手枪。只是所有枪的撞针都处理了,看见这些梦寐以求的真枪,我们瞠目结舌、目瞪口呆。不知是谁第一个开口说,我拿一把,就一把。紧接着第二个人说我也拿一把,就一把。他们的话音刚落,两箱手枪就被我们哄抢了。我特别喜欢左轮手枪,我好像记得电影《英雄虎胆》里那个打入敌人内部的我军侦察员阿泰,就是用左轮手枪干掉了敌人的头目,取得了战斗的胜利。我和我的小伙伴们从小是看战争片长大的,许多经典的台词我们至今都背得滚瓜烂熟。比如:我们常常会在衣领上插一根树枝边跑边豪迈地高声喊道,向我开炮,我是王成。我们也会歪戴着帽子,斜穿着衣服用小刀割断橡皮筋,对跳橡皮筋的女孩儿说,花姑娘的统统抓起来。直到把这些原本跳得兴高采烈的女孩儿们赶得四处乱跑,我们才发出胜利者爽朗的笑声。我们院子里的小孩儿在一个中午之间,便全副武装了起来,我的两把巨大的英式左轮手枪,别在我的腰间,就像一只笨重的鸭子,步履蹒跚地在游戏里扮演着侦察员的形象。

到了晚上,父亲单位的政委下班回家看见满院子的小孩儿人人都拿着真枪在院子里演绎着经典战争电影的情景时,不由吓出一身冷汗,急忙找来仓库管理员查看仓库门是不是被我们这些调皮的孩子给撬了。看见仓库的门没有被撬,并知道院子孩子们枪的来历后,晚上父亲单位便召开紧急大会,要求凡有枪的孩子,二十四小时内把枪交到厂保卫科,否则一旦发现谁的孩子有枪没有上缴,便降一级工资。一级工资十几块钱,那可是一家人一个月的生活费呀。

我小,不懂一个月生活费的重要性,父亲告诉我说,如果不交出枪来,一家人就没有饭吃了。我明白没有饭吃的意思,没有饭吃会被饿死的,我抱着我心爱的左轮手枪睡了一夜后,含着泪交给了父亲。

八、入少先队

我是在罗布林卡公园一棵百年古树下对着少先队队旗加入少先队

146

的，那个时候罗布林卡公园叫人民公园。现在和八廓街的大昭寺一同被联合国教科文组织列入布达拉宫世界文化遗产扩展项目，记忆中的罗布林卡公园是拉萨仅有的两个公园之一，另一个公园就是布达拉宫后面的龙王潭公园。小学二年级六一儿童节的前一个星期，我和班里几名同学被评选为少先队员，并在六一儿童节那天参加全校新少先队员入队仪式，当班主任用她那激动而饱满的声音告诉我们要在罗布林卡公园完成入队宣誓仪式的时候，班里顿时欢呼雀跃起来。班主任老师还告诉我们，当务之急就是需要一辆客车，接送全班的同学到罗布林卡公园游园。班里好几个同学的父亲都是客车司机，看见那些父亲是汽车司机的同学毛遂自荐纷纷要求为班里"六一"活动服务时，老师感到了从未有过的欣慰。为了不使同学失望，班主任就把父亲是客车司机的同学的名字记了下来，经过学校统一整合，有些班里没有父亲是司机的，都分别安排了客车。

　　每个同学家里都在为六一儿童节那天准备着，其中我们几个在部队单位的同学准备的游园食品是蔬菜罐头、午餐肉罐头和油炸果子，当然还有一个装满糖水的军用水壶。这些食品在那个计划经济年代，也算是丰富的大餐了。大客车载着我们一路欢歌笑语，道路两旁葱绿的田野和潺潺的小溪从我们身边快乐地划过，我们走在灿烂的阳光下，心情无比欢畅。到了当时拉萨刚修建的最高的邮电大楼后一路向西，经过龙王潭公园再往西，就可以看见一片高大茂密的树林，这就是我们的目的地罗布林卡。在《中国少年先锋队队歌》的歌声中，我们列队进入公园，然后在统一划好的区域里，来自拉萨各个小学的少先队员们举行了入队仪式，后分别进行游园活动。

　　游园活动是最开心的一件事。我们不仅在公园里看见了我从未见过的竹子、杏子树、李子树、月季花、玫瑰花，还看见了园内动物园里嬉戏的猴子、打盹儿的黑熊，无所事事的狼和悠闲的孔雀。这是我们在童年的记忆里很少用游园的方式来诠释我们的快乐，我们在偌大的公园里亢奋得满头大汗，不知不觉到了下午，我和学校的同学跑散了，走出公园大门的时候，学校的客车走了，拉萨仅有的几路公交车也早早地收车了。看着几个三三两两结伴的同学向自己家的方向回去时，我才知道我只能独自一个人走路回去了。

前不久我坐车估算了一下我当时从罗布林卡走路到北郊的时间，走大路大概需要两个半小时。当时拉萨没有几条柏油马路，更多的是便道和行人自己踩出来的羊肠小道，出行的交通工具除了少数的自行车外主要的是步行。我从罗布林卡公园出来左拐向北，穿过西藏人民会堂，当时是一片开放式操场，比邻操场的是拉萨市第七中学，然后走巴尔库路，再穿过火电厂就到了拉鲁湿地，巴尔库路周边是几个汽车运输队。拉鲁湿地和火电厂仅一墙之隔，沿着火电厂后面的围墙向东走，过了拉萨中学与拉鲁湿地之间的围墙可以到现在的雪新村，那个时候雪新村是一片麦地，麦地的归属应该是拉鲁乡。然后我就从现在的林廓北路一直向东，到了色拉路，当时没有色拉路，6月碧绿的青稞是当时色拉路最美的景色，一条小道又弯又长穿过碧绿的田野，走到尽头就到了北郊扎基寺，寺庙紧邻着我父母的单位，这段路程大概需要走一个半小时。听同样没有坐上客车的同学说，他们走大路到邮电大楼就搭乘上了从农田暮归的一辆辆长龙般回家的马车。坐上马车的同学说，这是延续了游园带来的快乐的另一种方式。我说，我沿途看见的美景也是延续了游园带来的快乐的一种方式。

那一天我和我的同学都很快乐。那一年我九岁。现在想起来那时生活条件虽然艰苦，但掌控不了我们快乐的童年。

九、看电影

十三岁那年最深的记忆是看电影《少林寺》。

放映《少林寺》的时候，我居住的单位是拉萨市区公开放映的第一场，父亲中午就告诉我说放学不要贪玩，早点把作业做完，晚上单位要放电影《少林寺》。《少林寺》到拉萨来放映的时候已经在祖国的大江南北炒得轰轰烈烈了，期待着看《少林寺》是我们一个月来最大的心愿。下午的课心猿意马，把晚上单位要放映《少林寺》的消息悄悄告诉了几个要好同学后，就赶紧往家里跑。因为父亲的单位是部队单位，要求放映电影时要严格保密，但消息像长了翅膀的麻雀，下午的时候单位院子里突然来了很多人，他们是得到放映电影的消息赶来的。大礼堂坐不下，就把银幕挂在外面，天还没黑尽，银幕前已经是人山人海了。我们近水楼台很早就占了一个极佳的位子，摆上板凳，目睹这部武打巨片。那个时候放电影有一个专用名词叫"跑片"，因为一部电影的胶片有好几盒，一个半小时的电影大概有十盒左右。跑片就是前面第一个地方先放几盒电影胶片，然后把放过的胶片拿到第二个地方放，依次类推，两地一部电影大概相差半个多小时。据说一部好电影的拷贝一晚上可以跑四个地方。其实跑片就是放电影的流水作业。看露天电影的场面就像咱们中国的地形，以看电影第一排为最低逐渐向后面依次增高，最后站在汽车车厢上看，有的甚至爬到大树上看。也有的来晚了连树都没地方爬了，还可以到银幕后边看，不过从背面看银幕上演员的动作全是反的，比如银幕上小兵张嘎吃饭正面看是用右手，反面看却是用左手了。有个笑话说，一老大爷看露天电影去晚了，见正面人山人海只有委屈自己到反面看，当他看见一年轻女子下河洗澡，背对着他脱衣服时恍然大悟，怪不得前面站这么多人看电影，原来可以看见女子的前面哪。

当十八岁的李连杰用他精湛的武功征服中华大地的时候。我们才知道，远在祖国内地中原有一个叫少林寺的地方，那个地方可以练一种叫武术的功夫。这是我们从崇拜军事题材中的英雄人物到非军事题材里的英雄的一个历史性的转变。从此我们从心里丢弃了各种心爱的枪炮，通过书本、电影在武术的秘笈里寻找理想的灯塔，在武术的世界里塑造英雄的形象，梦想用一双稚嫩的拳头打出一片自己的江山。

整个拉萨，不，是整个中国的孩子都迷恋在江湖的世界里，心有多大江湖就有多大。拉萨的每个书店、每个单位电影放映点全是跟武术有关的书籍和电影。出版物有《武林》《武林志》等武术杂志和小说，电影《少林寺》过后又有了《少林寺弟子》《少林俗家弟子》等一系列关于少林的武打电影，不过这些就有些狗尾续貂了。当时整个拉萨市的新华书店设点不超过三个，记忆中北郊四中旁有一个，当时拉萨晚上的娱乐方式主要是以看电影为主，所以拉萨除拉萨电影院、东方红电影院、北郊电影院外，许多单位都有自己的大礼堂用来放映电影，没有大礼堂的单位就在两根高高的木桩上拉一个银幕，就能看上大家喜欢的电影。我们狂热追随着《少林寺》电影走遍了拉萨各个电影放映点，甚至有些同学准备徒步到少林寺，练就一身武艺闯荡江湖。只不过他们的梦想被爱护和关心他们的老师和家长扼杀在萌芽之中了。

十、酒吧

从拉萨酒吧的发展史就可以看到改革开放三十年拉萨巨大的变化。记得 80 年代中期，在拉萨林廓东路出现了两家较早的酒吧，一个叫红狮酒吧，在东郊邮电大楼旁，酒吧里火车硬座式的座位为泡吧者提供了一个一边喝酒一边交流的场所。还有一家叫草莓屋，几张错落在不大空间的木质圆桌上铺上了印有草莓图案的塑料布，红色灯泡照映在每张圆桌上一支支别致的塑料花上，那个时候拉萨还没有鲜花店，酒吧里能有几支塑料花似乎就特别彰显了酒吧主人对美好生活的向往。那个时候拉萨还没有啤酒厂，我们主要喝的是从兰州运来的黄河啤酒，成都运来的绿叶啤酒。当时酒吧是个新鲜事物，泡吧的人主要是二十岁左右的年轻人。酒后丧失理智是殴斗的主要原因，哪怕是双方眼神偶然的对视，都将成为斗殴的借口。现在拉萨酒吧比比皆是，酒吧里早已没有酒后的仇视，更多的是友谊的欢笑和相逢的豪饮。拉萨的酒吧主要分布在两个区域，一个在老城区八廓街，一个在新城区西郊。八廓街的酒吧在装修上主要体现地域和个性的融合，而西郊众多的酒吧却是用规模来赚取酒客的钞票。我们请内地来的朋友泡吧，主要在八廓街里的酒吧。而和拉萨的朋友找借口喝酒大都在西郊的酒吧，因为喝酒需要一个喝酒的气场，这个气场来源于众多的人。

一天，拉萨朋友的内地朋友的朋友来了，为了尽地主之谊，邀我一同在八廓街一家酒吧请拉萨朋友的内地朋友的朋友喝酒，拉萨朋友的内地朋友的朋友也带了两个在进藏的路上认识的朋友一同来了，四海之内皆兄弟嘛，我和我拉萨的朋友都这么认为。喝酒就怕人少，人多人气好，气氛也好。酒过三巡，拉萨朋友的内地朋友的朋友开始畅谈他四次来西藏的经历。他说他第一次来西藏是坐飞机来的，到了西藏后才发现实现自己的目标太快，随旅游团走马观花，对西藏没有深刻的记忆。第二次来西藏是坐客车来的，到西藏后发现实现自己的目标太没有自由，一路上随客车颠簸，车到哪里他到哪里。第三次来西藏是自驾车来的，到西藏后发现实现自己的目标太过于目的性，是他到哪儿车就到哪儿，在西藏的时间还没有第二次来西藏的时间长。这是第四次来西藏，搭朋友的车来的，然后他很感激地抬头看了看随他一同来西藏的几个朋友。当拉萨朋友的内地朋友的朋友说完他四次来西藏的感触后，独自一口饮尽一杯泛着橙色光芒的啤酒时候，眼神透过酒吧用黄色哈达装点的天花板，突然看着我，问来了几次西藏，是什么时候来的。这个声音很空灵地回荡在八廓街深深的巷子里。我一直不明白他为什么要问我这样的问题，我在拉萨长大是我拉萨的朋友众所周知的，可能是我皮肤好的缘故，许多初次见面的朋友都以为我是刚来拉萨不久的游客。我拉萨的朋友也没想到他内地朋友的朋友会对他拉萨的朋友问这个问题，没等我拉萨的朋友解释，我就坦然地告诉我拉萨朋友的内地朋友的朋友说，我只来过一次西藏。我的话音刚落在酒吧的灯影下，那面温馨而暧昧的墙上张贴着酒吧主人在她去西藏的一些令刚来的游客梦寐以求的地方留下的照片上时，我拉萨朋友的内地朋友的朋友紧接着又问我说，来了多长时间。我说，三十多年吧。我感觉到了我说出这句话的重量，我也感觉到了我说这句话的后果。我拉萨朋友的内地朋友的朋友走的时候除了没给我握手之外，给在座的每个人都一一握手告别了。

　　走出酒吧的时候，他说他明天要去阿里，一个可能在拉萨待了一辈子的人都没有去过的地方。我知道这句话是说给我听的。

狮泉河桥北

◎ 闫振中

狮泉河镇桥北市场是一个西部味很浓的所在。拥挤不堪的小巷仓促而潦草，就像不用心的小学生写的作文，东拉西扯、语无伦次。但时不时冒出的几句天真动人的语句，读起来也让人拍案叫绝。

1984年这里还是一片荒滩，只有岸边的灌木和野草摇曳着荒凉。九年过后，旧地重游，市场经济如一阵春风，吹绿了荒原的生机。几条陌巷，防震棚似的街区，与镇中心的高楼大厦相比，虽然寒酸简陋了点，可它却像一个耐心的抱鸡婆孕育着西部小镇最热闹的繁荣。

我们藏语文考察组为正地专级领导带队，级别着实不低，本可享受高规格接待，却特意找一家小饭馆用餐。老板是安徽人，《天仙配》中董永的老乡，待人真诚随和，随到随吃，吃啥做啥，倒也合了大家的心意。这饭馆恰在桥北市场的入口处，饭前、饭后便有了逛市场的机会。

一天，到旁边的"渝春商店"买一瓶香辣酱，与店主攀谈起来。这是一对来自重庆沙坪坝的夫妇开的小店。店铺不大，商品齐全，小百货、烟酒、副食均在经营之列。

攀谈中得知，年轻夫妇是随其姐夫来到狮泉河镇，姐夫在地委是一位干部，两年前已调回重庆，而他们却留在了狮泉河。去年他们曾回家探亲，亲友劝他们有了钱，在重庆做生意，免得奔波之苦。可他们没住上一个月，又鬼使神差地跑回了桥北市场。

"渝春商店"往里走，有一家"少林小吃"，经营油条、面食，地道的河南风味。店主是一位强壮而略显肥胖的中年人。因为是同乡，用河南话聊起天来，倍觉亲近。他家就在少林寺附近，那模样真有点少林武僧的强悍，总觉得他干练老成的做派里，深藏着江湖人的刚猛与豪气，我猜想着他即便没有精湛的武功，也有几套实用的拳脚。

"老乡，我实话告诉你，别看这桥北市场不起眼，却是各路英雄汇聚之处，要想在这里捞钱混日子，没有三招两式，谁也不会买账。我之所以能在桥北站得住脚跟，靠的是见义勇为，主持公道。刚来那年，一伙流氓哄抢一家商店，我一人打翻六个，剩下两个跪地求饶。从那以后，桥北人送我一个外号'少林和尚'，遇到一些小的纠纷，经我排解，也就散了，还没有哪个人敢当众驳咱的面子。"

他的一段话，印证了我对他的最初印象。后来每经过此处，都要坐上一会儿。每次来，都发觉很少有顾客登门，可他却说，生意一向很好。

再往里走，一家茶馆也是我爱去的地方。在那里可以一边喝茶，一边看录像，饿了还有粉汤、面食供应。当然，我来这里不是看录像，而是为了看人。这家茶馆的店名——"清真世纪新感觉"，让我很新奇。如果这名字是年轻店主的主意，他定是一位对生活和经营具有新思维、新感觉的开拓者。

掀开厚重的门帘，厅室里十几排桌椅收拾得干干净净。迎面墙上嵌着一台25英寸的彩电，我刚找到位置坐下，头戴白帽的伙计便手脚麻利地给我沏上了盖碗茶。点上一支烟，才看清录像正放映一部美国电影，激烈的打斗场面，让百十号人如痴如醉。

这里有头盘红缨的康巴汉子，也有头戴花帽的维吾尔族人，还有爱穿西服的四川民工，几个学生模样的年轻小伙也混在里面。录像里场面火爆，正是一个传奇故事的精彩处。除学生外，他们大都是外来的民工和经商者，翻过一座雪山又一座雪山来到狮泉河镇，想在冒险中圆一个发财梦、英雄梦，寻找生活的激情与希望。录像的名字虽没有看到，根据剧情的发展，可以看出是一部好莱坞有关英雄崇拜的片子。男主人公在日常训练中屡屡败给对手，受挫感和自卑感在深深地折磨着他的同时，也在茶客中间唤起同情和共鸣。当历史之手当仁不让地又将他推上拯救世界的境地时，下面是一阵激动和狂热，又吼又叫，希望他接受挑战，超越自我。仿佛屏幕上早已不是演员，而是茶客自己。当主人公大打出手、出尽风头，取得胜利之后，不少人甚至到了疯狂的程度，仿佛同时实现了自己心中潜藏已久的英雄迷梦，偶然中成为万人景仰的英雄。当录像结束，他们又从剧情的特定环境恢复了生活常态，室内一片哑然。

在成都或在拉萨，我常进茶馆。凡进茶馆者都带着一份闲情逸致而来，许多闲情逸致凑在一起便是一湾柔和浪漫的气息，待上一会儿，人轻松得仿佛化掉一般。而这里却不一样，空气里有种让人捉摸不透的气息。也许是太遥远、太陌生，或者是太偏僻、太荒凉。

不知什么时候，我旁边坐上了两位男子。一位约四十多岁身体消瘦但精力充沛的男子紧靠着我，另一个身材修长大约二十五岁的青年坐在外边。

年轻的说："大哥，外面的人都准备好了。"

老一点的说："把他叫出去，记住，只是教训他一下，不然就成了无头债了。万一他是和尚的人，后面的麻烦难以脱手。"

年轻人说："放心吧，大哥，我们已调查清楚，他不是和尚那边的人。"

听话音，壮年男子是四川口音，青年人说的是普通话。

年轻人走到右边第二排，朝一个人的肩膀上拍了拍。那人扭过脸，先是一惊，然后堆出了像是早已准备好的表情，对年轻人会心地笑了笑。年轻人又对他摆了摆头，示意他出去。那人安静地站起来，犹豫了片刻，就跟着年轻人离开了茶馆。

令我惊奇的是，那人刚才还曾与我对视的中年男子，看样子三十多岁，一脸大将风度的样子。从我身旁经过时，还投来一瞥审视的目光。我想，他大概把我看成是对方一伙的了。兴许还把我看成一个出谋划策的头头呢。

刚才发生的事情，惊奇般地拨动了我心里很深的那根琴弦，产生了轰然般的低沉振动，既刺激又紧张，还有点恐怖色彩，这比看美国电影还扣人心弦。驾大篷车迁居、骑马放牧、酒吧枪战、抢劫邮车等镜头，使西部牛仔成为强悍敏捷、凶暴而义勇的自由男子汉形象。而茶馆里上演的一幕，虽没有蒙太奇镜头的切割转换，也没有惊险动作的渲染，但它真实的感染力却让人惊心动魄。中国西部人内在的心力和勇悍，与美国牛仔相比毫无逊色之处。我想，能走进这个茶馆的绝非等闲之辈，每个人都有自己的一段传奇故事，都有非来狮泉河不可的原因和动机。

那位四川口音的男子仍坐在我旁边，抽着红塔山，喝着盖碗茶，悠然自得地看着录像。我想他肯定是在等待事情的结果，在等他的手下传来消息。我还无法弄清这件事的来龙去脉，也无法预测后面的发展，但我可以猜想，这是一起因债务纠纷所引发的打斗。不知四川人说的"和尚"是否就是我认识不久的"少林和尚"，我想应该是他。

看来"少林和尚"没有在我面前吹大话，也许他在桥北市场的确是一个举足轻重的人物。林语堂称河南的地盘上多拳匪。历史上河南人受了太多战争带来的罪。在中国他们是深受战争苦难的一个群体。经常在战火纷飞的土地上滚打，没有种自我保护意识的匪气是不行的，没有了硬壳的乌龟在海里爬行恐难逃性命。何况天下功夫出少林。少林寺就在河南的山头上，河南人耳濡目染多了，多少要学个三招两式的吧。

"少林和尚"也许就靠这三招两式出外闯荡天下。黄河是中国地气最为旺盛的一条水脉，可他为什么不像河南众多的农民辛勤耕耘在故土，而要到喜马拉雅山和冈底斯山的夹缝中求生存呢，也许他看中了雪山冰峰间凝聚的天地灵气！

该走了，我提醒自己的好奇心不要在此逗留太久。这件事所引发的故事情节不是文人笔下的创作，它不受任何文学手法的约束，可能会演绎出意想不到的事端，仿佛觉得在紧张的走秒声中，有一颗定时炸弹随时都可能爆炸。

我拎起挎包，不声不响地离开座位，悄悄地走出茶馆，那四川人连看我一眼都没有，仍然专心地看着录像。掀开门帘，刺眼的光线扑面而来，抬头看一眼茶馆的匾额，心中暗想，在这里我真是找到了世纪的新感觉了。

走在桥北市场，乱糟糟的人群在狭窄的小巷里簇拥着，使我不走自行。我不知道自己的双腿是疲累或是轻松，只是顺水漂流般地随流而下。

拐过一条街，走至一个角落处，那里搭着顶不大的帐篷，每次路过此处都要进去看看。帐篷的主人是一位三十岁左右的康巴汉子，帐篷既是他的家，又是小商店。商品的种类不多，除一些日用品外，还有点低档文物和藏币。我走进他的帐篷是冲着藏币而来。

帐篷里有四五个高大的男子，都是头盘红缨英雄发的康巴人。地上摆满了啤酒瓶，看来，他们酒兴正浓。主人看我进来，因见过几面，算是常客了，非要让我喝杯啤酒。一来狮泉河海拔较高，不宜饮酒；二来人家是生意人还没有买东西，先喝人家的酒，总觉得不好意思，便推托不喝。

没等主人说话，其中的一位康巴人接过主人的酒杯，递到我面前说："这杯酒非喝不可，因为我们是老朋友了。"我定睛一看，此人身材高大修长，又结实英俊，可以说是康巴男子标准的形象。

脑子一闪，记忆的画面就出来了。前些年我们拍一部关于拉萨的专题片，一些场面需要群众配合。因导演、摄像师都是康巴汉子，便请来几位同乡上镜头，其中一位便是站在我面前的敬酒者，只是我记不起他的名字。

"在拉萨拍电影，对吗？"

"对对！就是我！"

"怎么来到狮泉河？"

"昨天从拉萨拉来了一车烟、一车酒。要不，两三天之内，狮泉河就要断酒、断烟了。这是我们自己拉来的酒，喝！"

"为了我们在拉萨的合作，为了今天大家见面，我喝！"

三口一杯，三口一杯，我连喝三杯，才算有理由从帐篷里脱身。走出帐篷，康巴人的豪爽好客，就像这三杯刚下肚的啤酒一样，给人热辣辣的兴奋。当年陈丹青在拉萨创作《西藏组画》时，其中的主要人物都是康巴人。这位中国的一流画家曾被康巴人的外形和性格深深地震撼，他就是把这种心灵的震撼，精描细刻地表现在他的作品里，反过来又震撼了他的观众和中国画坛。

康巴男子头上的红缨发盘如鸡冠一样，高扬着雄性的活力，身挎长刀，胸佩珍宝，粗犷而华贵，厚重而富激情。他们异常能吃苦耐劳，精打细算，又胆大妄为。既用好奇的目光打量世界，又用敏捷如猎豹般的身手追逐利润。

往前走，是维吾尔族开的几家店子，经营葡萄干、杏干等干果之类，地毯、皮张、百货门类不少，烤羊肉串更是他们的拿手绝活。

桥北市场的回民饭馆不少，也有做其他生意的穆斯林。回民做生意勤恳踏实、重质量、重信誉。据说他们从小就接受商业技能的熏陶，"门里出身，自会三分"，长大了就自带三分做生意的本事。他们既有高度严格的行为准则，又有特别灵活的经商技能，生活的经验使他们对任何人都以礼相待。

转来转去，在桥北市场做生意的，最多的还是四川人。火锅中的麻辣烫气味几乎弥漫了这里的大街小巷。四川人以吃苦耐劳著称于世，勤快和幽默化合成川人特殊的性格。当今社会上流传一种说法："北京人没有不敢说的话，浙江人没有不敢去的地方，四川人没有不敢吃的苦。"四川人"落地生根，吃苦如蜜"的精神在西藏是出了名的，狮泉河人也最欣赏川人这个特点。在海拔5000米的地方敢承包土建工程，而且是没昼没夜地干。他们干起活来兢兢业业，有滋有味在一旁观看的人如看一台让人又感奋又感伤的演出。谁知在几场演出过后，走下舞台的便是一批又一批腰缠万贯的企业家和经理。

四川人在事业上都有一股英雄之气，即使不起眼的农民，在言谈举止中也可窥见他心中藏着的勃勃野心。历史上川人是远离战争的群落。巴蜀文化在历史上缺少点气象恢宏的王者之风，它没有那种幕天席地纵横江湖的霸气。而如今大不一样，当川军走出盆地，下江南、进北京、走西藏……火热的生活给他们的性格进行了两度创作，四海之内皆知川人的厉害了。茶馆里坐镇指挥的，不就是川人吗？

在桥北市场经商，有成功者，也有失败者。成功者，腰缠万贯，荣归故里，而有些失败者，却是魂断桥北，落魂异乡，有家难回。

一天，我刚在安徽饭馆吃过饭，走出门，看见隔壁一家商店门口坐着一位衣衫褴褛、披头散发的女人，在大口吞咽着店主施舍给她的食物。据说她来狮泉河已有些时日，在桥北也赚了一些钱，一笔生意不小心，合伙人携款潜逃，不知去向，害得她两手空空，一气之下精神失常，成了沿街讨口的乞丐。看上去，她也不过三十来岁，虽然落魄的岁月已把她糟蹋得不成样子，仍可以看出她往日残留的风韵。由于她曾在顺风得意的时候，时常周济他人，在她落难时得到了桥北人广泛的同情。不管走到谁家店前，总有人热汤热饭送些吃喝。

一个疯女人，千里迢迢已找不到回家的路线，桥北便成了她的家，各民族兄弟都把她当姐妹看待，没有人歧视她，桥北人捧给她的是人性中最善良、最真挚的感情。我曾见她几次，每次都看到有人在关照她，新疆人送来几串烤羊肉，"少林和尚"给他两根油条……她只管吃，也不道声谢，理所当然地接受人们的照顾，看着这情形，既为她庆幸，也为她心酸。

如果说，桥北市场是一个深不见底的湖泊，我对它的了解，只是在岸边捡了几枚不起眼的石头，而每一枚卵石都能孵化出令人惊讶的故事。

听狮泉河镇一位藏族朋友讲，去年桥北市场又出现一位疯男，因爱妻突然病死，极度悲伤导致精神错乱。由于爱妻生前最爱到桥北逛街，他认为到那里必能找回日想夜盼的女人。于是桥北市场又多了一个匆匆忙忙、穿街过巷的疯男人。

当地一位占卜喇嘛讲，疯男疯女如果在桥北市场碰面，整个世界都要发生类似星球相撞的灾难。此话传出，市场阴云密布，一片惶恐。两个游走不定的疯子在桥北相遇是再容易不过的事情了，他们的不期而遇随时都会发生，看来一场灾难在所难免。

地球没有爆炸，是因为他们两个始终没有碰面。两个运行的星球，不停地游弋在弹丸之地，就是没有碰面相撞的机会，这的确是一个奇迹。男的来了，女的走了，牵动着人们惊慌的目光。一次，两人同时出现在一条小巷的两端，人们看着他们一步步走近，可是突然间两人几乎同时转过身去，又各奔东西，轻易地避免了两个星球相撞的可能。

我不相信桥北人会真的相信这荒诞不稽的奇谈怪论，整个世界的命运怎么会悬系在疯男疯女的一次无关紧要的碰面呢？我倒希望他们两个能真的在桥北相遇，地球的安然无恙会解除类似杞人忧天的恐惧。可惜，他们始终没有。这个故事虽然离奇，细细琢磨，便会发现其深层的内涵。它要人们相信，在每一个平凡人物（包括疯子）身上，都有主宰世界的伟力，都有足以影响整个人类命运的因素。

临走前，听说狮泉河镇政府又在桥北市场的北面新建了一个桥北市场，那是一个具有特色的综合贸易区，其面积比老市场大几倍，其豪华气派，今非昔比。我们专程开车兜了一圈，几家商店餐厅已开张营业，其他部分正在装修之中。据说，一两个月过后，包括"渝春商店""少林小吃"的所有商家，都可以搬进新的店面。

望着荒野上拔地而起的新市场，怎能忘记在桥北含辛茹苦拼搏十年之久的人们，这里有他们惨淡经营的汗水。他们把冰山上歪歪斜斜的脚印，雪野里深深浅浅的车辙，还有失败后崛起的激情，以及疯癫前美丽的年华，都垒砌在这新建筑的一砖一瓦，在这"世界屋脊的屋脊"之上，为狮泉河镇耸起了一道崭新的风景线。

又一季春风之后，一切又轮回到一个新的开始。

她在年轻时

◎ 鄢然

雪山升起红太阳，

拉萨城里闪金光，

翻身农奴巧梳妆，

父女双双逛新城。

……

这首 60 年代红遍中国大江南北的《逛新城》，曾令多少对西藏神往的人们陶醉和喜爱。这首歌自 1960 年从拉萨传出，通过无线电波飞越千山万水，传遍神州大地。至今，它的演唱者换了一拨又一拨，而第一个扮演那个翻身农奴女儿的蒋新吾女士（原名白新吾），如今是五十多岁的人了。三十多年前，她还是一个年轻漂亮的姑娘。当她第一次登台在高原日光城表演那个和老阿爸一起上街惊叹在新中国建设中发生巨大变化的拉萨新貌的藏族少女时，从没有想到他们的演唱将留给人们多少难以忘怀的惊喜。

我是在西藏在蓉老文化界一年一度的聚会上结识蒋新吾女士的，尽管岁月的流逝在她的脸上刻下了生命中不可抗拒的纹线，从她优雅的举止、轮廓精致的面庞依然可见她当年的风采。参加这次聚会的《西藏文化报》主编张治中先生决定用一个栏目登载西藏文化界前辈们在西藏的创业史，依照嘱托，在一个凉爽的下午，我骑车前往蒋女士家采访了她。

蒋女士热情接待了我，拿了厚厚一摞影集让我瞧。可以说影集上的那些照片记录了她一生中不同时期的各个历程。而我最感兴趣的是一张她演唱《逛新城》的照片，照片上的她身着藏装，年轻美丽，完全是一个活泼可爱的藏族少女，我们的谈话就从这张照片引出。

　　蒋女士说，她是1959年10月进藏的。那时她十九岁，从西南师范学院音乐专科毕业，对神秘的西藏充满了向往，于是报名援藏。她和一批自愿援藏者坐卡车沿青藏线行进，一路为草原壮丽的景色、雪山雄伟的美景所陶醉。途经沱沱河时，由于不适，身体出现了严重的高山反应，吐得死去活来，到了兵站一口饭也吃不下，呼吸困难，上气不接下气。但是她并没有因此畏惧，一心只想早一点到达拉萨。一个阳光灿烂的下午，当坐落在红山顶上的布达拉宫闪着金光远远出现在她的视野的时候，她和同车的人都欢呼起来。汽车徐徐开进了拉萨城，她睁大了眼睛，恨不得将这座陌生的城市一眼望穿。

　　尽管那时的拉萨又小又旧，她还是被它充满异域特色的风情所吸引。她被分在西藏歌舞剧院（现为西藏歌舞团）歌剧队当演员。歌剧队住在市区冲赛康附近的木鹿寺里。晚上，她和同屋的小姐妹躺在空荡荡黑灯瞎火的经房里，心里一阵阵发怵。但是对于艰苦的生活，她并不害怕。当时的拉萨物资十分匮乏，没有什么蔬菜吃，她和队里的同事就到附近的林卡挖野菜，采蘑菇。年轻的女孩子喜欢吃零食，来自天府之国的她，嘴更馋。拉萨城里唯一一家百货商店除了卖生活日用品，几乎没有什么可供她解馋的糖果糕点。冲赛康里有一种青青的野桃子卖，一毛钱一个，吃起来既酸又有些涩嘴，这是她唯一能买到的水果，也就觉着十分可口。有一天，她在一个藏族摊点前意外地发现了有凉粉卖，真是高兴极了，立即买了一碗狼吞虎咽地吃起来，吃完了才后悔没有慢慢品尝凉粉的味道。在回剧院的路上，开始搜索枯肠，竭力回味那碗凉粉带给她的喜悦，于是感到这是她有生以来吃过的最最诱人的食物。

　　队里的生活艰苦又紧张，尤其是演出时，身兼多种角色的演员难免手忙脚乱，顾此失彼。在一次演出中，队里的一个舞蹈演员在跳新疆舞的时候，由于时间紧迫忘了在维吾尔裙里面穿那种维吾尔式样的灯笼裤，结果在台上旋转时裙子高高飘起，露出了白花花赤条条的大腿，令台下观看的战士哗然。部队一位首长看了批评道：我们是中国军人，不是老外，不需要看跳大腿舞。使那位女演员羞愧万分。

类似这样的差错在演出中时有发生，对于还不懂表演艺术刚上台不久的蒋新吾来说，心情就很紧张，感到兼职报幕员的压力就更大，于是格外小心，无论在报幕还是表演时都尽量恪尽职守，总算没出什么笑话。作为一个年轻的演员，蒋新吾是幸运的。进藏后的第二年，队里安排让她担任邓先恺等作词、李才生作曲的《逛新城》中女儿的演唱。这反映拉萨城在社会主义建设中发生翻天覆地变化带给藏族人民无限喜悦和惊叹的表演唱，随着蒋新吾甜美清脆的声音迅速传遍祖国的四面八方。看过蒋新吾现场表演的人们更是对她窈窕的身段、水灵灵的双眼、迷人的舞姿难以忘怀。中央人民广播电台每周一歌放了《逛新城》，蒋新吾的名字于是留在了喜欢她歌声的听众心里。她收到了从部队到地方的许多听众的来信，成为一个人们喜爱的演员。蒋新吾自然很激动，但并未被眼前的荣誉迷乱视线，深知在艺术的道路上，她才刚刚起步。

春天，当结束了寒冷的拉萨被绿色的树木草地点缀得婀娜多姿时，年轻的蒋新吾喜欢到城区附近的林卡采摘盛开的马兰。她喜欢马兰花的淡雅和它幽幽的清馨，总是采上一大束，将它带回她住的经堂用水杯养起来，然后长久注视着杯中的马兰，让自己的情思随着它的飘香漫游在她思维活跃的空间。这一时刻，她不仅获得一种轻松，而且拥有一分悠闲。这种清闲的日子对她来说并不多，因为肩负着宣传任务的歌剧队常常要下乡到边防部队和农牧区演出。到那些未通公路的地方演出时，队员们只好骑马或毛驴。女演员们胆子小，都挑个头比马小的毛驴骑。没想到毛驴很调皮，在狭窄的山路上行走，喜欢搞恶作剧，将屁股对着陡峭的山崖尥蹶子，吓得蒋新吾她们大叫起来，一个个连滚带爬地从驴背上跳下来。而毛驴呢，身上没了重负，又优哉游哉地走起来，气得女演员们哭笑不得。路途遥远，无法赶到目的地，只好露宿野外，钻进各自的马背套里，天为房，地为床，在繁星的窥视下，进入梦乡。到了区上，没多余的房间，男女演员挤在一个屋子里，画地为界，一边住男，一边住女。被套一个紧挨一个，挤得几乎翻身都要喊一二三。去到黑河演出，风沙大，天气寒冷，好心的观众烧起牛粪为演员御寒，风一吹，烟雾缭绕，伴着风沙一起扑面而来，弄得台上的演员睁不开眼睛，唱起歌来十分困难。为黑河地区驻军演出时，一天要演几场，上午演完不卸装，吃了午饭立即到医院病房为病人表演。晚饭后稍微补补装，又奔向舞台继续演出。几天下来，蒋新吾和大家的脸都变成了猪肝色。晚上用青油和凡士林卸装时，皮肤就似针扎一般，轻轻一碰痛得女演员们直叫唤。就是这样，当看到战士们争抢着为他们打洗脸洗脚水、炊事班拿最好的食物逼着大家进食，当看到牧民们扶老携幼翻山越岭，有的甚至是骑一两天马赶来看歌剧队的演出时，蒋新吾和大家一样，觉得再苦心也甜啊。

在西藏的日子里，在拉萨的演出，到边防农牧区的巡回演出，究竟演了多少场，唱了多少歌，蒋新吾已经记不清了。对她来说，1968年到亚东给边防驻军的慰问演出，却是终生难忘。

那是在中印关系十分紧张的时候，驻扎在当时的锡金的印度军队总是寻衅对我亚东边境进行炮击。尤其是节假日，无缘无故一阵狂轰滥炸，打死打伤我许多官兵和当地老百姓。蒋新吾和歌剧队的同志亲眼看到了无辜死伤的村民、战士后，全都义愤填膺，纷纷写决心书向驻军首长请战要求上前线。驻军首长不批并劝他们说你们自己保护好自己就行了。好说歹说，决心要上前线的他们终于争得了一个为阵亡的战士擦身换衣服的任务。任务得到了，做起来却很艰难。蒋新吾同一些胆小的女演员面对血迹斑斑的尸体迟迟不敢动手。好不容易鼓起勇气，咬紧牙关硬着头皮干了起来。干着干着也就没了恐惧感。看到一些阵亡的年轻的士兵就像熟睡一样，蒋新吾的心里难过极了，不禁为自己的胆怯羞愧。一个阵亡的战士又高又大，换鞋时怎么也穿不进去，她和姐妹们只好将鞋后跟剪一道口子，终于将新鞋换在了那个战士的大脚上。

蒋女士指着两张十寸左右的黑白照片告诉我，这是那次战争结束后歌剧队在庆功会上为战士演出的合影留念。我端详着已经泛黄的相片，看见年轻的蒋新吾一身军装打扮，站在第四排左侧，露出幸福的笑容。在她的前面，是胸佩红花、枪靠肩上、手拿《毛主席语录》的年轻战士。采访快要结束时，蒋女士将我引进她女儿的房间，坐在钢琴前为我弹唱了两首藏族民歌。五十多岁的她声音依然清亮润泽，令我惊讶不已。我突然想起应该问问她的家庭生活，蒋女士说她是1973年内调到成都的，回来后改了行，到成都无缝钢管厂当了一名描图员。退休后炒过股，做过时装生意，有个漂亮的女儿，丈夫是旅游公司的司机，家庭生活幸福美满。她最宽慰的是与跟她分隔半个世纪、现居台湾的八十多岁高寿的父亲相见团聚，父亲身体健朗，蒋新吾认为这是神灵保佑的结果。

告别蒋女士，沿着华灯闪亮的大道慢慢骑着自行车，我在想，年过半百的蒋女士现在三天两头地从长途电话里听到父亲关怀备至的话语。人世间的阴差阳错令他们天各一方，然而父女的爱更充实闪光。应该说，曾经年轻的蒋新吾，在她的舞台生涯中是一个幸运儿；已经不年轻的蒋新吾，在她人生的舞台上，也是幸运的。但是她肯定有过自己的不幸。不幸的幸运的她，依然在她生命的长河中继续走她自己的路，衷心地祝她一生平安。

羌塘往事

◎ 叶玉林

如果一个人赤手空拳地跑到广阔的草原上抓奔马，到雪山垭口上去打雪豹，那就不仅是鲁莽的冒险，而且是愚蠢的怪诞吧。当我大学毕业刚到拉萨报到的次日，领导就说："去接触接触西藏实际吧。"于是我跟着区党委秘书处处长陈寿彪，来到唐古拉山脚的安多县约卡乡蹲点，成为西藏平叛改革后进乡的第一个工作队的一员，就产生了赤手空拳地在烟波浩渺的大湖上捉长蛇的经历。但这次小小不在意的遭遇，却成为我走向文学的开端，成为我回忆中永远青春的一片绿洲。下面写的就是我那次到牧场上的几个小故事。

走进帐篷

从拉萨的办公室里来到冰雪未消的广阔草原上，立刻甩脱狭窄、空闲、紧束的感觉，而觉得广阔、开朗和清新。那默默地站在稳风处，飘着袅袅炊烟，像只硕大的黑蜘蛛般的帐篷，对我总有一种神秘感。既渴望进去了解另一种陌生的生活，又有一种神秘的恐畏感。

跟着我的伙伴索朗旺秋——一个刚从中央民院毕业进藏的巴塘藏族、小拉姆——西藏歌舞团舞蹈演员，站在一座帐篷前时，那帐篷顶上迎风喧响、五颜六色的旗幡，似乎是一种吉祥欢乐的预兆，虽然牧狗疯叫着要挣脱主妇紧抱的双臂向我扑来。

我和索朗旺秋先钻进掀开门的帐篷，刚挺直腰，角落里就响起粗粝的吼声——"普姆轴个缩。"刚钻进头的小拉姆忙缩头出去。

166

角落里又响起一串藏话。

索朗翻译给我听："牧民的规矩：女人要在背上扣上小锅才可以进帐篷。"

我不能接受同来三人只有两个可进的现实，就大声反对说："我们是工作组哇！"

牧民又笑着说了句什么。

"拉姆，进来嘛。"索朗刚开口，小拉姆已钻了进来。原来牧民是说："我开个玩笑，见面就热闹些嘛。"

我们被请到右边的熊皮垫子上落座，靠近火塘，很暖和。

主妇在我们面前的火塘藏桌上，放上三只洗净的瓷碗，给斟满酥油茶，又摆出一箩筐的牛肉干和血肠。

两个同伴都各割了一大截血肠，津津有味地吃起来。还比画手势让我也吃。

我知道牧民让吃的东西一定要吃，否则他以为你嫌他脏，看不起他。但我还是不想吃血肠，就挑块牛肉干来咬，但牧民一再请我尝尝他新煮好的血肠，我只得切了一小截来吃。他怪我吃得太少，又让主妇炒了一瓷碗的羊肉片专门招待我。还张罗着爆青稞花、煮人参果招待我们。牧民就是这么热情：要把家里所有好吃的东西都给我们吃。

我只得简单地说明来意，就起身告辞。

主妇又掀开帐篷门，蹲到帐篷门外，双手抓住牧狗。

我们又访问了邻近的两家，家家都是如此热情接待。所有的帐篷摆设基本相似：中央撑起一根又细又长的帐篷柱；柱子上挂着大串钥匙，一只巨大而在口上和角尖钻有银箍的野牛角——挤奶时用的奶桶。柱下建有一个土灶，或者放有一个三只脚的"甲必基"——火炉。灶后正中放有一只大的木箱子或是小桌，两边堆放着装满青稞、奶渣、酥油、肉之类的皮口袋或毛织口袋或木箱子，垒成内围墙，既压住帐篷角，使帐篷挺直，又可抵御风寒。

帐篷内壁一般都挂着佛像或格萨尔的唐古，此时刚改革不久，在正中原来挂佛像处都挂起毛主席像。有一家牧民在帐篷的四面都挂起毛主席像。我问他为什么这么挂。他说："我坐着、躺着一睁眼都能看到敬爱的毛主席啊!"牧民就是用这种方式来表现对领袖的热爱和感激之情。

经过这样装饰的帐篷,就是一间颇精致的房间。土灶两边的空隙处,白天是全家劳动和活动的场所,夜晚就是睡觉的地方。牧民两手一伸,头缩进老羊皮袄里,就倒身睡觉。帐篷的生活是既紧张又简便,既悠闲又繁忙的,一家人随时随地都欢乐地融成一片。对牧民来说,到草原上去时,骏马和铜枪是最好的朋友,而一回家,帐篷就是最珍贵最温暖的地方。他们以为帐篷是比一切都重要的。

历史纠纷

工作顺利进行,没想到使人为难的却会是退赔。自西藏解放以来,凡部队、人民政府机构、公路道班等单位和人员,借用、租用、派用牧民的牲畜、家具等财产,未曾归还和赔偿者,以及上述单位和个人,历来购买牧民的牲畜和畜产品,作价不合理或过低者,应根据现时物价补足赔偿,这是一项政策和纪律的大检查,在这件事上牧民偏又不肯和工作队合作,他们认定:自己分得牛羊、安家落户、翻身解放,全靠党、人民政府和解放军,哪能为一点小小的财物去讨偿,因而既无人来自报,连我们调查了解到的事,找上门去,往往都推托不肯承认。有一次,我们听说唐古拉山脚公路边的一家牧民群培,曾借给过路部队一匹骏马,至今没有归还,我们特地骑马跑了两天找到他,他倒满口承认,只是要我们等一下,他走后不多会儿,牵了匹白马来,马背上架着精巧鞍子,披着件军大衣和绿色军毛毯,说:"我的马自己跑回了,还驮回马鞍、皮大衣和毛毯。马我收下哩,这些部队的东西,请代我还给部队。"这又不是我们的任务,怎么能收!经我们再三解释说服,群培才答应暂为保管。

168

工作队调查几个月，得知的十来起该退赔的事，大点的都像群培发生这样那样的事，落实下来的只剩一根牦牛绳、一片马背垫、一副马笼头等五件，也一一做了认真的退赔。因为退赔而引出的一起历史纠纷，却使工作队很棘手。

一天，我和索朗旺秋去羊卡儿牧场附近的山口，凄凉的坡地草丛里滚动的一团破烂里却坐起个老太婆来。她是乡里的贫苦户希洛大妈，她来山口放牧十来只绵羊。一见我俩，她一把鼻涕一把泪地哭诉："我本来不是这么穷的，却是扎西其美的阿爸害了我。"

那是二十多年前的事了。那时希洛阿妈的丈夫去那曲支差，就一去无回，她一人在羊卡儿放牧五十多头牦牛和一群羊子。一天夜里，她正在帐篷里睡下，忽听得一声枪响，帐篷门外已有两个骑马的人看守着，另外两个骑马的人，赶走了她的牛羊群，她挣脱出帐篷，一把扯住那个人的马笼头，这人就是扎西其美的阿爸。他见走脱不了，就打着火镰，烧了她的帐篷。她只得放掉马笼头，转身去抢帐篷里的冬装冬被。事后，她已一无所有，连去找头人讲理的礼物也送不起，只得忍气吞声，在草原上流浪乞讨了二十多年。

"至公至正的好人们啊！请你们为我向扎西其美讨回被他家抢走的牲口，我就不再受穷受苦了。"希洛阿妈说完又向我们请求说。

扎西其美原是附近的洪海乡人，入赘到羊卡儿一家寡妇家的，因他家只有夫妇俩和一个十多岁的女儿，既宽敞又干净，我们多次来羊卡儿牧场都住他家。

希洛阿妈还说："我是有理由要求退赔的。因为抢劫时强盗也是违犯了草场规矩和强盗的规矩的，第一，抢劫像我这样的孤寡户，必须留下一些牛羊做生活来源。这伙强盗没留给我一只牲口。第二，强盗打劫牲口，是不许烧帐篷的，扎西其美他爸烧了我的帐篷。只有毛主席的工作队来了，才能据理为我做主，给我个公道。"

这是二十多年前的历史旧账，我们受理了又怎么调查取证呢？我很为难，只答应说："我们向工作队汇报后，该怎么办再说吧。"

立刻去向陈队长做了汇报，陈队长又去请示了县委，并给我们交代说："这件事要受理，争取解决好，以便加强牧民内部团结。"

我俩先向干部们了解，他们都肯定说希洛阿妈被抢劫的事，全牧场上年纪的人都知道的。但扎西其美的阿爸早死，扎西其美又不是我们乡的，这就不好办哩。就看工作队的吧。

我跟索朗旺秋研究时，他却说这件事由他来办。

索朗怎么办呢？他成天陪扎西其美上山打猎，下坎放牧，一心交朋友去了。

我暗想：索朗和扎西成了朋友，他一定帮着朋友，这件事也就难办，这可怎么向希洛阿妈交代啊！

那天索朗去远山打猎回来，却告诉我说："扎西其美说实话哩。"

"怎么说的？"

"他说，他对不起朋友，没有把家里的事告诉朋友。我阿爸过去抢了希洛阿妈的牲口，而且抢得很不规矩。"这也是扎西来羊卡儿落户的一个原因——找机会为阿爸赔礼赎罪。

有了这个突破口，各方面都积极起来哩：扎西其美回洪海乡去跟他的两个姐姐商量怎么赔偿去哩，牧协的干部们也在商量具体办法。阿妈希洛也提出了具体要求：并非要求全部退回牲口，只要求退还几头母牦牛，使她有奶喝，有酥油吃就行。

我们也去找了洪海乡牧协干部，他们态度很积极明朗：坚决动员抢劫户作出赔偿，但考虑到这两家牦牛总共也只有五十来头，要全赔，这两户全成为一无所有的乞丐户，贫协要保护这两家牧民的利益。因此建议作认错或赔偿：牛羊各五头。

扎西其美和他的两个姐姐也提出退赔的具体建议：愿赔偿三龄牦牛五头，其中母畜三头今年已配上种，来春分娩后就可挤奶喝，就能基本上满足阿妈希洛喝奶吃酥油的要求了。

这样，各方面的意见都比较接近，也就按此达成协议。希洛只要牦牛，放弃绵羊。

选了个晴天，我们和两个乡的牧协干部，阿妈希洛、扎西其美等，一起来到扎西的两个姐姐家。

他们已把全部牦牛赶到圈里，由阿妈希洛自选五头三龄牦牛。结果还是两乡的干部代为选出三母二公的三龄牦牛，让希洛阿妈高高兴兴地赶回家去了。

这件事办妥后，各方面反应出乎意外地好。

阿妈希洛见人就笑呵呵地说："共产党好，办事有公正的规矩，又有商量办事的好办法。我被抢劫的事，二十多年来走遍草原，没讨回一根牛毛；共产党的工作队来后，我只说了一次，就牵回来五头好牦牛。"

扎西其美和他姐姐也高兴，这么重的积怨罪孽，双方有商有量，有说有笑地坐在一起解决了。他们刷清了"没规矩的强盗之家"的恶名，能挺胸抬头地清白做人，由于退赔合理，家庭生活也没有受影响，实在太好了。

乡贫协的干部们最为兴奋，也最受鼓舞和教育。他们说："工作队处理好这件历史公案，做出了榜样，立起了新社会的规矩，我们以后就好处理这些历史上遗留下的事情。历史上抢牲口的事，哪个牧场上没有几件？而且为草场纠纷打冤家，而杀人害命、抢劫牲口的事就更多。以后的事，就能通过各方面公开协商、合理解决了。"

牧民们也兴奋地纷纷传扬，并要求工作组出面跟青海省的牧民协商解决了旷日持久的一段边界草场纠纷。

人力抗灾

一天早上起来，觉得人沉陷在白晃晃的火焰里，既紧张又困乏，却又挣脱不得，无可奈何，开门向草场看去，既是千里明澄，纤丝可见，又感到眼胀得睁不开来，似乎变得月光般惨白的阳光却又亮得金焰晃眼。噢，四周光秃秃的山峦，全嵌上玻璃砖，金色的草原也变成白皑皑的银界。露天畜圈的木门都打开了，有的牛羊已成群拥到山脚下，昂头旋转哀叫，有些畜群则仍然待在圈里，鼻息喷出白茫茫的热气，拥挤成团，仿佛要融为一体，呜呜、嗡嗡地叫得好惨，叫得牧场上笼罩着一股不吉祥的气氛，强悍的牧民们，似乎忽然失去了勇气和信心，对哀叫的牲口也似乎不理不睬，而梦游似的拖着沉重的脚步，似疲累似紧张地走来奔去，既烦躁焦急又无可奈何。

唔，夜里刮了一夜雪，已经严严实实地给草场盖上层银色的盖子，一点不露地封严了牧草，牛羊饿得惨叫却没有草料可吃，牧民们也显得悲悲惨惨的。

我找个僻静的雪地上解大便，刚站起身来穿裤子，一团黑色一闪钻到胯下，吓，原来是头牦牛犊子冲来抢吃刚屙下仍热气腾腾的屎屁屁哩。哼，雪域高原的生存条件就是艰难，连牦牛也像狗般吃屎呢。可不是，要是石头啃得动，牲口也会争着吃的。

一回到住处，工作队的人都从各点赶回来哩，而且还来了不少县区的干部。县委已来了指示，各级干部全放下手头工作，立刻深入组织牧民抗灾保畜。据说，这只是一次轻量级雪灾，只要把牧民发动起来，就能取得全面胜利。

我和索朗旺秋立刻赶到羊卡儿牧场上去。那里住的牧户不到十户，却汇集了上千只牲口，是附近最大的冬窝子。

刚进入羊卡儿的峡谷，头顶就冲出一阵潺潺的声响。山洪暴发哩？这样的雪天不会有山洪；泥石流来哩？也不是；那么，雪崩哩？有可能，远处的雪崩塌了，但震波和气势都应更大些。我看看索朗旺秋，只见他稳坐马背，微微昂着头，凝视着羊卡儿方向。

我随着他眼睛凝视的方向望去，羊卡儿牧场的斜坡上，在白雪坡上，旋转着巨大的黑色巨轮，好像有千百只巨大的兀鹰在飞旋冲腾。莫非发生了奇迹？我问索朗旺秋："怎么回事？"

"牦牛踩雪。"他解释说，"这是牧民抗灾的最古老而有效的办法。当积雪封盖牧草之时，就把牦牛赶到牧草好的草地上来回踩踏，使积雪尽早融化，露出牧草尖，让绵羊来采食。

我们迅速攀上缓坡，一群绵羊来到刚踩踏过的草地上，贪婪而安静地舔食露出的金色草尖。

牧村里，烟雾和灰尘蒙蒙，家家户户一片寂静。妇女和孩子们手持煎饼锅式的薄铁盆，从灰堆上舀满盆牛粪灰，撒到附近的草地上，以借助阳光促使积雪融化。我们一下马，立刻参加到这个行列里。

在妇孺们欢迎和感谢的欢声里，索朗旺秋坦率地大声说："大家不用感谢欢迎，我们工作队手里一无草，二无粮，三无钱，我们来跟你们一起抗灾保畜，是来学习你们抗灾保畜的好经验，好办法，总结出来再向大家推广，只起个交流经验的桥梁作用。"

妇孺们给逗乐了，边撒灰边介绍他们的经验和办法，一边做示范。

妇女们在下雪前，就把夏天的牛粪拾掇好，因为夏天水草好，食料丰富，牛粪里还有部分未消化完的草料，此时就成了牲口充饥的好食料，牲口不爱吃，但毕竟还能解饿。

妇女们实际上全年都在为牲口收集抗灾的食料。每顿用餐后，吃剩的肉渣、油脂、骨头、废料之类，都收集起来分类装好，以备灾时之需。

一个姑娘进帐篷，抱来捆约 1 米长的细线，姑娘们各拿了一些，取出根打个活结，安置到雪地上蓬松的洞口，绳子两端用石块之类的压紧。一些藏在雪洞里的兔鼠，生性好动，更禁不住阳光的诱惑，刚钻进洞溜出来蹲在洞口晒太阳，双眼滴溜溜地四向乱转，寻找去路。

这时，它的头刚钻出洞口，就落入活扣，不论它想藏回洞去或溜向雪原，身子一动，活扣就勒紧了，它就吱吱叫着四脚朝天地僵躺倒在雪地上，姑娘们忙去逮了，剥去皮毛，抽掉肠子，就丢进一只羊毛口袋，据说是回去后剁了熬成汤来喂牲口。这可是大补品，只喂怀着崽的母畜。

牧民们就是凭着自身微薄的力量，跟雪灾相抗衡。这次雪灾并不大，十几天后雪就化了。

全乡死了些老弱的羊子。大牲口没有损失。

近年来，由于世界性的气候失常，藏北草原连年遭遇到大雪灾，情况严重到不仅人畜受困，连野兽也成群饿死。但由于国力增强，西藏的经济实力也加强哩。每遇大雪灾，解放军和机关干部，开着装满衣服被褥、饮料食品的大卡车，进入荒山野岭，送去大批御寒救命的粮草，还设法把被困的灾民、牲口等运到安全的地方。为了救灾，往往还动用成队的直升机，跟我们当年的救灾工作比，有着另一番规模和气势，但有一点是共同的，那就是共产党人为人民服务的一颗爱心，一种责任。

税收调查

再过一个月，工作队就要撤点哩。陈队长却又交给我和索朗旺秋一个新任务，区党委下达了个任务：对旧社会草场的牧业税作一次认真仔细的调查，作为制定新的爱国牧业税的参照。

索朗旺秋嘱咐我："搞调查，特别是有关家庭收支的调查，一定要先跟牧民交朋友，牧民才会把心里话告诉你。"

交朋友就得打成一片，我们就认真地跟牧民四同：同吃同住同放牧同商量。按照阶级路线，当然要跟贫苦牧民搞四同。但不久，索朗旺秋就提出异议："跟牧民同吃，谁占便宜呢？是我们占便宜嘛。你想，我们只出面和米，牧民出肉和火，一斤肉抵几斤米？"这账不算自明的。我们又到县里买些砖茶、蜡烛，送给四同户做补贴。不仅如此，索朗旺秋还领我们住进该点唯一的富户旺堆家。那理由也是很难反驳的：贫牧家帐篷小，一般只能睡两个人，我俩一住进去，主人就得住羊圈挨冻。再说，贫牧被褥也少，一般只有一条羊毛被，我们住到他家，他要拿羊毛被待客，自己只能盖羊毛口袋。而富裕牧民的帐篷宽大，放两个火炉，不要说住进两个人，就是四个也挤得下，盖的被褥也多，彼此都能满足，不致受冻。

174

约卡乡是个穷乡，我们工作的那个点共有十多户，除已死的百户头人外，旺堆是唯一的富户，他有一百多头牦牛，五百只羊，要在内地也可说是相当富裕的人家，但在藏北，他的实际生活水平跟我们内地贫农也差不多，不过温饱而已。

我们不停地在十几个牧村里穿梭奔跑，在一个牧村长住的时间不多。我们每进一个牧村，牧民们户户家家都排长队下山沟迎接，满腔笑意地热情问候，还要拥抱着行碰头贴腮礼，并热情地要我们住进他家。我们进谁家帐篷，帐房口都蹲着一位姑娘或妇女，一只手抱住牧狗，一只手掀开帐篷，进帐篷后就被让到右侧离火塘最近的位置上坐，地上铺有羊羔皮或熊皮、雪豹皮等贵重皮毛。一坐下，主妇就在面前放上刚洗净的茶碗，给斟上青稞酒和酥油茶，时间待久些，又端来血肠、羊尾肉，甚至炒羊肉片——这是专为我这个汉族准备的，牧民们不知从哪儿得到消息：汉族爱吃炒羊肉片。索朗旺秋也一个劲地催我吃，并说：不论牧民给你吃什么，你都得吃，多吃，否则，以为你看不起他们。而留有一小撮毛的羊尾肉，是牧民待客最尊贵的食品。对我们的调查，他们更是主动协作，不只有问必答，或有疑难，一家人一起讨论后才做出回答。我们走进哪家帐篷，都是热气烘烘，亲如一家的。

但牧民们谈的内容大都相同或基本相同的。索朗旺秋说，这不是税收，而是牧租的两种形式：

一为计约其约，意思是有生有死。领主把畜群租给牧民时，契约上写明或口头上说明，放租的牲口的数目；该畜群每年繁殖后，管家前来检查，增殖数全数加入畜群；如遇雪灾等灾害，牲口大批倒毙时，管家也来验明畜尸，并从租畜中减去死亡数。按实有牲口数交租。

二为计美其美：意为不生不死，凡出租的畜群，每年繁殖增加也罢，遇灾死亡也罢，均不计数，租给你不论养了多少年，收回时仍为放租时的数，一只也不能增减。

我暗想：计美其美好，牲畜每年都要繁殖，租来一群牲畜，不几年就可以获得自己的一群牲口嘛。但牧民普遍不愿接受租畜，从没有人由于租畜而发的。如可以在两种形式中选择一种的话，也宁可选择计约其约，而不愿接受计美其美。如果说计约其约是套在牧民脖子上的死套，那计美其美更是钻在肉里的铁链。

深入了解其中原因：三大领主放租畜，凭的是他是草场所有者的身份，因此放出畜群的，并不赶群活牲畜给牧民，而是把在他牧场上放牧的牲口都作为他出租的畜群；有的领主则把闯入其自用牧场的畜群没收后再转租给牧民，也有的领主则看中牧民有经验，养的畜群肥壮兴旺，就有意放出畜群，实则不给一只牲口，只是达成个口头或书面协议，然后在适当时机占有牧民兴旺的畜群。有的寺庙领主把施主施给的零星牲口出租给牧民，然后采用滚雪团的办法，让零星的牲口变成成群的牲口，从而获得畜群。在这种制度下，牧民总要使用草场，因而不能不接受领主的租畜（即是口头上的牲畜）；而领主放畜租是"心想即成"。牧民不管接受哪种形式的畜租，事实上就失去了对牲畜的所有权，还得承担年年上交畜、酥油、鲜奶、牛羊粪等实额租金。若遇上大雪灾，牲畜死光衣食无着，仍得交畜租，陷入欲生不能欲死不得的悲惨境地，更不要说家破人亡了。

这样调查了十多天，虽收集到许多材料，但索朗旺秋却认为，我们只是在税务所的围墙外打转转，实际上还没向税收上走一步。我不由得着急起来，眼看就要撤退，这该怎么办呢？

再说，我们收集到的材料，事实是充足的，但数字极不准确。因为当时的牧民几乎全是文盲。有特殊的数字观念和计数方法。数字观念极差。就说富户旺堆吧，当我问他岁数时，他总报五十岁，然后伸直两手的手指往上一画，再往下一画，加上两个"十"，变成七十岁，再伸出一只手的五个指头是加"五"岁，才能报出七十五岁。如果问他家牲口数，牦牛、马还好报，报羊子时，先定五十，每双手一上一下地按"十"进数加，数到三四字，我糊涂了，他糊涂了。结果还是说不清。而搞税收调查，没有准确的数字岂不白搭？遇到困难想办法，我问索朗旺秋："开调查会行不行？"

"说行也行。说不行也不行。"他回答说，"向牧民学习，讲究实效，知者为师，请懂行的人来开个会，一个星期也就行哩。"

我俩商量了个名单，邀请五个人来开会：

头一个是卖马部落的万户头人，那曲地区政协委员。

第二位是约卡乡的兽医。

第三位是见多识广的牧协主任。

第四、五位是常去农区搞盐粮交换等的生意人。

陈队长批准了我们的方案，就向上述人员送出了书面和口头通知。

邀请的五个人，都自带糌粑口袋、牛腿、割肉小刀等，提前一天来到工作队驻地。

我们准备了帐篷、火炉、酥油茶、甜奶茶，就正式开会。

来人都热情，正直，直爽，但也注意身份，礼仪周全，一开始发言，却你推我让开来，推让了好一会儿才推定请头人第一个发言。

万户头人身材不高，瘦削，长满络腮胡子，轻灵和庄重，精致和粗野，和谐地结合在言行中，他常去那曲政协开会，发言很随和，一讲就讲了一天一夜。他身份高，又是旧时代当地最后一个催捐抽税的当事人，了解情况最全面，最实际，又有亲身经历，又毫无顾忌。

我负责记录，觉得他讲得既具体又生动，稍加整理，就是一篇完整的调查材料。半个月没有解决的难题，这一来两天就行啦，别的人稍作补充也就可以哩。但是其他人的积极性也高，看来也愿意在工作队和当年的头人面前显一手，人人都滔滔讲上半天一天的，内容就很难避免重复，却也丰富了不少细节。

基层的收税机构就是万户头人府，但得到实利的则分别为拉萨噶厦政府、那曲总督、安多宗等各级衙门。头人收齐税后，要分别送到各级衙门，有一些小的税收则归头人所有。

捐税一般都收实物，缴税是很难通过的一道关卡。如交税的肉、酥油等物里，发现一点粪屑和草根，收税者就要鞭打交税者，没收全部税物，并限时再交一次。但收税的机构感到某物过剩时，也往往折成银两来缴纳，于是就要把应报的实物拿到市场上卖掉，换银两来交纳，虽然免去了运送，却又多了交换的环节。牧民更感不便。

主要的捐税有：

什一税：每三年一次，凡属牲畜、产品等每十份里抽一份，牛羊每十头里交纳一头，畜产品，从肉到各种内脏、从牛角到牛尾、从毛绒到皮革，从奶子、酥油到粪便，都要十份里各交纳一份。除被抽收的牲畜外，其他的所有牲口，包括三年中死亡的牲口，都要计数交纳畜产品，此税由万户头人收齐后，由各牧场派出驮畜，跟畜群一起送到拉萨上交噶厦地方政府，而负责督收的万户头人，常常趁机多收据为己有。

这种什一税，还被推广到牧区，适用于所有的产品，如发现和开采的金矿、岩盐、水晶；猎获各类兽皮；采集的虫草、雪莲花、蘑菇，甚至连牧民偶有收获的牛黄、熊胆，也要交什一税。

草税和水税：一般由草场所有的领主征收。理由是牛羊要喝牧场的水，吃牧场的草，因此要按什一税的税率，另外再交一份水税和草税。

每当什一税和水税、草税交纳过后，牧场就空了一半。各征税的部门，除了这些固定的税收外，只要见到牧民有什么好东西，或者他们看得起、用得上的，都可以临时征收。据说，安多的红土色彩最鲜艳，每逢布达拉宫红宫要加刷红土时，都要由买马头人派驮畜人员把红土装袋送到拉萨，数量不限，用够为止。总之，牧民若偶然收获一点珍贵之物，必须守口如瓶，严守秘密，绝不外传。若稍有不慎，传扬出去，收税的人会络绎不绝，牧民不仅穷于应付，而且还得赶着牲口，走遍草原，到处物色，并用牲口换取，以达到索取者的愿望。三大领主在收税上，却是"喝干海水不解渴，吞下大山难解馋"的一副贪婪相。

让牧民谈虎色变的还是乌拉差役，差役有两种类型，一类是凡领主过境持有马牌者，由头人派差役迎送，虽然繁多，但时间较短，送出境外即返乡；还有一类由那曲总督召集，往往是对在西藏打仗或某种大工程的工役，应征人要自带马匹、武器或工具到那里报到，一走不知何时能归，而大多数人一去就走上了不归之路，因此，男人临别时，就像赴刑场似的，既为前途的渺茫而怅然若失，又苦恋从此长别多苦多难的妻儿。男人一走，家人再无人去挖盐巴搞盐粮交换，生活将十分困难，因此，应征者在临别时，往往把家庭托付给最要好的朋友，而受托的朋友，除不能和应征者的妻子生育儿女外，其余均代行丈夫的职责，这样就演出了许多悲喜剧。

我把材料整理好后，却迟迟不想上交，我意识到这么繁重的捐税，对我们制定爱国牧业税毫无借鉴意义，倒是害怕万一出现负面影响，将给牧区造成极大的灾难。陈队长催着我要材料，我说了顾虑，他笑笑说：“爱国牧业税征收办法早已有了。”他从皮箱里拿出份红头文件给我，我和索朗旺秋看后，就去旺堆家，按照文件的规定，再次核实他家的牧业税、人口数、收支情况等，算了他家该交多少税，计算下来，还交不到 10 斤羊毛。按当时价格计算则不到一百元，旺堆连连摇头，怎么也不肯相信，说：“我从来是本牧场交税的第一大户，可如今交税用不了 10 斤羊毛。就是交水费也不够嘛，是怎么算的啊！”我们不是专业财会，也把稳不准，便跑到县里税务部门，请他们计算旺堆应交的税额，结果证明我们的计算是对的。

眼看工作队就要撤点了，临走前要召开乡牧民代表会议，一是宣传爱国牧业税，二是征求对工作队的意见，三是再次核实我们整理的税收材料。

发通知后，工作队驻地旁的大草坝上，撑起了帐篷群落，若把帐篷掀起，就是个大会场，放下帐篷则既是小会议室，又是代表们的住室、厨房和食堂。

会上，陈队长宣讲了爱国牧业税征求办法，开宗明义地说明爱国牧业税采取轻税方针，不为敛聚多少财务，而是有两个重大目标，一是为培养大家的国家意识和公民义务感，二是为稳定牧区、发展生产，提高牧民的生活。他宣讲完，就由工作队员们为各牧业点选出的典型户算了纳税账，结果多数户不够开征的资格，属于免税户，够开征资格的几户也少得连他们自己都不敢相信："怎么会这么少？"

索朗旺秋又用藏话宣讲了我们的调查材料，牧民代表们认真仔细地逐条核实，并补充了有关细节。两相对照，心情激动，大家坐不住了，一看又是阳光灿烂、晴空万里，众人撩起帐篷，手拉手跳起了欢乐的歌舞。

> 丁零铛，丁零铛
> 一听马铃响，
> 牧民全跑光，
> 鬼鸟停在帐篷顶上，
> 管家的皮鞭呼呼响。
>
> 丁零铛，丁零铛
> 新时代马铃一响，
> 牧民们欢笑歌唱，
> 迎接工作队进牧场，
> 稳定牧区，发展牛羊。

我们是西藏平叛改革后，第一个进约卡乡的工作队，牧区的一切对我们来说都是全新的，我们在牧区的工作从头到尾，实际上只是一次牧区的社会调查，也是我到西藏后上的最重要最有意义的第一课，从此，牧区和牧民的形象深深地烙在我的心坎上，融化在我的血液里。

牧区的形象是具体化的，就如一座座冰雪和大理石结合的巨型雕塑，既有动态的，又有静态的：那蹲立在山岩上的黑牦牛或苍鹰，就是一座置于蓝天雪岭间的巨型雕塑，那从早到晚挺立在雪山顶上的羚羊，昂起头、挺起钢鞭似的角叉，翘起胡子，总是迎着太阳久久不动，仿佛在深思宇宙的奥秘，犹如深思哲理的老人，诱人思绪飞翔；那成群地从峭岩上攀上山去的羊群，那奔下峭壁为幼畜喂奶的母牦牛就像连天接地、飞腾直泻的飞瀑；那在广阔草原上自由飞奔的马群，野马般地自由不驯，旋涡般地杂乱而又有秩序，完全摆脱了执役马的恹恹欲睡的奴性，诱发人们对自由和力量的钦佩和向往；而这种静态或动态，又不是稳固不变的，而是处于瞬息间的互相转化之中，形成了更为瑰丽、多彩、神奇的文化景观，使人凝思而又神往，使人深深陷入异地风情的既陌生又亲切、既温馨又恐慌的期待和向往之中。

　　对牧区文化或草原文化，我只是初初接触，既不熟悉，更谈不上深刻。但比较地说，它是较少受到历代圣贤高僧们的贵族僧侣文化的影响的，因而是最大限度地由牧民们自己创造的民间文化或大地文化，它既具有浪漫、温馨、芬芳的牧歌情调，又有着清新活泼、性感的世俗色彩和现实精神；既古老纯朴，又常鲜常活，如晨露清新；既是"雪山般稳固"地继承、保持着传统，又是"骑上骏马跑遍草原"般地不断开拓进取，创造发展。这种文化，一经接触，就会永远凝结于心，并在心中生根、发芽、开花、结果。这种文化可说是高原民族最纯净丰富，并具有浓郁特色的文化，我深感自己对它了解得还很肤浅，而不敢班门弄斧！但还是禁不住提笔创作，写下我的第一篇小说《嘚嘚马蹄声》和第一篇散文《牦牛》，分别发表在《西藏日报》和《四川文学》上。

定日，青春的另一个窗口

◎ 杨金花

一

打开中国地形图，日喀则地区定日县的颜色与其他高原小城不太一样，在它的区域内，被涂上了代表最高海拔的岩石色。即使现在，当我望着那片不规则色块时，仍感到一种焦渴，这种焦渴是从心底弥漫开来的。

定日是干燥的，虽然它的不远处有冰川，有长年冰覆雪盖的珠穆朗玛峰，但仍干燥得冒烟。那些冰川、积雪透过空气无法浸润深入到地底的干燥。汽车驶过后久久不落的尾尘，常常让人想起同一件事：如果能下一场大雨就好了！

这场大雨始终没有下。至少我在定日工作的那几年没有。

二

定日海拔 4300 米，这样的高度意味着不但缺氧，还会缺少绿色。

定日的绿色的确不多。到每年的 7、8、9 月份我们才能看到绿得让人心颤的小油菜，其余的月份则是吃枯叶般的脱水白菜、大萝卜和土豆。

在这里，绿色是稀有的颜色，吃到嘴里的有限，眼睛看到的也不多。县委院里有三四棵杨树、六七棵柳树，此外便是那片长方形的沙棘林了。沙棘林是我们的林卡，人们晚饭后经常到那片树林里散步，偶尔能听到小鸟的叫声。

有人说，我和惠玲有福气，我们到定日时，县里刚刚通上电。那是 1981 年的夏天。

晚上，拉开日光灯，我便倚在被垛上看书。惠玲仿佛总有织不完的毛线活，坐在红色人造革椅上不停地忙活着。日光灯发出轻微的沙沙声，另外就是我翻动书页和惠玲织针相碰的声音了。

定日的夜晚是静谧的，白天也很少有大的动静。县城里只有一二百人，人们的说笑声很快被风刮跑或让周围的大山吸走了。人们拥有大片安静的空间和长长的似乎望不到头的时间，寂寞成为每个人都要遭遇到的问题。好像就在那时，惠玲恋爱了，对象是我们的同学、她的河北老乡。

停电是常事，那时我们会放下手中的书、毛线活，走到屋外。

月光下的县城少了几分简陋，多了一些朦胧美。漫步在沙棘林中的小路上，我们很随意地讲些什么。童年的故事，读中学时的趣事。许多时候都是她在讲，我在听。

惠玲有两个深红色塑料糖盒、一个长方形饼干盒，三个盒子里装满水果糖、奶糖、小饼干。她很少吃那些容易发胖的食品。她说就是想拥有，拥有这些花花绿绿的东西。

想拥有但不想享用，是缘于她的童年情结。

名字对一般人来说是一个代号，惠玲的名字除了作为代号的功能外，还有一种责任：父母希望她"会领"，领一个弟弟来。

惠玲上面有三个姐姐，都不会领，领来的全是妹妹。到了四姑娘这里，夫妇俩将自己的压力大张旗鼓地放到女儿身上。

惠玲不负期望，果然领来一个弟弟。

弟弟的出生并没有给惠玲带来什么好处。上面三个姐姐，大姐得到了父母初为人父人母时的娇惯；下面一个弟弟，弟弟独得了父母老来得子的溺爱。父母对孩子过去的娇惯和现在的溺爱都与惠玲无关。

有人说得宠的孩子会忘掉童年的许多事情，失宠的孩子则会对一些细节刻骨铭心。惠玲从小有一个愿望：拥有装满奶糖、水果糖和点心的漂亮糖果盒。

她是从电影中看到这些东西的，银幕上的那个漂亮糖果盒属于一个金发碧眼的小女孩儿。惠玲觉得那个漂亮的糖果盒诱人极了，她童年所有的向往就是拥有这样的糖果盒。这个愿望一直埋在心里，她知道实现它必须靠自己。

现在她拥有了漂亮的糖果盒，却到了不宜吃甜食的年龄。

不宜吃甜食的年龄，我们吃了太多的苦。因为高原缺氧，惠玲脸上的毛细血管严重充血，形成"高原红"；因为缺少营养，我被胃疼折磨得死去活来。定日没有自来水，我们在一个浅水井里挑水喝，据说那些清澈的水里含有太多的矿物质。十几年后，我俩因为患有多发性胆结石，分别在山东、河北做了胆囊手术，她的伤口上缝了二十多针，我的胆囊干脆被切除，成了一名"无胆英雄"。

三

与水文成为"话友"一点都不奇怪，我们是近邻。

我和惠玲住里外屋。里屋是办公室兼我的卧室，外屋则是惠玲的闺房。我们的住所附近几乎是清一色的办公室：有教育科、组织部、宣传部、打字室等。白天屋外尚有人影晃动，可到了晚上则静得让人心慌。

隔壁有人开门关门，这种声音并不陌生，晚上传来却引起我和惠玲的关注。接着我们发现，左首一扇自从我们到定日后从来没打开过的门，现在竟有橘黄色灯光从门隙、窗帘缝里透出。

邻居水文就是以这种方式出现的。他刚休假回来。

水文是北京人，比我们大十几岁。他是中国最后一批知青，也是最后一批工农兵学员。在大学里，他没有因为手上有老茧就心安理得地等毕业文凭，而是学了不少知识。进藏后，这些知识使他成了定日县的能人。他会修理照相机、电影放映机、收音机、录音机等。

水文很善谈，我是他最忠实的听众。

和水文一起进藏的年轻人有十几个，分到定日县工作的只有他和李医生。缺氧可以慢慢适应，缺少营养却使他们感到度日如年。肚肠里的油水越来越少，他们好像已经感到肠子越来越薄、越来越细……

一天，两人终于想出解馋的办法，他们从供销社买来一瓶猪化油，冲了两碗猪油开水，两人像得到世间最美味的饮料一样仰脖喝了个精光。

食堂的饭菜他们感到无法下咽，两人便想开了办法。水文让家人从内地寄来菜谱，他俩到食堂和附近村庄买来一些土豆萝卜葱姜蒜，一切准备就绪后，便进入实际操作阶段。水文掌勺，李医生念菜谱。

汽油炉的蓝色火苗抚摸着锅底，屋里很快便有了干锅的味道。

李医生：清油少许。

水文将清油倒入冒烟的锅内。

李医生：辣椒两只。

水文将红色干辣椒囫囵扔到锅内。

李医生：葱姜蒜……

水文将早已切好的葱姜蒜倒入锅内。

李医生：……后放。

两人望着噼啪作响、冒着油烟的菜锅大笑不止。

李医生念菜谱大喘气，使水文炒土豆丝的程序大乱。尽管这样，他俩觉得自己炒的菜比食堂可口。

人的某些本能是有弹性的，比如大家公认的，没有吃不了的苦。的确如此，水文的肚肠慢慢适应了食堂的饭菜，但因为极度缺少营养，却患上了消化方面的疾病。

四

假如有谁敢拍着胸脯说不怕寂寞，我猜他面对寂寞的时间一定不够长。

早晨，太阳已经照亮所有角落时，定日人仍赖在梦里不愿起床，他们认为梦中比现实更丰富多彩。起码梦里会不时和思念的亲人相聚。

像西藏的其他地方一样，内地人在这里夫妻分居的情况占绝大多数。

忙完手头的工作，大伙儿就聚到一起聊天。办公室的桌子上铺着刚到的报纸，日期是十天以前，也就是说上面的新闻早已是旧闻了。大伙儿围在柴火炉子旁边你一句我一句地聊着。聊家信、聊报纸上的旧闻、聊天、聊地，最后无一例外地聊到男女关系上。就像最可口的一道菜终于端上桌，大伙儿个个眼露喜悦。每当这时我会窘得满脸通红，悄悄溜出办公室。

若干年后，当荤段子大行其道时，我就会想起定日，想起围着柴火炉子聊天的男人和女人们。那时讲荤段子跟寂寞有关。现在有了互联网、手机、夜总会、洗脚房，还有挡也挡不住的城市噪声，在这样的背景下流行荤段子是不是也与寂寞有关？

水文很少参与这样的聊天，他有干不完的活。他宿舍的西墙下有一条长板凳，上面摆着收音机、录音机，水文说它们都有病，在排着队候诊。

水文每次休假都要带回一些收音机、录音机的零件备用。修理机器时他非常细心，焊接、擦拭，有时我想他用这份耐心好好好好收拾收拾自己，说不定县里会多出一个帅小伙呢！

帅小伙一直没有出现，县里人没有觉得损失了什么，并且一直受益。收音机不出声了、录音机不转了，甚至照相机卡壳了，人们都会敲开水文的门，走向那条板凳。

在我的印象里，水文的那条板凳上面从未空过。

有那么多事可做，水文感到过寂寞吗？

我和另外一个女孩子第一次走进他的小屋时，看到窗子的一边挂着一枚圆形镜子，镜面上覆盖着厚厚的尘土，已经照不出人影。后来镜子被手掌划出一小片亮面，不久它又尘封了。

五

人为什么要登山？有一个外国人说，因为山就在那里。

在定日工作的两年中，我几乎登遍了附近的山。除此之外，我还头顶外套走遍了县城附近的农田、河道和荒地。

我喜欢登山，有时就为了看看不远处的珠穆朗玛峰。

太阳升起前、落山后是登山的最佳时间。太阳升起前没人陪我登山，那时人们都在梦里徘徊。穿上运动衣、旅游鞋，轻轻开门、关门，之后我小跑着上山。登山时的心情就像霞光里的野鸽子，很美。惠玲一直无法喜欢我的这种爱好，但她曾试着理解，为此晚饭后曾陪我登过几次山。

晚饭后，我们一般登屋后的山。实际上，我们的房子就是建在这座小山的漫山坡上。我登山的速度总是让惠玲难以适应，她不时停下来掐着腰大口喘气。

站到山顶上，我们会看到别样的风景。晚霞更加鲜艳，沉睡了一冬的山谷也有了绿意。此时我们总忘不了遥望南方，南方矗立着珠穆朗玛峰，如果天气好，我们会看到它圆润的顶部。

"珠峰的顶部应该是尖耸的！"惠玲说。

"应该"这个词包含着经验，但是太主观。事实是，珠峰就是这个样子：它像一个中年男子，在经历风风雨雨之后，呈现出宽容和深邃。

是的，珠峰是宽容的，如果它的顶部高耸尖锐，人类能登顶吗？珠峰是深邃的，有那么多人仰视它，却无法走近；即使走近，能登顶的人也寥寥无几；即使能登顶，也不敢久留，只能来去匆匆，无法深窥。

我们所了解的，只是珠峰的皮毛！

北极熊就是万里迢迢从北京来到珠峰脚下，准备触摸"皮毛"的人。

皮毛给人的感觉是柔软、滑爽，手感好，而珠峰的"皮毛"在明白人那里则与其相反，如果谁想摸到它高贵的颈项，甚至还有死亡的可能。

5月份，北极熊随着第一批登山者来到定日。几年前他接受了一家外国企业的资助，每年登一次珠峰，条件是每次必须有一个新高度。

北极熊有着让人羡慕的体魄，一米八五的大个子，大胖不瘦的身材，为了与珠峰上面的寒冷对抗，每年进藏他总是穿着一件红色鸭绒衣。红色与雪山的颜色很和谐，两者之间却有一种无法逾越的距离，所谓水火不相容。登山者喜欢穿红色，可能因为红白的和谐及距离，后一个因素仿佛能给人安全的暗示。安全是所有登山者想得最多的问题。

那天北极熊穿着红得耀眼的鸭绒衣走进了水文的宿舍。他之所以没有像往年一样，在定日住一晚上，第二天直奔珠峰大本营，是因为他感冒了，一直发着烧。

感冒对于刚进藏的人来说，意味着肺水肿甚至死亡。北极熊知道这些，但他不想放弃。珠峰就在那里，自己为什么像个胆小鬼一样背对着它逃走呢？每次珠峰之行，他都得准备大半年！

北极熊想在定日住几天，等感冒好了继续登山。住在简陋的招待所里，他心烦意乱，想想珠峰心情就会平静下来。他闭上眼睛想象着峰顶晴天和阴天时的样子。但是不行，心里像长了草，乱糟糟的。

服务员央金从窗外走过，她扭头朝北极熊的房内看了一眼。央金脸部柔和的轮廓让他眼前一亮，他终于知道自己为什么心不静了。是爱情。

六

人生和爱情是可以设计的。北极熊曾一度这样认为。

他有着很好的自身条件和家庭背景，为自己制定的短期目标是，三十岁登上珠峰，之后开始恋爱。也就是说，三十岁以前，他的恋人是珠峰，三十岁以后的对象则是一个温顺可人的女孩子。

温顺可人，这是北极熊择偶的条件。

就在进藏前，他对人生的设计被事实颠覆了，他恋爱了。女孩子有着柔和的脸部线条，苗条的身材。她的温顺可人，让北极熊时时有种感觉：她需要自己，需要自己的保护。

除了珠峰，北极熊的心里终于装进了柔软的情感。他带病写了一封长信。这是他第一次写情书，希望能第一次收到情书。当他这么想时发现一个问题，因为他没有收信地址。

从定日往北京发一封航空信，至少需要一周。即使女孩马上回复，来回也得半个月，到那时说不定自己已从珠峰下来，甚至返回北京了。北极熊知道这些，但他太想看到心爱的女孩写给他的第一封信了。为了使回复的信件不丢失，他打听到了老乡水文的住处。

几天后北极熊去了珠峰。

穿着鲜艳的中外登山者不时出现在寂静的县城里，一直到8月份才会逐渐消失。人们说，8月份以后，珠峰的气温升高，容易发生雪崩。5月是登珠峰的最佳时间。

北极熊显然清楚这些，因为他每年登珠峰都是在5月。

去珠峰大本营前，北极熊虽然不发烧了，但感冒没有完全好，这让水文放心不下。六天过去了，八天过去了……连我都感觉到哪里不对劲了。

第九天从珠峰过来四个美国人，他们告诉水文，五天前珠峰发生了一次雪崩，一个穿红鸭绒衣的中国人和一个穿橘黄色鸭绒衣的欧洲人当时正登到出事地点，两人都失踪了。

在雪山上失踪五天意味着什么，我们非常清楚。我们不清楚那个中国人是谁。

穿红色鸭绒衣的登山者不时出现在招待所，却没有北极熊的踪影。

在望眼欲穿地等待半个月后，我和水文明白奇迹不会出现。

登山者来来往往，不知他们是否听到雪崩事。也许他们都明白，登珠峰就是行走在阴阳两界的边线上，稍不留意就会成为阴间的永久居民。

北极熊走了，水文非常希望能为这位刚刚相识又永远失去的朋友做些什么。他一直等着北极熊希望看到的那封信，可始终没有等到。

七

定日，是我们人生的驿站，几年后，我们这些外来人陆续离开了那里，惠玲结婚后去了她丈夫工作的地方——樟木口岸，我回到日喀则地委机要科，水文调回北京……只有北极熊永远留在了雪山上！

定日，是我们青春的另一个窗口。我们在这里看到了不一样的风景，领略了不一样的人生。

十年等一回，只为途中与你相遇

——乙未羊年天湖纳木错游记

◎ 子嫣

一

"马年转山。羊年转湖。猴年转林。"这是藏地代代相传、老少皆知的民间习俗。此处的"山"特指冈仁波齐神山，"林"是指位于藏南林芝地区的杂日神山及其圣地周围的丛林，"湖"则专指天湖纳木错。纳木错系藏语音译，意思是"天湖"。之所以称为天湖，最直接的理由，当是此湖美得不像人间所有，也因此而在西藏民间演绎出一个美丽的传说：据说，纳木错是天宫御厨里的琼浆玉液不小心流入人间的，湖水不仅异常地清碧纯净，而且具有一些殊胜功德，故而被天宫神女视作一面绝妙的宝镜，常趁世间人打盹儿时来启用。得此美名的另一个原因，大概是纳木错所在地势，近5000米的海拔高度，使它看起来仿佛高可及天，故得名。

西藏湖泊众多，可说是星罗棋布，许多湖泊都有神性之美，其中最殊胜的号称三大圣湖，即纳木错、玛旁雍错和羊卓雍错，而纳木错又被尊奉为第一圣湖。天湖纳木错位于西藏中部的那曲地区，在当雄县和班戈县之间，距离拉萨市区200多公里。其南侧是雄伟的念青唐古拉雪山，北侧是藏北高原。湖面海拔4718米，湖岸线长300千米左右，面积为1948平方千米，是西藏最大的湖泊，也是我国第二大咸水湖。

在西藏生活了十多年，去过很多地方，连路途遥远又难行的冈仁波齐神山和杂日神山都朝拜过，三大圣湖也先后去过羊卓雍错和玛旁雍错，唯独与纳木错一次次失之交臂。冥冥中，似乎在等天意的安排，静候一场特殊机缘。进入乙未羊年以来，不经意间，"羊年转湖"一说常常飘入耳中，有意无意地就浮上心头。一恍惚，已经行至秋天，再过一两个月就封湖了，我突然有了拜湖的迫切愿望。恰此时，内地三位好友来藏旅游，其中两位正值本命年，属羊的他们也知道"羊年转湖"的习俗，颇为坚定地将拜纳木错纳在行程计划里，这无形中又强化了我的心愿。

纳木错在 109 国道青藏线旁边，路况不错，一般轿车都能轻松驶达，当天即可往返拉萨。但朋友们是跟团游，我周围熟识的人又都已去过多次，独自一人驾车前往，似乎有点挑战性。而朋友们的行程就在第二天，不容再犹豫，遂果断决定也报团前去，想象着到时肯定能在湖边遇见。于是，羊年的金秋 9 月，终于因缘俱足时机成熟了，一个人背上包踏上朝拜纳木错之旅。印象中，我在西藏的十来年里，这是唯一一次跟旅行社出游。

二

清晨六点，高原的天空还在沉睡中，拉萨古城一片静谧。旅游车准时从布达拉宫脚下驶出。出了拉萨城一路向西，车灯引领着车轮，剑一般穿破夜的黑暗，仿佛在给曙光开道。

司机是个四五十岁的藏族男子。车外也是一片寂静，只有车灯射出的光束无声地穿越黎明前的浓重黑暗。在这巨大无边的静默里，一点微弱的担忧也慢慢被湮没了，不知不觉我的眼皮也开始发沉，睡意悄悄袭来。

好像只迷糊了一会儿，再睁眼却已经天光大亮。车子依然平稳地飞驰在青藏公路上，眼前的景致飞速后移，右边山岚连绵逶迤，左边河水潺潺淙淙，清亮的水流在朝阳照耀下，远远地闪着水晶的光韵，波光熠熠。不多时，听司机喊道：羊八井到了，下车休息。这里海拔已经升至 4000 多米，一下车即明显感觉到了寒意，呼吸也变得紧张了。这让刚从昏睡中醒转尚有几分惺懂的游客们瞬间清醒，对着周围的山水开始频频拍照。目光所及的山脚下就是著名的羊八井天然温泉区。

路边有公厕，相隔不远有个商店，老板娘站在商店和厕所之间收费，她的丈夫守在店里。如厕每人二元，店里的开水却是免费供应。老板娘年龄不大，个子很高，神态安静，衣着光鲜，脸上涂着厚厚一层粉霜。不知道这对夫妻在这四野无人的寂静里守了多久？在一天天的迎来送往中又见识过多少游客？

十来分钟后，司机吆喝着上车开路。接下来，路上的车辆行人渐渐多了起来，天空的云彩也骤然丰富了，车内来自五湖四海的游客开始说话，司机专心开着车，只见他灵巧地绕过一个个畜群、慢车等障碍，流畅地疾驰，九点二十汽车已经停在了"纳木错国家公园"门口，以为目的地到了，人们都有点兴奋。此时，高原大地似乎才刚刚睡醒，太阳光也柔弱着，一副睡眼惺忪的样子。司机去买门票，几个游客去找厕所，另有人买了早点吃，然而一个油饼没有吃完，司机已经催着上车了。原本以为纳木错已经到达，大家准备吃饱了好好转湖，没承想入公园门后路还长着呢！

顺着蜿蜒的山间公路又疾驰了半个多小时，在人们焦急张望的前方，出现一片五彩经幡群。高大的红色山门上写着"那根拉山"。这才是纳木错的天然大门吧？强劲的冷风，正仿佛门神的威严。山口海拔 5000 多米，鲜艳的经幡迎风猎猎飞舞，似乎要挣脱束缚飞往天际。几辆旅游车随意停驻在路边，游客们爬上山丘，在经幡阵中轮流拍照。旁边竖有一块天然大石头，石面上镌刻的"那根拉"三个字涂着红色油漆，很是醒目。更"醒目"的，是高寒缺氧！只三两分钟，游客们已被冻得瑟缩起来，但仍争相在此摆造型留影。忽听一四川口音的女孩儿说，你们快点，我要冻死了，感觉腿上没穿裤子似的！循声看去，她腿上的牛仔裤应该挺厚实的，却已经冻得瑟瑟发抖。有人紧接着附和道：这会儿真想羽绒服啊！我下意识地裹了裹自己的衣服，暗自庆幸早晨有人提醒我多穿衣服，心里涌出一股暖流。

想找个没人的空隙，给山门和石碑拍张照，却是半分钟也难得。好不容易就剩同车的一个女孩儿站在石碑前，却只一眼心思就被她牵走了：寒风中，她仅着一条单薄的棉布裙，长脖子和腿脚都裸露着，一边清鼻眼泪地直喊头疼、想吐，一边坚持摆各种姿势照相，男友在旁边耐心地陪着。我担心地提醒她：至少应该护好脖子！的确，垭口可谓寒风凛冽，太阳在东边山头上闪耀着金色光芒，但那光还无力将温暖送达人间。刺骨冷风加上 5190 米的海拔，很快就让所有人的呼吸都变急促了，嘴唇也相继乌紫起来。而就在此时，就在此处，当我冷静清醒地关注一个个现象元素时，竟对一个非常非常重要的信息完全视若无睹！似乎是天意的遮蔽，而特意设下了伏笔。

越过那根拉山口的经幡、人群和石碑，西边极目处，一块巨大的蓝宝石静静地卧在群山脚下，又仿佛一面玉镜平静安详地挂在天边，那便是纳木错——是人们不远万里而来，一路心念意牵的天湖！千百年来，她宁静缄默，却魅力无穷，摄人心魄。

或因为难抵寒风，或为了尽快到圣湖边朝拜，这次没等司机催促，游客们一个个都自觉上了车。车子又开始疾驰。而刚才分明就在眼前，仿佛触手可及的湖泊，却总也走不到跟前，甚至有很长一段路途连湖的身影都看不到。这让人心里不免生出几分焦急，且越来越甚，而这份焦急又似在无限延伸着路程……

足足又走了四十分钟，车子终于驶进停车场，偌大的场地上整齐密集地排列着各种车辆，新进入的人车立即就被淹没了。路途中好像没见多少同伴呀，这么多的车是什么时候来的呢？终于到纳木错湖边了！时间是十点四十分。

导游提醒大家："记住车牌号，两个小时后原地集合返回。""时间太短啦！旅行社说的是两点返回呀！"有几个人轻轻抗议了几句。"最晚一点。过时不候。"司机说完这句话，便面无表情地转身离去。

一行人似也懒得再争，抓紧时间各自向湖边走去。

临行，那个穿薄裙的女孩儿过来跟我要了丹参滴丸，听从我的建议，她已经围上了大大的围巾，但高原反应加着凉感冒的共同作用，仍使她头疼欲裂，脸色铁青着。还好，男友看起来很是呵护她。

<h1 style="text-align:center">三</h1>

三五分钟后，圣湖再一次映入眼界，却不再是纯粹的蓝宝石色调，而是幽碧湛蓝地闪烁变幻，湖面宽广若江海，一眼望不到边。老远地，突然发现水面上竟漂游着一对水鸟！一步步靠近，水鸟的身形逐渐变大，但见它们在起伏动荡的波浪中始终自在悠然，保持着同样的方向、同样的姿势和不变的亲密，从侧面看过去，像极了两只拴在一起、齐头并进的小船。它们一直朝向着念青唐古拉雪山！一时甚至要怀疑，这一对水鸟大概是湖神多吉贡扎玛的化身，才会这么专注又安静地面向她的情郎。

目光追随着水鸟，心里漫无边际地遐想着，忽被巨大的波涛声惊醒，原来，不觉间脚步已经踏在湖水边了，只见幽蓝碧绿的水波澎湃汹涌着，一浪赶一浪地向岸边扑来。湖水怎么会这般活跃？全不似印象中湖面的平静安宁，倒像是海浪的壮阔！那奔腾翻卷的浪潮，恰似一条玉龙在腾跃游戏，莫非是遐迩名扬地母的坐骑？那它的主人隐身在哪里呢？避开我等凡夫的眼，女神大概正端坐于玉龙背脊上施法，翻腾不息的湖水，不正是岸边各色拜湖人那些五花八门的稠密心思和强烈欲望吗！依照誓言，遐迩名扬地母要设法把五毒蕴生的所有烦恼统统化解掉，护得这片高天厚土上的人们平和安好。一天天一年年，在时空的无涯里，她一直不厌其烦地在做这项工作。当众生的烦恼不那么过于炽盛时，她才会变回另一个身份——念青唐古拉山的明妃秋姆·多吉贡扎玛，换上她特有的幽蓝服饰，安静地妩媚着，享受山神沉稳厚重的千年宠爱。你看，湖对面的雪山睁着明亮的眼，深情注视着自己的爱人，除了沉默，没有什么更能容纳他的博大，那亘古不化的雪白，恰似与天地竞永恒的情意，使得妖娆美丽、魅力无穷的女神，千万年来心甘情愿地与他温柔相伴、忠心相守。据说他们已经相爱相守了七千多万年！

七千多万年里我在哪儿？我是第一次来见圣湖吗？为何与你对望会这般亲切、这般安宁！

凡夫总是被烦恼缠绕，被无明遮蔽，常常身与心相悖，眼与神游离。一生中有多少时间可以身心安适、清净自在呢？而此刻圣湖边的游客们，确乎都是安静的，甚至可以说是清净闲适的。没有人大声喧哗，一些年轻的情侣相依偎着静静地坐在水边，有人小声与旅伴交流着相互拍照留念，更多的人各自默默地绕湖而行，间或面湖而立。但不管是坐是站，是群体还是独立，所有人都是柔缓平静的，似乎没有什么需要思考、忧虑和牵挂，没有什么需要急急地赶。莫非，湖水在替人们想心事，浪花在替人们诉说，而湖神在帮人们止息烦恼？莫名地，我突然泪湿眼眶……

有三五头白色牦牛，彼此间隔开十来米距离立于湖边，等着与游人合影，它们的毛色被主人打理得干净整洁，头颈背脊上皆装饰有鲜艳彩饰，看起来漂亮又威武。新到的游客争相付钱拍照，有人骑在牛背上，有人偎在身边，或者一段时间里没有人理睬，几只白牦牛全然一副平和淡定、宠辱不惊的样子，那神态安然如神，威严如神，慈祥如神！抑或，它们是唐古拉山神的化身，以庄严静默，在向人们行不言之教，机缘对路者自然能懂得吧。

与湖水的活跃相呼应的，是天空的云！明净湛蓝的天幕上，云的队伍无比庞大，且异常地活泼好动，似乎在与浪花比花样，与浪涛赛力量，一刻不停地变幻着姿势，创新着队形，一眼没看，它已完全一副新的形色造型。映在湖面上的倒影，如同巨幅投影画一般，一页一页快速地翻新着。云和水是怎样的亲密关系？它们在热烈交谈，或激情共舞吗？

与水云的生动鲜活相对应的，是我的心情。今天一路行来，一颗心真的是如如不动。眼睛观着所见，思想看着所现，外境他物若行云流水般跟着时间同行，只有我的心情平静淡然，微澜不起。一贯见到一朵花一片云等自然小景都会忘我兴奋的人，今日却连情绪都没有，全然一副无思无欲、心神寂止的样子，除了一抹淡淡忧伤总是悄悄地洇湿了眼眶。坐在另一辆旅游大巴上的几位友人，此刻还在赶往圣湖的路上，跟着团队，他们自然是身不由己的。已知不可即，心里似乎也不再期待圣湖边的相遇。没了希冀，没了想法，那么我该对着圣湖祈祷什么呢？祈愿天下太平！祈愿家人亲友安好！祈愿一切吉祥！

四

似乎等待了十二年之久，或者已历经无数个十二年，又跋涉了几个小时才来到天湖面前，然而，看着湖水时而清碧如翠玉，时而幽蓝如宝石，又或平静如镜，抑或激荡若海，我却没有惊诧、狂喜，甚或一丝兴奋和震撼，心里是一种平静的亲切，仿佛她一直就在我身边，或者，我曾经久久与她为邻，彼此朝夕相伴，相知相惜……嗬，渺小卑微如我，怎么会有这么大的福报呢？竟敢作如此狂想！只是，心里那种亲切感、熟悉感当真真实不虚。

就要离开了，短短一百四十分钟的亲近，这就要走了，很是恋恋不舍。渐行渐远，遥望圣湖，她变得越发地美了，那种美，直让人失语！

当车子驶过与圣湖平行的路段后，我将回望的目光收回，欲合眼养神，回味这两个多小时里的美好，然而就在合眼的间隙，视野里适时驶来一辆车，车牌号准确入眼，是1800！

啊，这不正是朋友们乘坐的车辆吗？一时有点呆愣，而几乎同时，手机响了，友们也看见了我的车，兴奋地打来电话确认。一听到声音，我突然泪涌，哽咽到说不成话，心仿佛被激活了，又瞬间完全释然。不知道为什么会有这种奇妙感觉，也说不清释然从何而生所释为何，但心境的确于刹那间变得满足而熨帖、明亮而轻松了。

这一切似乎很令人费解，直到返回拉萨后，从朋友们互传的图片里，在那根拉山的石碑照上，意外地发现了另一段同样漆着红色油漆的碑刻文字，顿时诧异得瞪大了双眼，我清晰记得石碑上只写了"那根拉山"几个字呀。急忙翻出自己手机里的照片对照，果然也有同样的内容——六世达赖仓央嘉措的诗歌《那一世……》！文字本是我天性中最敏感的符号，况且石碑上的大段文字同样漆着醒目的红色油漆，而我愣是丝毫没有看见！那一刻，是谁遮蔽了我的眼？其用意，或只为了给我留一份清静心，以专注拜湖，与圣湖平等相视？而后来的突然遇见，如此意外，又如此圆满地诠释了这一玄机！

　　　　那一年
　　　　磕长头匍匐在山路
　　　　不为觐见
　　　　只为贴着你的温暖
　　　　那一世
　　　　转山转水转佛塔
　　　　不为修来生
　　　　只为途中与你相见
　　　　　　　　——仓央嘉措

是啊，朝圣的路上，总得有所遇见，每个人都不例外。

返回途中，道路两边景色特别地明丽，这边溪流淙淙，浪花欢跃，波光潋滟；那边山峦迤逦，形态优美，色泽清新；湿地草滩上牛羊壮美，神态可爱，于牧草间休憩的游人靓丽而美好；蔚蓝天幕上，活泼的云彩轻盈灵动。天地似乎在合唱一曲吉祥的欢歌，其情形如画如诗，或正是理想国的样貌。

五

回到拉萨才下午五点多，阳光正好。

天湖的周长约 300 公里，一般人徒步绕湖一圈，需要八到十天，即使驾车转湖，也得三天左右。且海拔高，缺氧，寒冷，途中只有帐篷可以租住，即便帐篷里提供有睡袋和棉大衣，自己还是需要随身背着基本生活用品的，属于在高寒缺氧地带负重而行，是故，转湖者除了坚定的信念，还需要有强健的身体和充足的时间做保障。自知，我们的时间和体力都不够，怕也没有那么大的信愿力，能够参详一下天湖的真容，也就心满意足了。

不过，关于圣湖周围那些无缘见识的神秘胜境，以及夜间住在帐篷里，抬臂可与浩瀚天幕里的星星握手；或者在万籁俱寂中揽皎月入怀，兴起便可与湖水里的另一轮明月比美，那任性，那骄傲，那惬意，等等诸如此类的诱人情景，还是要尽情畅想的。

对了，若用十二生肖排月份，阴历八月应该是羊月吧？嗯，羊年羊月！

记忆美妙

◎ 通嘎

三十岁没过几年就觉得世道上什么经验都体验过，什么人都打过交道，剩下的是收拾和整理过去。现在让我虚构什么，编造什么，的确感到既没有这份勇气，又有些（很有些）假模假样的。短暂的人生，丰富的经历属于我。那么请让我把丰富的经历中一些细枝末节不含水分地一五一十地交代吧。

一、欠你一份情

那只像小豹子一样的猫，两眼总闪射着幽幽的蓝光，它好像是叫卓嘎拉姆。那阵儿我的父母远离家，在小孩儿看来很远很远的地方修建电站，是属于那种资金投入少、劳务投入多、经济效益相当不错的水电站。每隔几个月能来一趟拉萨。由于我还要上学，不能随行，就把我托付给我的一位姑姑。其实只是请姑姑她们管我两顿饭。白天上学并在姑姑家吃饭，晚上就睡在那间曾经是牛圈的黑黑的房里。看到现在的小孩儿晚上从客厅到卫生间不敢一个人去，我真有些不明白，生活水准上去了，不仅大人们怕的东西越来越多，连小孩子的胆子也变得越来越小，毛病。那间黑屋从外面进来还要下两级台阶，外面高，里面低。屋里一年四季都飘拂着泥土和朽木的气息。唯一一扇窗户上竖着几条木棍儿，像监牢的窗子。上面钉有蜂窝状的细铁丝网，我在铁丝网上掏了一个孔，刚好一个拳头那么大，这是卓嘎拉姆的进出口。每天晚上如没有特殊应酬，她都要按时回来蜷缩在我身边，我们相濡以沫，彼此暖和，彼此抚慰，有时我先到，苦苦地等待她回来；有时她先回来，见我推开沉重的门进来，便从床上起来，懒懒地前后伸展腰身，摇摇尾巴向我走来（猫的尾巴是翘起来，甚至竖起来摇），我知道这不是要我像对待普通的猫那样给它喂点什么，而是向我表达"回来了，早点休息吧"之类的话。那阵儿我哪有东西喂猫。卓嘎拉姆是纯粹地自找出路，自力更生，自我发展。可贵的是她经常给我叼来些干肉、干肺什么的，调剂我无脂肪、无蛋白的食物成分。

我总是在心里对她说等日子好过一点，我一定会报答你的。待到我丰衣足食，卓嘎拉姆永远地从我的生活中消失了。卓嘎拉姆，此生我欠了你一份情。

二、热夜

让我记忆清楚的是灯光下那双黑色皮鞋。我的朋友丹增（后来证实我们是挺近的亲戚），在我家住了三天后又把我带到他家。他让我先在他家门口等着，我等他等到天擦黑，孰料，这个马大哈朋友没有尽地主之谊，早忘了我在外面等他。那时，我可能只有四五岁，只知道自己来的这个地方离我们家很远。我看看天，看看他家通明的灯火，硬是没让他家人送我回家，认为这是很丢人的事儿，咬紧牙关义无反顾地独自沿着那条黑黑的、长长的小巷朝更深的夜晚跑去。我不知道方向，茫然了，就哭了，边哭边跑。丹增家旁边是解放军住的地方（后来知道那个地方是西藏军区所在地）。一位解放军迎面急步走来，在我的跟前停下来，"叽叽呱呱"讲了几句话，现在想来可能是在问我"小朋友，你为什么哭？上哪儿去？要我帮忙吗？"之类的话。我一句也没听懂，一个劲儿边哭边喊着："城关区。城关区。"我的家就住在当时城关区附近。如果是一位好心的无心人，他问你，"是不是被人打啦？"你回答他："城关区，城关区。"从逻辑上和情理上都叫人无可奈何，论现在人的心境，也许真不会在意一个小孩儿的哭。正因为那次我是真害怕，害怕感至今深植在心里，怎么也忘不了那位解放军和他那双黑色的皮鞋。

他牵着我的小手，朝他来时的相反方向走去。语言上的障碍，使我们一路只管默默地走，听到的是他铿锵有力的脚步声和我三步并作两步的喘息声。每到一处有灯火的地方我都可以清晰地看到那双黑色的皮鞋。他把我牵到离城关区挺近的地方时我甩开了他的大手，抬起头重重地看了看他，反身朝家里跑去。我边跑边回头看他在黑夜中凝重高大的身影！

其实那阵儿很多不相识的解放军抱过我，给过我很多好吃的东西，唯独黑夜送我回家的那位解放军让我记忆尤为深刻。

三、街坊

我和那个居委会主任的儿子（好像叫阿拉）比赛摔跤。我两手抓住他的双肩，向右一拉，右脚向左一踹，阿拉"啊"的一声顺势倒下。本来胜败是情理之中，他该胜，我该败，无论从实力上还是气势上。我意外的胜利令他不服，说我不正经，摔跤哪有用脚在底下使绊子。我觉得理论上是可以这么说，藏式摔跤规则好像是不允许用脚，但我比他小，力气不如他，我只能靠巧劲儿。阿拉说着说着哭起来了，边哭边往家跑，还说要叫他妈妈来修理我。我像其他同龄小孩儿一样想着么赶紧跑开，要么把自家大人也叫来，把战势扩大到大人的区域。可那阵儿我的家人整天忙活着挨批挨斗，淘粪洗厕所，是属于拿不出去的那种。总是对人谦恭有礼，且很笼络得住人。当阿拉吆喝着要叫大人时罗丹啦也劝阻过，他在那种年代里这样做可真不容易。他提醒我："你没处跑，就待在这儿挨他们一顿打吧。"我考虑了一下，觉得罗丹啦的话有道理，按他说的我原地两手插裤兜，笑傲江湖地恭候着阿拉他们来收拾。那个时候我可能只有六七岁，六七岁的

202

我真的等到了他们。只见阿拉一边跑着用手指我,一边回头迎候他气急败坏的妈妈赤脚蓬头地大步赶来(她人像头发疯的母牦牛)。我已经没有害怕的念头和逃之夭夭的念头,我甚至不知道究竟会发生什么情况,只希望一切快些过去,快些结束。六七岁的时候已经没个上岸投帖的选择,只得面对跑得了和尚跑不了庙的结果。一记耳光使我的小脸更加通红,一脚重踢让我"扑通"跪倒在地,罗丹啦拉着我的手,扶我站起来,我看到他的眼睛水汪汪的。

四、小天使

1978 年在拉萨参加全区运动会,我已年满十五周岁。我们田径队缺一名女短跑选手,恰巧一年前和我一起参加全国少年运动会的仁钦在家准备迎接高中考试。我向刘教练推荐了她,刘教练知道了她的百米成绩后同意接收仁钦。为了说服仁钦的家长,我领刘教练来到她家。仁钦的家住在一机关大院里,他们那排 60 年代修建的平房前面是块清潭,房门前用旧木板圈了个小院,仁钦曾为十八军当过向导的外婆着一身黑色的棉衣裤,挨门边一条马扎上侧坐着,显出一副与世无争的神态,对我们的恭敬毫无反应。院子一隅有两个小姑娘撅着小屁股,正兴致很浓地垒砌小土房,她们同样对穿着一身运动服的我们没在意,其中那位鼻梁又高又直、皮肤白里透红的小姑娘,让我不禁多看了她几眼。她们家里里外外横七竖八地摆满了好几张床,仁钦的妈妈说,他们家现有七八个小孩晚上都睡在这儿。刘教练也是老西藏,他和仁钦的妈妈客套了几句话,就很投机地转入更广泛的话题,如某某因为性格直爽,还在原单位任旧职,某某和某某离了婚,某某已内调……我对这些不感兴趣,我有节制地侧着脑袋从窗户里望向院里,比较系统地观察了那位高鼻子小姑娘。她虽然自始至终地投入于"建房"工作,没朝我这边瞥上一眼,但她那楚楚动人的脸使她在我的眼中已成为一位很可爱的小天使。许久,刘教练提醒我该走了,他笑着说，仁钦的妈妈已答应让女儿明天起就跟队训练。刘教练还领导般地双手去握仁钦外婆的手，外婆却更领导般地头也不回，伸出一只手，顺着刘教练有力的手上下摇摆了两下。我趁机又瞟了一下小天使。

几年后，我从北京以优异的成绩大学毕业返回拉萨。在成都再一次见到了仁钦（此间我们一直有书信往来），仁钦让我给她家捎去一网兜鲜桃。也许是怕桃子放久了会烂，也许是别的什么原因，到拉萨第二天我就急急地来到仁钦家。在我的印象里，仁钦的妈妈永远是那么爽快、热情和开朗。这一天，她们家又有七八个小孩。我在那群小孩中搜寻小天使的身影，却没见着。我想也是，她应该和我同岁。那阵儿我已经到了法定的结婚年龄，可我对结婚始终持有一种迷信的固执态度。此后我有意无意地去了她们家好几回，见过好多女孩却再也没见到过小天使。如果那阵儿她能出现在我的视野中，我一定会不惜一切地拥有她。尽管我年轻，大学毕业懂外语，写小说，尽管万事如何地俱备，东风却迟迟不来和我约会。可不管怎么样我为自己的少年拥有这么个美妙的单恋而欣慰。

很多年之后，待孩子入睡，我和妻子坐在一起闲聊，她莫名其妙地说她也认识仁钦。我有些支支吾吾，我说请她千万别胡思乱想。她倒很放得开说我才不在乎这些，何况我还在她们家待过。

那是什么时候？七八年？

你怎么知道？我爱人眨了一下眼睛。

我惊愕地掉转头，像是第一次看见我爱人高高的鼻梁。

高原墓地

◎ 吴雨初

许多年前，读马尔克斯的《百年孤独》，记得布恩蒂亚家族在寻找新的家园的途中认为，只有埋葬了自己亲人的地方，才能作为家乡。这话给了我很多的感触。我想，我们之所以在心底里把西藏作为自己的第二故乡，一个深刻的原因就是在高原星散着的一处处墓地里，掩埋着我们的前辈和同辈，他们永远地融入了那里的土地。

1976 年我到西藏后的第一个冬天，县委在旧县址嘉黎区开一个牧区工作现场会。我们骑马经过那里，区委的东头有一处很大的墓地，墓地被一圈土坯墙围着，为了防止羊群进入，墓园的木栅栏门用铁丝缠绕着，已经锈死了。我被一种很特殊的情感驱使着，翻门进去，从萋萋的草丛中探看着依稀可见的墓碑。简陋的墓碑上有几行简单的文字。斑驳的红漆像血迹一样，写着一个个陌生的名字，有的碑上则根本就没有名字。他们来自遥远的内地，大多只有十八九岁，如果活着，那时大概也不到四十岁。当时的县委书记次仁加保告诉我，埋葬在这里的烈士，大多是 1959 年平息叛乱和民主改革时牺牲的。当年这里是 2 号战区，仗打得很艰苦。尤其是在我后来当过区委秘书的麦狄卡区，海拔 5000 多米，很多战士就是牺牲在那里，战斗胜利后才将他们运到这里来掩埋的。我想象着以往只在电影里见过的形象和场面，那些年轻的士兵，为了一个国家的统一，为了一个民族的新生，在战火中倒下。而我们这些 70 年代的热血青年，无论如何就是他们的后来人了。给我讲述 2 号战区情景的次仁加保书记，那个参加过平叛和改革的藏族领导干部，也在几年后病故。当时，我在那曲地区担任文化广播电视局局长，他的遗孀处于生活困境中，我们研究决定将她接收到下属单位，颐养其晚年。

如果说嘉黎区的那个烈士墓象征的故事还多少有点模糊的话，那么后来我到那曲地区工作，这里的烈士墓则掩埋了我们亲近的友人了。李泉昌，一个风风火火的小个子，满口难懂的江苏话，干活不要命，吃饭没有够的痛快人。那时候的条件还相当艰苦，甚至连吃饭都成问题。他的家，是我们这些光棍汉"打游击"常去的地方。1984年我们同一批走上县级领导岗位，我是文化局副局长，他是计委副主任。新官上任，我们接受的第一项重要工作，就是落实中央第二次西藏工作会议确定的四十三项工程，我们文化局有一项工程是建设地区群艺馆，他们计委负责四项工程的总体调度。为确保工程进度，使工程所需的木料能便捷地从昌都运到那曲，李泉昌自告奋勇，要去打开当时还很难通车的简易黑（河）昌（都）公路。临行前的下午，他匆匆忙忙到我那里打招呼，说他的脚痛风很厉害，从我那里拿走两盒中成药，拖着痛脚，就那么走了。几天后传来噩耗，他乘坐的北京吉普从200多米高的悬崖掉进了波涛滚滚的怒江。他的遗体半个多月后才由沿江的群众打捞出来，被江水浸泡得难以辨认。我们这些朋友怎么也不忍心去看他那副惨景，也决不让他年轻的妻子处理他的遗体，好让他那青春勃勃的模样永远留在我们的记忆之中。在那曲地区建筑公司的礼堂里举行的追悼会上，会场一片悲痛的哭泣声。他的棺材里只有他简朴的衣衫和一个黑白照片的镜框，当我亲手为他合上棺盖时，看到那照片上的李泉昌是那么富有生气和活力。最让我内心不安的是，因为他的相框比棺材要大一些，无法平放，只能让那个相框侧着放下去。他的衣冠冢就在那曲的烈士陵园。那个陵园依山修建，离他活着时的家只一河之隔。那条小河，我们还在夏天一同去钓过鱼、洗过衣服。从那片墓地，可以看到整个那曲镇，一大片白晃晃的铁皮屋顶，一个刚刚有了市镇雏形的草原小城。

1988年我调到自治区工作后，也拜谒过拉萨西郊的烈士陵园。那里埋葬着我的文学友人、曾先后在同一个杂志社工作的龚巧明、田文两位女士。还是在那曲的时候，有一次我曾带着龚巧明等几位作家到安多草原去深入生活，藏北严冬的风雪把这位四川女子给冻惨了。她难以适应这冰天雪地的生活，只好躲在牧民的火灶边看书，小录音机反反复复地放着一盘小夜曲的磁带。但她的确是一个搞艺术的，对真正的艺术有着一种挚爱。画家裴庄欣在藏北为我画了一张油画像，艺术价值很高，龚巧明着急地要看这幅画，从裴庄欣手上先搞到这张画的照片。在一个文学创作班上，她把录音机开得很大，录音机上就插着那张照片。这很容易引起误解。她说，这不是吴雨初的光辉，而是老裴艺术的光辉。她就在那样的光辉照耀下创作着她的作品。但她好像始终也没有看到那幅画的原作。那年秋天，我正在江西老家休假，翻阅《中国青年报》无意间看到一篇报道，才知道龚巧明在林芝采访途中因车祸而在尼洋河遇难。田文，一个开朗的北京女才子，也是《西藏文学》的编辑。她也曾经风风火火地与一大群朋友一起，来到我在藏北的家，参加那里一年一度的赛马会，走的时候留下一张字条说："我们像蝗虫一样袭击了藏北草原……"她后来遇难在藏东陡峭的山路上。西藏的路就是那么充满神秘的诱惑和魅力，却又布满艰辛与危险。

车祸的情形，我们都无数次经历过。所以说起来我们也真算是幸存者。在藏北，我经历过好几起车祸，其中最严重的一次是为拍摄电影《万里藏北》，我自己驾车到长江源头格拉丹冬，返程中在唐古拉山口翻了个 360 度，差一点造成了《西藏文学》的另一位才女的悲剧。虽然没有出什么大事，却真正体验了一次死亡。还有那么一个故事，我们地区一位姓吴的小伙子因误用炸药而身亡，他是某局局长的儿子。地委院内的几个单位正在为他扎花圈。这一信息被误传为文化局的吴局长，也就是本人，而且这消息在那个小镇上传得非常快。我的熟人感到非常震惊，有一家藏族朋友已经开始作悲哀了。为确认事实，派他的女儿先来看看，却看到我正与满屋的人饮酒作乐，那个藏族小姑娘做了一个怪脸，就跑了。我感到很奇怪。后来她父母一同过来，说明事情的缘起，并告诉我，按藏族的习惯，这种误传非但没有不吉利的意思，而且是个好兆头。于是我们为这个好兆头喝了不少酒。高原生活就是这样，充满了生与死的现实故事和现实感觉，从而具有了传奇色彩。

在西藏时，我每到一地，几乎都要到那里的烈士墓地去拜谒，在山南、在昌都、在日喀则……渐渐地，那些墓碑上都有一些熟悉的名字了。在西藏工作了近十六个年头后，我调到北京。可还是有那样的故事在继续。先是与我同时进藏、早我调京的秦文玉，一位有着文学才华和领导才能的友人，我们觉得能安然内调，并且开始了新的工作，已经是很幸运的了，可他却还是在福建出差时因车祸遇难。我们同在北京，各忙各的，很长时间不见面，想不到最后却是在八宝山公墓为他送行。我和张永发、余竞来、赵春华联名送去一副四米长的挽联，联文曰：

　　文若其人也，忆昔日同行藏地，每有锦绣诗章，更兼手足深情，令吾等愧望为兄肩背；
　　玉碎众心哉，悲此时独去南天，长恨命运作祟，如何英年早逝，留故友永怀秦君品德。

1995年末，我接到一位朋友的电话，告诉我的另一位好友、现在已经是无人不知的孔繁森同志，在新疆因车祸遇难。这一噩耗使我十分惊讶。我们相识在西藏和平解放四十周年庆祝活动办公室。虽然他是援藏干部，我是西藏干部，但我们在紧张的筹备工作过程中，结下了深厚的友谊，度过了一段充满友情的快乐时光。那真是一个实在人，我们为一些琐事也没有少麻烦他。几次到他家聚会，总是非常开心。我们最爱吃他家自己腌的咸鸡蛋，每个鸡蛋上都有用铅笔写的放入盐水坛中的日期。在我调离西藏的前一个夜晚，他和众友人为我举办告别宴会，说了许多鼓励和吉利的话，期望友谊地久天长。那是我在西藏高原的最后一顿晚餐。

　　人们往往从死亡探讨生命的意义。那些静卧在高原墓地的人，是带着一种理想而去的。我不知道是不是像有人所说的，他们是中国最后一代理想主义者呢？在这个迅疾变革的时代，国家都已经有太多的变迁，我们的人生又有了更多的际遇。英国有位学者在谈论到中国时说，中国有一个理想主义者，就有一千个务实主义者。我想我可能属于后者。但由于曾经被那些理想主义的光辉照耀过，在远离西藏的地方，高原的情景常常出现在梦中，高原的墓地也会无端地涌现，西藏的情结总是紧紧地缠绕着灵魂，那是不是我身上最后一点残存的理想主义的火花的闪烁呢？

　　西藏的山河，因为那些埋葬着忠魂的墓地而英勇悲壮。

　　西藏的岁月，因为我们这一代人的理想主义光辉而生动多情……

说离愁

◎ 央吉次仁

人生别离无数，和一座山说再见，和一个人说再见，和自己说再见。生活的惯性让我们在分道扬镳时来了个止不住的心灵趔趄，离愁别绪油然而生。不过，待一切归位，待岁月流逝，那刻骨的钻心之痛终将变得缥缈起来，如同一张高清的医学影像最终变成了淡淡的水墨山水画，人在其间，仅是寥寥几笔。生死离别一瞬间，存亡分散恍惚中。

一

"我是你阿妈！阿妈呀！"

1984 年冬，西藏拉萨林周县唐古乡，一辆解放牌卡车上挤满了即将外出打工的人。车上，那瘦削的中年妇女试图抚慰用力挣脱她怀抱的四岁女儿，她说着喊着，哽咽了起来。车上的女人们红了眼睛——这孩子不认亲生母亲。女儿哭得更是撕心裂肺，她终于挣脱了她，朝车下藏在人群中的外婆喊"阿妈"，朝不远处的村庄喊"阿妈"，朝青格日山喊"阿妈"……卡车徐徐离开，她的呼喊依然在山谷里回荡。她隐约是知道的，她的高鼻梁外婆、由她命名的小羊、后来罹难的发小、奔涌的热振藏布江和青格日山都将永远地成为记忆中的光景。

这是她人生中的第一次别离。往后，她便长成了我——我是从那时起对自己有了记忆。

到了拉萨，我坐在寄宿人家高高的门槛上，托腮，沉思，找寻着青格日山，只要能见到它，我便有了逃跑的方向。莲花般的山脉簇拥着古城，空气里弥漫着桑烟的气味，朝圣的人们沿着顺时针涌动。我混进人群，随意抓住一位手摇转经筒的老婆婆，以为可以从这位老人抵达另一位老人那里。焦急万分的母亲在人群中找到了我，她搂着我说外婆不在拉萨。

后来，我知道了人这一生会遇见很多山，眷恋很多人。

林芝迤逦秀美的雪山、日喀则高耸入云的山峰、阿里博大宽厚的山峦……我曾爬上一座又一座山，和不同的人转山，采蘑菇，夜晚燃起篝火，我们从山头眺望。白天，城中那纵横交错的路网使空间封闭、割裂；夜里，那一池的星火让时间变得恍惚、迷离。

在过去的西藏，太阳和山峰对于行者就是时空的坐标。

人们徒步或骑马，观察着光影变化，翻过一座又一座的大山。一位长辈告诉我，童年曾和伙伴步行前往拉萨，当到达东面的纳金拉山时，大家虔诚地向不远处的布达拉宫合掌行礼，嘴里却说："到拉萨就可以吃冰雪做的糖了！"少年的心荡漾着，只要前方有糖。不过多半，翻山越岭是艰辛的。"没看到别人翻山，只看见别人吃酥烙糕"的说法，就是用来嘲笑想不劳而获的人。山南一带还有这样的歌谣："第一次离家，脖子上戴着哈达，当翻过坎巴拉山时，眼泪就止不住地流了下来……"离乡就是要离开家人，离开那些养育你的高山峡谷、河湖溪流。

在一座陌生的山系里穿行，我会自觉提高警惕；在不知名的山峰下居住，我会感到情志不畅。我观察山，打探它们的名字。如果没有，我便取一个，根据山的形状。记得台湾歌手杨宗纬到拉萨演出，他斯斯文文地说："拉萨的山棱线和台湾的不一样……"山棱线，真好听。我最先想到的是青格日山，在想象中，我用食指轻轻抚摸它早已模糊的山棱线。

林芝的山，被成片的原始森林所覆盖，那里是我的出生地。四岁那年，母亲其实是带我回真正的家，不过那时是不知道的。我蛮气十足地发泄着我的离愁。袜子找不见了，口渴了，妹妹惹我了，我就"喂！喂！喂"地朝父母叫嚷。总是柔声细语的父母啊，会诺诺地出现在我面前，面对这个自小由外婆代养的孩子，父母总觉得欠了什么似的。

在学校，我安静地坐在教室最后一排，不会说一句汉语。老师家访，问孩子是否受过什么心灵创伤。当然，母亲又是哭了的。

直到某天中午，院里的波斯菊随风摇曳，窗外的阳光倾洒在编织着吉祥八宝图的藏毯上时，我走到母亲跟前。

"阿妈！我还想吃一碗饭。"

母亲放下针线活儿，眼神如水波荡漾。父亲和一位叫张耀敏的叔叔本打算出门，听到这句话他惊得从门口走了回来："阿爸的女儿啊，以后就叫阿妈、阿爸了啊！"

再往后，那位张耀敏叔叔总是买葫芦形的汽水、各色软糖，甚至亮晶晶的耳坠送给我，听着我蹩脚的藏式汉语，他乐得合不拢嘴。父亲说，他有一个和我同年同月生的女儿，她在上海，一年仅能见上一次。

二

"阿妈的女儿啊！换上高跟鞋！"

1992年秋，我将前往陌生的成都，在那里度过我的中学时代。母亲让我换上了过年才穿的高跟鞋，说考上了中学就要打扮漂亮一点。我那头难以打理的毛糙卷发，被母亲剪成了齐肩发，从头顶高高扎起来。很长一段时间，我的发型就如同牦牛的尾巴般炸开。

母亲送我到拉萨，坐了一天一夜的大巴车。从拉萨，我坐着同学家的私车到了机场，再和他们上飞机到了成都。

成都西藏中学，那是我们往后的家园——整整三年大家都没回过西藏。纯朴憨直的藏族孩子们，在成都"秋老虎"的威力中开始了集体的离愁。

那时学校伫立于一片农田中。在一片蛙声中，留着齐耳短发的陈老师带着我们，手牵手地绕着学校转了一圈。在教室嗡嗡的风扇声中，陈老师给我们上第一节班会课。她在黑板上"嗒嗒嗒"地写下了几个好看的大字：心静自然凉。

回到宿舍，我们脱下毛衣、毛裤，好奇地盯着宿舍里的蚊帐、草席，喝着充满浓浓消毒水气味儿的开水……蜀都潮湿，思念也黏稠。清晨，我们在浓雾笼罩的操场上寻找着奔跑的方向；夜里，汗水、泪水从身体里流淌，一声蝉鸣都能纠缠一颗被离愁包裹的心。

那是个书信往来的年代。父亲字迹清爽，他还会在信封里装上一张崭新的五元钱，够我两个星期零用。我们慢慢习惯了新生活，期待着父母一周一次的来电。我说我想要一套牛仔服，一个月后，包裹到了。父母寄来了一套粉红色的牛仔服，我成了班上唯一穿粉色牛仔服的人。

我时常想念父母，想林芝，想老虎山。

我总是想念山，是吧？从青格日到老虎山。

外婆去世了，听说是在我上初二那年的初夏，她倚墙而睡，荨麻草都没能蜇醒她。我是很久以后才知道的，所以直到现在我都不曾和她道过别。怎样和一个早已离去的人道别呢？因为，她早已远去了……或有可能变成了一滴雨或一粒尘埃正轻轻落在我的肩头。我永远不会和外婆道别。

那时道别的是老虎山。

那是林芝南面的一座高山，森林茂密，绿意盎然。山顶至山腰却有一片狭长的空地，那形状有如一只正下山的老虎。北面山坡上蘑菇多，一家老小齐心合力将青冈菌、海绵菌装满箩筐后，就席地而坐，喝口酥油茶，望着对面的老虎山发呆。如今北面的山林被保护起来了，围上了铁栅栏，全家采蘑菇的活动不太可能，登上山的人急着拍照、修图、发圈，再和朋友圈里的人互动。网络时代，带给我们安全感的不再是大山，而是手机。如今的离愁，可以依靠手机解决，一个视频电话，便可慰藉浓浓离愁！

我的少女时代没有手机，离愁变得无限绵长，软绵如家里舍不得用的座机里那句反反复复的"阿妈的女儿啊""阿爸的女儿啊"，深长如天际那只永远都下不了山的老虎。

三

"那一天，知道你要走，我们一句话也没有说，当午夜的钟声……"

2002年夏，北京广播学院98级新闻系的毕业生们正在宿舍里依依惜别。女生们都聚集在了我们宿舍里，唱着离别的歌。

未来如同黑洞，充满了一切可能，这使得离别徒增了很多感伤。我的下铺古力来自新疆，刚来时还戴着头巾，像个受伤的小鹿，蜷缩在床边上，大大的双眼噙着泪花。来自广东的小付初见下雪的清晨，在走廊里狂奔："雪花不是面粉那样！雪花不是面粉那样！"最搞笑的是那次在宿舍里一起看1987版《射雕英雄传》，我们等了好几集都不见杨康，就留她继续守望。"杨康！杨康！"广东姑娘叫着，顷刻间鲜红的鼻血流了下来。她一把抹去鼻血，欢呼"快来看杨康！好帅！杨康！"这幕喜剧恐怕只有周星驰的电影里才会有的吧！

毕业后，我与新疆姑娘和广东姑娘都已失去了联系。

那时，离愁在人，后来随着时间的推移，我开始想念空间，那再也回不去的空间——世纪之交的北京。我发现人对于空间的思念平淡却更持久。那时地铁尚未修到北京东郊，进城要很久。我们几个同学骑着二手自行车，从梆子井一路骑行到长安街，再原路折回。路上车多人多，我很快迷失了，以为掉队的我拼命骑，结果是第一个到达了学校。

和好友永宗居住在胡同的那段日子也难忘。学校重修宿舍，让我们暑假回家。经济窘迫的我们只能和很多"北漂"一样，住进胡同，过着巷子生活。那家院子里住着好几个年轻人，我们没事就在院里唠嗑，直到摇着扇子的房东大妈七拐八拐地说希望我们安静点。我们在院角挂了个塑料帘子，头顶着蓝天冲澡。厕所嘛，就在胡同深处——那个要排队等待的，只有若干个"地洞"的厕所。后来，娱乐新闻里说天后王菲早起为前夫窦唯倒马桶的事儿，很多人为此唏嘘。不过我想那时天后不是天后，胡同的寻常生活可不就是这样——大家披头散发，穿着拖鞋、排着队等厕所、倒马桶。

那时我们穷得发白，白衣翩翩，听着校园民谣和摇滚，终日游荡于白杨树林中，思考着生与死的哲学问题。在毕业后的很长一段时间里，我以为自己在大学什么都没有学到。

现在因为工作缘由，北京成了我经常去的地方。我在星巴克码字，在五道营胡同听噪声音乐，在长安大剧院看《白蛇传》……我在北京全新的时空里，追忆着往昔的胡同、街道和景点。有些离愁已经波澜不惊地变成了追忆，追忆里愁绪散尽、人面模糊，唯有空间愈发清晰。

二十年后的一个毕业季，我有幸再次回到了母校。我坐在白杨树下发呆，吃了"崔永元面"，见到了班主任老师。在学校博物馆内，TECSUN 收音机里传来 FM106.6 频道的音乐。

"那一天，知道你要走，我们一句话也没有说，当午夜的钟声……"

我将耳朵紧紧贴向收音机，仿佛贴着宿舍的门，我知道宿舍里的女孩子们一直都在唱着歌。

四

"人生就是一场场的离别吧！"我自言自语。

2023 年夏，藏族著名导演、作家万玛才旦去世了。万玛才旦有关西藏的故事还没讲完，朋友圈里的祭奠活动一波又一波。第四十三届鲁迅文学院高研班也结束了为期三个月的学习。成年的我们，再次毕业了。

我住在 405 房间，明天即将离开。

几乎是人去楼空，保洁大姐正在忙碌地收拾房间，下一拨学员很快要入住了。收拾完的房间敞着门，干净又安静，就像刚来时那样。我心中默念着住过某间房的谁谁的名字。我知道，同学中的大部分人，一辈子也见不到了——选择最后离校真是一个糟糕的做法。

前两日，依依送别的女生们彼此细声细语，将行李放入行李箱后，就尽量避开对方的眼睛，对方也"识趣"地、麻溜地钻进了车内。只多一个字、多一眼，眼泪怕是会决堤了。

我记得刚来时有种抛下一切追逐梦想的高更式叛逆之感，如今却想和李叔同一道出家了。我发现自己伤得不轻，那颗中年的心，借着培训结束、与同学的离别而变得支离破碎起来。中年的毕业季，顶着早生的华发，与同学相拥的酸涩。该满足了啊，和一帮志趣相投的同学相处三个月，聊文学，听音乐，读诗歌……接下来就该回归各自城市、岗位、家庭。三个月，犹如初见，仅是初见，离开得刚刚好。况且，这些，那些。我都知道的。我那颗小心脏啊，我试着安抚它。

我想到无论我们将奔赴哪里，早晚也是浮生一梦。奔赴的意义何在？根本不需要平行空间或生生世世来瘆人。此生，这条单行道就有无数轮回。你好，再见。再见，你好。累积的记忆碎片让我们不断生出出离心。此刻，我陷入了"出离"的沟壑里。可怕的是，我尽日留恋这"沟壑"，痛并快乐着。

有没有一种可能：人心有寻找快乐的本能，亦有寻找哀愁的天赋？

我突然想起了前几日看病的情景。白发苍苍的老中医安静地落座，这间干净的诊室里，光线柔和，耳畔寂静。我慢慢地主诉，他静静地聆听。把脉之后，他一字一字地问："大便粘马桶吗？"那一刻，我看见他的背部生出了一对天使之翼。

我试着将 405 房间想象成诊室，对面电子大方脸就是那位柔和的大夫。

"最近不粘马桶……只是容易流眼泪……"

我写着写着，发现文字的妙处尽是拭擦功能。那钻入骨髓的孤独，如寒气渐渐从体内逼出，而愁绪，已从一张高清的医学影像变成了淡淡的水墨山水画，人在其间，仅是寥寥几笔。

有时候，严肃与荒诞之间，仅一步之遥。

下一场离别将于何年何月？

我看见《盗梦空间》里那枚预示着现实与梦境的陀螺还在不停地转啊转，转啊转……

芒康：时间深处的光芒

◎ 纳穆卓玛

一

进入 5 月，相较于藏北部分地方还是白雪茫茫的时候，位于藏东南的芒康县在雪山林立、江河纵横、树木葱茏的大自然怀抱之中，尽显夏日丰盈的绿意和勃勃生机。

从县城行驶国道 214 约 60 公里处，海拔 4448 米的山顶上立着一块大石头，上面写着"红拉山"几个十分醒目的大字。显然在提醒经过此处的人们，红拉山是谁也不容错过的重要景点。

伫立在景观台放眼望去，这里的立体自然景观十分突出。远处的群山和森林尽收眼底。尤其是白雪莹莹的达美拥雪峰，在云雾间若隐若现，像刚刚醒来的美少女，十分迷人。据说她是梅里雪山的第三个女儿。

从海拔 2300 米至 4448 米，不同海拔分布着不同植被，国家为保护稀有野生动物，在红拉山设立自然保护区。这里有藏金丝猴、小青猴，还有云南黄连、澜沧黄杉、红豆杉等。其中，值得一提的是国家一级重点保护动物金丝猴。随着国家对生态文明建设的日益重视和芒康对生态环境保护力度的日益加大，芒康滇金丝猴国家级自然保护区的滇金丝猴正越来越多。1985 年开始，芒康县采取了一系列有效的保护措施，加上当地百姓保护意识的提高，即将灭绝的滇金丝猴在芒康得到了有力的保护。根据县林草局最新统计数据，西藏芒康滇金丝猴国家级自然保护区森林覆盖率达 70%～80%，滇金丝猴从上世纪 80

年代的 500 多只增长到现在的 800 多只。

翻过红拉山，蜿蜒的公路直抵山谷深处，澜沧江浩浩荡荡向南奔流。芒康县作为茶马古道从云南进入西藏的第一站，眼前这段狭长的河谷地带，就是茶马古道的一部分，至今有着千年盐田、百年红酒等历史久远、内涵丰富的民族文化，幽居于此处的藏族和纳西族同胞将其文化传承并发扬光大，形成了芒康县多元的旅游资源。她独有的文化也吸引着越来越多的人们前来参观旅游。

二

同行人说，在纳西民族乡，没有不结果子的树。还真是，无论你沿着小道穿行到村落里或田间，核桃树、石榴树、葡萄树等果树随处可见。这里平均海拔 2900 米，属于小河谷地形，南与云南德钦县和四川巴塘县相连，东有金沙江，西有澜沧江，中有中岩曲河，水资源丰富，属高原温带半湿润性季风型气候，光照充足，干燥却又不缺水。在西藏，这里是可以种植各类果树的一块宝地。

正值初夏，核桃在枝头上已经结出青色的果子，而满眼碧波荡漾的葡萄也在枝头上蠢蠢欲动。当地人说，等到 9 月份时，清香的葡萄将溢满整个山谷，也正是人们收获葡萄的季节，家家户户用采摘的葡萄酿制红酒。我想到那时，人们一定会借黄昏的灯火欢聚在澜沧江边的草坝上，微风吹拂着小草和野花，他们的酒歌覆盖江水的呼啸，他们的长袖比天上的白云还轻盈。他们的身体里会有茶马古道的回声。

说起芒康葡萄酒，它具有悠久的文化和历史渊源。据介绍，盐井地区在唐代就是吐蕃通往南诏的要道，一直是滇茶运往西藏的必经之路。当地百姓酿制红酒的历史，可追溯至 19 世纪。据传当时法国一位名叫丁德良的传教士来此传教，带来了葡萄种子，并教授当地百姓酿制葡萄酒。从那以后，当地群众一直有种植葡萄，酿制与饮用葡萄酒的习惯。

作为青藏高原的一部分，在这里自然也有藏传佛教格鲁派的尼果寺和文成公主庙。在上下盐井之间的"扎谷西"（藏语意为"打开山崖门"），我们看见了峡谷峭壁上的溶洞，传说是高僧、活佛闭关修行的地方。而文成公主庙就坐落在悬崖底部。庙里有一座大岩石，上面有自然形成的藏王松赞干布和唐朝文成公主神像，神像凹凸有致、栩栩如生，是大自然的鬼斧神工造就的，让人赞不绝口。

我们走进了一块貌似不起眼的果园地，其实，这里保留着一棵百年的葡萄树。它的古朴和苍劲已被葳蕤的绿叶遮蔽，阳光落下来，每一片叶子在微风中闪现生命的轮回。当地的鲁仁弟先生说，2007 年他在盐井村开始经营葡萄酒，目前他们拥有四棵树龄超过百年的葡萄树，红酒都是用当地产的小黑珍珠葡萄酿制。现在年产量能达到 3000 多斤。

我把一杯红酒举向高空，红润通透的色泽在蓝天、阳光和远处雪山的映衬下，闪耀着红宝石般的光芒。让人感受到的不仅仅是源自大自然的恩赐，更能深切地领会到一方土地孕育的美好碰撞。在千年的茶马古道上，如果没有人们土地般朴素的胸怀，没有雪山般仁爱，就不会有古盐田与大自然的相依相偎，不会有酥油茶与红酒的交相辉映。难怪很多人把这里视为人间天堂，因为我们在这里看到了人性最美的部分，我也确信，它会像绵绵不绝的澜沧江滋养着一代代人。

三

沿着澜沧江继续向南行驶约一个小时，就到了千年古盐田。一块块木头支起来的盐田像一束光穿越过去，伫立在岸边的人仿佛能听见马帮的铃声由远而近。阳光下一粒盐晒的不只是千年来人们与大自然息息相关的生活，更是汉藏文化水乳般交融的历史。

在盐井历史文化展览馆里，我们一边观看古盐田相关的图片和实物，一边聆听讲解员的详细介绍。据历史考证，在唐朝时期盐井就有晒盐的历史，至今已有一千三百多年的历史。它是世界上独有的一座人文景观，也是世界上仍然完整保持最原始的手工晒盐方式的地方。让独一无二的晒盐方式和当地特殊的自然环境形成了一处自然和人文融为一体的世界奇观，只可惜时间紧凑，我们没有观赏到原始制盐的过程。不过，路过的每一家，我们都能看到朴实的盐民们在院子里摆出自己制作的盐。无论是白的，还是红的，都替他们晒出了历经风雨后，祖辈们依然没有荒废的光辉岁月，晒出了现在的人们依然延续的旧时光。

据当地人介绍，盐井目前产盐的有两个乡，纳西乡和曲孜卡乡。从事盐业生产的有 320 多户，有 3600 块盐田。盐井分为上盐井村和下盐井村，其中下盐井村澜沧江边卤水资源丰富，河边分布着三口大的盐井以及若干小的卤水坑，村民们用特制的木桶从盐井中取得卤水，倒入盐田，让阳光蒸晒，卤水晒干后就得到白花花的盐巴。盐井是西藏制盐规模最大、原始工艺保留最完整的地方。

现盐井正在打造国家 5A 级旅游景区，它的传统工艺正申报世界级非物质文化遗产。我想，茶马古道并非一段荒废的历史，它像一块古老的石头，会在时间的河流里越磨越亮，直到变成一块会讲故事的石头。

四

到了芒康，不能错过的还有闻名遐迩的美食加加面。在颇有民族特色的果拉丛农家乐里，我们品尝到了舌尖上的美食加加面。加加面是盐井的特色小吃，每次煮一大碗，装在小碗里，每个小碗顶多两三口。一身鲜亮的纳西民族服的纳西姑娘不仅热情好客，还能亮出一副好嗓子。她们不时地给每个人加面，还给每位客人端上青稞白酒唱起酒歌，顿时整个席间像过年一样充满了喜庆祥和的氛围。

传说，加加面是以四川的面、云南的肉、当地的三种配料精调细作而成，有近千年历史，算是老古董了。公元 1265 年，八思巴接受元朝封赠返回西藏，途经盐井地区，当地以"加加面"供奉。为了表达对上师的敬重，调和上师食欲，厨师以小碗面敬奉。八思巴一下吃了好几碗，并大赞其鲜美。从此，盐井加加面以"小碗、加、加"的方式流传下来。

如今随着旅游业的兴起，当地的传统美食自然成为吸引游客的重要元素。2010 年，加加面被评为自治区级非物质文化遗产。一位纳西姑娘说，目前加加面纪录是 147 碗，如果谁能挑战这个数字，这顿就免单。听罢，大家顿时提起精神，个个摆出一定要闯关的气势。其实，谁都明白以这种方式吃加加面，吃的是一种休闲和娱乐，也为日常的生活和旅行增添几分难忘的情趣。

五

车子经过一段峡谷的时候，一只孤傲的鹰突然近距离地闪现在车窗外，顿时吸引了我们有些疲惫的目光。此刻，天空更加辽阔和高远，你只能屏息静气地仰望这一切。直到鹰隼巨大的翅膀掠过峡谷的空旷消失在我们的身后，这瞬间诞生的美学，让我看见了时间背后巨大的虚空，也让我油然感念于每次美好的遇见，比如一朵无名的野花说给你的秘密，一条小溪递给你的慰藉，一条小路指给你的希望，都是在茫茫尘世间给予生命最富有神性的仪式。尤其是芒康之行，澜沧江两岸的茶马古道、古盐田、弦子舞等，向我们铺开的人间细小又美好，寂静又辽阔。

从此，无论走到哪里，你都能记得她的点点滴滴，哪怕是片刻，都成为远离喧嚣之外向内凝视的一片光芒。

拉萨的那些日子

◎ 褚一

此刻，我正坐在浙江大学艺术与考古学院一楼的咖啡厅，江南的冬天细冷而缠绵，雨一直没有停，天空是阴暗的，枫树的叶子在这寒冬随风落地，一脚踩上去嘎吱嘎吱地响。无尽的枯枝蔓延在灰暗的天空，仿佛永远没有尽头。于是想念拉萨，疯狂地想念那高原的阳光和云朵；那山鹰飞过的瓦蓝天空里万物透彻的明净；那遥远的雪山下牧羊人追赶羊群发出的一声声清脆而嘹亮的"吆喝喝"；那涓涓溪水淌过盛开着黄色小野花的草原扑腾着奔向远方；还有那数不尽的在拉萨街头、在八廓转经道上走过的日子。

总觉得西藏不遥远。那年二十二岁，大学生涯的最后一年，父亲病重，母亲一边照顾父亲一边扛起家庭的重担。我只能顽强，努力靠着奖学金和带家教读完大学四年，却依然迷茫，感觉自己还是心智未成熟的孩子，不敢踏上社会，于是选择考研。现在想来，当时若能去参加工作，早些为家里减轻负担，也许生活又会是另外一种样子，也许我的一生和西藏就再无牵连。那时的我悲观绝望，觉得生活在这个小女孩身上压下了太多的残酷，家道中落，父亲重病，同龄的农村女孩儿早已结婚生子，没有人告诉我未来应该怎么走，很多时候觉得自己快要熬不下去了。

当老师宣布我是那所师范学校中文系为数不多的考上公费研究生的学生之一时，我感受到了久违的快乐。我想生活总算是给我打开了另一扇窗，即使那扇窗有点远，在西藏。

一个人跌跌撞撞地就这样走向了西藏。从昆明坐绿皮火车到成都，从成都买了一张去拉萨的坐票。我不知道当时是怀揣着怎样的勇气一个人奔向那遥远的未知，但我去了，带着对生活的不妥协，带着对未来的渴望。火车站里坐着、站着、躺着形形色色的人，有人用扁担挑着蛇皮袋装着的行李大包小包挤上车，有人提着的编织袋里还有小时候家里用的那种红白相间的搪瓷脸盆，生活不易，谁都想多带上一些再少买一点。记得大学时代每次坐四十八个小时的火车从皖南那座小城去昆明，特别是春节期间，连一个落脚的地方都没有，手里还要端着买的小板凳，背上的书包总是被挤得绕来绕去。车厢里弥漫着泡面、脚气、二手香烟、茶叶蛋等混合在一起的奇怪味道，到了晚上实在太困，乘客或往座椅下一躺，或往厕所水池上一坐，或往车厢连接处的门上一靠，就这样不顾周遭的一切，沉睡在自己的世界里。那个时候，觉得人有时是没有尊严的，生活的重担压碎了你所有的骄傲和曾经明媚的世界。

还好，去西藏的火车是没有站票的，也许是担心高原缺氧，也许是因为路途实在太遥远。轰隆隆的火车终于将我带向高原，第一次看到了可可西里；看到了奔跑的藏羚羊；看到了白茫茫的雪山；看到了七色阳光照在蔚蓝的措那湖面，恍惚得仿佛湖底住着七彩仙人；看到了一只可爱的藏野驴似乎走失了大部队，晕晕地转来转去不知所措。生命在这海拔 5000 多米的禁地依旧以它本来的样子存在着，以一种孤傲清冷的姿态屹立在这滚滚尘世中。那时年少的我并不知道要奔赴怎样一种未知，也不知道是否能顺利通过研究生复试，只知道心情沉浸在这大自然浑然天成的壮阔美丽中久久无法平静。

忘记是否有高原反应，阳光太明媚，天空太蓝，就这样兴奋地到了拉萨。学校把我们安排在老藏大附近的一间小旅馆，和我一个房间的女孩儿是个东北姑娘，很热情，还给了我一根橡皮筋扎头发，后来大家都顺利通过研究生复试，有段日子还住过同一间宿舍。4 月的拉萨依旧有些冷，空气里稀薄的氧气让我似乎产生一种莫名的眩晕。复试的那天我早早到了艺术学院在老藏大的办公楼，心里有些紧张，看到走廊上坐着一位藏族老者，瘦削的身体，黝黑的面庞，戴着一副眼镜，头上是一顶传统的毛毡帽，于是过去询问复试的教室在哪里，老人家用不太流利的汉语给我指了路，后来才知道，这是我会感恩一辈子的恩师——丹巴绕旦教授。

那一年艺术学院美术学专业硕士研究生只有我一个汉族女孩儿，我的另两位同学一位是来自云南藏区的强桑，现在已经是西藏很有名的当代艺术家，另一位是来自安多藏区的完麻仁增，他毕业后选择了回去继续当老师。完麻仁增的妻子是一位优雅美丽的安多女孩儿，会在宿舍楼做很美味的藏餐给我们吃。他们有一个儿子，那个可爱的藏族小男孩儿特别喜欢我，老是拉着我的手跑来跑去不停地喊着阿佳阿佳。

接下来我要叙说的，就是我在西藏最快乐的三年研究生时光。

青春年少总是带着跳跃和激情。考上了公费研究生，每个月学校还有四百元的生活补助，我不用再为学费发愁，带家教，兼职做打字员，生活不像在云南时捉襟见肘。每天叫醒我的是宿舍楼里明亮的第一抹晨光。推开窗，最远处是雪山，高耸在湛蓝的天空下，阳光照在拉萨河的水面上，高原昼夜极大的温差让河面升腾起一条洁白如哈达的雾带，整个校园就浸润在这仙气茫茫的美景中。深呼吸，空气都带着甜甜的凉。然后起床，去上课。

那时候最喜欢的一门课，就是每周三丹巴绕旦老师教授的传统唐卡技法课。买了一辆永久牌单杠自行车，高高大大的，要踮着脚才能够到地。我不再像从前那样柔弱，我仿佛在西藏找到了骨子里一直隐藏着的随性和自由。我骑着永久牌大杠车，背着画板，戴着尼泊尔手工编织的麻绳帽，穿着尼泊尔大裆裤往来于学校和古城之间。以至于后来有一年坐火车邻座的人竟问我是不是学画画的，他曾看到过这样的我飞快地骑车穿过措美林。因为丹巴绕旦老师的家就在措美林路口进去一条长长的巷子拐弯处。再早一些，听说老师当年从山南回拉萨时曾寄居在措美林第六世热振·丹增晋美活佛的家中，老师打破数百年来唐卡技艺只在家族内部传承，创办了唐卡艺术学校，面向整个社会招收学徒，那所唐卡学校最初就设在热振活佛家的院子里。

老师家的院子是一栋布满了阳光和鲜花的二层藏式小楼，屋顶插着五彩龙达旗，春夏秋冬，永远在风中飘摇，带着数不清的祈福。一推开藏式铁门，远远地，楼上的西藏狮子狗开始抖动它一身雪白的毛发汪汪地叫起来，奶凶奶凶的。老师家的一楼是会客厅，墙上挂满了各种样式的唐卡，有一幅是安多强巴大师当年亲手绘制送给老师的作品，我总是望着那一幅融入西方写实主义的释迦牟尼佛祖坐在菩提树下说法的唐卡出神，两位不同画派不同风格的唐卡大师都在以自己的方式为西藏唐卡艺术带来发展和变革，动荡的人生里依旧坚守着对传统艺术永恒的坚守。客厅里摆了一圈藏式家具和藏式沙发床，那些古朴的按照传统木艺做出来的家具上面画满了西藏传统吉祥图案，静静地看，每一幅也都是画。茶几上摆满了藏族人家里招待客人的肉干、水果、坚果、奶渣、糖果，弄得我每次上完课，都能饱饱地回学校。老师家有个牧区来的藏族女孩儿，她熬的甜茶尤其好喝。每次我们三个到了，过一会儿普姆就会提着一壶三磅甜茶送到二楼。我的两个藏族男同学好像对甜茶没什么兴趣，于是满满一壶都会成为我一个人的独享。那个乐呀，尼泊尔红茶混合着牦牛奶香，入口香滑浓郁，实在是女孩子的心头好。那时候那么迫不及待地期待着每周的唐卡技法课，或多或少也在期待着那壶美味的甜茶吧。

丹巴老师一般坐在二楼窗户下那张藏式沙发床上，窗外摆了一排盛开的花，粉的红的紫的，热热闹闹。老师戴着眼镜，裹着厚厚的毛线毯，斜靠在那里看书。我们进去了，他会说你们来了啊，快坐快坐，然后开始上课。我的第一个竹子做的小尺子，就是老师用小刀一刀一刀给我削出来的，画造像量度的时候可好用了，佛像的身量比例都可以用这个小竹尺来定。先在白纸上打格子，打完格子开始临摹佛像，从释迦牟尼佛祖像的佛头开始画，老师在纸上一笔一笔边画边告诉我们怎么去掌握力度和比例。最喜欢看老师画佛眼，简单几笔，一双充满了慈悲和智慧的佛眼便出来了。佛头学会之后再画完整的佛身，再是绿度母和白度母像。那一年，日子就是在尺子、橡皮擦、铅笔和 A4 纸中度过。老师经常让我们节约用纸，唐卡学校的小孩儿们也是，一张白纸正反两面都是要用到的。每次在学校画好的稿子，第二次上课时都要带来给老师看，老师会细细评论这张哪儿画得好哪里画得不对。然后打个大大的钩，签上名字和日期。于是我开心地想跳起来，老师每一次的表扬都让我感受到了最大的肯定和内心最激动的愉悦。

印象还很深的是老师家另一个叫米玛的藏族女孩儿，日喀则来的小姑娘，性格狂野豪迈、热情坦诚，她喜欢叫我阿佳乐乐。有一年夏天特别热，拉萨的公交车司机到站时，都会停下车打开车门相互泼水玩，米玛就一个人端着一盆水和一群唐卡学校的男孩子们玩泼水，每次被泼得全身湿透，却依然越战越勇，端着水楼上楼下跑个不停。拉萨的水虽是夏天却也冰凉透骨，我是不敢碰的，只是在旁边看着他们玩得那么开心，自己也觉得很快乐，傻呵呵地笑个不停。一抬头，天空的光照在院子里的每一个角落，照在我的脸庞，微风轻拂，生活总算有了期盼。那个时候，也有很简单的无忧无虑。

等到开始在画布上画自己的毕业作了，我们就去了旁边三楼的唐卡学校，里面有几十个藏族小孩儿在学唐卡，很多来自牧区农区，丹巴老师经常担心的就是他们的房租高不高、画画的纸够不够用。那些孩子们真是幸福啊，远离贫穷的家乡，来到他们心中的圣城拉萨学一技之长，有一位不仅每天教他们画画，还时刻关心着他们生活的老师，这大概是少年成长过程中最大的幸运了。老师让一位叫多扎的男孩子教我在布上画唐卡，多扎有满头的鬈发，汉语不太好，但教起画来尽心尽力，我跟着多扎学会了怎么调做底用的石膏粉，怎么熬牛胶，怎么打磨画布，怎么把画布绑到木制的画框上。每天早上我到唐卡学校时，学生们已经早到了，充满仪式感的焚香念经文也结束了。我把画画用的工具放在最里面那个小房间，我在这里有块小小的卡垫，可以坐在上面画画，这就算是我的地盘了。这个房间除了洛丹已经学了好几年，其他几个小孩儿都是新来的。有个叫朗杰的男孩儿因为特别像吸血鬼电影里的男主角，还有两个可爱的小虎牙，我们都开玩笑叫他僵尸，他也不生气，每次听到都憨憨大笑。我真是喜欢藏族人这种天然的乐观，生活在他们面前永远不是一地鸡毛。和洛丹他们几个去楼下的甜茶馆吃一碗藏面，喝一壶甜茶，再点一份肉饼是每天早晨顶顶重要的事情，高原的早晨总是带着寒意，有一碗热乎乎的牛肉汤一整天就没那么冷了。就这样每天说说笑笑打打闹闹中在画布上打好了格子、画完了释尊与二弟子图的底稿，然后开始上色。他们教我把蘸了颜料的笔尖往嘴里一含，带着点口水，再去一点一点地晕染，这样染出来的天空和大地颜色会过渡得更加均匀，我老不习惯把笔往嘴里放，老是蘸清水，他们就喜欢笑我。用了整整一个月的时间，终于染完天空和大地，用画指甲那么细的笔一点一点地晕染。画唐卡可真是个要有耐心的活，稍一沉不下心，也就画不下去了。等到开始给佛祖的袈裟上色时，家中传来父亲病危的消息。

父亲二字总让我泪流满面。未曾来得及见到他最后一面，未能让他感受到他曾经渴望的一切，更未曾想到这一次的回去探望却是最后一面。那时父亲已是癌症晚期，我犹豫要不要退学回去打工挣医疗费，母亲和老师都劝我不要放弃学业。我以为一切都会好起来，就在家待了两周又回学校。离别的那天，父亲难得穿了西装，他已被病痛折磨得只剩下一把骨头，从前肥大的西装套在他的身上显得如此空荡，我们一家人坐在一起吃了午饭，等我收拾好行李准备出门时，父亲难得走过来抱了我一下，这是他第一次也是最后一次拥抱他的女儿，只叮嘱了一句：路上小心点。

丹巴老师在我的毕业作唐卡下面用藏文写了一段话，大意是该学生学习勤奋，初步掌握了唐卡技法，表现良好，打了八十分。其实和老师唐卡学校那些数十年如一日画唐卡的藏族学生相比，我很惭愧，并没有完完全全成为一名合格的唐卡画师。但我很感激研究生生涯里有这样一段特殊的学习经历，它影响了我后来的工作选择和人生方向，让我一直在唐卡艺术这个领域不断前行。

画唐卡的日子随着我的永久牌大杠自行车送给了一个藏族男孩儿后而结束。有时想起那段时光，仿佛如梦一般美好却又不真实，那些阳光灿烂的日子，那些最质朴的情谊，那些在我来到高原之初让我感受到的温暖和美好，都仿佛在昨天，却一眨眼，已过去了十年。

明晃晃的阳光又把我拉回到了眼前。去年是丹巴绕旦老师八十大寿，唐卡学校的学生们轰轰烈烈地给老师庆祝了一场，几乎老师教过的所有学生都来了，人实在是多，师母便喊我周末来家里看望老师。到了仙足岛，老师正在午休，旁边有一个藏族小男孩儿一边画唐卡一边守候着老师。于是坐在拉萨河边这座安静的院子里等待，旁边有一棵苹果树，听说去年秋天结出了满树的苹果，不由想起在措美林小院子里学唐卡的日子，前些天和一位如今已是西藏一级唐卡画师的师兄聊天，大家最怀念的竟都是那段学唐卡的时光，那时候很穷，却无忧无虑，没有烦恼，每天把唐卡画好就是最简单的快乐。

老师睡醒了，慢慢走下楼来。他好像又瘦了些，但精神很好，老师笑着说好久没见啦。我说是呀，老师您身体都好吧。坐在院子里的长椅上，给老师看最近找资料翻到的一张胡锦涛主席当年在罗布林卡接见老师的照片，老师拿着那张黑白照片端详了很久，匆匆岁月里，那个曾经在色拉寺出家三年修行佛法、那个顶着家族荣誉（老师家是绘画世家）、那个把唐卡教学引进高等教育体制，一生努力前行孜孜教导学生的年轻人如今已是耄耋之年。他的一生安静而壮阔，平凡而伟大。

老师说，我是不是老了啊。我笑着对老师说，没有呢，您精神这么好，永远年轻。愿我最敬爱的老师如月之恒，如日之升。

家住澜沧江畔

◎ 德西

从小生活在金沙江畔,已经习惯枕着江水的波涛声入眠,也许是缘分吧!我又来到昌都这个地处澜沧江、怒江、金沙江三江流域的小城,缘于对江水的情有独钟,我选择住在澜沧江畔。在这个城市生活一晃也有二十五年了,我也见证了它雄鹰展翅般腾飞的巨变。

在高原最好的运动是散步,很多时候我都喜欢每天上下班走路,喜欢这座小城就是因为喜欢它的小和简单,从这个小城的东端走到西端,就是我生活的两点一线。从家到单位有半个小时的路程,有时和邻居朋友一起出发,路上聊一些各自护肤穿搭心得和一些八卦,半个小时的路程也就近在咫尺;有时独行也是不错的选择,这段时间是独处最好的时间。

走过长约 600 米的小巷,巷口就是马草坝大桥,十几步就走到桥中间的位置,右前方直接映入眼帘的是西大桥和澜沧江交汇的天津广场,像船头一样突出来的地理环境跟重庆嘉陵江和长江交汇处的景观有很多相似之处。昌都市区依山而建,城区桥多,水多,山多,被誉为青藏高原的"小重庆",因此相对青藏高原其他地方,这里气候要湿润很多,女孩子的皮肤也是很不错的。而后目光穿越江水向上,对面就是昌都强巴林寺,强巴林寺是康区最大的格鲁派寺庙,公元 1444 年建造,它耸立在古冰河切割而成的红土壤层上,依附在横断山脉之下,庄严肃穆屹立在朱日台地上,红白相间,金碧辉煌。

沿着铺有方砖的小路一路向西,澜沧江是这个小城画龙点睛之处,没有这条江这个城市就会少了许多的灵气和生机。弦子的歌词是这样写的："昌都无城已建城，昌都建在两河间……"从青海三江源头流下来的扎曲和昂曲在昌都交汇成澜沧江，然后一路流经云南西双版纳再到缅甸就是湄公河，最后流向太平洋，被称为"东方的多瑙河"。我很喜欢水，喜欢西藏的高山流水、山谷里的潺潺溪流，喜欢大理静静的洱海，喜欢乌镇小桥流水，喜欢北京什刹海，还有成都的锦江，我都有兴致坐游船感受一下。不管夏天过林卡还是秋天看景色我都必须要矫情地选择有山有水景色还不错的地方，对水的爱是至深的，没有理由的爱。

过完桥，沿着澜沧江逆行，太阳已经照耀在大地上，不管是哪一季，沐浴在阳光里行走都是很惬意的事。这段时间的阳光很柔和，紫外线也不强，阳光照在江面波光粼粼，江水的四季是分明的，江水的汇合之处在春夏总是泾渭分明，一条河呈青绿色，一条河呈土黄色。两条不同颜色的河流像两条丝绸，毫不纠缠地自顾自向前流淌。再往前越过马草坝大桥就能看到相混相融的壮景。到了冬季10月份，两条河终于纠缠在一起变成一片翠绿。而两条河的腰线会瘦很多，河滩上的礁石和石块就这样突兀地裸露在河床上。

走到水上广场，只要有足够的时间，我都会绕道走到广场上两条河汇合的地方，我喜欢感受澜沧江每一季的不同带给我不一样的体会和心情。我站在这里，前方是扎曲，横跨在扎曲上的是"昌都和平解放50周年"时建的天津大桥，代替了以前简陋的吊桥。对面的山便是达玛拉山，汉译就是杜鹃山，是曾经老川藏北线最险恶的路段，海拔4540米，据称有89个急转弯，最险的路倾斜近30度，都说在4500米左右的山脊上盘旋，就和川藏南线的高尔斯山一样，感觉有翻不完的山头，很多时候都快要崩溃，真是佩服在川藏线上跑的驾驶员们。连日积雪、夏季冰雹现象常有，2006年新建了一条妥昌公路，终于避开山高路险的达玛拉山，小城的人们终于松了口气，再也不用走这条路了。翻越达玛拉山，是许多老人想起来都有心理阴影的一条路，不过这座山上曾出土了极为丰富的恐龙化石，也是世界上海拔最高的恐龙化石考古地。

　　倚着栏杆心旷神怡，闭眼感受江水流淌的声音。让心在凡尘中得到稍许沉淀，找到最初的自己，让浮躁的心得到稍许的安宁忘记一时的烦恼。偶尔想在记忆里寻找一首诗应景，总是想起《诗经》里"蒹葭苍苍，白露为霜。所谓伊人，在水一方。溯洄从之，道阻且长。溯游从之，宛在水中央……"《诗经》的美是美到骨子里，带你穿越华夏千年流光，重拾心中诗意和浪漫。站在江边任思绪随风飘散，江水在这里流淌了千年吧！卡若区出土的四五千年前的新石器遗址，默默地诉说着这里曾经有过的美丽家园，卡若先民以简陋的工具，克服重重困难，为开发这片富饶的土地而斗争，创造了辉煌灿烂的卡若文化。无数次我在江边想象，在千年以前一位美丽的姑娘用精美的双体陶罐装满水，婀娜地走在江边，惊艳了时光。我在澜沧江畔等待过朝霞的升起、看着暮霭的余晖、看过江面飘过的漫天飞雪，就这样走过澜沧江的一季又一季，也走过自己的一季又一季，"蒹葭萋萋，白露未晞。所谓伊人，在水之湄"，那些属于青春的梦和回忆都交给澜沧江流走。我的缄默化成水滴留在我的素笺上，缱绻的情怀在江底游走。而有些是带不走的旋涡，它会永远留在这里。在江边我曾写下诗歌《澜沧江的爱情》：

　　　　扎曲似康巴汉子桀骜不驯

　　　　裹着一袭黄衣

　　　　奔跑而至

　　　　昂曲似含情女子

　　　　柔情嫣然

　　　　携着一抹绿雾

　　　　款款而来

　　　　他们是杂纳荣草原私奔的男女

　　　　穿越扎纳日根山，风雨兼程

232

划过怒放的达玛梅朵

冲破雪域荒芜的风雪

穿越冰与水的质变

多少个 365 天

迤逦盘桓

穿过流沙的缝隙

相融在期待已久的怀里

热切的喘息

淹没在秃鹫振翅的声音中

多少相思和渴望

积攒了几季的力量

酣畅淋漓

这一刻得到了宣泄的满足

风住尘香花已尽

执手相望

眉黛浅出的歌

在晨雾中渲染而去

妙曼轻盈的舞步

在米拉热巴的鼓声中旋转

他们似天庭滴落的玉琼

洒落藏东化作一颗明珠

深嵌在澜沧江的源头

强巴林寺的诵经声

穿越轮回的坛城

亚东卡的天葬台

升起缕缕的桑烟

澜沧江的爱情

在这里烙印属于康巴的符号

在经幡拂过的古桥上

帘卷西风的身影

绝代惊鸿

不管岸上的这块土地在岁月里沉沉浮浮，在历史的刀光剑影里一闪而过，澜沧江依旧亘古随性地流着。

余秋雨在《行者无疆》里说："一个人可以不热情，不轩昂，一座城市却不可。这就像一头动物体形大了，就需要有一种基本支撑力，既不能失血，又不能断骨，否则就会瘫成一堆，再也无法爬起。热情是城市之血，轩昂是城市之骨。"

昌都这个城小巧精致，但是又绝对地气宇轩昂，有人说康巴汉子走过来就是一座冷峻的山峰，康巴女人走过来就是一座金银的宝库。走在茶马广场的步行街，身边时不时会走过英武俊朗、充满阳刚之气的帅哥和五官精致、棱角分明的美女。康巴人不仅强悍英武，而且也有精明的头脑，从近代邦达仓到当今八廓街的经商群落处处可见康巴人的身影；在朝圣的路上他们像吉卜赛人一样自由不羁同时又执着虔诚，三步一叩首用身体丈量着朝圣的路，经过无数次匍匐叩拜，一步步抵达心中的圣地。昌都这块藏东明珠以它独特的人文风情在雪域高原熠熠生辉。昌都曾经属"东女国"，是茶马古道上的重要枢纽，它的历史地位与文化价值绝不逊于世界上任何一条文明古道，而且可与北方的丝绸之路媲美。隔着历史，我们依然可以倾听到马帮清脆的铃声和赶马汉子爽朗的吆喝声在山谷中响起。

有人说昌都是西藏的"小巴黎"，一提起法国就能想到奢华浪漫，因为法国临街的窗口都会栽满鲜花，很多年前朋友去法国就曾带回她们在窗口栽的花，如今它已经从一株变成好多盆花，年年点缀着我楼台的小花园和办公室。一提起康巴，往往想到的就是剽悍、粗犷，在我看来，康巴人的优雅和浪漫是与生俱来的，不是刻意的。法国红酒作坊的老板，将自己酿造的酒称为自己的宝贝，所以一定要用最好的心情和环境品尝，就算是用纸杯，但那种优雅是不能差的；康巴人对自己酿造的青稞酒同样如此，一定要盛在镶金镶银的木碗里，用无名指优雅地蘸三下，敬天敬地敬神明，手指做这样的动作时，康巴人眼里是满满的让你感动的深情和虔诚，像是用双手轻轻捧着最深爱的"阿妈玛雍"，那样的深情会融化所有的时间，那是何等的从容和优雅。时光瞬间在酒杯中摇曳沉淀，缓慢下来就等岁月豪饮，那酒歌就从喉咙里慢慢地流淌出来，惊醒了月亮，静静看着江水流动的吟哦。

昌都，澜沧江畔的小城，在经意或不经意间已经和我融为一体。我亦是金沙江畔一粒麦粒，朝着故乡生长的麦粒，终究有一天会飘向弦胡最初拉响的地方。

西藏：圣境与天路

◎ 朱寒霜

至美至善：布达拉宫

当年的九寨沟之行，登到黄龙之巅，遥望云浮气吞的贡嘎山，就遥想着去西藏，因为那里有珠穆朗玛峰，更有布达拉宫。有的书上说，"天堂在左，西藏在右"。这让人对西藏有着不尽的向往，而那天堂，在我的眼里一半在拉萨，一半在林芝。而且，通往天堂的路是天路，通往天路的西天之佛乃是一个娑婆世界。《大唐西域记》把西藏与印度同称为西天，事实上，当年的唐僧取经是舍近求远，绕了大半圈，去了印度，并不曾到西藏。

2017 年 8 月 24 日夜晚十一点，我们乘坐青藏铁路列车一路向西。入藏后所见的远在天边、近在眼前的大草原，大多是沼泽地，而到了可可西里无人区，千里荒野，横无际涯，让人知道了什么叫真正的旷野。最多见的是低云，茫茫草地，云气弥漫，笼罩四野。以前觉得方圆百里不见人烟就算是荒野了，而我们的千里奔袭，也不见一点人迹，我们仿佛走进了小说中的一个远古的洪荒世界。远眺唐古拉山，山川相缪，云雪一片，隆起的云朵自天而降，一直延伸到天际间的水草中，分不清哪是云，哪是雪，哪是山，哪是水，哪是天，哪是地。天和地倒着看都是一样的，有着大世界、小宇宙的感觉。尽管我们中途由西宁至拉萨换了供氧车，还是高原反应明显，有一些人干脆坐在氧气口旁吸氧。我还算好一点，但总感到困，浑身无力，鼻子发干，嗜睡，总也睡不完，生怕自己睡过去了，长眠不醒。那一夜，隔半个小时一睡，不到两个时辰又醒了，迷迷糊糊的，也没睡个踏实觉，整整折腾了一个够。天气也冷了许多，我不停地打喷嚏，也凉了胃，肚子很不舒服。越过藏北羌塘大草原，直到那曲，云开日出，云高天蓝，空气好了起来。趴在窗上看，成百上千的牦牛风帆点点地移动着，偶尔还会在山脚下的一角见到帐篷，这才觉得有了人烟气。在一片漆黑的穿行中，一瞬间就过了羊八井隧道，拉萨近了。

在车上，我们饱览了异域的风光，途经郑州、西安、兰州、青海湖、格尔木等地，万水千山，辗转万里，三天的时间，抵达拉萨。闻名于世的布达拉宫就在这里，所有的神秘也似乎都在这里。布达拉宫，它坐落于拉萨市区的玛布日山上，是世界上海拔最高的集宫殿、城堡和寺院于一体的宏伟建筑，被誉为世界七大奇迹之一，地位崇高而显要。

布达拉宫的传奇色彩涂抹在白宫和红宫的墙上，让人更加深切地感受到还原于历史时空的鲜活气息和勃勃生机。这里白宫的墙是用牛奶和石灰粉刷的，而红宫的墙是用一味草汁和矿石的颜料调和而成的，故而有白宫、红宫之分。走进大殿，迎面而来的是富丽堂皇的壁画，其色彩是用稀有的矿物颜料染成的，即使是历尽千年，毫不褪色，光鲜如故。在那些画面里有神佛喇嘛、佛教故事、历史典故、信徒们朝圣的情景，火供的焰火，还有藏医藏药的勾勒，山水的状貌，无异于一幅幅的浮世图，再现了佛教的历史脉络和西藏的人文风貌。

晚上八九点钟的落日黄昏，从灰蓝的云层中灌溉着一片金光，山河入梦。脚底下的拉萨河流向雅鲁藏布江，水清而丰沛，让这座日光城有了灵动的线条感和节奏感，有了灵魂，一切变得神圣起来。我们站在雪域，在一花一叶中，行有道，达天下。

物灵的显现：林芝

第二天，坐了十二个小时的车，沿途尽是翻修的路段，一场雨后满是泥浆，更是小心翼翼地缓缓前行。趴在窗前，一切都在飞逝，所见的青稞、牛羊、马、帐篷、粗犷的汉子、健美的女人、连绵的大山、无尽的草原、潺潺的流水，在每一个人捕捉的镜头中剪辑成一幅画，终生难忘。

傍晚，到了林芝。被誉为"西藏小江南"的林芝，得天独厚，气候温润，有着江南水乡的灵秀和美丽。广袤的天地，丰沛的草原，肥美的牛羊，远远看去，就像青藏高原上的一朵美丽的格桑花。

来到林芝的苯日神山，每当阳光从云层中穿透出来，蔚然森森的一线蓝色之光在天空中流转，蒸蒸日上，山在长高，水在升起，如临仙境。一会儿流风化雨，杳然无极，更是深静和寂，淡然出世，直通佛的禅境。我及时抓拍了一组椭圆形的图案，泛青的光泽中加蓝，如云似水，异常之美。

林芝就像泰戈尔笔下的生命之歌《吉檀迦利》，空灵、清新而优美，而雅鲁藏布江就是竹排上的号歌，那种奔腾的气势乃平生第一次所见。它是我国的第六大河流，与之孪生的雅鲁藏布大峡谷，位居世界三大峡谷之首，五六千米的深度，比起世界上最高的摩天大厦差不多还要高出一倍。在游车上，转山转水，手摸云天，下视深渊，在临崖的盘山公路上从天上到人间，颠簸着，盘旋着，如银蛇曼舞，蛟龙入渊。有些恐高的我，吓得手心沁出了汗，腿在发抖，心都快蹦出来，大气都不敢喘一声，不敢睁开眼往下看。长长的大峡谷有多处观景台，最大的果果塘大拐弯，一个近乎直角的转折点，咆哮的铁流翻转，巨浪滔天，轰隆隆地沿着河床扑打着。相对于长江的静水流深，黄河的且行且驻，会让人想起长河落日圆的雄浑壮美，而雅鲁藏布江的狂野奔放，则是在世界第一大峡谷里吹来了旷世之风，怪不得人们形容为"高壮深润幽，长险低奇秀"。走过大渡卡遗址，千年的古桑树，情比石坚，裂石而生的桃树，直白观景台几个景点后，在另一个大拐弯处，是海拔7782米的南迦巴瓦峰，为强烈的上升断块，大团大朵的白云压住峰顶，冰川悬垂，雪山与白云一色，蓝天与碧水共流。茂林中，偶尔听见一声鸟叫，无异于天籁。

净土如许：那山那水那故事

在西藏看山容易，一睁开眼睛就是。西藏的山没有哪一座山不是连天接地，哪一片云不是与峰雪相伴，哪一阵风不是从山里吹来，所谓的雄伟、磅礴、壮阔，都在这里消解了，唯有那种"欲与天公试比高"的意象，在蓝天白云的世界里谓之无穷。无论是唐古拉山，还是念青唐古拉山，抑或那根山、米拉山，在这极寒的西藏，想起因纽特人的雪橇生活，也想起毕淑敏的散文集《西藏，十年面冰》，让人有着格外的感同身受。尽管没那么多的深刻体验，但还是能在这种置身其中的现场感中略知一二。在这面冰的雪域，哪一处不是冰清玉洁的梦乡？

我们是近处看水，远处看山。而这里的水在高山之上，大多在海拔4000米以上，是天地间不染纤尘的圣水。虽说西藏是一个山的世界，而看到的一滴水、一面湖、一条河往往是无与伦比的美丽，深邃而丰蕴，清亮而圣洁。到了林芝，水就更多了，流向了天际。那种美不是在深山大谷，就是在草原，以蜿蜒的曲线，含蓄的姿态，矜持的风度，或者是激情的怒放，点染了这片大地。湖水的极致一如春水微波，幽深缥缈，蓝得通透，清得彻底，净得纯洁，湖光山色云彩之美，冠绝于世。

终于，海拔5190米的那根拉山口到了，映入眼帘的是高大的玛尼堆和挂满的五彩经幡。车门还没打开，狂风大作，把人几乎冻成了胶卷，蜷成了一团。只见高远的唐古拉山矗立在重重峡谷之上，飘带般的山路，隐约可见的帐篷，黑色的牦牛成了蚂蚁，它们一点一点地浮动在草原上，让我忽然想起"天苍苍，野茫茫，风吹草低见牛羊"的诗句。正在彷徨之间，蓦然回首，一条蓝色的彩带舞动在天的尽头，那就是世界上海拔最高的咸水湖——纳木错。

车子驶过湖滨天然的牧场，停放在纳木错湖滩上的一个车场里。这里的游客最多，观湖的人如潮水般涌现在这里。我们没有骑马，没有骑牦牛，而是徒步来到湖滩，天空很蓝，湖水很蓝，蓝蓝的湖水好像蓝天降到地面，或许纳木错"天湖"的别名由此而来？我一路追景，拍下了一直游弋在湖之空、雪之峰的那棵云树上盛开的云花，如同哈尔滨的冰雕、吉林的雾凇，美极了。阳光下，念青唐古拉山的主峰格外清晰，有人说，它就像一个威武的战士在那里深情地守望，而纳木错静如处子，静静地依偎在念青唐古拉山的环抱里。湖水轻轻地拍打湖岸，就像念青唐古拉山与纳木错这对情人的低语，悄然绵长而悠远，世间的一切美好在这里被演绎得如此完美而和谐。山风徐来，波光粼粼，有些炫目，我和丈夫在湖滩边坐了下来。"在看得见你的地方，我的眼睛和你在一起；在看不见你的地方，我的心和你在一起。"仿佛三百年前酥油灯的光芒，依然影印着六世达赖仓央嘉措的年轻面孔，他留下的诗歌多情而深郁，使纳木错的风花雪月流芳百世。

人们见了山水，总爱说禅境，以此来形容它们的哲学意味。但是这里的山水因为山之多，使得水多了一份寂静；因为水之清，使得山多了一份飞白；而云呢，繁花似锦，恰恰是让山和水都有了色彩，在大千世界里成为一种亦真亦幻的梦乡。

净土如许，大自然的馈赠给我们带来了神灵般的感召和力量。在它的本色中，西藏不需要形容词，如果要说的话，只有两个字：圣洁。还可以再加上一句，八个字：天地相接，天近人远。天近在脚下，人却很难遇见。但我们却能在这独一无二的地方，敞开心扉，襟怀坦白，投入神山圣水的怀抱。天若有情，一切的造化之物都是"神"的孩子，愿以赤子之心，一掬清澈的圣水，涤荡我心，用我的纯洁来朝圣。

雪域风情：民俗村与雪顿节

我们的车子经过草原的一个天葬台，不觉忐忑起来，但很快就释然了。来到了中国第一风俗村——核桃村，接待我们的是一位年轻美丽的女向导。

当然，这里无疑是一个以核桃闻名的古老村落。核桃树树龄大多在一百年以上，千年的也不在少数，几乎每一棵核桃树都很大，枝繁叶茂，树冠如一个天然的大帐篷，几个人合围在一起才能量下树干的周长。走近旁边，有很多的住舍都是木桩铆合成的，奇形怪状的样子，平添了几分野逸之气。当然也有的人家融合了汉族特色，显得十分现代，比方说，有花团锦簇的庭院和琳琅满目的小洋楼。所到之处，都洋溢着一派农牧人家的那种崭新的生活气息。女向导十分地好客和健谈，拿出各式各样的银器给我们盛青稞酒、酥油茶、糌粑和奶油果子，热情地招待着。可喜的是，除了习俗的巨大反差外，他们的生活几乎与我们没有多大区别。

异域的风情让我们读到了一份不一样的人间视角的特写，而艺术的狂欢又给我们带来了不一样的音乐舞蹈史诗。

我有幸赶上了一年一度的雪顿节。在 2006 年 5 月，雪顿节入选了第一批国家级非物质文化遗产名录。

在宗角禄康公园露天舞台上，一群又一群、一拨又一拨的人汇集在这里。演员们在演唱，观众们在和唱，一起载歌载舞。或者将卡垫铺在草地上，亲朋好友们闲适地围坐在一起，摆着青稞酒、酥油茶、藏式点心，一边听着藏戏，一边观看表演者演绎一场人与神的悲欢离合。藏戏的唱腔、独白、脸谱、服饰、舞姿，与汉族有很大的不同，历经三百余年的洗练，散发着一种浑然天成、底蕴丰厚的独特魅力。他们的歌喉如同天籁，豪迈而动情。

听说这种娱乐可以持续一周。这儿的饮食起居，也是与天地相连接，与天人相呼应。青稞酒、牦牛奶、大块的肉、大碗的酒、大声的唱，将人的衣装与袈裟、大山、大风、大雪，一起在风沙卷尽中驰骋与飞舞。而这里的青菜、豆角、胡萝卜，就像挂在画布上的色蕴，也让人的味觉和胃口回旋不已。不过，这里的美食，还有一种兼容了川味的名菜：石锅鸡。我们吃起来很对路子，七八个人一桌子，里面的松茸、菌子、土鸡，以及一些药膳，再加上新鲜的时令蔬菜瓜果，太滋补了，口感就是不一样，胜之于大鱼大肉。

花絮：天路是慈悲的梦乡

来这里无异于一场历险记。

当天到达拉萨的时候，一会儿风，一会儿雨，冻得直打哆嗦；一会儿却是白炽光的日头，热得不得了。冷热夹击，整个人像灌了铅水一样，双腿沉重，寸步难移，好不难受。次日的行程是去布达拉宫，一出发就觉得浑身发烫，到处都疼，一分一秒都难挨，几次想打车回到酒店休息，但是奔着布达拉宫来的，又哪能半途而废呢？终于看完了布达拉宫、大昭寺、八角街的所有景点，硬是撑到了晚上七八点。我感到实在是不行了，丈夫打电话给导游说了我的身体状况后，立马叫来了医生，一检查，血压九十六／一百七十，体温三十八摄氏度。直到我打完针，喝下药，出了一身大汗，有了气力，那位医生才放心地离开。

那一夜睡得很香，从那以后一直到整个旅程结束都是这样的。

十余天的行程，可谓历经艰辛，幸有"天路"迎送我们抵达与归来。

人们称之为"天路"的川藏公路，据说当年建设时，每一公里路就会倒下一个解放军战士。其实，何止是川藏公路，还有青藏公路，以及通向西藏的每一个地方的公路，我们都是踩着筑路人用血肉之躯筑成的天路行走的。

莫非文成

◎ 李雪艳

多年前，一位擅长书法的朋友赠予我一幅书法作品，光洁如玉的仿古宣纸上以行草字体写着四个大字——"墨飞文成"，下面题写着一行小字："莫非文成，锦绣文章"。

众所周知，五千年源远流长的中华文明因文字的出现得以绵延不衰，也因为有了文字，华夏历史得以记载流传，灿烂辉煌的中华文化从此生生不息、源源不竭，并得到不断传承和弘扬。

作为世界上唯一可以单字会意的文字，每一个汉字都能做出独立、具体的解释，不同汉字的组合更是妙不可言、意味悠长。而代表中华民族独特精神标识之一的中华书法将中华民族对文字的书写发展到了审美的阶段，书法艺术的诞生和发展更加突显了中华文字博大精深的内涵、难以言尽的意韵。

从字面理解，"墨飞文成"即"笔墨飞扬，文章即成"之意。朋友补充道，原本打算写成"莫非文成"，我诧异地询问其中的缘由，友人解释说从一部电视剧里得知文成公主本名李雪雁，和我的名字读音完全相同，只是最后一个字的写法不同，于是想到了我，在一番思忖后挥毫泼墨写下"墨飞文成"。

细细品味这行云流水、飘逸灵动、墨香馥郁的书法，我的神思追随着窗外一缕缕飘散的流云，穿过蓝得令人神醉的高原天幕，遥想那一段影响深远的历史，仿佛看见车辚辚，风萧萧，一位美丽的女子正行走在崇山峻岭之间、大漠荒原之上，行走在漫长的唐蕃古道，长安的璀璨烟火在她身后渐渐远去……

后来我又翻阅资料，如饥似渴了解关于她的更多信息，据史料记载，文成公主，唐朝宗室女，汉族，名字不详，公元640年，被文治武功的唐太宗封为文成公主，公元641年远嫁吐蕃，唐蕃自此结为姻亲之好，之后二百多年间，吐蕃和唐朝往来频繁。

尽管史料中并未记载文成公主的本名，但"墨飞文成"所蕴含的寓意和饱含的期望、祝愿深深触动了我内心的情感。

拨开浩荡的历史烟云，我看到了那个深明大义、贤淑多才的女子，从繁华的大唐都城长安辗转来到仿佛远在天边的高原，以柔弱的身躯担当家国重任，把亲人的嘱托和牵挂装进行囊，克服了常人难以想象的艰辛，不远万里跋山涉水来到高原，在吐蕃生活了近四十年，为国家的兴盛和边陲的安宁做出了巨大的历史贡献，为民族的团结与和睦燃烧了青春和生命。

文成公主是民族友好融合的使者，也是中原文明的传播者，她远赴吐蕃不仅完成了唐蕃和亲的使命，而且将大唐的能工巧匠、图书典籍、生产工具、绸缎布匹、种子、佛像等带到了逻些（拉萨），当时世界最先进的文明传到了吐蕃，这为历史上西藏经济社会的发展和文化的繁荣起到了重要的促进作用。

她的生命永远熔铸在民族交融的历史长河里，关于她的故事和传说在雪域高原广为流传、经久不息，并被创作成小说、电影、电视剧、戏曲、实景剧等，感动和激励着无数的人们。在西藏，文成公主已经成为善良、智慧、慈悲、坚强的女性象征，藏族人民尊称她为"甲木萨"，以表达对她深深的怀念和无上的崇敬。

历史上，吐蕃和中原的关系从未割断过，继文成公主之后不到百年，吐蕃再次向大唐求婚，那位创造了开元盛世的唐玄宗将自己的妹妹金城公主远嫁吐蕃，延续了文成公主的使命。掩卷沉思，我心目中的文成公主已不再是身影柔弱的花季少女，而是执着、坚定、坚强、勇毅的女性。

这个怀着中华一体情怀的汉家女子，将爱情升华为家国情怀、民族大义和人间大爱，把个人的命运与家园命运紧紧相连。从此，祖国内地和西藏的关系更加密切，商贸往来更加频繁，文化交融日益紧密，藏民族和中华各民族手足相亲、守望相助，更加和睦友好。一千三百多年前，文成公主毅然挥别故土和亲人，舍弃了繁华的人间盛景来到当时相对闭塞偏远的吐蕃，纵使盛唐的烟云从此只是梦里繁华，无忧无虑的少女时光只能在午夜梦回，她依然选择让边塞的烟云伴随鲜活而笃定的人生，从此爱在雪域，情在天涯。

正因为历史上不乏文成公主进藏这样动人的历史篇章，中华各民族之间实现了自然融合和共同繁荣发展，中华多民族大一统格局得以形成和巩固。

怀想文成公主进藏的历史，我不禁回忆起自己进藏和在藏工作生活的经历。作为一名藏二代，五十年前，在我出生的那一天，支援西部建设的父亲遥望白雪覆盖的茫茫昆仑，为我起了一个带"雪"的名字，初中时期的我为自己起了一个笔名——雪雁，彼时的我尚不知道文成公主的故事。

二十八年前，刚刚大学毕业的我，怀着对未来的美好憧憬，踏上了进藏的路程，那时进出藏的交通工具除了飞机就是汽车，乘坐汽车走青藏线，从格尔木到拉萨拉夜车也要走两天两夜。坐飞机就更难了，一些同志休假结束常常需要在成都等上一两个月才能等到一张机票，那时候的我们做梦也没有想到有一天铁路会修到拉萨，更想不到如今复兴号在雪域高原飞驰。历史的车轮滚滚向前，转眼之间，二十八年过去了，西藏和平解放已七十多年，相比我刚刚参加工作的1994年，西藏的变化可谓天翻地覆，用"短短几十年跨越上千年"来形容丝毫不为过。

二十八年里，我亲眼见证了自己工作单位周边的房屋从两层楼变成了现在有电梯的多层楼；见证了每日餐桌上的蔬菜从单调的萝卜、白菜、辣椒、土豆到现在的五花八门，从内地运来变成了本地自产，海陆空物产一应俱全；见证了骑自行车花个把小时基本就能把拉萨城转个遍，到现在开着汽车从城市最东边的堆龙德庆区到最西边的达孜区，不堵车的情况下至少也得花上一个半小时；见证了马路上车辆屈指可数到现在的川流不息，从数得清的几条主干道到南环北环打通交通大动脉，大小道路将拉萨城区的角角落落织成了一张密实的网；见证了从目标指向单一的购物场所到如雨后春笋般崛起的现代化大型商场和超市；见证了四周黄褐色的群山被面积越来越大的青绿装点；见证了从夜晚常因电力不足靠蜡烛照亮到如今的拉萨被亮化工程改造得灯火辉煌、绚丽夺目；我与我的同龄人还惊喜地眼见着工资收入比1994年刚工作时增长了三十倍以上……

我在藏近三十年工作和生活期间，也与许多其他民族的同事和朋友结下了深厚的友谊，每逢藏历新年，总要发自内心地向藏族朋友道一声"罗萨扎西德勒！"，每到春节也总能收到他们的新年祝福。每逢隆冬季节，藏族朋友们晾晒了风干牦牛肉，总是不忘给我预备一些，西藏冬天的空气里因此暖意融融、无比温馨。近三十年的变化难以穷尽，但有一种东西从未改变，那就是各民族始终亲如一家的情谊，是西藏各族干部群众对老西藏精神、两路精神、孔繁森精神的坚守和发扬。

我在拉萨工作的二十八年只是沧桑历史洪流中的一个瞬间，我所见证的西藏的发展变化，也只是西藏和平解放七十多年沧桑巨变的缩影。许许多多藏二代、援藏干部，许许多多长期在藏工作的包括汉族在内的内地女性把美好的期许系在云端，把自己嫁给了高原，她们或许没有自己生命中的"松赞干布"和"赤德祖赞"，但这里的一切已成为她们的牵挂，高原就是她们生命中的"康巴汉子"。她们不远万里为守望这片蓝天净土，为建设这片高天厚土无怨无悔、甘于奉献，把青春留在了雪域大地，甚至为此献出了宝贵的生命。

每每观看大型实景剧《文成公主》，都难以抑制内心的激动，不仅因为那气势恢宏的场面和引人入胜的舞台、灯光、歌舞表演，更打动人心、引人深思的是汉藏民族之间你中有我、我中有你，命运与共、生死与共、休戚与共的相互依存，是藏民族自古以来与祖国各地之间的广泛交往，是汉藏文化的全面交流和深度交融，是中华各民族文化的兼收并蓄和共融发展。中华各民族自古以来交往、交流、交融的历史史实折射出的是中华文明讲仁爱、重民本、守诚信、崇正义、尚和合、求大同的精神特质。

　　如今的雪域高原，已站在了新的历史起点上，正迈向更加光明幸福的未来，360万高原儿女正阔步走在建设团结富裕文明和谐美丽的社会主义现代化新征程上，为早日实现中华民族伟大复兴梦贡献力量。身为华夏儿女，生在盛世中国，我深感庆幸和自豪。"天下没有远方，有爱就是故乡。天下没有远方，人间都是故乡。"因为缘和爱，我愿视西藏为故乡，因为缘和爱，与西藏难舍难离，因为缘和爱，对这片土地魂牵梦绕……想到这里，面对书写着"墨飞文成"的条幅，惭愧之余我也倍感振奋和欣喜，文成公主的卓绝才华令吾辈望尘莫及，公主的历史贡献更是无法企及，但文成公主那值得尊崇和弘扬的民族大义、家国情怀、人间大爱值得我永远学习和追随。"莫非文成"是我永远的人生坐标和精神激励。

致信远方

◎ 达娃央金

1985 年，我十三岁，作为西藏班的第一批学生，考到遥远的东北读书。

80 年代的大东北一如现在，夏天热浪滚滚，冬天漫天飞雪。那里的老师们视我们如宝贝，与我们日日相伴，心心相连。我们与来自不同地方、性格迥异的同学们相依为命，熬过酷暑，挨出严冬，有快乐，有悲伤。

那个年代，信是我们与家人联系的唯一通道。我们一共一百个孩子，很多父母不识字，每次都请人代写家信，当然自家孩子写来的信也需要别人代读。而我的阿妈，却在用她自己越来越流畅工整的字体给我带来家乡的味道。

阿妈出生在旧西藏家庭，上过私塾，藏文基础还不错。1959 年西藏和平解放，十三岁的她随大人改造下了农田，种得一片好田，织得一手细氆氇，酿得一坛醇香青稞酒，那些字早就生疏了。我去东北那年，她四十岁，重新拾起藏文，是为了给我写信。

一封封家信，从西藏雅砻河畔的各县、乡、村到我们的第二故乡辽阳，坐汽车、乘火车、上飞机，走过青稞地，翻过大雪山，跨进了太子河畔，一走就是近一个月。现在常听歌里唱道，从前的日子变得慢，车、马、邮件都慢，说的应该是这种情况吧。我和我的同学们艰难而甜蜜地等待着，没有急躁，没有埋怨，等待邮差叔叔单车的丁零铃声。多年以后，每每忆起，心头总会泛过一阵浓稠的甜蜜。

邮递员叔叔定期把信送到老师那里，下课了只要见老师手上拿着信，就会有同学大声喊着："来了来了！"不一会儿工夫老师已被我们叽叽喳喳，围得水泄不通。念到名字的，喜出望外，没有拿到信的，一脸沮丧。

邮差叔叔在我们心目中是英俊的，可爱的，我们深爱着他们。我们常在信封背后表达这种感情："叔叔，内有照片请勿折！""叔叔，您辛苦了！""叔叔，向您致敬！"……

东北的冬天，大雪纷飞，积雪常常及膝，厚厚的深蓝色棉服裹住了我们娇小的身躯。即便在操场上滚雪球的空当，我也忘不了朝大门望去，我也急切地想要听到那清脆的丁零声。

阿妈的信很讲究，两张普通的信纸叠得整整齐齐的，长行对折后，再宽处对折，发出微微的酥油香味。夏天，打开信时小心翼翼，信中也许夹着一片秋海棠花瓣，从高原一路走来，花瓣有些干了，但涌进心头的热浪依旧。头一年，我从不在同学面前看信，信未开封，泪已成行。

宿舍里一人一个铁柜，铁柜里一封封家信静静地躺着，因时时翻看，边角已折皱。病痛来袭、与最好的朋友拌嘴、考试排名稍有落后、体育课跨栏没过……在那些忧伤的日子里，封封家信抚慰着弱小的心灵，思念变得不再那么揪心。

东北四年，最喜做梦，梦里我常常回家，和伙伴们过家家，在地里偷吃豌豆，吃阿妈做的面疙瘩粥，还有替奶奶磨鼻烟……

四年后，我毕业回家。我们长高长胖了，阿妈的两鬓已有丝丝银发了。藏式柜抽屉里一根红色毛线绑着我寄来的所有信，整整齐齐的。阿妈告诉我，因许久不写字，第一年下笔竟都忘了怎么写，她见空就请教别人，就连下地也不忘问。我仿佛看见，昏黄的油灯下，阿妈小心地摊开纸张，用布满老茧的手指笨拙地握住笔，像一个刚启蒙的孩童，一笔一画地描摹着那些早已模糊的字符。村里没有人会用汉语写地址，她会买上一打信封和邮票，跑到县邮电局请那里的人给所有信封写上地址。记忆中那时的信封白色中泛点黄，右上角标有"贴邮票处"几个字，信封远没有现在精致，但承载的爱浓郁深沉。

小区里，张大人花（波斯菊）又一次怒放。儿子小学毕业考到江南，我是喜中带忧。此时距我第一次离家，已经整整三十年了。我和当年的阿妈一样万般难舍，幸而如今的通信变得极其发达，每个宿舍都装有电话。每天晚上八点半过几分，儿子都会准时打来电话。两年了，除了几次下晚自习较晚没有打来外，无一例外。每天通话内容大同小异，无非就是吃得好不好，学习费不费劲，同学之间有没有团结，两年多了我一直在重复，并且乐此不疲。

虽然日日可以通话，但我更愿意把有些话写在信里。儿子离开家时，我在日喀则驻村，没能陪伴他重要的一程。于是我把歉疚和祝福写进了信里，而把思念深深地藏在了心里，我把村里孩子们的照片发给他，希望他珍惜机会，希望他的青春是愉快的，幸福的。

信寄出去了，我每天像新娘等待婚礼音乐响起一样盼着回信。我虽然知道一封信从江南到西藏只需等上三四天，但碰到收发员妹妹就会不由自主地打探消息。

那是一个阳光明媚的上午，阳光斜射进来铺满整个办公桌，暖暖的。收发员妹妹送来了儿子的信，牛皮纸信封，那个熟悉的字体！

这是儿子寄来的第一封信，深呼吸几次后我才撕开了口。里面是一封信和三张卡片，三张卡片分别是写给姥姥、爸爸和我的。写给爸爸的卡片上，他回忆起爸爸陪自己来新学校报到时，看到爸爸头上有了些白头发，非常感谢爸爸六年来不辞辛苦的接送，他请爸爸少抽烟多喝水，他向爸爸保证一定会努力学习。给姥姥的卡片上都是藏文，他问姥姥是不是每天都去转经，要姥姥不要太担心自己。虽然没有给妹妹的卡片，但是在信里他要妹妹听爸爸妈妈的话，不要太调皮，不要让爸爸妈妈操心……抬头望窗外，阳光在泪水中跳跃，无数颗水晶珠珠发出了耀眼的光。

我把卡片带给他姥姥、爸爸和妹妹，姥姥反反复复地看，看一回哭一回，爸爸默默地走出了房间。那几天，我们把儿子的信放在桌上，吃饭时翻一遍，喝茶时看一遍，每一次都能读出不同的幸福来。

姥姥和爸爸不知从何处下笔，托我一并回。

"亲爱的哥哥，我在信里夹了一朵粉色的张大人花瓣，你还记得吗？夏天，我们的院子里开着粉的、红的和白的张大人花，特别漂亮。看到花，你会不会就像看到了我们？"假小子妹妹陪哥哥回忆起院子里的张大人花，那是他们俩共同的记忆。

关于学习与健康、关于青春与友谊、关于自立和团结，关于书本和课外……每一封信，从开头到结尾，每一个字，我认真、投入地去写。长期办公快速书写，使我在下笔时全然忘却了一些字体的笔画，于是久违的字典又被翻了出来。为了鼓励儿子重视字体，我每日抽空练上两页字帖。我想，儿子在写作业时，妈妈工整的字迹会跳进字里行间。

单位门口的特色商店旁立着一个邮筒，每每经过我总要瞟上一眼那抹绿色的身影。盛夏的一天，我拿着信件准备投到那里，信封的一头已经钻进了邮筒口，忽又想起鲁迅先生致徐广平的信中曾说过的一句话："我寄给你的信总要送往邮局，不喜欢放在街边的绿色邮筒中，我总疑心那里会慢一点。"于是，顶着烈日朝邮局走去。

现在，邮电局里几乎没有人买信封和邮票了，牛皮纸信封被华丽的信封取代，邮票也不再那么厚重。儿子初三了，学习紧张，也不再给我写回信了，但我每隔一段时间，都要去一趟邮局，寄一封信给远方的儿子。

儿女终将飞向更远的天空。以后的日子，无论他们回信与否，我都希望能够致信远方。希望邮筒为我而留，像一个时间的容器，替我保管那些无法在电波里长久停留的牵挂，等待它们在某一个阳光斜射的午后，再次温暖远方的心房。

那座叫普仓的村子以及家乡的河（散文组章）

◎ 杨乐

多少年前的梦里，我可曾来过这里？那雪山、草原，风里卷带的沙石，都好像是为我悉心准备的。我应该出现在这里。没有刻意的寻求或是反抗，于时光流年中，远涉千里地来了。

多少年后的我，是否还会回到这里？看村外的小河，夕阳下的牛群，和那远处挥舞皮鞭拥有明媚笑容的少年。这会出现在我未来的梦里，在匆匆而过的岁月里，忽而调转马头，飞奔向你。

普仓，没有什么特殊的含义，就跟这个屯、那个沟一样。群山环抱之中一股细流顺着山势缓缓流淌。夜晚停了电，你只能对着村子的方向扔两块儿石头，循着狗吠才能找到回家的路。我爬过村子周围所有像样的山，从不同的方位端详过它。说实话，它的气质配不上 4600 多米的海拔，看上去太过温顺和安详。

清晨的炊烟，像是村子长起来的头发。丝丝缕缕，在海蓝色的天空下，随风变幻着形状。云也只是在半山腰上挂着，但它却不屑与炊烟为伍，还未靠近，便匆匆忙忙化作一阵雨、一场雪落在了地上。

牦牛却早已闻惯了自己粪便燃烧的味道，它亲眼看着女人们将那一坨坨堆砌成墙。有些牛已经活得老态龙钟，可仍旧对这个世界充满了好奇。每当我清晨蹲在河边漱口，总会有那么几头围在我身边若有所思地打量着，那一颗颗硕大的脑袋在过去一年的时光里，仍旧以为我在做着什么奇怪的事情。

"休巴德勒。"村主任的弟弟是每天第一个看到我的人。

"休巴德勒。"我嘴边还挂着牙膏的泡沫。

"德勒、德勒。"他叫罗布，四十多岁了仍然未娶，早晨将牛群赶到山上，晚上再从山上赶回来，这就是他生活的全部。

"德勒、德勒、德勒。"再多的藏语我也没学会。"德勒、德勒、德勒、德勒。"他不会先比我结束这段顺畅的交流。

旁边村主任家的"二狗子"在晨光中微微抬起头看了我们一眼，然后换了个姿势继续睡了。这条傲慢的獒犬在我来到这个村子之前并没有名字，甚至人们给它喂食的时候，都没有跟它说过一句话。而我每天都要过去跟它打招呼，教导它不要成天只知道睡觉，要做些有意义的事。自从它的野狗"女朋友"被村民扔到了几百公里外的班戈县，它便再没什么盼头。我很同情"二狗子"，它挣不开这胳膊粗的铁索，我们有时候是一样的苦楚与无奈。

正午的阳光，把躲在村子角落的雪融化进了土里。阳光下的玻璃房子，一只慵懒的狸猫四仰八叉地睡在窗台上。兔子、黄鼠狼、狐狸也都停止了追逐，凑到村里的石板路上晒太阳，偶尔还会看到一群白屁股的藏羚羊从村子里一闪而过。牦牛对此甚至都来不及反应，只感觉到一阵风和一带而过的羊骚味。

白玛曲卓的阿妈又送来了酸奶，流着鼻涕的普布次仁偷偷给我手里塞了一块糖。五岁的英秋在前些日子也上了幼儿园，不会再拎着半条胳膊的玩具熊每日跟在我屁股后面。那天中午她还兴冲冲地跑过来对我说："你在做什么？谢谢。"红彤彤的小脸好像一下子长大了许多。我以前总觉得自己必须生个儿子，女儿太娇贵，让人担心。就在那一瞬间，我似乎改变了主意。

傍晚的夕阳，像是山的另一边有无数宝藏迸发着光芒，阳光将最后的余晖洒向了草原，所有的一切都染就了一身金黄。人们把小牛拴在了桩子上，整个村子也跟着奶声奶气地呼喊起来。没过多久，山头上便涌起一阵黑压压的"泥石流"，边跑边低沉地回应着。人类特别喜欢用这样的招数，屡试不爽。

黑夜总是早早地降临，在风起云涌下，它与白天"判若两人"。

风从四面的山谷里像驱使着千军万马嘶鸣而来，暴雪在无数股力量的撕扯下疯狂地挣扎却怎么也落不到地上。沙石拍打着四周的墙，似乎在告诉我，这才是它原本的模样。

羌塘高原的夜晚，大自然在独自狂欢。

这样的夜晚我惶惶然穿过了四季，经历了一个轮回。以前所有的日子却从未有过这样的深刻。我被放逐在夜晚辽阔的草原，任思绪飞舞到千万里。我看到浩瀚星河下村子的一头连着府南河，另一头长出一棵棵参天的杨树。数不清的梦境，整个村庄的夜晚都是我躺在床上听着风声肆意构想的。那日日夜夜憋在肚子里的话，都从半开的窗户飞离而去。

我从没想过会在老家之外的另一座村庄待这么长时间，长到我几乎熟悉了这里的一切。每一张和善的面孔，每一处歪歪斜斜的房子，甚至是河里每一块漂亮的石头，都深深地浸入了我的脑海里。

而我似乎刚刚才被这座村庄所接纳，人们看到了我坏脾气背后的好心肠，习惯了无数寒冷日子里并肩站在一起的那个人。我们共同喊着"二狗子"，身上混合着糌粑酥油味儿。阳光更加温暖，就连村里的风刮在我身上也温柔了许多。

然而，我终将会离开这里。在我们熟络的时候。

就像是生命中的一场境遇，村庄上空飘过的一片云，我只是这里驻足停留的过客。然而，生活在一寸寸的光影中走到了现在，每一阵风、每一场雪都在我生命中留下了该有的印记。我在辽阔的草原上尽情呼喊过，在巍峨的高山下仰望星河，在每一个无眠的夜里，思考着这困顿的旅途和平凡的人生。

只是想在后来的某一天，再次穿过那条熟悉的山路出现在你的面前，那时的我能否活成自己想要的样子，那时的你会不会依然留在这里，任岁月更替，神态安详。

热塔的鹰

我在普仓到热塔自然村的那段崎岖的土路上，走过七十多个来回。我总是独自一人带着一盒剩饭，迎着下山归家的牦牛群上山。

在那半山腰上，有一栋破败不堪的石头房，屋里住着的光棍儿男人听说多年前去了比如县挖虫草就再也没有回来，只留下一条脖子上系着红布的獒犬。我每次路过那里，它都会对着我咆哮不止，揪扯着红布下包裹着的铁链，惊起阵阵黄土。它身后守护的是一座已经没有了门框的黑森森的洞穴。人们说这条可怜的狗是靠所有路过那条路的人养大的。因此，我便想在有限的时间里朝那个方向多走几趟。

我站在阳台看着窗外翠绿的五面山，高大的白杨树在风中微微地晃动着。制造航天发动机的厂房里寂静无声，有一两只麻雀从里面飞了出来。疫情又一次迫使这座城市安静了下来。之前，我似乎从没有这样认真地端详过窗外的景色。不知为何，此刻它让我想起了一段离我生活已经远去的时光——连一棵树都难以寻觅的藏北高原。

从那栋石屋再往前走有一个岔路口，右边延伸进一座山谷，谷里零星散布着十几户人家。左边通向一座高岗，那是一片被铁丝围起来的废弃牧场。人们说石屋前的那条孤零零的狗经常会被这山上住着的一只老鹰所欺凌。抢夺它来之不易的食物，撕咬它身上已经打了结的皮毛回去修整自己的巢穴。人们不能忍受生活不幸的人再蒙受屈辱，更何况这条狗身上有着多数人都无法企及的忠诚。

村民们也曾设法围捕过那只可恶的鹰，像扑小鸡一样扑过去，像管教牦牛一样用鞭子将石子飞掷出去。可那只狡猾的禽兽似乎轻而易举就能洞察人类的企图，总是在不高不低的半空中盘旋，让地下躁动的人们一次又一次地体会自己的无能为力。

清凉舒爽的风从窗口吹进来，我深深地吸了一口气，小心翼翼地将身子探出窗外。空荡荡的街道、低矮的草丛树林，还有几只松鼠和梅花鹿样式的雕塑立在马路中央的绿化带里。当初那只鹰大概就是在这样一个高度俯视地面的景象。我紧紧抓住阳台的护栏，生怕自己像一块笨重的石头一样，掉落下去。

那只獒犬用爪子在地上挖出一个西瓜大小的坑，平常积攒雨水，路过的人们也会将食物投放进去。我每次都会看着它把我带来的东西吃干净，才会起身登上那座热塔高岗。我要去捣毁那只鹰的巢穴，让它无处安身，不得不离开这里。

然而，我来来回回在那座山峰上搜寻了几十次，却连一只鹰的影子都没有碰到。山上有时会刮起猛烈的风，气流如同湍急的浪花拍打在我脸上，使我不得不俯下身体才能正常呼吸。风又从我的领口钻进衣服，我便像只气球一样鼓了起来。而有时登上去却一丝风也没有，只有脚下的云海像白色的轻舟缓缓向一个方向浮动。远处一座又一座的雪山在湛蓝的天空和耀眼的阳光下，仿佛助跑几步就能轻松地跨越过去。我如果是那只鹰，一定会选择栖息在这里，一遍遍贪婪地俯瞰着这片广阔的天地。

终于，我在一处隆起的巨石上发现了它留存的印迹，一道道清晰的爪痕和风干的鹰屎。我爬了上去，竟一眼看见山腰上那栋破败的石头屋和屋前模糊得像一只黑点的獒犬。我似乎还能隐约地听到那狗的咆哮声。

天空一片寂静。我要是那只鹰该多好哇，此时就可以从这狭窄的窗口滑翔出去，驾驭着这股清凉的风，到达所有我想要到达的地方。我应该会在对面的五面山盘旋片刻，接着就展翅飞跃秦岭，回到九曲的黄河。我要饮一饮那橙黄色的水。我要实现当初在热塔高岗上所有的幻想后，再飞回那高岗的巨石之上。啊呀呀，嗝嗝。

后来，守护在石头屋前的獒犬突然消失不见了。村里的人说，是那房子的主人趁着夜晚回来带走了它，他们一人一狗，翻过了热塔的高岗，沿着蜿蜒的河道朝更加荒芜的双湖县去了。也有个别人说：是山上的那只老鹰干的，这么多年来它根本不是在欺凌那只可怜的狗，而是一次次用自己坚硬的喙，企图啄开那红布包裹着的铁索。

我个人更愿意相信后者。整个热塔，可能只有那只鹰听懂了獒犬疯狂的咆哮声中想要表达的是什么。

河

小时候生活的村子被四条水渠围在中间，那里面日夜奔流着浑浊的黄河水。我最喜欢到西边的三岔口玩耍，因为只有那里的水可以没过我的头顶。父亲总是在日头最盛的时候，强迫我静下心来睡午觉，可那几百米外的河水像是光着身子的女人跑到院门外使劲向我招手。我为此常常要受到父亲的追打，庄稼地里拿起什么都可以教训自己的儿子，葵花秆、玉米棒子，甚至抠起地里的泥也能从后面掷在脸上。但我从来都不觉得疼，黄河水将人的头发一根根地指向天空，这让我奔跑起来十分畅快凉爽。

我口渴的时候会像狗和牛一样匍匐在岸边，张开嘴让河水自然地流进我的咽喉、鼻腔，清凉芬芳的泥土味驾着一朵朵小的浪花尽情地拍打在我脸上。我便索性将整个头颅都伸了进去，像白杨和红柳的根茎一样，吸收着水里的养分。我看见了金黄的鲤鱼、光滑的泥鳅，一群只长出两条后腿的蝌蚪，还有一个满脸惘怅的成年男人站在河的尽头。突然间，我又想起上游的放羊老汉会对着这条水渠打开自己的"闸门"，便像是吃了人生大亏一样，猛地从那水里仰起头来。泥沙和水堵住了我的耳朵，我却发现面前挂起一道若隐若现的彩虹。

人终归要长大，要告别村子里青梅竹马的女孩儿，自从我离开了那片黄土地，梦里流淌着的水声就渐渐消失了。在后来的日子里，我去了很多个地方，见过无数条河，那些水流大多清澈见底，那岸边也总有人倚着栏杆深情地望着水面。可我那时候并不知道，这只是他们的河，与我无关。

在这波光粼粼的世界里，在这纷繁复杂的时光中，我跟随每条遇见的河流都要走上一程，然而当时间在我面前化作一个个浪头又四散奔逃时，我已经无法分辨自己到底是那水里的鱼，还是一颗顺流而下的石头。

直到若干年后，我来到了另一座村庄。黄土地变成了千年的草皮，平原上隆起了高耸入云的山脊，方圆几百公里连一棵像样的树都没有，空旷的天地间我像是一件被遗落在山谷中的铁器，是河套平原耕地的犁，或是城市外墙剥落的铁皮。晴朗明媚的白昼，皓月当空的夜晚，世界上所有蜿蜒浩荡的河流都被阻隔在群山后面，只有一股细流从村庄的腹地欢快地奔涌而过。

时间从天空中落了下来，陪同我沿着这条小河一直走向山的最深处。我将几十年的心事与不甘统统地告诉了脚下的河水，它便一路喋喋不休地流向远方，并把我所有的秘密公开给岸上的青石、水中的鱼虾，还有几头驻足饮水的牦牛。它们都认识了我，漫山遍野的鲜花一夜之间铺满了整个草原，风温柔得像少女的头发，和升腾的炊烟紧紧地缠绕在了一起，雄鹰也从云层中滑落到人间，整理着自己骄傲的羽翼，望着我会心地点着头。我开始在万事万物面前渐渐恢复了儿时的知觉，在某个寂静无声的夜晚，仿佛又听到了西边三岔口的流水声。

暴雨将小河变得汹涌澎湃，激流翻卷着浑浊的泥沙，像是一位不远千里专程来探望我的伙伴。原来所有的河流在某一时刻都会变成故乡的黄河水，而多年背井离乡、飘来荡去的人哪，才需要放下山外的风景找回自己。我站在石桥上看着两个村庄的河水重叠在一起，中途的旁枝末节都被淹没在杂草丛中。时间将我放在一个刚刚好的位置，能够一眼望穿来时的路——那条漫过我青春岁月的长河。

我还看见了那个将整个头颅都伸进水中的少年，他眼中藏着我人生初始时最纯真的梦想。

土　路

这条两旁长满了芦苇和狗尾巴草的乡间土路一直可以延伸到很

远，它跟随着人工渠里橙色的黄河水逆流而上。我小时候常常坐着大爷爷的自行车到前面不远的民富小学上学，他在坚硬的后座上为我加装了一件用灰布包裹着的海绵垫。风此时就从那个方向吹过来，我独自一人静静地坐在路中央，坐在草丛间。

有蚂蚱和蜻蜓从我身边掠过。我站起身来试图抓住它们，却听到自己的膝盖发出一连串沉闷的响声。这些年来，我已走过很长很远的路，一闭上眼周围就是熙熙攘攘的人群，嘈杂，像暴雨拍打在玉米和葵花展开的叶片上。我曾在无数个夜里想起这条宁静的小路，坑坑洼洼的地上全是黄土和红泥。大爷爷总是沉默不语，身上永远散发着一股陈年的烟油味，仿佛他那干瘦的身体就是一支燃烧着的巨大的纸烟。

昨天是我的婚礼。我和父亲在当天清晨露水还未散去的时候，开着车沿着这条小路来到大爷爷的坟前。家中有了新进人口，按照习俗要过来告诉他一声。每座坟茔都长得一样，隆起的虚土上泛着白色的盐碱，低矮的石碑淹没在了荒草之中。后人们全凭记忆祭奠。父亲和大爷爷一样沉默，他用地上的树枝将带来的纸钱烧尽，又将两包烟扔散给了周围同样荒凉的土堆。

这些年来，父亲总是开着他那辆破旧的长安奔奔行进在这样的乡间小道上，屠牛宰羊，收售皮货。他身上总是带着一股浓重的羊油的味道。回去的路上，车斗上那一排锋利的铁钩在颠簸中像是奏起了一段奇妙的乐曲，丁零零、铛铛……我从当初只有野草那么高，到今天即将要步入婚姻的殿堂，时间像只奔跑的兔子从这路上一闪而过。父亲还是双手紧握着那只满是油污的方向盘，从始至终没有半句叮嘱的话。风吹进车窗，带着升腾而起的泥土和青草的芳香。我看着后视镜里摇摇晃晃的路，远处有一个戴着草帽、穿着破烂衬衫的稻草人，正站在树荫下侧着身子向我们挥动着手。

爆竹声散去，还有鲜艳的红花和洁白的纱裙。我也不知为何独自一人又来到这里，看着这条蜿蜒崎岖的土路上碾过的一道道车辙。它们有的狭窄细长，有的宽大厚重，深深嵌入土里，没有人打扫，只有雨水偶尔下来冲刷冲刷。两边的庄稼不紧不慢地生长着。沉静的土地，低垂的白云，哗啦啦的黄河水和轻轻抚过青草的风声，还如我孩提时一模一样。

我用一块土坷垃将身上脱下的衣服压在地上。只穿着一条代表新婚的红色内裤，奔向河水上游的闸口。一群麻雀和两只喜鹊叽叽喳喳地飞在我左右两边的草丛上。野鸡、兔子，还有翠绿如芭蕉的玉米，也跟着我一起向前涌动着。我将脚指头抠进温热松软的泥土，接着一头扎进了芬芳冰凉的黄河水里。是土壤、草根、树叶和麦芽的味道。它们一瞬间便涌入了我的耳朵、鼻孔和嘴巴。我仰面看着金色的阳光照射在自己溅起的晶莹的水花之上。我看见那条土路下边是丰茂的水草和纵深蜿蜒的根茎。两岸的花草树木在那一刻像是弯下腰也想跳进来，而我却只想成为一截木头，顺着河水，紧挨着这条土路，一直漂下去。

酸　枣

在我老家的村东边曾经住着个放羊老汉，名叫迎喜。他打了一辈子光棍儿，未能成就一件喜事。

每天天不亮他就赶着一群羊钻进了村外的芦苇荡，那芦苇浩瀚无边，连着阴山脚下千里的戈壁滩。村里的老人说："这里面住着九尾狐狸，迎喜出出进进肯定是有啥想法哩。"待到日落西山，那金色的芦苇丛中就会跳出一头头吃得圆滚滚的羊，而迎喜老汉有时背着一捆打来的嫩草，有时只扛着一截死去的胡杨木。

剩下漫长的夜晚，他会在那间漆黑的小屋里点起一盏煤油灯，盘腿坐在土炕上一锅接一锅地抽着旱烟。那屋中所有的陈设都跟他本人一样，像是泥巴做的。唯独油灯下摆着一盘火红色的酸枣，颗颗饱满，在闪烁的烛光中，像是黄土堆里长出了一窝新鲜的花骨朵。

他的口袋里也装满了这样的红果子，在清晨或是傍晚的路上分发给遇到的每一个小孩。那时我为了能多讨几颗，便一个劲儿地喊他："迎喜爷爷，迎喜爷爷。"他高兴得鼻孔里的毛都露了出来。我看见那杂乱无章的花白胡子里只挂着一颗孤零零的黄牙。

如樱桃般大小的枣子，酸甜可口的味道里还带着一股特殊的烟草香。

从那以后，我便一次次翻上他的院墙，像窥探一座破败的寺庙和寺庙里六根清净的老和尚。我把耳朵贴在那扇笨重的木门、糊满报纸的窗户上，甚至是房顶隆起的烟囱。我像一只猫头鹰一样，盯着烟雾缭绕下那张长满荒草的脸，还有那盘火红火红引人直流口水的酸枣。他无儿无女又没牙齿，这么好吃的果子难道就这样跟着他一起风干吗？

我开始每天在村口等他回来。吃过口袋里的酸枣，还要继续爬上墙头观察他重复地点烟、抽烟、熄灯、睡觉。他从不跟任何人说话，只是偶尔会喊骂那群边走边拉屎的羊，像在喊骂自己不争气的孩子。

从麦苗只有韭菜高到地里的葵花结出了籽盘，我把迎喜的那面墙生生地坐下了个凹槽。在这段时间里，那扇严密的窗户下又多出了一把火红的酸枣，院门也不再像往常一样紧闭，我甚至看见他离开时把钥匙插进了墙面的缝隙里。

那是一个刮着大风的黄昏，风把窗台上留给我的枣子不知吹向了何方。我像一条被喂熟了的狗，四处寻觅无望，竟爬上窗户打起了屋里的主意。

我把手伸进了墙缝。

屋子里漆黑一片，一股浓重的烟油味像是已经浸透了整个世界。我慌忙地将盘中的酸枣装进了自己的口袋，还把剩下的塞进了嘴里。正当我准备逃离这间让人窒息的小屋时，借着门口投射进来的光，一口巨大的棺材赫然出现在眼前。

与此同时，我听到有无数的脚步声从院门外涌了进来。我被吓得号啕大哭，像是一只慌不择路的兔子冲了出去。那迎喜老汉又背回了一截胡杨木，那群肥硕的羊被突然出现的我吓得四散奔逃起来，院子里一片黄尘。我拼命地翻过一座又一座的墙，越过一片又一片的麦地，总感觉自己身后还跟着一只九尾狐狸。

一直跑到精疲力竭，我瘫倒在了一片麦地里。我看见一轮明月挂在半空，慢慢地只剩下风掠过麦穗的声音。

醒来时，我竟然躺在自家的土炕上。两只口袋里的酸枣已散落殆尽，却单单还留下一颗。

待到阳光直射大地，我又回到了昨夜拼命奔跑过的麦地，却见那片压倒的麦子已经从地上站了起来，金黄的土地上没有一星半点的红色。难道这只是一场梦吗？我不敢确定，也再没敢爬上村东头那座孤寂的院墙。

半个月后，迎喜老汉的那群羊饿得从圈里跳了出来，跑进了别人的庄稼地。村里人这才发现他已死在家中多日，躺在了自己打造的胡杨木棺材里。这口棺椁太过巨大，人们只好将整个门框都拆卸下来。当刺目的阳光照进这间被旱烟熏得漆黑的房子，人们又一次惊奇地发现，屋子里陈旧的家具、地上的砖头，甚至是整整齐齐码在角落里的被子，都是火红色的。

又过了些年，村里为了增加耕地面积，一把火将那片绵延不尽的芦苇荡烧成了灰烬，有没有九尾的狐狸没人知道，人们只是说起芦苇丛中有一片人工栽种的酸枣林，大火烧了九天九夜，那挂在树上的酸枣却像不灭的炭火一样，仍旧闪闪发光。

小城的时光静静地流

◎ 益西曲珍

秋之晨

夏末秋初的拉萨，迎来了白珍最喜欢的节日——沐浴节。

清晨，鸟鸣唤醒了睡梦中的白珍，她在睡意蒙眬中想到当初修建这所房子时，留下足够的空间种上草坪和绿植，真是明智之举。

她起身拉开窗帘，丁香树上鸟群叽叽喳喳；旁边的花椒树上一簇簇花椒，乍一看像绽放着的小花儿；葡萄藤硕大的绿叶下，挂着颗粒饱满的葡萄，有青色的，也有紫色的。当年父亲送的盆栽石榴花已长成小树，上面挂满了火红的石榴花，它今年还第一次结了果子；草坪上，白碟子里的米粒被鸟儿们啄得干干净净。

前几天，巴珠大叔看着正在啄米的鸟群说：“这群鸟儿想到每天早上能在这里吃到食物，应该觉得很安心吧！”

白珍想到这儿，哼着小曲，急步走下楼给鸟儿喂米。留着齐耳短发的小孙女拉姆看到外婆，跑到楼梯口长长地喊了声：“外婆——”白珍弯下腰，站在她面前说：“你是外婆的宝贝吗？”

“我是外婆的宝贝。”

“宝贝真乖，要和外婆一起去给小鸟喂米吗？”

“要——”

白珍拉着孙女的小手，走到院子里，只见吉尔正在砸核桃壳儿，旁边笼子里的鹦鹉来回踱步、嘎嘎直叫。

“不要着急啊，姐姐在给你准备早餐呢。”白珍对着鹦鹉说。它仿佛听懂了似的，停止了叫唤。

她从仓库的米袋舀出一大碗米，倒入碟中。

"快来吃米咯。"白珍一边喊着，一边往旁边的碟里盛满了水，小拉姆蹲在一旁，用小手铺平了碟中的大米。

"吉尔，你看会儿拉姆。我去买菜，马上就回来。"

"好的，阿妈啦。"

白珍走出家门，隔壁阿佳卓嘎啦正提着几袋菜走了回来。

"阿佳，您今天买那么多菜呀！"

"白珍啦，我们准备去过'嘎玛堆巴'，想着多做几道菜。"

"您是要紧紧地抓住夏天的尾巴呀！"

"是啊！"阿佳卓嘎啦笑着说，"的确如此！"

白珍看见卓嘎啦家门口盛放的橙色喇叭花，心生喜悦。"阿佳您种了这么多花，经过这儿的人看到，心里也会高兴啊！"白珍说。

卓嘎啦挠了挠头，指着院墙上一排海棠说："您看，今年这花儿确实长得不错。我种在盘子里的小西红柿长得更好，改天栽上一株，给您送过去哈。"

"好的阿佳，真是谢谢您！还是俗话说得好，远亲不如近邻哪！那我先去买菜啦。"

"好的，您慢点。"

过了不久白珍双手提着菜和水果，走进了家门。"外婆，您去买蔬菜啦？这个我来提。"大孙女央金玛跑到白珍身边，从她手里拿起那一袋水果说："外婆，我想吃煎蛋。"

"好好，外婆这就给你做哈。"

不一会儿，白珍就端着一盘煎蛋给了孙女。央金玛用勺子在蛋黄上戳了个洞，她几乎把脸贴在了碟子上，用嘴呲溜一声吸出了蛋黄。一抬头，只见央金玛鼻头和嘴角都沾满了蛋液。

白珍忍不住笑起来，她拿起纸巾说："瞧我的宝贝吃得这满脸的鸡蛋。"她边擦拭着孩子的嘴边问："好吃吗？宝贝。"

"很好吃，外婆。"央金玛用舌头舔了一圈嘴角。

白珍喝了口酥油茶，吃起糌粑。

"今天的茶味道真不错！"

"阿妈啦，这是我用叔叔扎西啦上次送来的酥油做的。"吉尔说。

"我就说这茶的味道比平时好喝。"

白珍喝着茶，透过落地窗看着院子里的鸟群，它们沿着盘边站成了一圈，一群低头啄米、站直，另一群再啄米，就好像定好了规矩一般。她想起母亲常说的那句俗语："鸟法比人法严格。"忽然觉得老人的话的确有道理。

此时，女儿乌玛走下楼来。白珍起身拿来茶杯，给孩子倒了茶。

"谢谢阿妈啦。"乌玛端来一碗糌粑，坐在母亲身旁。

"今天的酥油是扎西啦从农村带来的，做出来的酥油茶味道特别好，你多喝几杯。"

"好的，阿妈啦。"乌玛说着，喝了一口说，"这茶味道确实不一样，还是乡下的酥油正宗。"

"那是！乌玛，如果今天你没什么事，要不咱们上午先去看看我以前住过的大院？"

"好哇，阿妈啦，我一直想跟您一起去那儿看看。"

"下午等天晴了，咱们再去林卡沐浴吧。"

一旁的央金玛听到这话立即喊着冲向卧室："我要去收拾带到林卡去的零食。"她妹妹紧跟在后。

"这孩子性格、行为完全随了您的雷厉风行啊！"

"家里总得有一个说干就干的孩子，否则都喜欢送太阳（西藏俗语表示无所作为、虚度光阴），那怎么行？"

她们驱车前往老城区，经过"佳村曲米"时，看到一家老小正走进度假村。过林卡是拉萨人夏日的主要活动。

当车子停靠在布达拉宫背后的丁字路口时，耳边传来人群合唱囊玛堆协的声音。乌玛跟着哼了几句；央金玛从后座伸头探脑；白珍开着车，想到前天清晨，她在龙王潭看到的场景——夏季时分，公园里绿树成荫，鸟儿争鸣，清澈的湖面微波连连，倒映着布达拉宫。天空中，群鸟翩翩起舞。白色巨伞下，聚齐着一群中老年人，他们随着囊玛堆协时而缓慢、时而加快的旋律，一起唱着歌，踏着轻快的舞步。

龙王潭是供奉的龙王，庙宇犹如一座小岛，坐落在碧绿的潭中央。红嘴鸥、斑头雁，或在潭水中嬉戏，或展翅高飞。池水周边古树参天，藏族人认为山有山神、水有水神、家有家神、树有树神。古树是神灵的寓所，因此，这里的环境也得到了很好的保护。人们还用歌声唱颂、赞美这里的美景：

都说拉萨很美，拉鲁比它更美，
拉萨拉鲁之间，更有龙王潭园。
……

不久后，车子缓缓驶入了青年路路口，在这条不到两百米的道路上，它和其他车辆如一群蜗牛般挪动了近半个小时后，终于挤出街道，并幸运地找到了停车位。

白珍领着女儿和两个孙女，进入了丹杰林小巷。

空气中飘过麻辣烫的香辣味；凉粉店内，身着灰色藏装的阿佳正在往凉粉上抹辣椒酱；服装店的落地窗前，长发女员工正挂起一件粉色毛衣；对面商店的橱窗内，小伙子盘腿而坐，手握画笔，正往画布上描摹着什么；老宅大门口的修鞋匠摆弄着一只红色高跟鞋；一对身着蓝色校服的小学生唱着歌，双手拖着带轮子的大书包，从绛红色庙墙前经过；卖香烟的妇女和一圈男人在光明甜茶馆门口聊着什么……

走出小巷，来到通往大昭寺的主街，白珍的思绪飘到了从前。她指着眼前商铺林立的街道说："我小时候，这一片全是空地，有条小溪流经这儿，小溪中间有一块大扁石，我们总是踩着它越过小溪……"

从小至今，几十年的时光，小城的改变、她自身生活的改变，让

266

她想来觉得一切恍若一场梦，时间过得很快，她生活的地方变化得更快。

走到一棵枝繁叶茂的老柳树前，白珍脑海中闪过外婆的样子——老人微微弯曲着身子，站在古树下手持念珠……

眼前的柳树下，并排着几个小摊，白珍停在酥油灯摊点前，对秃头的中年商贩说："嘎玛大哥，您好！好久不见。"

"哦哦，这不是我们区的白珍啦吗？您好！真是好久不见哪！这么多年了，我们都老啦，可您看上去还是这么年轻啊！"

白珍微微一笑，说："我带孩子们来看看小时候的院子。"

"让孩子知道长辈的过往还真是太有必要了。"男人说着，继续往手里的细木棍上缠绵花。

"您这灯芯缠得真好！我正好也想买点。"

白珍买了几袋灯芯，告了辞。

乌玛问："妈妈，这个叔叔是谁？"

"叔叔住在隔壁的院子里。小时候，我很羡慕他们能去拉鲁湿地捡啦玛，有一次我央求了父亲很久，他才答应让我去了那么一次。"

"'啦玛'是什么？为什么不让您去呢？"

"'啦玛'就是草皮，用来烧柴火的。湿地是一片沼泽地，家里人担心我的安全所以不让我去。"

家院前的巷口处，几个身着藏装的阿佳卖着藏香，身前摆着一袋袋藏香。

"需要香吗？"微胖的阿佳笑脸相迎。

"今天不用了。谢谢您了。"

白珍回以微笑，空气中那淡淡的藏香味让她感觉既熟悉又亲切。眼前的小巷只容两人并肩而过。她想起儿时，偶尔跟朋友看完电影，晚上回家，独自来到巷口时，她的心总会怦怦直跳，接着，她会以百米冲刺的速度穿过那道黑暗。

走到巷子尽头，大门朝东的大院"加央夏"便是她儿时生活的地方。步入院内，楼梯对面的小屋是她家的仓库，她曾和弟弟们一起在仓库的竹篮里偷吃干果……

一件件陈年往事，如一部电影般如梦如幻地在她脑海中回放着，仿佛一切才刚刚发生。这种真实又似梦幻的感觉像一座决了堤的大坝，朝她奔涌而来！她强忍着泪水，用双手捂住脸，然而，思念的泪水早已在不经意间滑过她的脸颊。

央金玛见状，噘起小嘴皱着眉看向外婆问道："外婆，您怎么哭啦？别哭！"

"没事，外婆的眼睛里进了沙子。"

白珍擦拭着微红的双眼。

"走，我们去看看外婆小时候住过的家。"

乌玛轻轻地抚摸着母亲的背，她懂得，妈妈在怀念过往。

拉　萨

白珍小时留着一头乌黑的长发，稀疏的自然卷刘海遮住额头，眼睛明亮、双颊粉嫩，两瓣薄薄的嘴唇犹如鲜红的花瓣，尖尖的下巴楚楚动人。

她生活的小城阳光明媚，湛蓝的天空中白云如洁白的哈达环绕八大吉祥山。城中树木林立、人烟稀少。在许多人心中，这座城市犹如世外桃源般宁静祥和，亦赋有传说中的圣地——香巴拉般的神圣。然而，在少女白珍眼中，这儿只是家，最让人心安的地方。

周末放学后，白珍唱着歌，走出校门，来到流沙河边，她提着白色球鞋，光脚踩上松软的河沙。

这条沙石水渠以城北大象鼻山嘴为起点，沿色拉寺前的平地，延伸到城西的芦苇地，人们称之为齐热（沙堤）。据说，这是为了抵御夺底沟的水冲击古城，而堆积黄沙修成的河堤。

当然，在少女白珍眼里，这条流沙河是一股快乐的源泉。透明的水流，流经沙石，里面的金色小碎片在阳光下闪闪发光，将她的脚印瞬间抹去，好似时光的流动抹去历史的痕迹。

蹚过流沙河，来到布达拉宫东侧的山脚，翻越小山坡，穿过江思霞的树林，走过一片平地，途经小溪时她踩上扁石，越过小溪，回到了家。

一进门，只见母亲次仁啦正在厨房擦拭桌子，她看见女儿便说："妈妈猜你也快到家了，先喝杯茶。"说着为女儿斟了茶。"等会儿陪妈妈一起去冲赛康买点菜哈。"

"好的，阿妈啦。喝完茶咱们就去吧。"

母女俩互挽着胳膊，走向冲赛康。几辆人力车一个挨着一个，车夫们在一旁聊着天；卖菜的大姐们面前各摆着一个箩筐，里面装着白萝卜、土豆、白菜……

"阿佳，给我装点土豆。"

"好的。"

次仁啦从箩筐里挑出几块土豆，放入袋子……

母女俩穿过小巷，在八廓北街的入口处，碰见苹果园的阿佳扎桑啦正往回走来。

"扎桑啦，您去转经啦？"

母亲习惯性地抬起右手，掌心向上。

"嗯嗯，阿佳次仁啦，我去转经顺便从尼泊尔商店买点糖果。您呢？"

"我们去买了点土豆。"

"咯咯，您慢点。"对方回以同样的姿势。

走进八廓北街，人群三三两两地走过，有的手持念珠，有的转着经筒。一路上，她们经过颜料铺、氆氇铺……走到尼泊尔店铺门口时，一股甜香扑鼻而来；街东，内地商贩卖着砖茶；黄房子门口卖蒸豆的老奶奶坐在角落里。

"阿妈啦，我想买点豆子吃。"白珍说。

"好，你去买吧。"母亲从腰包里掏出钱给了女儿。

"谢谢阿妈啦。"

白珍说着跑到角落："奶奶，我要两毛的豆子。""好的，小姑娘。"老奶奶揭开豆子上厚重的布料，一阵豆香飘过，她舀出一勺豆子放进纸袋，递给白珍。"这是两毛的豆子。"老奶奶说着，又多舀了点豆子。"这是我的一点心意。"老奶奶说。

白珍微笑着："非常感谢奶奶。"

白珍回头时，看见母亲正在东酥拉姆墙前祈祷。传说，这位女神是护法神班丹拉姆的三姐妹之一，因为生性贪玩，不听母亲的话，被母亲赶出家门，在街边乞讨为生。她还听说过有关这位女神的另一种传说：女神名为拉姆落麻宽玛（穿着树叶的女神），是一位保护圣城拉萨免于自然灾害的神灵……白珍喜欢听老人讲的这些故事，她觉得通过故事能让她不断地认识自己和生活的这座城市。

"阿妈啦，您也一起尝尝。"她把豆子递到母亲眼前，自己拿了一颗冒着热气的豆子，用食指和拇指一压，挤出金黄色的豆心。

"是油豆。"

"我来看看，我的是什么豆子。"

……

母女俩一边尝着豆子，一边绕过夏吉仁塔钦，经过街南的回族商家，来到大昭寺门口。庙前，不少人正磕着等身长头。母亲停下脚步面朝寺庙，双手合十，祈祷了一会儿，空气中飘来焚烧桑叶的清香。白珍挽着母亲，从一片菜地前走过，菜地主人一家有个女儿，偶尔会来跟白珍玩耍，还会分享她的糖果。

走进小巷，传来僧人喃喃的诵经声。

"祥啦回来啦？"白珍问妈妈。

"好像是祥啦。"母亲答道。

她们三步并作两步，爬上楼梯，推开小木门来到家里。白珍拉开佛堂的门帘往里一看，果然是祥啦。老人身着绛红色的僧服，盘腿坐在卡垫上，闭着眼、诵着经。外婆摇着经筒，默默地坐在一旁。

她走回厨房，端起灶上热乎乎的陶制茶壶走进佛堂，弯腰往桌上的茶杯里添茶。

"祥啦，您回来啦，请喝茶。"

老人睁开眼，看了她一眼，微微一笑，点点头说："嗯。普姆（藏语中女孩儿的意思）回来啦。谢谢你。"

老僧人说完，继续闭上眼睛，念诵经文。

白珍接着给外婆斟了茶，端着茶壶，踮着脚，走出房间。

她知道祥啦是郊外某座寺庙的僧人。她很喜欢祥啦，因为他会讲故事，白珍还听说，祥啦偶尔会在山上闭关修行。有一次，她和外婆经过布达拉宫时，外婆指着玛布日山头对她说："普姆，以前拉萨城里有一头大象，每天中午，驯象师和他的大象都会绕着布达拉宫转一圈，到了宫殿正前方时，大象会朝着大殿大叫三声。接着，他们会走到药王山北面山脚的泉眼处喝水、休息。我们的祥啦修行的地方就在这座山上。"

白珍望着山头，心里飘过一丝疑问："祥啦闭关修行的地方是天然山洞，还是山顶的房屋呢？"

一年当中，祥啦住在白珍家的日子屈指可数。白天，他不停地诵经，到了晚上，他会把三个孩子叫到身边，给他们讲故事。大人们也会围坐在一起，安安静静地听祥啦娓娓道来的故事。

祥啦的声音粗糙低沉："很久很久以前，有一个星球位于宇宙四大洲之南，称为赡部洲。此洲的湖边长着一棵树，果子落入水中就会发出'赡部'的声响，因此，人们称这里为赡部洲。它被群山环绕，到了冬天，白雪覆盖天地，这里就成了一片冰雪世界……

"有一座古老的小城坐落在这片冰雪的世界之中，它南北窄，东西宽。城南有一条河流，自东向西缓缓流淌，它滋润大地却毫无声息。来河边背水的人们心怀感恩地把这条河称作吉曲——幸福之水。"

祥啦拿起茶杯喝了一口，用手掌擦拭嘴角的油脂后，继续讲故事。

"古往今来，这座小城像座磁场吸引着无数人前来一探究竟。公元 7 世纪，松赞干布王子登上王位，开创吐蕃王朝。他带着王臣贵族定都于逻些（拉萨），再从周边邻国引入佛法，分别迎娶了尼泊尔及汉地的公主。两位公主各自携带释迦牟尼佛八岁、十二岁等身像，远嫁到这里。后来，人们为了供奉这两尊稀世珍宝，先后兴建了两座佛殿——热萨吹囊祖拉康和加达绕木切祖拉康。"

祥啦沉默半晌后接着又说："祖拉康就是我们如今说的'觉康'。'觉康'的建成像石子落入湖中形成涟漪，后来，以此为圆心，逐渐形成城市的雏形。

"这城就是咱们的家乡拉萨……"

大人们听着故事，频频点头。白珍和杰布瞪着眼睛看着祥啦，小弟却早已在母亲怀中酣然入睡。

那一夜，人们纷纷进入梦乡，唯有白珍躺在床上，脑子格外地清醒。

她想，祥啦说的以觉康为圆心逐渐形成了一座小城，那么，她平时最爱去的八廓街就是离圆心最近的点吧。

她进而想到了八廓街。两层高的白色房屋一栋挨着一栋，许多一楼的屋子面对主街变成了商铺，街边还有许多白布和木棍搭起的临时商铺……这条神奇的街上有着任何一样她想要的东西。

要不是祥啦今晚讲述的故事，她可不会想到自己生活的地方会有如此悠久的历史。

"原来我这么幸运，会住在古城最中心的位置。"

她自言自语着，继而又想到了那条流沙河，把双脚放在水里的感觉，舒适凉爽……

昔日家

白珍带着女儿、孙女和吉尔站在加央夏大院的天井处，她抬头望见自己儿时住过的家。再回家，已是物是人非，但记忆中熟悉的亲切感仍留存于心间。她指着二楼靠近大门的房子说："那儿是我小时候住过的地方，我们上去看看。"

孩子们跟着她爬上了楼梯。

她径直走向坐北朝南的屋子——她曾经的家。房门开着，屋里有一位三十来岁的女人和一个小男孩儿。

白珍站在门外对女主人说："您好，小妹。"

女子起身走了过来。

"您好！请问有什么事吗？"

"这儿是我小时候住过的家，我今天带着孩子们过来看看。请问能让我们进去参观一下吗？"

"没问题，没问题，您进来看吧。"

女主人迅速绑起蓬松凌乱的头发，打开了小木门。

她们走进屋子，房屋中央立着一根柱子。

"这儿以前是我家的客厅。靠墙一侧摆了四张床铺，中间摆个方桌。"

白珍轻轻地抚摸着柱子。

"我们可以进这间里屋看看吗？"她指着左侧的小屋问道。

"可以，可以，您请便。"

眼前的屋子是一间佛堂。白珍的脑海中却浮现出它从前的模样——一进屋左手处整齐地堆着木材，旁边是黑色土灶台，灶台一侧的墙面上画着代表灶神的蝎子和供物琪玛。每年除夕日，白珍一家都要一起收拾佛堂，准备新年的供品，最后收拾厨房的各个角落，为灶神献上供物。

母亲总说："家里的灶台一定要干干净净，这样才能让灶神高兴。"

长长的黑色烟囱穿过屋顶，偶尔，院里淘气的孩子会从楼顶往里面扔石头。在白珍的记忆当中，母亲常常站在厨房的窗台前，为家人准备可口的食物，母亲做的咖喱饭是她的最爱。厨房门口的角落放着巨大的铜质水桶，她似乎还能感受到背完一桶又一桶水后，腰酸背疼，但内心却格外欢喜的感觉。

她对着孩子们说："这儿以前是厨房。奶奶会坐在靠窗的垫子上念经。从前，房梁都是一排排的原木。我的爷爷在房梁上给我装了秋千，我就在这儿荡秋千玩。"

白珍的声音有些哽咽，双眼飘着泪花。

她指着客厅右侧的房间："我们可以到那间屋子看看吗？"

"可以的。"

女主人推开房门，里面是卧室，一条铁丝上凌乱地挂着几件衣服。她的脸一下子红了，用手摸摸头说："抱歉，屋子有点乱。"

"没事的。家里有孩子，不管怎么收拾，都一样。"白珍解围道。

"这儿以前是我们的仓库，靠墙的地方摆着被子。"

"妈妈，那你们睡哪里？"乌玛好奇地问。

"从前，家里没有固定的卧室，大家就睡在厨房、客厅的床铺上。"

"这里还放着一个红铜盆，有时候，里面会放干牛肉。我和你们的德白阿姨晚上看完电影回到家，就睡在这里，饿了，就从这儿偷吃干牛肉。"

不知道德白啦现在在干什么？白珍心想。

她与主人道别，正要走出屋时，只见那小男孩儿也走了过来。白珍立即打开包，从里面拿出三张百元，弯下腰对孩子说："这个你拿去买零食啊。"

小男孩儿一句话不说，躲到妈妈身后。

"不要害羞，这是阿姨的一点心意，一定要收下。"

她说着，将钱塞进了孩子的衣服口袋。

"太不好意思了。"女主人微红着脸对孩子说，"快点谢谢阿姨。"

"谢谢阿姨。"男孩儿细微的声音，让人听来心疼。

"不客气，要好好听妈妈的话哟。"

白珍说着，对小孩儿挥了挥手，走出屋。她指着通向三楼楼梯的角落："这儿也是我们放木材的地方。你们爷爷以前经常出差去林芝,带来的很多木材就堆放在这里。"

"爷爷经常出差吗?"乌玛问。

"爷爷隔三岔五就要去外地。"

"我记得小时候,一进大院的门,抬头就能看见二楼的藏式雕花窗,爷爷经常坐在窗前,向外望着。他一看到我,就会招手示意我赶紧上来。一进门,爷爷就会拿出一罐可口可乐,那个时候,我感觉自己是世上最幸福的人。"

白珍望向大院一侧,接着说:"这儿曾经有个小阳台,上面摆满了花盆,我的外婆就喜欢坐在这儿。我没有玩伴的时候,她会叫隔壁大院的孩子跟我一起玩耍。有时候,外婆还会在这儿招待一群乞丐……"

"招待乞丐?"乌玛不解。

"对,招待乞丐。"

外 婆

加央大院,三层天井大院内住着十几户人家。有卖青稞酒为生、脸上长满痘痘的阿佳拉巴一家,卖香甜软糯的油炸布鲁饼的卓嘎奶奶一家,到各家念经祈福为生的白净尼姑一家,制作藏香的拉巴大爷一家,卖香辣凉粉的阿佳欧珠一家,胖裁缝索朗大娘一家,唐卡画师格桑一家,白珍一家……邻里在一座大院内共同生活,抬头不见低头见,相互间知根知底。白珍的大弟弟杰布甚至能把隔壁家远房亲戚的名字倒背如流。

大院挤满了住户,但多数时候,院内一片宁静。每一天,三五位老人都会坐在一楼阿妈娜珍家门口,她们晒着太阳聊着天,手里不停地转动着经筒。

下午六点左右,放学的孩子把书包扔到家后,匆忙凑到一起,大院一下子就热闹了起来，男孩子们掷骰子，女孩子们玩皮筋、踢毽子。最高级的毽子是用珍贵的老鹰羽毛制成的，那是过年时，女孩子们最期待的礼物。

晚上九点，值班的邻居"嘎吱"一声关上院子的大门。此时，人们都已回到了自己的家，家里热闹了，院子里却安安静静。白珍的外婆赛珍一辈子就住在这座城中的大院内。

当然，拉萨城真正的中心还属八廓街，那里的每一栋院子、每一根旗杆都有自己的名字、自己的故事：扎其夏、曲赤康、曲杰颇章、浪子夏、玛尼拉康、木如宁巴、冲赛康、努玛、嘎密达日、北京从康、苏康、邦达仓、拉让宁吧、嘎如夏、松曲热瓦、多仁森夏……如要细讲，那会是另一个《一千零一夜》。

那时，人们只称大昭寺周边的地方为"拉萨"，四方以四座密宗三怙主殿为界，东到铁崩岗，南到林廓路，西到琉璃桥，北到大昭寺。以大昭寺为中心的老城形成后，人们在边缘兴建了以"四大林"为主的建筑群。小城里其余的地方都是平原草地，树木林立、人烟稀少。

"进入夜晚后，城内就会传来一阵击鼓声，那声音来自布达拉宫德央夏。宫殿入口处有两面马皮鼓，马主人在失去爱骑后，将马献到了这里，期待它能够早日以此功德脱离轮回。"

这是外婆讲给白珍的故事。

赛珍老人浓眉大眼、身材清瘦，常年着一身深蓝色藏装，稀松的灰白长发和五彩头绳编织在一起，从头顶绕到后脑勺，她被岁月赋予了一种优雅平静之美。

老人常常带着白珍清扫院里的公共厕所。她弯着腰，一边扫地，一边对白珍说："孙女呀，你要把这里扫得干干净净，把厕所打扫干净了，方便了他人，你就是像仙女一样的美人。"

"真的吗，外婆？"

爱美的她，因为外婆的这句话，更加认真地扫起地面。不一会儿，就把大院的共用厕所打扫得干干净净，洒了清水的地面，还散发出泥土的香气。她还用湿抹布把那条方便老人如厕后起身用的皮绳子擦拭了一遍又一遍。

接着，外婆手提小香炉，往里轻轻地吹气，烟雾徐徐而升，整间屋子弥漫着清香，白珍仿佛看到身着纱幔的仙女踏着白云飘来。从此，她不仅学着外婆一有空就把厕所打扫得干干净净，也像外婆所说，学着清理自己的心灵，生活中的一切似乎自然地井然有序。

然而，如此爱干净的外婆，对"脏"的理解，偶尔却让白珍有些疑惑。好几次，放学回家，她看到家门口的露天庭院，热闹非凡。五六个衣衫褴褛、头发乱成一团的乞丐正围坐在一处，每个人手握各自的木碗，搅拌着清茶和糌粑。此时，外婆提着一壶清茶走出屋：

"来，来，来，再喝一点。吃饱了你们才有力气干活。"老人一边说着，一边弯腰斟茶。

"谢谢阿妈啦，谢谢阿妈啦。"陌生人不停地表达感谢。

外婆又舀起一勺糌粑，往他们碗里添加。

"吃吧，吃吧，多加点糌粑。"

外婆坐在他们身边聊起家常，那顶深红色的方形帽衬得她的肤色更加红润。

吃完后这群人便弯着腰、伸着舌头，连连道谢后离去。白珍看着他们的背影问外婆："外婆，您平时那么爱干净，难道您就不嫌他们脏吗？"

"他们一点也不脏，脏的是他们的衣服、身体、头发，这些脏了都是可以洗干净的，真正的脏是心灵的肮脏，但是只要你愿意，这也是能洗净的，就像脏衣服上的污渍……"

外婆还说："你要永远记住，爱出者爱返。"

外婆的话滋润着孙女的心田。

晚上，外婆拿着烟雾升腾的小香炉，往每个人的被子里放一放。每一天，白珍闻着这股熟悉的香气，进入香甜的梦乡。在梦中，她仿佛进入一座乐园，在那里尽情地体验着生活的无限可能。

慈　父

白珍带着孩子们迈出大院的门。两个孙女围在她身边，看着她们，她感觉两个孙女就像从前的自己一样黏着外婆。时间过得太快了，现在我自己也成外婆了，她心想。

走到巷子尽头，看见古秀东布（苹果树）大院。她对身旁的女儿说："以前，我们大院里没有水井，水要来这儿取。"

"从这边背水到家，会不会很累？"乌玛问。

"不累。"白珍很轻松地回答。

她想起自己小时曾到这里背水的情景。母亲为父亲酿造青稞酒时，家里的水用得最快，方才满满的一桶水，被母亲大量地洒到青稞上，不一会儿就会见底。这时，母亲就会喊道："孩子们，谁去打水？"

白珍作为大姐，总是主动承担起这项任务。每周放学回到家，放下书包，她就会打开铜质水桶上的小木盖，往里瞧瞧，看看里面还剩多少水。她会用娇小的身躯背起水桶，从二楼到隔壁大院的井口，来来回回地取水，当她将最后一桶水倒入巨大的盛水器中时，水流就会发出特别的声响，此时，她就知道盛器即将盛满。取完水后，她再拿着装满脏衣服的盆子，来到井口洗家人的衣服。

那时，拉萨城里有四处老井，每天清晨，僧人从大昭寺北面的敦空曲米取水，附近的女主人从西面的朵果果老井取水。

冬日，狂风卷起大地，车窗外的世界尘土飞扬，寒风穿透车身，刺骨的冰冷，司机的脸庞泛红，但他毫不在意。他听着卡带里断断续续的歌曲，手握方向盘，思念着家中的孩子、爱人，和对他视如己出的丈母娘，这股源自内心深处的温暖支撑着他度过孤独的日夜。

他叫扎西，扎西身材高大、鼻梁高挺，是白珍的父亲。他开车的技术是在达吉林陪老爷家的儿子学习开车时，一起跟着学会的，没想到后半生却以此为生。

他站在卡车前，再三叮嘱装货的小伙："土旦，在装上木材和羊毛后，一定要在边上留点空间。"

他要在角落放上刚从市场买来的水果。装完箱，他开着载满木材、水果和糖果的车，再次踏上这条漫漫长路。

经过数十天的旅途后，他即将回到拉萨。车子穿过树木林立的土路，他从车窗遥望布达拉宫的金顶，他的心一下子明亮了起来，他哼唱起那首《我的拉萨》。当车子驶入拉萨的城门——嘎林古稀白塔时，一群人正骑着马经过塔底。他仿佛经历了传说中的一幕——从前，有一位名叫罗布桑布的商人，他那浩浩荡荡的商队越过色拉寺背后的大山时，前队已抵达城内，正当他担忧如此多的茶叶是否能售完时，一位老阿妈竟然把茶叶一次性买完了。后来，他成为了富甲一方的商人，他将自己的碗埋在了拉萨城门的塔底，以示感恩与祝福，希望来此地经商之人，生意兴旺发达。尽管司机师傅的日子并没有大商人般殷实，但因为经常出差运输物资，他家的生活水平在城里也算不错。他望向布达拉宫，心中对这一切充满感激之情。

车子沿着土路，经过江斯夏的树林时，他遥望到祖拉康的金顶。到家了，他的心一下子踏实了下来。然而，不同于往常的是，这一次他只望见丈母娘一人站在古树下等待着他。

女儿呢？他心想。

老太太从远处招着手。

车子到达古树旁，老人急忙相迎。

"儿子，回来啦？"

"嗯，阿妈啦，我回来了。您身体好吧？"

"我身体好着呢儿子。"老人一笑，露出仅剩的几颗牙齿。

"女儿呢？"

"哦，普姆刚刚还跟我在一起等着你，后来碰到一个她的同学就被拉着去看电影了。"

老人说着，转身走进巷子进入大院，她往二楼吆喝了一声："孩子们的爸爸回来啦……"

只听一阵急促的脚步声，两个儿子奔下楼。

"爸爸回来啦？"

"嗯，爸爸给你们带了礼物，先把你们的表哥叫来。"

孩子们把卸下的货抬到了家里。

隔壁亲戚胖墩墩的儿子顿珠也来了，他摇摇晃晃地提着一袋东西离去。

来到家里，妻子端上了热气腾腾的酥油茶。她看着远行归来的爱人脸色灰白、双眼疲惫、头发散乱，内心涌来一阵酸楚。

"扎西啦，您赶紧喝点茶！您很累了吧……"

"次仁啦，我不累，这么多年都习惯了。"

家人们围坐在一起，两个儿子时不时地看看父亲的帆布包，他们知道父亲出差带回来的包，表面脏兮兮，里面却装满了宝贝。老父亲喝了口茶，转身拿起包，从里面掏出一块酥油说："阿妈啦，这是给您买的。"

"儿子，谢谢你。"老人笑容满面。

接着，他从里面掏出几对瓷杯："次仁啦，这里有五套杯子，你先挑挑自己喜欢的，然后，把两套拿给德白啦家，人家总给我们卖最新鲜的糌粑，我们得感谢人家才是。"

"这是给你们的外套。"父亲拿出两套灰色上衣。

小儿子高兴地比在身上。大儿子说了声："谢谢爸爸。"便跑去里屋试衣了。

"这是给白珍买的。"

父亲拿出一双花布鞋。

"这孩子怎么还不回来。"他看了看表。

"杰布，你们去跟叔叔们说一声，爸爸回来了，请他们明天到家里做客。"

他知道自己贤惠的妻子一定早已备好了青稞酒。两个儿子一溜烟似的跑去报信。

平时长途归来，他总会安心地到里屋休息，一觉睡到天亮。但今天，他的内心却少了份安宁，他时不时地看看家门，等待了近半小时后，他爬到自家楼顶，从那儿眯缝着双眼，张望女儿是否在回家的路上。

远处，泥泞的土路上，三三两两的人结伴而过，偶尔有一辆自行车驶过去。他从包里拿出香烟，用火柴点燃后，深深地抽了一口。不久后，他看见女儿和一个男子从远处并肩走来，等他们拐进巷子，老父亲伸长脖子，试图看清那男孩儿的样子，他身材消瘦、脸色白净，长得俊俏，头发蓬松地向后梳起。

小伙子爱打扮哪！父亲从楼顶偷偷地打量着，心里嘀咕了一句。

那男孩儿与女儿道了别，没走多远，他便又回头看着女儿。父亲猛地吸了一口烟，这才意识到自己心爱的女儿在不知不觉中也已长成了大姑娘，他摇了摇头，感叹时光飞逝，脑海中竟还是女儿小时的模样。

那一晚，老父亲难以入眠。

清晨，丈母娘在厨房的窗边盘腿而坐，摇着经筒念经。白珍正帮忙洗菜、切菜，准备午餐，两个儿子在玩掷骰子。

土旦大叔手提一袋东西，推开小木门。

"次仁啦，我来啦，这一大早的你们就忙上啦。"

"土旦啦，快请进，扎西啦在客厅等着你们呢。"

次仁啦跟着进了里屋，从柜子里拿出茶杯，敬上了酥油茶。"扎西啦，看来又是我来得最早哇。"

"来得早好哇，能尽兴地多聊一会儿。"扎西啦用手敲着卡垫，示意朋友来身边坐下。

土旦大叔脱下外套，坐在老友旁边靠窗的位置，阳光透过窗户照得屋内暖洋洋。

土旦啦将一袋东西递给次仁啦说:"娜珍啦说您喜欢吃奶渣,让我带给您的。"

"娜珍啦总是托您捎来东西,她真是太客气了。"

土旦大叔浓密的胡须长满了双颊和嘴角,他的鼻梁高耸,脸颊轮廓分明。次仁啦见到他总有一种见到外国人的感觉。

不一会儿,扎巴大叔、伦珠大叔纷纷到来。

午饭后,屋内传来囊玛堆协声,父亲和他的朋友们唱着歌,洛桑啦跟着音乐挥着双手,他的舞步轻盈,活像个小伙子。

与老友们短暂的相聚似乎驱散了老父亲一身的疲劳,两天后,他又准备再次出远门了。

白珍望着正在整理行囊的父亲问道:"爸啦,这么快又要出差呀?"

"嗯,普姆,爸爸这次去林芝,很快回来。"

父亲说着,起身轻轻地抚摸女儿的头:"我多跑车,咱们一家就能快快乐乐地生活。"

白珍知道父亲早已把责任二字刻在了心上。

"爸爸,您尝尝我今天做的甜茶味道怎么样。"

白珍为父亲斟上了他最爱的甜茶,空气中飘来淡淡的茶香……

甜茶馆

白珍和孩子们走出丹杰林,拐进小巷,只见一位二十来岁的女孩儿,编着彩色的编发,身着黑皮袄,站在庙背面绛红色的墙前,手握经筒放在额前闭着眼,做出正在祈祷的样子,摄影师拿着相机对着她"咔咔咔"地拍照。

"妈妈,这个姐姐穿的是什么衣服?"央金玛好奇地问。

"妈妈也不清楚,姐姐在拍艺术照,就要穿得夸张吧。"

"那她为什么要在这里拍照?"

"这一堵红色的墙对她而言可能意味着时尚、信仰或者异域风情吧。"

白珍提议顺路去美朵家的甜茶馆坐坐，她们说着走进了巷子尽头的大院。

住在拉萨的人们钟爱甜茶馆，大街小巷随处可见茶馆的身影，最有名的数革命茶馆、光明茶馆、岗琼茶馆和鲁固茶馆。第一次步入岗琼茶馆，你会震惊于耳边阵阵的谈笑声，一张张条形木板凳挤满了人，人们喝着甜茶，不停地说着什么。服务员阿佳围着蓝色围裙，手提茶壶穿梭在人群中，在透明玻璃杯中斟入淡褐色的甜茶，并从桌上一堆零钱中拿走茶钱，一杯三毛……另一些茶馆有大院，人们晒着太阳、喝着茶、聊着天，喝完一杯，再来一杯……时间似乎在他们心中走得很慢很慢。

白珍和孩子们走进大院里的小茶馆，它的面积只有 30 平方米，老房子屋顶低矮，里面摆放着三对卡垫和三张长桌，其中一桌上有人聊着天。店主美朵看见白珍和孩子们，赶紧在围裙上擦了擦手，走出小厨房。

"姐姐，你们来啦。"她说着从消毒柜拿出茶杯斟茶。

"请喝茶。"她坐在了白珍对面。

"我们刚去了我小时候住的大院，顺路过来坐坐。"白珍端起茶杯，喝了一口。

"最近生意好吗？"白珍又问。

"姐姐，这段时间附近的几家小商家都在我们这儿订午餐，所以生意还可以。"

"那可太好了。"

……

前面一桌客人点了盖浇饭，美朵随即走进小厨房准备。

"妈妈，我上次听朋友开玩笑说，在拉萨创业永远不可能失败的项目就是开甜茶馆。"乌玛说。

"这句话说得有道理哦。茶馆的甜茶、藏面价格便宜，味道也还不错。老百姓消费得起，自然就能存活下去。

"这两年，很多茶馆的厨房都装了大玻璃，看着更加干净卫生，而且不像以前只有粗细两种藏面，还增加了小吃、盖饭什么的，选择多了，人也多了起来。

"我们小时候拉萨可没那么多茶馆，而且女生几乎不会进茶馆。"

"为什么呀，妈妈？是因为男女不平等吗？"

"那倒不是。拉萨女人的地位还是挺高的。那句俗话是怎么说来着：外面我是千人的领导，家里我被老婆领导。"

"妈妈，听说这几年里拉萨城里开了好几十家咖啡厅。"

"开那么多，拉萨有那么多年轻人吗？"

"除了年轻人，中年客人也多哦。"

"是吗？"

"我经常在咖啡厅碰见妈妈您的同事，那位个子高满脸胡子，喜欢翘着衣领，长得有点像尼泊尔人的叔叔。他就经常在咖啡厅门口的位置跟一帮朋友边晒太阳，边喝咖啡呢。"

"是吗？他年轻的时候就很时髦。"

"他好像每天都去，就跟其他人每天去甜茶馆一样。"

"妈妈还是更喜欢到郊外过林卡。"

"这一点，您还是挺老派的，就喜欢传统的娱乐。"

的确，如乌玛所言，每年藏历赞林吉桑节一到，天气刚开始转暖，青草刚露出嫩芽的时候，白珍就会约上她二十多年的老友们去过林卡。

儿时，父母总是带着白珍和家人到河边过林卡，在大自然中，一家人分享美食，畅谈生活……长大后，夏日的周末，她常和朋友们来到城里最幽美的公园——罗布林卡，他们用带着网格的长方形布料围着树木，圈起一片草地，仿佛围起的是一片属于自己的小天地。他们在草地上铺上卡垫，从裹得严实的方巾中拿出方形或圆形的竹盒，里面放着糖果、奶渣、牛肉干……再打开录音机，年轻人们唱歌、跳舞、喝酒……

一次次美好的体验使她对林卡的热爱融入了心中。后来,她又将这份热爱传递给自己的下一代。

孩　子

如父所料,白珍在二十岁那年嫁给了王杰,一位长相俊俏的男子,他热爱自由和文学,一开始他并没有得到女方父母的好感。但后来,他的乐观、真诚与善良,改变了老人对他的看法。

父亲教育女儿道:"小伙子人不错,你要多站在他的角度,做到善解人意。"

在亲朋好友的见证下,他们在家举行了婚礼。

从大院邻居家借来桌椅板凳和碗碟,母亲次仁啦亲手酿造了青稞酒,擅长厨艺的亲戚来当主厨,摆了十桌酒席。每桌四碟小菜、一碟瓜子、一碟糖果、一碟香烟、一壶酒,双方父母与新人在洁白的哈达与欢快的歌声中,完成了人生的重大典礼。

他们在男方单位筒子楼的三楼分得一间住房。屋子向阳,一室一厅,有二十来平方米,房屋内摆上了双方父母赠送的新婚礼物——一张方形桌子、一套卡垫、一张床……他们把炉灶和炊具安置在门口的过道上,两个年轻人就这样开始了新生活。

一年后,白珍生下一个白白胖胖的女孩儿,王杰喜悦万分,他经常将孩子抱在怀里。

白珍向来喜爱养花,家里的窗台上摆放着一排花盆,有火红的石榴花、鲜黄的牡丹、橘黄的君子兰,以及各色海棠。有一天,正当她浇花时,发现父亲送来的石榴花竟开出了花中花。她跑到正在读小说的丈夫面前说:"王杰你看,家里的花竟然开出了花中花。"

"是吗?我也去看看。"

王杰来到花盆前,仔细看了看,鲜红色的石榴花花蕊处竟又长出了花瓣。

"这还真够奇特的，一定是个好征兆。"他说。

白珍重复着爱人的话，就像天下许多母亲期待自己的孩子日后卓尔不群般，她带着这样的期盼，在心中默默地把这朵奇花儿的盛开当成了孩子带来的好兆头。

孩子取名叫"乌玛"，白珍希望孩子成为一个中正平和的人。

伊兰朵

白珍和孩子们越过天桥，来到了伊兰朵。店员姑娘们看到有老板回来，齐声喊道："贡康桑。"

央金玛和妹妹径直跑到冰激凌展示柜前，望着里面五颜六色的冰激凌垂涎欲滴。

"外婆，我今天可以吃两个冰激凌球吗？"央金玛双手合十，看着外婆做出乞求的样子。

"可以，但球要小点哦。"

"好。"她噘着嘴喊，"姐姐，我要巧克力味和草莓味。"

"我也要，我也要。"小拉姆附和道。

白珍和女儿在书架前的沙发上坐了下来。

"你也来坐一会儿吧。"白珍对店长拉巴说，"你们吃午饭了吗？"

"嗯嗯，阿姨，我们十二点多就吃了。"

"一定要早点吃午饭，客人多了就来不及吃。"

"好的阿姨。您别担心。"拉巴微微一笑，吐出舌尖，"阿姨，你们在店里用午餐吗？"

"嗯，让乌玛来点吧。"

"外婆，您为什么开一家冰激凌店，而不开家游乐园呢？"央金玛和拉姆坐在一起，一边舔着冰激凌一边问。

"游乐园？我开家游乐园，你们就可以天天在里面玩啦？"白珍笑着问，央金玛咯咯地笑。

不一会儿，服务员桑珍端来午餐。白碟内是酸萝卜炒肉、青椒肉丝、炝炒菠菜粉丝和酸奶，中间放着几张薄饼；另一盘黄铜碟内盛放着一碗牛肉咖喱、一碗米饭和一碗酸奶。

乌玛摊开饼子放在手掌中，将菜放在饼子上，一边包着饼子一边说："妈妈，我很喜欢吃薄饼，感觉在过林卡。"

"嗯，薄饼是标准的林卡美食呀！"

"妈妈，我给您点了咖喱牛肉。"

"谢谢，我最喜欢咖喱牛肉了。"

客人陆陆续续地多了起来，一个女孩儿搀扶着年迈的父亲坐在了靠窗的位置；一群西装革履的上班族谈笑着走进店；年轻的父亲怀里抱着孩子，他的爱人紧随其后……

服务员桑珍姑娘端着菜，穿梭于大厅，一身白色藏装衬得她的肤色更加粉嫩白皙，她眼睛明亮、眉毛细长、薄薄的红唇，乌黑的长发在身后摇摆着。吧台里，尼珍正在制作阿芙佳朵，咖啡液滴落在冰激凌之上；拉巴在收银台前，跟正在结账的客人聊着什么。

乌玛看到母亲夹着菜，思考着什么。

"妈妈，您在想什么？"

"你看，转眼间拉巴也从那个扎着两个长辫子，送餐时还会一边端着托盘，一边跟着音乐跳舞的小姑娘，变成了一位妈妈。"

"妈妈，您是不是觉得时间眨眼就过啦？""是呀！时间过得真快，而且它一直在让人改变。"

"嗯。"乌玛重复着。

"过去、现在、未来；上一秒、当下、下一秒，不都在改变吗？在我们说话的当下，这一刻已成为过去，万物瞬息万变。"

"对呀！只是我们没有察觉。"

"从长久来看，你在人生中经历的一切实质上并没有好坏，就看你自己去怎么理解，如何面对。"

"嗯，妈妈，您让我想起一位大师对笔的解读。"

"对笔的解读？"

"桌上有一支笔，当有人看到它时，会认定它是笔。当狗看到它时，可能会认为它是磨牙棒；当桌上有笔，周围没有人，也没有狗看到它时，这支笔既不是笔也不是磨牙棒，或者两个都是……所以，笔可以是笔，可以是磨牙棒，也可以什么都不是。笔的本性是空性，关键就看是谁在看它、如何看它、如何使用它……外界对笔的不同理解，来自不同意识中的认知，这种认知如同一块田地，现在种什么，将来得什么……"

"所以，任何事物都是空性的，关键看你怎么定义它。我们每天要做的就是把它当成一场连续的奇妙体验。"

母女相视而笑。

"这次过年，给店员的礼物就做藏装吧！你看桑珍穿着藏装多漂亮！"

"嗯，妈妈，您这主意真好。就这么定吧！"

乌玛心想，自己跟母亲像一对闺蜜，无话不谈；又像师生，母亲处处教导她，指引她，此生能有这样的母亲，不知自己前世修了怎样的福德？

可我能否成为像母亲一样的妈妈呢？她的心中划过一丝疑虑。

种　子

白珍孝敬父母，并心甘情愿地为弟弟们操劳。

刚二十出头，她就进入了一家国有企业从事会计工作。每天清晨，她第一个来到办公室，清扫地面、擦拭桌子、烧水煮茶，煮完一壶飘香的甜茶时，同事们正好纷纷到来，她又为每一位前辈斟茶。她在厚厚的记账本上，清清楚楚地记下每一笔收入和支出，多年的会计工作，练就了她细致敏捷的思维方式。

她在单位里，是唯一一个能与李主任——一位性格直爽泼辣的女领导相处融洽的员工，她也因此被选到内地办事处上班，终年往来于厦门、北京、深圳、成都等大城市，包里那砖块般大小的黑色大哥大标志着她如日中天的事业。

　　然而，几年之后，靠着政策风生水起的单位，也因政策的改变宣布破产，她的同事们纷纷退休或被安排到其他岗位。此时，她想起了前几年的那场昆明交易展览会。

　　那一年，三十九岁的她着一身酒红色藏装，白色真丝衬衣，脚踩黑色高跟鞋，一头长发高高地绑起。一进会展中心，她就被彩虹色的冰激凌展示柜吸引。走近一看，是五颜六色的冰激凌，有蓝色、紫色、粉色，有奶油巧克力、草莓，还有说不上口味的冰激凌。

　　"姐姐，你好！我们这边是意大利原料制作的手工冰激凌……"

　　一个梳着马尾，留着齐刘海，围着绿色围裙的女孩儿走到白珍身旁："姐姐，您请坐，我给您舀冰激凌，您先尝一尝。"

　　女孩儿说着，给她端来一个玻璃杯，里面是巧克力、牛奶和玫瑰味三种口味的冰激凌。白珍一尝，入口醇香的奶味和淡淡的玫瑰花香让她想到了家乡的阳光，那一抹阳光照在身上，暖洋洋的。

　　女孩儿说她在大学学习英语专业，毕业后，就跟姐姐一起做生意了……这让白珍想起自己正在上大学，同样学着英语的女儿，从而对眼前陌生的姑娘产生了一种莫名的亲切感……

　　不久她回到拉萨，有天突然想到，如果能把当时展会上的意大利手工冰激凌带到拉萨该有多好！她随即拨通了那女孩儿的电话。

　　一年后，红瓦屋顶的玻璃小店出现在城中心少年宫临街的位置。这是城内最繁华的街道之一，过往行人纷纷走进店里品尝新鲜的冰激凌。阳光透过落地玻璃窗照进房间的每个角落。吧台前，彩色的冰激凌展示柜里是几十种不同口味的冰激凌。

　　十六岁的拉巴辍学后，在这里当上了服务生。她一边端着餐盘送餐，一边跟着店内的印度舞曲舞动身躯；卓玛第一次跟男同学约会，她在靠窗的位置坐下，心里忐忑不安；扎西大叔在门口的彩票台抽中三等奖，他说："我请你们吃冰激凌。"他拿出五十元，走进冰激凌店，将兑奖剩下的钱放入衬衣口袋，他觉得口袋沉甸甸的；乌玛同美国朋友面对面就座，侃侃而谈自己的旅行经历；白珍开着白色奥拓车，车内装着刚做好的新鲜冰激凌和冒着热气的员工餐……

小小的冰激凌店承载着白珍的梦想，在小城的一角，记载着人们生命中的某段回忆。

后来，小店旁边的酒店重装，冰激凌店成了酒店大堂，她们从临街的位置搬到了二楼。白珍重振旗鼓，装修店面、派员工到内地培训、增加餐饮、提升服务。她用数十年如一日的操劳与忙碌，换来二十多名员工稳定的工作与收入，也换来自己向往的生活。

二十年后，这家小店成了一家集意大利手工冰激凌、咖啡、蛋糕、简餐、书吧等于一身的店子。

白珍曾对女儿说："尝到冰激凌第一口时，我就想到了拉萨的阳光，那份温暖幸福的感觉……那是一种奇妙的缘分。"

如今，乌玛把这一切珍视为母亲种下的美好种子，微小的种子经过母亲的栽种，浇灌，施肥，渐渐开出美丽的花朵，花朵成众，如花园般点缀着这座城市的某个小角落，而她期待自己也能够像母亲一样，继续在这座花园为他人、为自己带去身心的滋养。

沐浴节

罗丹赶到伊兰朵后，点了他最喜欢的阿芙佳朵，接着，和白珍几人一同驱车前往郊外。

白珍看着窗外的云，心想如果拉萨的一年是串珍珠项链的话，那这里的大大小小节日就是色彩斑斓的彩珠，秋天的沐浴节一定是其中最为清凉的一颗。

拉萨秋天的云格外轻柔地美。

"快看天空，像不像海底世界？"

"对呀，外婆，那边的云像个水母。"央金玛说。

"我觉得像冰激凌。"拉姆说。

车子驶经拉萨大桥，桥下翠绿的河水缓缓流过，眼前是拉萨八大吉祥山之一宝瓶山。白珍想起母亲曾说，过去香嘎渡口是拉萨河上牛皮船接送旅客的渡口，终日繁忙不息。

驶过大桥，昔日的林荫小道已变成了宽广的柏油马路，道路两旁曾绿油油的农田，被耸立的楼房取代。在光秃秃的马路上行驶一段后，车子驶入郊外，四周是漫山遍野的绿荫，人们正坐在草坪上过林卡。

白珍和孩子们下车来到园中，鸟鸣悦耳、绿草茵茵，树上结满了果子，有苹果、核桃、桃子；牛儿或在果树下吃草，或在草地上躺着；一条细长的小溪，清澈见底，哗哗地流过……投入自然的怀抱，总是让人身心愉悦。

"外婆，我们想去水里玩。"央金玛说。

"好的。"白珍对女儿说，"乌玛，我们先过去，罗丹你们俩稍微收拾一下再过来。"

白珍说着，牵着孙女的手向园外走去。乌玛看着母亲和孩子们蹦蹦跳跳地朝河边走去，想到自己在上初中时，曾和母亲一同走在这里的田间，母亲轻轻地抚摸着青稞麦穗说：

"真是太漂亮，太舒服了。"

而她竟然对妈妈开玩笑说："您是牦牛转世吗？那么喜欢大自然……"

此时想来，她的性情也随着与母亲日夜相伴的日子，产生了很大的改变，她也成了像母亲般热爱自然的人。

"如果妈妈前世真是一头牦牛，那我一定是相伴在她身边的另一头牦牛，我们永生相欠、永世相伴……"

乌玛和罗丹穿越齐腰的麦田，来到河边。两个四五岁大的孩子光着身子在河边玩耍；一群姑娘弯着腰，在河水中冲洗长长的秀发；年迈的奶奶坐在河边的石块上，她的女儿正在给她浴足……

此时，人们到河中沐浴，遵循的是传统的节日习俗，据藏族天文历算，此时正是夏末秋初，因弃山星照耀藏地之水，从而使水具有八大优点——甘、凉、软、轻、清、不臭、饮时不损喉、喝下不伤腹。人们随季节变迁入河沐浴，是一种有益身心的生活方式。

白珍和孩子们在水中沐浴玩耍。她看见女儿正抓着罗丹，小心翼翼地踏入河水中。

"乌玛，你先往心口洒水，祈祷、感恩，再进到水里。"

"妈妈，冷啊，真的好冷啊！"乌玛在河边瑟瑟发抖。

白珍倚靠着水中的大石块，躺在河水中，水流柔和地滑过她的每一寸肌肤。

天空万里无云，五彩经幡在山顶飘拂，几只色彩鲜艳的风筝在空中飘摇。此时，正是男孩儿们放风筝的时候。

太阳下山后，晚风吹来，落叶纷纷。白珍和家人躲进帐篷内。林卡的达嘎大哥端来一锅疙瘩面，熬煮牛骨头和牛肉制作的汤，加上白萝卜、疙瘩面，热气腾腾。

不一会儿，大哥又拿来一碗橘黄色的辣椒酱，放到了桌上："这个是我老婆今天刚做的新鲜辣椒，你们尝尝。"

"阿佳的辣椒是一绝，你来尝尝。"白珍说着给罗丹舀了一勺。

"大哥，这辣椒怎么做的？"罗丹问。

"辣椒磨成粉后，加上核桃和香料夏果汤杰，再磨上十几分钟，就可以了。"

"那很费时间，不过味道真是不错。"罗丹一边吃面，一边赞叹。

恰逢其时的美味，让人忍不住一碗接一碗。

车窗外的天边挂着一抹淡淡的霞光，车内白珍和孩子们唱着歌。细雨滴落在车窗上，湿土与植物的清香扑鼻而来，白珍想起了拉鲁湿地的那一幕。

湖面微波荡漾，几只斑头雁、棕头鸥划过水面。一簇簇芦苇根在阳光的照射下，像金黄的花儿冒出湖底。远处，一排树木黄绿相间，布达拉宫矗立山头，群山环绕，天空湛蓝。

"这儿的景色，一天一个样啊！"白珍对女儿说。

"是呀，阿妈啦，昨天我们过来的时候风大，湖水没有现在这么平静，您看现在的湖面静得像镜子，里面的倒影美极了。"

"真是太美了！只有大自然才能这么美吧！"

乌玛看着远处的山。

"阿妈啦，您看看那座山，它就是拉萨的八大吉祥山之一的宝伞形山吧，这样子可真就是把伞。"

"嗯，冬天下雪之后，你留意看看，伞的样子更立体。"

"能在城里看到蓝天大山，这种感觉可真好！我是长大之后才看见它们有多美！"

"是呀，你小时候还跟我说，妈妈怎么那么喜欢自然，难道您是牦牛转世？"

乌玛微笑着，挽着母亲的手臂。

"我从小就很喜欢大自然，也很爱过林卡。"

"嗯，阿妈啦本来就很有智慧。"

……

白珍闭上眼，双手合十，放在额前，她默默地感恩大自然，感恩生活赠与她的一切。

"乌玛，明早咱们再去湿地啊！"她对女儿说，心中仿佛有股暖流在流淌。

飘扬在羌塘草原的情思

◎ 周伟团

20 世纪 70 年代末，大家称呼"驻村干部"为"驻队干部"。那时候每个村子都是一个生产队。虽然只是一个"队"和"村"字的区别，这些干部的作用可是大有不同。队有大队小队的区别，是统一行动从事农业生产的代名词。村是对传统村落的统称，也是传统农业生产的一般单位。"队"相对于"村"来说更具有集体化或集约化的意思。

生产队大面积的土地统一种植管理，给每家每户按照人口多少划分一点口粮地称为自留地。我家的自留地不足 1 亩，是狭长的一畦。这块地冬种小麦，夏天收割小麦后又种玉米。我们姊妹五个，靠在家务农的母亲挣工分的粮食以及在学校工作的父亲一个月十块钱左右的工资是不够生活的。况且父亲每月的工资还要定额给爷爷奶奶一些。为了确保一家七口人的吃食，家里的自留地就成了一家人抢时间精心伺候的宝贝田。我和哥哥也经常跟着父母下地干活。经常大冬天天未亮，趁地未解冻，在去学校读书前我和父亲、哥哥用架子车给麦田里拉送土粪，土粪是头天下午挖开打碎的，这样才能方便撒开给麦田施肥。一般玉米地里会套种四季豆或者红薯辣椒等，确保这块地能多产出。母亲基本随生产队统一劳动，很少有侍弄自留地的时间。所以周六的下午或者周日，父亲就会带着我和哥哥在自留地里清除杂草、施肥整地。那时候要想给自留地里上化肥是不现实的，有化肥也买不起。

第一次见识"驻队干部"是在自留地里干活的时候。腿有残疾的父亲是一名中学教师，星期六上午下班后匆匆回到家，草草吃过午

294

饭，顾不得休息就带着我急火火到自留地里去除草。父亲并非天生残疾，而是小时候滑落到枯井里，将腿骨蹾到胯里导致跛脚。那时候还没解放，县城里也没有医院，就连"云里头"（我想大概是遥远而神秘的意思吧，老家人都这样称呼距离我们家几十里地的一个山里医药世家）的神医也没有把父亲的腿骨拉开治愈。待到父亲年长一些，县城里有了医生，有医生的地方叫"北营房"，那里的医生说父亲的腿骨已经长结实了，营房里不具备做大手术的条件。于是爷爷便带着父亲回到家里，使他落下了终身残疾。长大才知道老家人为什么将到县医院叫到"北营房"。"北营房"是解放县城的解放军驻扎的营地，因为在县城最北边的城墙下而得名。后来县人民医院就建在那一块地方，人们就习惯将县医院叫"北营房"。县医院最初的一批医护人员也是留下的部队医护人员培养的。

那个周六的下午，正在自留地里除草的父亲突然紧张起来，说"驻队干部"来了。闻声看去，一个穿中山装的男子慢悠悠地走过来。父亲赔着笑脸和他打着招呼。驻队干部面无表情地对父亲说，大家都在生产队的地里干活，你作为一个党员在自留地里干活怕是不合适吧？父亲只好丢下锄头去生产队的田地里干活。我知道即便是父亲到队里的田地干活，家里也是不会多分一粒粮食的。眼看着父亲无奈地离开。我丢下镰刀，拾起锄头，学着父亲的样子在自留地里除草。

这件事给读小学的我留下了很深的印象，觉得"驻队干部"权力很大。于是我就有了一个荒唐的理想——长大后也要当"驻队干部"，但是我一定不会做对不起农民的"驻队干部"，而是要帮大家吃饱肚子。待到我四十岁的时候，已经没有什么大小生产队了，都变成了自然村。我却两次被单位派进西藏挂职扶贫，一次是担任扶贫副县长，一次是直接驻村担任"驻村干部"。这两次我在西藏待的时间都挺长，从事的都是扶贫工作。

2009—2010年，我到那曲申扎县担任县委常委、副县长，大家按习惯叫我"周县"，是周县长的意思，其实我只是个挂职副县长，叫周县有语言高配戴高帽子之嫌。这个职务我挂了两年，"五一"到"国庆"西藏天气暖和的时节我在拉萨和申扎县之间来回地跑，向上级有关部门汇报我们单位包扶的塔尔玛乡的情况。从自治区扶贫办落实了80余万元的扶贫资金，为30户贫困牧民盖了玻璃暖棚，给每户购买了30只带子母羊（即怀有羊羔的母羊），母羊在暖和的玻璃暖棚里生产，不出意外，30户贫困户每家就会有60多只羊儿。母羊产的奶在喂养羊羔的情况下也会保证牧民家庭的食用奶。牧民有鲜奶喝，更会制作酸奶、奶渣等吃食。羊毛可以用来制作氆氇，或者卖给县里的羊毛被厂。这样良性循环，彻底解决了他们的温饱问题。

"国庆"后我回到单位，在坚持正常工作的情况下，帮助联系一些申扎县干部职工、教师到内地培训，还有就是看望办理申扎籍学生在内地读书事宜。担任副县长好歹也属于领导干部，住房宽敞，有公车和随从人员，开展工作相对轻松方便一些。可是第一次从海拔400米的关中平原到海拔4500米以上的羌塘草原腹地，适应高原气候还真是一个痛苦的过程。刚到那曲时，组织安排我在那曲宾馆住三天，说到县里海拔还要高出400米左右，得先有个适应。高原上的住房都不高，一般最多两层。那曲宾馆几排客房之间空地的上空都是玻璃封顶，以保证温室效应。可是我觉得非常憋闷，住在酒店的三个晚上基本是靠着被子或半躺着到天亮的，因为躺平根本呼吸不上来。实际上我到了海拔更高的申扎县倒没有觉得那么憋闷，这可能和申扎县城坐落在一片大湿地边上，有自己独特的小气候有关。看来空气的流通和清爽更有利于人的健康。

申扎县城很小，抽一根烟就会转遍。好在县城有浙江省援建的水电站，电话网络齐备，现代生活的基本需求都能满足。原始牧业与现代生活的相互交融使得挂职扶贫有了更多的趣味，也有成绩和收获。

2016年，我再次被组织安排进藏驻村扶贫，这次的任务是"强基富民"。驻村扶贫地是阿里地区的改则县察布乡果查村。驻村和挂职副县长可是两个截然不同的工作。我变成了一个地地道道的"驻村干部"。我的第一反应就是将"驻村干部"和"驻队干部"进行了比较。少年有当"驻队干部"的理想,那时候是单纯地想争口气,不让家人受气,也想为民干点实事。这时候我已经做过扶贫副县长,作为"驻村干部"是实实在在去帮农牧民脱贫致富。我小时候那些"驻队干部"的使命是"割资本主义尾巴",实际上导致农牧民失去了自行解决温饱的机会。

2016年"八一"前一天,我们四人小分队赶到了海拔4750米的果查村村委会。虽然有充分的思想准备,但是到了目的地以后,严酷的现实还是在心理上产生了很大的反差。我的肺和支气管一直不太好,受冷风和特殊气味刺激,总会咳嗽。送走上一批驻村队员后,第一件事就是打扫卫生,更换床单被单。当从床底下扫出来两簸箕牛粪蛋的时候,我已经咳嗽得上气不接下气。这时候小李同志递给我一只口罩,戴起来后就好多了。从关中平原的历史文化古城咸阳来的老少四个男人就要在方圆50公里只有我们四个人的村委会里开始半年的"强基富民"工作。挑战已经开始,战斗已经打响,绝没有后退的可能。从进驻果查村,因为气候和气味的影响我咳嗽了一个多月。在县城补给的时候拍了一个胸片,显示只是肺部纹理变粗。一听没有大碍,我也就安心了许多。但是时有加重的咳嗽也影响我带的三个小伙子休息。在几次问医无效的情况下,不得已电话求助于西藏驻成都办事处医院的呼吸专家,让我用上了"顺尔宁"孟鲁司特钠片,使用治疗哮喘的药物才止住了咳嗽。

实际我是一个粗心大意的人。四十七岁了,驻村前竟然还不知道高血压是怎么回事,更不知道血氧饱和量是怎么回事。当年轻的队友从上批驻村队员留下的设备里找到血氧仪给几个人测量时,才知道有这么个新鲜玩意。测了血氧饱和度都严重不足,我说还是不测的好,毕竟这里生活着成千上万的藏族同胞,他们能生存,我们就能生存,何况"先遣连"的故事就发生在改则县,红色的基因需要我们进行传播。三个小伙子笑着说,测测玩一玩,也是长知识。实际我觉得他们几个早都懂这些知识，只是我比较愚笨。也可能是不病不医传统思想在作怪吧。

我们四个队员为了节约牛粪，采取的是抱团儿取暖的办法。即20平方米的屋子里，四个单人床围拢着牛粪火炉顺墙而设，向阳的窗户下摆放一张办公桌，桌上有一台基本收不到信号的电视机。顺着火炉在四张床中间摆了两张藏式茶几，摆放着我们的日常用具。常年烧牛粪做饭取暖，宿舍的墙体屋顶黑黢黢的，找人来粉刷一下屋子虽不是天方夜谭，也不太现实。我们扯下上一批队员用过的床单被罩，在村后边的河里洗涮干净，撕剪开做成了我们的床帷子，让宿舍变得干净温馨了许多。因为靠太阳能取电，天气决定着我们晚上照明的时长。队友小闫很聪明，从会议室扒拉出前几批队友用弃的蓄电池，反复试验，选择出还有利用价值的两块，延长了我们的用电时长。

驻村工作队一个艰巨的任务就是扭转村党支部"软弱涣散"的局面。这是上级组织对村党支部的定性，因为这个原因村主任被停职后，干脆住到县城里不回村了。村党支部书记全面负责村里的党政工作，实际上他的精力主要在乡上自己开的茶馆里，还有就是他有一辆挂着牌照的越野车，平时还附带经营给县城、地区，甚至拉萨接送人的业务，这可是一笔不小的收入。应该说村委会的领导挂着名不为群众考虑，不帮助群众致富，倒是把精力都放在自己发家致富或逍遥快活上。一个村的党支部和村委会是这个样子，不定性为软弱涣散党支部也说不过去。

我们工作队的第一个任务就是需要先把村党支部建强。经过调研发现，虽然牧民住得很分散，大家对驻村工作队还是充满期待的。那么鼓励村党支部委员很好地履行职责就很重要了。接下来我们召集村党支部委员开会，先定了支部换届的调子，强调如果这一届党支部委员不解放思想，不考虑为民办实事，换届预示着现在的党支部委员不一定有资格作为候选人，没有资格做候选人自然做不了支部委员，当选不了支部委员就不能当选支部书记或村长。支委好像都很害怕书记，不愿意说书记的一个不字，听了我们工作队意见后，书记和几个委员都有些慌乱。毕竟我们是代表上级在给他们做工作。看着火候差不多了，我提议书记先说清楚村党支部被定性为"软弱涣散"党支部的原因。书记先谈村主任的不足，最后不得不承认自己的领导力不够和顾小家忘大家的不足。支部委员也纷纷指出了书记和村主任的错误，开展了自我批评，答应齐心协力带领村民脱贫致富。因为村里也就这几个能人，把他们凝聚起来带领村民团结致富是正确的选择，只是需要不断地引领村委会学会更切合实际的工作方法，让他们知道当选村干部不是终身制。经过换届，村党支部知道了许多此前根本不知道的党的纪律和规矩，解决了思想问题，工作的劲头就高多了。

有显著变化的就是在清点牧民家里牲畜数量时，村党支部委员和村委会成员积极配合乡干部和驻村队员，不怕苦，不叫累，做了大量工作。清点牧民家里牲畜数量俗称"数羊"，每年一次。这和传统的"数羊头"比赛是有大区别的。传统的"数羊头"是经过一年的生产，牧民展示自家羊数量增减情况，比赛谁养的羊多，这是一项传统的展示牧区生产成果的活动，鼓励牧民养羊致富。现在的"数羊"则是一种专项工作，是要搞清楚每一户牧民在自家承包的草场上放养的牲畜总量，防止过度的载畜滥牧，超负荷的私欲获取，自毁草场。西藏是我国五大牧区之一，有天然草场面积13.34亿亩，居全国首位，草原畜牧业经济在当地经济中占有重要地位。落实草原生态保护补助奖励机制是转变农牧民生产方式和促进农牧民增收的重要途径。按照"谁禁牧、谁受益、谁管护"的原则，把禁牧管理责任落实到乡、村、户。按照草场承载能力和产业发展的要求确定减畜品种，加大牲畜出栏力度，在保护草场生态的同时，最大限度地发挥草场的资源优势。

村委干部要分头带乡里的包村专干和驻村干部追逐每一户牧民去清点每一家的牲畜数量。羌塘草原广袤深远，莽莽苍苍，每一户牧民占有草场的面积几千到几万亩不等，又有夏季牧场和冬季牧场的区别。每一个包村乡干部和村委会干部自带一套毡被，如果当天"数羊"的牧民距离村委会近一些，完成任务后会赶到村委会吃饭住宿，我们留守村委会的驻村干部负责给大家做饭；到距离村委会驻地远的牧民家"数羊"，晚上就要住在村民的帐篷里。所以"数羊"是一件很辛苦的工作。看到村委会干部新的干事创业劲头，作为驻村工作队队长，我很是欣慰。

藏族干部不辞辛苦，认真负责的精神很感人。乡上两个包村女干部是从内地大学和中专毕业一年的年轻人，她们要和村委会干部、驻村干部一起风里走雪里跑。有几个晚上，在偏远的牧民家"数羊"结束，因为牧民帐篷太小，牧民家的男主人和男性村干部带着铺盖卷睡在牛棚里。女乡干部和女主人、孩子住在狭小的帐篷里。连续十多天的艰苦奋战，终于完成了"数羊"工作。"数羊"工作结束后在村委会总结的那一天，村干部睡在会议室的靠垫上，两名女乡干部睡在村委会医务室。第二天一大早，她们起来简单洗漱后，喝了一碗酥油茶，吃了几块饼干就匆匆向乡政府赶去汇报工作。她们走后，在村委会的旱厕里，我们发现了带血的报纸。一个女孩子在羌塘高原的村子里连续工作十多天，连自己的生理期都忘记了，间或是紧张艰苦的工作紊乱了生理期，她们却不好意思跟我们驻村工作队要一卷卫生纸。

驻村工作队的司机都是聘任的当地藏族师傅，他们都是当地的能人，一般都是当过兵或者常年在外跑车的，不仅熟悉当地路况，还会说普通话，在我们强基富民工作中起着举足轻重的桥梁作用。牧区有一个很普遍的现象，就是几乎家家户户都有一辆大卡车或者越野车。这些车都没有牌照，司机更没有驾照，可是他们都会开着车在草甸子上驰骋。藏族是一个非常聪明的民族，一般会说话就会唱歌，会走路就会跳舞。现在骑马的少了，不是开越野车就是骑摩托。他们不用上驾校，都有着熟练的驾驶技术。对他们来说在草原上开车和在草原上骑马是一个道理，可真没什么难的。

因为进出草原的车辆越来越多，随之产生两个普遍的问题。一是司机车里都备有红牛和王老吉这种饮料，因为即便你开得再快，一小时也就几十里地的样子，那种"看山跑死马"的感觉常常涌上心头，司机开车一开就是大半天或者一整天，靠王老吉解渴，靠红牛给自己加油鼓劲，喝完的饮料瓶一般会直接扔出窗外，所以所有的道路边都有各种各样的饮料瓶，这些东西几十年也不会在大风大雨大雪骄阳下降解。第二个问题是搭房修渠补路剩下的边角料甚至一些器械随处可见，没有人捡拾，在这里没有收破烂一说，即便是收拾一卡车废铜烂铁拉出草原卖掉也不见得够车的油钱，捡拾这些废旧品还不如捡拾几块骨头给牧羊犬。这些垃圾和废品成为污染环境、破坏草场的大害。

回想在申扎县挂职时的经验，我清楚在牧区驾驶员是一个庞大的群体，他们文化程度相对较高，掌握时代信息最快，经常互相交流路况，沟通信息，引领着牧区时尚。通过这些人从文明驾车，不随便丢弃垃圾开始一定会有成绩。经过和工作队的司机交流，我请他联络自己认识的司机搞不乱扔垃圾比赛，谁能给村委会送回来一袋饮料瓶，就奖励他一包香烟。司机欣然答应，果然随后他再也没有随便丢弃过饮料瓶和其他垃圾，每次外出回来都会将垃圾扔到村委会后边的垃圾池里。有几次司机师傅给我们炫耀说别的司机经常把一袋一袋的空饮料瓶装到他车上换取香烟。当我将两条香烟递到司机手里时，他憨厚地笑着抽出两包把别的送还给我说，你们为了草原的发展和洁净大老远地来帮我们，不乱扔垃圾和捡拾垃圾是我们应该做的，和你们一起工作，都免收我的生活费，我怎么好意思再拿香烟。在集中收集堆放垃圾的同时，我们几个队员发动牧民，抽空把村委会附近的废铜烂铁和一些报废设备统一集中在村委会旁边的空地上，一旦有工程车路过就可以让带出草原，发挥他们应有的价值。来改则的车子路过日喀则拉孜县的时候，我曾看见很多穿红马甲的志愿者手拿镊子，肩扛大袋子，在路边和树林里捡拾白色垃圾和各种饮料瓶，清理环境，这种行动让人很是欣慰。这应该都是对"绿水青山就是金山银山"理念的践行。

驻村工作艰苦而有趣，琐碎而有情。在西藏驻村，必须懂得苦中作乐，必须记着体现价值，更不能忽视发掘潜力。不进西藏，不知道自己还能吃这么多苦。回头再想小时候的"驻队干部"，多么神气和稚气。"驻村干部"真正的意义，只有亲自干过，才知道怎样做是对的，才知道怎样才能把对的事情做好。只有驻过村的人，才知道脚上的泥巴并不臭，才知道河水烧开后经过沉淀才能用，才知道野生动物经常来院子串门，才知道现代人也可以用牛粪烧饭，才知道牛粪取暖真的很暖和，才知道牛粪闻久了也就不咳嗽了，才知道着急了会直接用手抓起牛粪扔进火炉。也正是围着牛粪炉子我完成了自己的第一部长篇小说。

我喜我生，独丁斯时。扶贫时光、驻村生活给我留下了不可磨灭的印记，散淡地记录这些成了一种习惯。

图书在版编目（CIP）数据

沿着喜马拉雅的脊背旅行／西藏作家协会编 . -- 北京：作家出版社，2025.9 . -- ISBN 978-7-5212-3684-2

Ⅰ. I247.7

中国国家版本馆 CIP 数据核字第 2025TF3615 号

沿着喜马拉雅的脊背旅行

编　　者：西藏作家协会
责任编辑：李亚梓
装帧设计：琥珀视觉
出版发行：作家出版社有限公司
社　　址：北京农展馆南里 10 号　　邮　　编：100125
电话传真：86 - 10 - 65067186（发行中心）
　　　　　86 - 10 - 65004079（总编室）
E - mail: zuojia@zuojia. net. cn
http: // www. zuojiachubanshe. com
印　　刷：河北品睿印刷有限公司
成品尺寸：152×230
字　　数：255 千
印　　张：19.25
版　　次：2025 年 9 月第 1 版
印　　次：2025 年 9 月第 1 次印刷
ISBN 978 - 7 - 5212 - 3684 - 2
定　　价：58.00 元